张炜
Zhang Wei

当代作家，中国作家协会副主席。山东省栖霞市人。1975年开始发表作品。2020年出版《张炜文集》五十卷。作品被译为英、日、法、韩、德、塞、西、瑞典、俄、阿等数十种文字。

著有长篇小说《古船》《九月寓言》《刺猬歌》《外省书》《你在高原》《独药师》《艾约堡秘史》等二十一部，诗学专著《也说李白与杜甫》《陶渊明的遗产》《楚辞笔记》《读诗经》等。作品获茅盾文学奖、中国出版政府奖、中华优秀出版物奖、中国作家出版集团特别奖、优秀长篇小说奖、“百年百种优秀中国文学图书”、南方传媒杰出作家奖、“世界华语小说百年百强”、京东文学奖等。

近作《寻找鱼王》《独药师》《艾约堡秘史》等获多种奖项。新作《我的原野盛宴》《斑斓志》出版后反响热烈。

夜思

张炜
Zhang Wei
著

黄河出版传媒集团
阳光出版社

图书在版编目（CIP）数据

夜思 / 张炜著. -- 银川 ：阳光出版社，2021.6
（我们的时代 / 唐晴，谢瑞主编）
ISBN 978-7-5525-5987-3

Ⅰ. ①夜… Ⅱ. ①张… Ⅲ. ①小说集－中国－当代②散文集－中国－当代 Ⅳ. ①I217.2

中国版本图书馆CIP数据核字(2021)第120071号

我们的时代 夜思　　张炜 著

责任编辑 申 佳
封面设计 赵 倩
责任印制 岳建宁

黄河出版传媒集团
阳光出版社 出版发行

出版人 薛文斌
地　址 宁夏银川市北京东路139号出版大厦（750001）
网　址 http：//www.ygchbs.com
网上书店 http：//shop129132959.taobao.com
电子信箱 yangguangchubanshe@163.com
邮购电话 0951-5014139
经　销 全国新华书店
印刷装订 山东新华印务有限公司
印刷委托书号 （宁）0021182

开　本 880 mm × 1230 mm 1/32
印　张 13.625
字　数 260千字
版　次 2021年6月第1版
印　次 2021年6月第1次印刷
书　号 ISBN 978-7-5525-5987-3
定　价 69.00元

目 录

小 说

散 文

·小说·

请挽救艺术家

给局长朋友信

一

我本来要去你那儿，但这里有事走不开。写信也一样，我想你会重视这件事的。我此刻的心情很急切，怀着这么一线希望。我接到了一位好朋友的信。他原来曾和我在一起工作，几年前调到了你们市里的一个区电影院。从信上看，他现在的处境糟透了。我心里很难过，但又帮不了什么，只好求助于你。你离他比较近，更重要的是，文化局局长是你朋友。你跟局长讲讲，让他随便关照一下，哪怕是去个电话也会好一些。总之，你看怎样好就怎样办吧。真难为你了。

他叫杨阳，今年二十七岁。他画油画，怎么说呢？说他画得多么多么好，大约你会嘲笑我。不过我讲出真实的感受，也就是我感觉到的这个人，大约你不会取笑我。他几乎没有发表作品，也许只发过一两幅黑白插图也说不定。先后考过两次省艺术学院，没考上。他的事一直使我耿耿于怀，我怕他这样的人对付不了如今的生活。简单点说吧，我认为他是一个艺术家。

或者这样说，如果不出更大的意外的话，他肯定是个了不起的艺术家。

我想象的意外大概有两方面。一方面是他这样的性格不能取得周围的谅解，他又接受不了来自环境的各种刺激，接下去性情更坏，形成一种恶性循环。那时候他身体也糟了，精神也垮了。一句话，他完了。另一方面是他如果恰恰处于一个特殊的时代——这个时代有一个不识好赖艺术、不识大才的毛病，可以叫作艺术的瞎眼时代。这种时代无论其他领域有多大成就，但就精神生活而言，是非常渺小的、不值一提的。这种时代往往可以扼杀一个艺术家，使他郁郁萎缩，最后在艺术的峰巅之下躺倒。总之，他差不多也完了。我现在还来不及为这一方面担心，你知道，我担心的是前一个方面。

他在那个小影院里画广告画。那儿其实什么都上演，你知道这种场所是弄钱的。主要是武打片，偶尔也演演小戏、杂技和魔术。杨阳倒不在乎这些，他反正只是画广告罢了。据他信上讲，他的广告画在四周是有口皆碑的。不过是否对影院的利润产生积极影响，他倒没提。你知道他过去在省里工作，后来得了病，病得较重，需要人照料，就要求回老家。那时候可能是疾病的影响，他显得急不可待，恨不能立刻调回去。我对他说，你来省城也不是一年两年了，要走也不用那么急，再说病也稳定住了。我的意思是走也可以，但要联系一个好点的单位。他说自己目前能到一个搞艺术的部门最好了。他说到这上面就发出“啧啧”的声音。他说如果能上区文化馆什么的，也很棒。我给他联系过几个地方。有个文学期刊需要美编，我就推荐了他，可后来没成。人家找画家看了他的画，说不行不行，他的画连造型都不准，再说又无学历。接着又联系了几个类似的单位，他们都以各种理由拒绝了杨阳。他万念俱灰，又想起了自己的病，就急急忙忙地联系了老家的几个单位，收拾行装了。

现在讲起这些，我真后悔。我应该拦住他才好。因为桌子也会发生冲突。我不敢说有很多人喜欢他。领导一次次批评他，连一些毛小子也要找茬儿训训杨阳，再跟领导汇报说：“我们又批评杨阳了！”……差不多所有人都嘲笑他的画。人们似乎不能容忍在这样一个大机关工作的人在纸上画来画去的。要说的太多了，总之是他该离开这儿。他走的那天，我和爱人起早去送他。记得那个秋末的夜晚，下了冰凉的雨，我们一路都踏着残破的落叶。

那个市的文化局并没有让他搞专业。他们推脱说文化馆的人员超编，让他去电影院画广告。杨阳没有太多抱怨，干得挺来劲。除了画广告，他还要打扫卫生，抓逃票的人，等等。他尽管不太情愿，但总还是按影院经理的要求干了。事情糟到如今这个地步，他也闹不明白。经理一天到晚对他吹胡子瞪眼，骂得非常难听。他有时真认为一个人刚开始搞艺术，无论如何还是待在大城市要好一些。那时候我更多地考虑到他在这个大机关的窘境，考虑到他的疾病。我想他离父母毕竟近了，那样会好得多。在这个大机关里，搞艺术的人天生就不能容身，各种烦恼都汇拢到你这儿，使你招架不住。杨阳当时二十多岁，刚来这个机关时也不过十几岁。他怎么得了这么重的病，我完全清楚。他也许真该走，回到他那片土地上去。也许他回去了，病也就彻底好了，我心里渴念着会发生这样的奇迹。老家来函，同意他回文化局工作，具体工作待定，大约要到文化馆画画之类。杨阳高兴得很，似乎这一生的问题都有了着落。我当然也松了一口气，替他庆幸。你知道，在这儿他会彻底给糟蹋了。他似乎特别不适合在这样的一个环境工作，因为他实在受不了。经理让他干这干那，稍不如意就是一顿怒斥，还扣掉他的奖金，故意羞辱他，不让他画画。你可能不知道，艺术天分很高的人往往有极强的自尊心。经理想方设法折磨他，还说："比你个熊样儿强的我不知制伏了多少，你算个什么玩意儿！"影院里分配宿舍，故意让他提要求——他与好几个修理影院房屋的民工挤在一起，身上爬满了虱子，他要求换换地方。经理哈哈大笑，说行行行。结果是新宿舍没他的份，还把民工中最脏的一个老头子塞到了他们已经极端拥挤的屋子里。他没办法，只得设法求人找了一间民房。那儿离影院稍远一点，经理就偏让他上夜班守场子，还要赶早班打扫卫生。只要来晚了一步，那就一定要大会批评，扣发奖金。杨阳要求调走，经理说："没门。"杨阳连起码的自由都失去了保障。有一次他母亲病了，从另一个区里打来电话，办公室的人接了，说一声"杨阳不在"，砰的一声就扣了。他还常常丢信，有一次就从废纸篓里发现了我给他的信。

最奇怪的是杨阳自己也不知道什么地方得罪了经理。他真的不知道。我回想了一下他在省里工作的情形，发现当时他对领导的厉声厉色也常常表现出迷茫。他好像什么也没做错，又什么都错了。

大体情况就是这样，你或许会根据这些找到一点办法。注意，听说经理与文化局局长也是朋友，不要在局长跟前说经理的坏话。你只说杨阳还小，不懂事，望他们照顾一下就行了。我不知道你与经理跟局长谁关系更深一些，总之你会找到适合你的角度的。也许这些在你看来不是什么大事。不过你千万帮帮忙，你相信我对他的判断吧，他需要你的手，真的。

二

信悉。你信中问杨阳与经理矛盾的根源在哪，这可得让我好好想想。不错，你只有找到根源才能对症下药。杨阳的来信又多又长，我曾竭力从字里行间分析着，问：到底为什么？

看样子经理是下决心要折磨折磨他了。这绝不是一般的矛盾。杨阳说自己平时太拖拉，不会待人接物，甚至没有给经理送礼，等等。我想这些都可能造成矛盾，但不会是关键。他们之间肯定还发生过什么更大的事情，不然对方不会这样想方设法去整一个涉世尚浅的年轻人。我的每一封信几乎都要刨根问底，想找出症结来。他的来信只说一些鸡毛蒜皮的事：什么刚到影院时给经理画了一幅像，画得太像，惹经理不高兴啦；什么有一次见经理爱人在街上扛着一块纤维板没有帮她一把啦。我知道这是被我的信逼急了，他挖空心思追记下的。怪可怜人的，看来他真的搞不明白。

有一次他在来信中无意间流露出这样一件事：经理的女儿从师范学校放假回来，曾去看过他的画。她长得不错，真不像是经理的女儿。她来了两次，那副神气他很讨厌，等等。我看了心中一动：是否因为恋爱婚姻问题伤害了领导呢？你会明白，这个问题有时是很敏感的，特别是基层一些干部，自尊心都是很强的。比如说，如果经理的女儿对杨阳有意，而经理也有这个想法，那么杨阳不理睬，拒绝了，经理就会觉得受了侮辱。发展下去，杨阳工作中是吃不消的。这都是我的假设。我后来直言不讳地在信中问了杨阳，问他有没有这种情形——经理方面直接提出的，或者仅仅是暗示出来的。我让他不要急于回答，最好是仔细想想，想想他的女儿那天都说了些什么，以及经理在他面前是怎样议论自己女儿的。更主要的是影院其他工作人员有没有在他跟前说起过经理女儿，并有过试探性的话。杨阳停了些日子才回信。他差不多完全否定了这种可能性。只是他又如实地追认了关于别人在他面前议论那个姑娘的几句话——那天中午，他正和两个人在影院门口安放广告牌，经理女儿从一边走了过去。其他两人都是经理的小耳目，很受重用，可他们这会儿远远打量着，说她的黑裤太紧了。杨阳信上写："总之，他们说得很下流，我没法告诉你。"

杨阳是个非常腼腆的人，十分内向。我曾经担心他永远学不会与女孩子相处。我不相信一般的姑娘会爱他。他长得很瘦，背好像永远挺不直。我那时常用一只手顶住他的腰椎，用另一只手使劲扶他的胸部。他笑着，说："真是的。"那大概是说这样没用吧。他几天里也笑不了几次，好像永久地思考着什么。可是他如果笑起来，就会真正地笑一次——我从没有见过比他笑得更真更纯的人。那双眼睛完全像孩子一样，天真无邪。他笑了，两手垂在身侧，或者插在衣兜里。这个时刻如果我跟他说什么，他或者心不在焉，或者干脆不予回答，好像这一段时间在他那儿是专门用来笑的。他是可爱的吗？我觉得是这样。但更多的人不认为他有什么吸引人的地方。我们机关那时候姑娘不少，她们看也不看他一眼。邻近的一个单位有一位四十余岁的姑娘常过来办事，他们互相之间都很熟悉。她比较漂亮，只是脸色不好，走路时轻手轻脚的。她十分喜欢杨阳，常盯着他的脸目不转睛，说：“小杨阳，小杨阳。”有时还用手抚摸他的头发。杨阳很不驯顺地一昂脖子跑开了。有一段时间杨阳负责保管图书，那个姑娘借走了很多书，逾期不还。杨阳因此与姑娘恼了，她在楼梯上小步跑着骂：“你这个小瘦猴……”当然，杨阳在画画中也有了他的女友，但那是后来了。他们最终也没有好到哪里去。你看，杨阳就是这样的人。他在这儿的姑娘眼中不是出色的青年，在你们那个小城里呢？我想经理女儿不会看上他的，他们的矛盾也不会由此而生。当然，这事你还可以考察一番。大概不会有什么事。

仅仅从信上了解情况是不行的。你最好能到他那儿去一趟。如果能住上几天就更好了。你可能会发现什么线索。一切都不会是无缘无故的，因为那个经理，虽然官职不大，但也要管理一个影院，一般情形下不会花费这么多精力去对付一个普通的工作人员。可是杨阳对我隐瞒了什么也是不可能的，因为他信赖我，寄希望于我，盼我能找熟人把他调出或是怎么的。他明白：我需要最真实的情况。

三

我在梦中见到了杨阳，他的样子使我一整天都不高兴，急着要给你写封信。这样也许会好一些。我见到他瘦骨嶙峋，面色发乌，头上长了青苔。我去握他的手，他的手冰凉冰凉的。

他领我到他的屋里去，我就跟上他走了。在一个大影院的地下室里，黑咕隆咚的，我不知踏过了多少台阶。空气越来越湿，气味难闻极了。有蝙蝠从里面飞出来，把粪便甩在我的身上。又走了一会儿，见到了一线光亮。杨阳说："到了。"我一看，地上渗着水，铺着稻草，卧了好多男女。我凑过去一看，见他们都是麻风病人。我的心颤抖着。贴着滴水的墙往一边挪动，好不容易到了杨阳的小床跟前。这是一张小木板床，为了与麻风病人隔开一点，四周都挂满了画。我坐在床上，满眼都是画。画的是各种各样的人，其中有少女，也有麻风病人。他们残缺的四肢使我不敢正眼去看。杨阳说他在他们中间惯了，终于可以画他们。这里有天然的模特儿。正说着话，杨阳的咽喉被什么卡住了。我转脸一看，见一只黑红的手从画页间伸出来，卡在杨阳脖子上。不用说，这是个病人，我尖叫了一声。后来我醒了，吓出一身冷汗。

这个梦当然是不祥的。伙计，你来解解这个梦吧。

一整天我都感到有些恐怖，爱人问我怎么啦，我也没有回答。杨阳的实际处境幸亏要比梦中好。他的事近一年来成了我很大的心事。我现在甚至想，杨阳会不会一气之下做出什么让人吃惊的事呢？你知道他的性格让人担心。他成天不说话，你就不知道他在想什么，一旦行动起来是很莽撞的，又没有人和他一起商量事情。他绝对不能没有朋友，可如今偏偏就没有！我有个过分的要求，我想请你接信后去看他一下，哪怕谈五分钟也行。

你把见到的具体情况写信告诉我，这样我就可以放心了。他的住处糟到何等地步，这是我尤其牵挂的。

上次我信上讲他离开了和民工合住的小屋，自己找了房子，但房子太远，经理又瞅准这个机会治他，现在很可能又搬回来了。如果这样，算是糟透了。你跟局长谈话时，可不要忘了房子的事。杨阳如能有一间宿舍，在外面受够了气，回去还可以轻松一下。现在连这样一个地方都没有。他现在的住处比在省城机关里还要差，这是我远远没有料到的。那时这儿的宿舍太紧张，单身汉不可能一人一间。杨阳与另外四人合住一间小平房，潮湿得很。那四个人都属于“积极要求进步”一类的机关干部，这类人不用说你也很熟悉。他们简直不给杨阳一点好脸色，下班回来常常教训他、戏弄他。杨阳利用业余时间到野外写生，有时回来稍晚一点他们就不开门。那四个人刚刚从下面调上来时我见了，一个个穿得很土气，当然也比较质朴。由于杨阳早来两年，他们显得很自卑，抢着与杨阳说话。两年之后，他们渐渐认识人多了，没事常到处长科长家串门，知道杨阳是机关里不受欢迎的人，于是就变了脸。四人之间也钩心斗角，但对付起杨阳来却是非常一致。这个嫌他的画“恶心”，那个就说“油漆味顶鼻子”，弄到最后，就偷偷踢杨阳的画。有一次杨阳气得再也忍不住，一气之下抓起了一块砖头，他们吓得赶紧跑了。事后他们一齐去找科长报告，又找了副局长，说杨阳犯了精神病，要杀人。

杨阳当然精神健全。奇怪的是当时几乎全机关的人都认为他或多或少有点不太正常，他们眼里的正常，当然是与整个机关的气氛色调完全一致的那一切，是一个人的极大的改变自己和掩饰自己的一种能力。面对生活，特别是这个城市的生活，一个人忧虑多思和常常沉浸在某种情绪之中，是完全正常的。一个热爱艺术的人，一个有着如此良好素质的人，面对最丑恶和最绚丽的，不能不长久地陷于激动。至于那种所谓的“敏感”，也是完全正常的。人的各种器官不应该退化，他本来就应该敏感，不然麻木痴呆才算正常？在这个机关里，一个人要进步，首先要学会忍耐，要收敛起一切创造的能力和才华，要克制鲜活蓬勃的生命一次又一次的冲动。总之，要变得真正的平庸，而绝不仅仅是伪装出的一种平庸。

更可怕的是那些来自看不见摸不着的地方的压力。一个人在这样的环境中生活，就像在一个气压失常的世界里，身体的各个器官由于无法忍受而跟你抗议、捣蛋，你却一点办法也没有。首先是憋闷，是左胸胀疼，是极度的烦躁。那是什么器官在抗议？是心脏！是人体的动力源头！你忍受着，而且，要常年这样忍受。因为你没有办法。你向无色无味的空气抗争呼叫吗？在我们这个机关里工作，总有类似的感觉。你周围的大部分人都像空气一样，无色无味。他们穿着差不多的衣服，有着同样的音量和微笑、说话、打手势的方式。他们见了领导一律围过去，见了客人一律握手，见了颓废现象一律谴责。没有什么不正常，也没有什么对不起别人的地方。这是费时多年、用一种看不见的力量修造出的一张奇怪的、富有弹性又极为执拗的网。一个人想突破这张网是不可能的。你用尽全身力气在网眼那儿挣扎，那张网于是极有礼貌地随你的挣扎凸出一块，迁就着你。但你的力气渐渐使尽了，它就缓缓地用固有的弹力把你收回来，收到原地，网的中央。你如果不甘心，当力气缓过来时不妨再试一次，但我敢担保结果与以前相同。你只有坐在这张网的中央。

我体验到，生活中有一种力量无时无处不在，那就是要把生命扭曲、要它改变本色的一种力量。一个人生下来就是要与这种力量搏斗的，最后弄得精疲力竭。这种抗拒是自然而然地发生的，并且永远不会终止。大多数人，比如杨阳，他们与之搏斗的方向性和目的性都无从明确，所以才充满焦躁和烦恼。生命之火本来就应该熊熊燃烧，无论来自哪个方向的力量要将它熄灭，都会遇到顽抗。维护欲望和个性，实际上就是在维护自己仅有一次的生命。我实实在在地感到了杨阳的坚韧不屈和勇敢。这与他衰弱的躯体几乎是不相符的。他一声不吭地画下去，不停地创造，不理睬那些白眼。他现在的处境，说来也是必然的，如果不是这样，那我就会惊讶了。真的，他天真质朴，他没有别的生活方法……

你去时如能多留意一下他婚姻方面的想法并对他有所帮助，那就更好了。他大约回去后通过别人介绍或别的方式认识了两个女友。一个早断绝了往来，另一个他正犹豫。这方面的问题我想也会是造成他痛苦不安的重要因素。我觉得他对两个姑娘都不怎么爱，谈不上什么炽热的爱情。前一个是个修鞋厂里的女工，据他说样子虽不太好，但很“古怪”——这个词你不了解它的独特含义，它在杨阳那儿是“极有特点”“有韵味”之类的意思。他们谈得不错，她从厂里偷出一种布让杨阳作画，两人还去河边散步。后来是女方的父母打听出杨阳在单位“干得不好”，“没有前途”，就硬逼姑娘离开了他。他开始苦恼，后来也就无所谓了，因为一开始就不是那种铭心刻骨的爱。后一个完全是别人撮合的，是郊区的一个打字员，人长得也不错，只是有轻微的狐臭。这倒不要紧。要害问题是她想借此缘由调到市中心机关工作，这就没有多少意思了，但她似乎缠住了杨阳。他又很软弱，经不起温柔的手掌。

四

不知你去了没有，我又想起了要紧的一件事。如果你去之前接到这封信就好了。我想请你当面劝阻杨阳，不要让他再那样画那个打字员了。这本来是个平平常常的事，可在那个地方，容易弄成一件新闻。杨阳在来信中流露过这个意思，说如果经理知道了，也许会抓住这件事做个大文章。不过他信上说为了艺术，永远不会对这些愚昧丑恶的东西让步。我在给他的信上表示了忧虑，但并没有干脆地制止。就他目前的处境看，这样也许不妙。

那个打字员是主动让他画的，做各种姿势。但没有画裸体，尽管杨阳很需要。顶多是她少穿一点衣服。我从信中分析了一下，打字员让他画的原因主要有两个：一是她想借此与杨阳多接触，巩固两人的关系，进一步将他缠住；再就是让另一个人画下自己，她也觉得很有趣。杨阳曾寄来关于她的三张素描，我想那是蛮动人的。你想，由于对方这样做的目的不纯洁，他也就没有必要和她合作下去。再说我更担心的还有其他的问题。杨阳毕竟是个二十七八岁的小伙子了，对于异性的热情燃烧起来，也许会把理智抛到一边。那时他肯定会加倍地痛苦。还有，那个姑娘的品行到底如何我们不知道。如果她为了达到与其结合的目的而胡缠起来，拙讷的杨阳会陷于非常难堪的境地。

还有经理。他不会放过这个机会收拾杨阳。那时候他可以理直气壮地骂杨阳流氓了，甚至做出更卑劣的事情。这样的事还是想在前面好。

我之所以让你当面劝他，是因为这是很难的一件事。你给他分析一下利害。我知道他在想些什么。在这儿的机关里工作时，他常懊恼地对我说："人体！必须画人体！"有朋友给他走了后门，让他去艺术学院画过几次裸体模特，他恨这一切开始得太晚了。你想，他目前在一个小城里，遇到一个可以画的人是多么不容易。他不会轻易让步的。但他还是必须忍耐一下，也许这一切很快就会过去。

你从他那儿回来，如果时间允许，最好按我写的地址到他父亲那里去一趟。那是一个老实的退伍军人，曾经在朝鲜战场负过伤。你去了之后，跟老人讲一讲杨阳，使他相信他养了个好儿子——过去这位老同志是这样认为的，可如今不行了。一个从战争年代过来的人，见自己的儿子在单位没有工作好是非常气愤的。他不相信儿子做的那一切都是有道理的，常常写信去责备，用命令的口气让儿子停止画画。他没法明白他的儿子已经没法停止了，就像难以突然间终止自己的生命一样。父亲的态度使杨阳感到压力很大，因此放假的时候都不想回去了。那个老人认为儿子在省里的大机关工作是非常光荣的，如今得了病调回来，虽出于无奈，也算作一次可耻的退却。

五

真感谢你去看了他。你所看到的一切或许比我告诉你的还要糟，这真不幸啊。我写到这儿，隐隐地觉得这不幸绝不仅仅是属于杨阳自己的。

你观察了，询问了，也做了力所能及的劝解。可你说对杨阳与经理难以调解的矛盾更加茫然了。你说你一直在试图弄清这种矛盾的症结在哪里，可见了杨阳以后，变得越发糊涂了。

好像杨阳与经理之间什么也没有发生。

我相信你的话。所以我对于经理一班人如此迫害一个手无寸铁（请原谅我用了这样一个词汇！）的年轻人而感到无比的愤怒。我心中无法压抑的郁愤使我坐卧不宁。为什么？凭什么？他严重地伤害了什么？他没有完成工作任务吗？你亲眼看见了他是一个什么人——面色苍白，瘦弱单薄，一双腿像儿童一样细，站在那儿颤颤悠悠的。

你一定会记住他的眼睛。我以前也跟你描述过这双眼睛：深深的，亮亮的，透出了莫名的忧伤。这眼睛望着我，常常使我不知所措，好像要做些什么，又不知道怎么去做。不是这眼睛太复杂了，而是这心灵的窗户太单纯了。一切都在这双眼睛面前化繁为简单，变得质朴无欺。

我像你一样思索着怎样去缓解他与周围的矛盾，并力图找出其中的主要因由。看来一时无力做到。正像你信中所说的，他按时上下班，从一开始到现在，一如既往地完成领导交给他的任务。他不知道经理为什么恨他恨成这样——有时像是对他发泄着什么。这些当然导致了一定程度的抗争，但由于来自父亲和其他方面的压力，他的忍耐已经快要使他发疯了。

这里面简直像藏下了什么谜一样。每当我无力破解的时候，我就想从与他相处的那几年的情形中推导出什么。在这个大机关里，我说过，他显得格格不入。他从来没有伤害过任何人，对领导的指示也总是服从。不一定从哪个方向伸过来什么东西撞击他一下，使他晕头转向。他瞪大一双吃惊的眼睛四下看着，怎么也闹不清原因。我们的机关大楼很高，平常不开电梯，上下楼的人都走楼梯。我现在还能回想起杨阳急匆匆地在楼梯上奔跑的样子。他的头发被汗水贴在额上，一个人跑着。其他所有人都手搭扶杆，缓缓地踏着台阶。杨阳瘦瘦的身影在栏杆空隙里闪动着，很像一只小鸟在挣扎。我当时不知道，他那会儿病已经很重了，可他像我一样毫无察觉。他在楼梯上跑着，性子很急。老处长皱皱眉头说："胡乱跑什么？"杨阳赶紧放慢了步子。他像别人一样缓缓地踏着台阶，有时离别人近一些，又往一旁闪一闪。有的老同志厌恶年轻人挨得太近，生怕把自己挤下台阶，就用眼角扫他。杨阳有时干脆立在一旁，孤零零地等候着。

这座机关大楼每到了午夜就变得幸福可亲了，因为只有这时候才是杨阳一个人。整整一天他都不吱一声，偶尔走出办公室，也要沿走廊边蹑手蹑脚地走。办公的人们一声不响，这种气氛使杨阳大气也不敢出。他坐在桌子一边，两眼直盯盯地瞅着什么，有时眼神里突然有兴奋的火星在闪动，一只拳头不知不觉握得紧紧的。对桌的科长把眼一瞪，他的脸立刻煞白。他怔在那儿，约莫有两秒钟，这才俯下身子看文件。夜里，差不多有一半的工作人员要回到大楼上加班。他们忙各种各样的文件草稿，搞无数的表格，一个个窗口雪亮耀眼。好不容易熬到了午夜，窗口一个接一个地熄灭了，最后只剩下杨阳的了。他从自己的屋子里探出头来，见到漆黑一片的颜色，一颗心乱跳——他不止一次对我描述过这时的情景。他小心地走近墙壁的开关，一抬手使两盏灯亮起来。接着他把走廊上、楼梯上的所有灯都开启了。大楼内亮如白昼。杨阳一个人在走廊上大步走着，又踏上楼梯，噔噔噔从二楼跑到五楼、六楼，又下到一楼。他衣衫湿透，气喘吁吁，最后才回到自己的屋里作画。

他画个不停，如果是星期六的晚上，干脆就画个通宵。这时候的杨阳就像换了个人似的，两眼犀利得可以穿透纸页。他瘦瘦的胳膊像一根有力的桑条，弹性十足，狠狠地挥来挥去。这样他就忘记了周围的一切，忘记了他处于一个庄严的大楼里。他告诉我，有一天深夜他伏在桌上睡着了，一觉醒来，想起要去干点什么。走出办公室，就飞快地往顶楼跑。后来他跑到了阳台，这才记起是来取一个石膏模型的，白天他曾在这儿画过。取了东西往回走，踏上楼梯，觉得所有的灯都在映他的眼睛。他压紧一道栏杆往下看着，见盘旋的楼梯围成的空间深不可测，下面灯光瓦亮。当他感到眩晕，就要离开栏杆时，才发觉自己迷失了方向。到处都是一样的栏杆和台阶。扶手上了红漆，还有黄色的门，全都一副模样。他一个一个拍打着，没有一扇门对他开启。他拍得手掌都红肿了，还是没有回到自己的那一间。他拼命地从上往下，又从下往上，在走廊上奔波着。可恨的强烈灯光照得他睁不开眼睛，他用力睁开，泪水就溢满了眼眶。这时候他觉得自己这么孤单。母亲，他那么想念母亲——“妈妈！”他喊叫着，四处回响，就是不见一个人影。

从那次迷路之后，他再也不敢一个人深夜待在大楼里了。

可他又不愿回到自己的宿舍，与那四个人待在一起。我不相信一个人会在机关大楼里迷路，因为楼梯和走廊都是极其规整有序的，而且每个工作人员对这个场所都熟透了。杨阳不愿反驳我，我知道他是无须反驳的。他更多地与我谈着他的画。也说他现在最难以战胜的一种东西就是思念——“我想回去，去看妈妈。”他的长眼睫毛忽闪着，像说给自己听。

就是那个夏天，机关的一次身体检查中，查出了杨阳的病。他是最年轻的一个，但偏偏他的病最重——肝脾综合征，脾脏的血管随时都可能破裂。那时就会大出血，那么我们的杨阳也就算完了。机关门诊部不敢马虎，一边给他治疗，一边联系地方住院。大约住了半年院，他又被送到一个疗养院去了。我多次到疗养院看他，他跟我说的只是妈妈和油画。

你知道，杨阳的性情很可能是受疾病影响所致，但他的疾病又是怎么形成的呢？

写到这里，我又想到了他与经理之间存在的可怕的矛盾。这种矛盾产生的原因我们搞不清，但都知道它是不可调和的。正像杨阳最终也没有被这所大机关所接受一样，那座小小的影院也不会接受他的。我甚至觉得，这个大机关的办公楼上，每个人都有一个位置，唯独杨阳从来没有过。他的办公桌所安放的地方曾经是他的位置吗？也说不上。发工资的时候有杨阳一份，仅此证明大楼上有杨阳这个人头。可发完工资，杨阳又哪去了呢？他走了，去医院了，去疗养院了，后来又调回老家了，终于在大楼上无影无踪了。他消逝得干干净净。这儿始终不承认他该有一个位置，他如果坐在那儿，就与四周的一切分外的不和谐。最后他走了，生病了，也就是自然而然的了。我依此推断那座影院里也没有杨阳的位置，像在这儿的大办公楼一样，他甚至连一点足迹也留不下。这座大楼至今还有杨阳的那张办公桌，不过是给推到杂物仓库里罢了。因为人们都知道杨阳是得过重病的人，也就不愿使用他的桌子，害怕传染，所以只好搁起来。等到时间，把杨阳的气味完全冲洗干净时，也许会有人搬出那张桌子使用。

我想我们挽救（请原谅我使用了这个词）杨阳的工作正在紧迫起来。因为在那种恶劣的情形下，他的旧病就会复发，那时候怎样诊治都无济于事，他也就彻底消逝了，连同他的油画一起。

给画院副院长信

一

也许您对我的推荐和请求感到有些荒唐。您接着会原谅地一笑，因为我是您的朋友，还是一个门外汉。不过我拒绝您的宽容和谅解，因为我要更固执地坚持说：他是一个艺术家。

我的判断愿意迎接一千个大艺术家的挑剔，甚至愿意等候你我都难以亲睹的时间的考验。是的，他是一个注定了要把自己的一辈子交给艺术的人，是在人群中闪闪发光的一个人物，一个只需用肉眼就可以鉴别出来的艺术家。

您看了他的作品也许会拒绝他。那样可真是太悲惨了。拒绝过他的所谓艺术家已经不止一个了，但愿您可不要去凑热闹。您拒绝他的理由我想得出，那就是您会认为他的技巧尚不圆熟。如果是这样，我将无言以对。

不过我很快会直言不讳地问一句：对于一个艺术家，一个真正意义上的艺术家，在他获得巨大成功的诸多因素中，属于技术方面的东西到底有多少？不错，您会说一个人在技巧上的磨炼也许要花费一生的心血——但最终决定他是不是一个艺术家的，恰恰还不是这一切。决定的东西在于他是不是一个独特的生命。生活会自然地赋予这个生命很多很多，这个生命于是就成长起来了。反过来，一个人只要接受刻苦的严格的训练，常常都会具有圆熟的技艺。而以技艺相传的，只会是一种行当，或叫作一种职业。而艺术，我的天，你能叫它是职业吗？

世界上还有什么会比艺术能更好地体现生命的冲动和力量？还有什么比艺术更贴近生命的本色和原力？

对于一个艺术家，他不能容忍从职业的角度去理解他的工作，因为那样就包含了一种侮辱。而这一切正是别人所不能理会的。

我正是从以上的意义去鉴别艺术家的。我有我的原则，坚定不移。技术方面的眼障顷刻坍塌，我不相信自己不辨真伪。我也许是一个低能儿，但我不能不忠于一种质朴的真理。于是，我只能毫无顾忌地向您进言：请您将世俗的一切偏见抛到一边，做一次勇敢的人，伸出双手去迎接一个有灿烂前程的人。

他的境况简直令人无法相信，可以说是步履维艰。他像很多艺术家一样，无法维持自己正常的生活。我想这方面的缘由您会理解。现在需要您做的是扶持他一把，尽可能地把他迎接出来。我想他在您的身边会工作得很好，您四周的人也较能接受他，因为大家都在搞艺术。在这个世界上，我想他是最适宜于栽培在您这样的花盆里的，如果他在您这里也不能落脚，那真是令人悲哀。正像很多后来被公认的艺术家们一样，他现在才刚刚开始，一无所有，您当然要去看他的画，那是他的作品。您看吧，您可能一下子喜欢上了。不过他本身就是一件艺术品。您见了这个随便的、有几分拖沓的小伙子，见了他的忧郁的眼神、薄薄的缺少血色的嘴唇、说话时有些颤动的嘴角，您会感到一阵隐隐的震动。

一个真实具体的年轻人站在了您的面前，让人不敢正视。

他可以区别于您所看到的一切人。而这之前，也许您很少见过这样的情景。不是吗？生活中那么多人，人潮汹涌，面孔陌生，但您会漠然地一眼扫过。他们身上缺少真正能够触动您的一点什么。这就是说他们太平淡了，似曾相识，缺乏更深层的陌生感。您没有感受到更具体的一个人，这个人是从土地里生发出来的，带着丰富的汁水，欣欣向荣，而绝不是一个干枯的标本。他的任何像植物身上的茸毛和枝蔓都没被修剪，完整无缺。他没有被打扮、被修饰，与身边的那一群无法调和混淆——您一眼就记住了他。

谁来鉴别他呢？让汹涌而过的人群携走他吗？不，他们会自然地淘汰他，认为他是一个在未来的路途上连累别人的人。他站在那儿，极度孱弱，赤手空拳。可他对于人间的困苦特别敏感，见了悲伤和不平就会唱一曲抚慰的歌、抗争的歌。他纯洁无瑕，一辈子也不会饮酒。几乎所有的空余时光都被他牢牢地抓住了，他在那时倾听天籁。您是个艺术家，我们的友谊也许很独特。我差不多等于手扯手地将他引到了您的面前。

您来鉴别他吧。

二

原谅我的冲动，也大概说了不少大而无当的话。不过那是我心中的谏言。现在我想，为了能把他尽快地调出那个荆棘窝，您只要让他进画院就行。您看一个画院中有多少杂七杂八的事情，他做什么都可以。

如果一开始就调来搞专业，恐怕周围会议论的，反而行不通。我们这儿的画院有一个门市部，经营书画纸砚，工作人员都是从待业青年中招来的，大多是女孩子。您那个画院是否有类似的地方？如有，杨阳去卖书画也很好。他在业余时间会学习画画。您是搞国画的，但在艺术上一定也会给杨阳很多帮助。

原单位放他走也是一个问题，这方面我正找人帮忙。他们不放他走主要是想捉弄他，让他精疲力竭，而绝不是喜欢他赏识他。这种勒索当然令人无比愤怒，不过我相信不会持久的。我正设法通过一个局长去解围，如果奏效，他就可以调出来了。因而找一个好的接收单位就变得迫切了。他如果再调到一个类似影院那样的地方，就彻底被毁掉了。

您如能调他去画院，他的生活将发生重要转折，也许一生都难以再有比这个更好的机会。说起来太可惜，一九七七年刚刚恢复高考制度时，他只差一点，没考进省艺术学院，但他的成绩可以上中专艺校。一位美术老师看过他的画，断言这个杨阳肯定是上艺术学院的料子，不要贪眼前小利进一所中专。杨阳于是放弃了一个机会。后来当然艺术学院没有考上，原因与上次相同，文化课的分数偏低。

有个事情倒值得告诉您：杨阳在中学时曾参加过一次地区级画展，中央美院的一位教授看过他的画，说杨阳的天赋极高。他现在仍与教授有通信往来。

三

您对杨阳很感兴趣，这使我获得了某种安慰。您问他与影院经理如何形成了这样深的矛盾，我却无法使您得到满意的回答。我的另一个朋友也问过这个问题，并亲自去看过，同样没有结果。您怎么也对这个问题感兴趣呢？我又怎么回答您呢？

当然，我明白一个接收单位总要关心这一类问题的。不能糊糊涂涂地调一个人进来。

但这个问题连杨阳自己也回答不了。他至今闹不明白经理为什么那么恨他，处心积虑地折磨他。最近经理又有了对付杨阳的新点子，就是让他专门负责打扫场子——广告画让邻近一个工厂宣传科的人画。这使杨阳不能容忍，与经理大吵了一架，接着病了好多天。杨阳在那个区里，不用说是最厉害的画家了，这会儿却连画广告的资格也没有了，这种侮辱太过分了。

我曾多次研究他们之间的症结在哪里，但都搞不明白。我现在只能假设经理这个人有一种折磨人的癖好，是个虐待狂。不折磨别人，他就无法平静自己。我曾经听人说过乡间有一个狠毒的老太太，一生富贵，晚年令人咋舌。在告别人世前的五六年里，她残酷地蹂躏身边的人。她可以一夜一夜不睡觉，监督跪着的使女，让她头上顶个瓷碗。她发疯似的指使周围的一切，让整个大院里的人像热锅上的蚂蚁那样奔波，别人不准大声说话，不准笑，连脚踏地都不准发出咚咚的声音。离她十几丈远的一个长工夜里打呼噜，她让人赶紧把他扼死——人们把长工偷偷赶跑，回来禀报说已经埋掉了，她这才舒了一口气。她要喝鸡汤，但不准许别人宰鸡，而是让人把鸡缚了翅膀和双腿递给她，由她亲自拧断鸡的脖子。她离开人世的最后一刻也该记上一笔，因为这是绝无先例的。她大口呼气，眼看就不行了，儿媳抱着孩子说：“快哭奶奶！”小孙子伏在一张松弛的老手上。这只老手抖着，却越收越紧，死死攥住了一只嫩嫩的小胳膊。小孙子疼得大哭，老手还是不松。一家人吓得喊起来，好不容易才把她的手扳开，见她已经过去了。再看小孙子的胳膊，留着深深的指印，有好几处流出了血。

这就是那个老太婆的故事。有些人年纪不是特别大，心态与她却差不多。他憎恨一切比他活鲜的、真切的、生动的东西。任何东西以任何方式展示出美丽的姿态，都会引起他的刻骨嫉恨。要与他平安相处，也许只有装出一副临近死亡、畏畏缩缩、垂头丧气的样子。他不承认生命的规律，也不知道自己的来历，想像金石那样刚劲不朽。他是世上最愚蠢的人，却要用这种愚蠢的刻度去统一一切。人类不能没有歌唱，就像绿色中必然要绽开鲜花一样。有些人喜欢死寂无声的世界，这样他的号叫才会显得惊天动地。你要让那样的人震怒是十分容易的，也是自然而然的。你的血液只要是鲜红的、滚烫的，只要还在奔流，他就不会容忍。这种恨看起来像是无缘无故的，但这种恨恰是最为可怕的。我之所以找不出经理与杨阳矛盾的根源，其原因就在这里。为了什么事情闹到了势不两立，一个偏要将另一个制伏制死呢？谁也说不上来。

写到这儿，我想与您讨论更多的问题。比如说，为什么有人虽然也享受着艺术成果，但却常常对真正的艺术家表现出莫名的怨艾？这种怨艾甚至滋生蔓延，演变为深刻的仇视。并且他们乐于展示这种冲突，显得自己格格不入。而在一定的时机，又恰恰是这部分人最容易附庸风雅，装出一副十分在行的样子，像抓住了一只麻雀那样，要把艺术拳在掌心里。这种令人哭笑不得的事情并不罕见——您是画院的领导，大概见得更多。我想一些心智苍白而又品性恶劣的人，必然会表现出这样的变态心理。他们面对五光十色的生活，麻木不仁，百无聊赖，往日的放纵使他们如今已无可挽救。但他们又不甘心让人们听到呻吟的声音，于是就放肆地谴责他们嫉恨的一切。艺术是心灵旺盛的泉水滋养出来的，所以那些心底枯干的人最容易迁怒于艺术。他们可以标榜自己是与艺术家格格不入的“另一类人”，而绝不愿承认自己是一个颓废衰败的人。其实艺术家最为神奇又最为平凡，就像一粒沙子那样普通：他只是人类当中应有的一种现象，就像天空必然要发生的放电现象一样；他说到底是一种劳动者，是人的最本能的创造欲望的体现者。从这个意义上讲，仇视艺术家的人不仅天性顽劣，而且不可理喻。说到底，对艺术家的那种怨艾和仇恨也可以看作一部分人的本能，那就是出于对一种旺盛的生命力的恐惧和嫉妒。

再比如说，为什么艺术家的行列里能够潜下更多的浑蛋和无赖？奇怪的是，他们偏偏要打扮成一个艺术家。这些人好比花蕊里的虫子，伪装成花朵中间活动的生命。这是不是因为一种劳动复杂到难以言说的地步，反而更容易掺假？它不可言说，只能用一颗心去默默体察，因而沉思不语。一个伪艺术家是难以被识破的，即便辨认出来，也不容易说得清晰。人们提出的证据只能是一种感觉，而人世间的任何法庭都是排斥感觉的。有的人说到底是人世间最懒惰的人，游手好闲，惧怕劳动。任何物质生产都是可以触摸的，实实在在，可以用尺量，也可以以数计。那儿没有他的藏身之地，于是他就选择了精神劳动。这种人的贪婪是远远超出一般人的，他为了攫取更大的利益，常常使用最残酷的手段，用真正陌生的方式把艺术家们击倒。更为恶劣的是，他们是那些仇视艺术者的天然盟友，内外勾结，险恶非常。

我不知道要做一个真正的艺术家有多么难。他们除了因为沉浸在那样一个瑰丽的世界里痴迷忘返、懵懵懂懂、不知不觉被脚下的自然坎坷绊倒之外，还要提防另一类人从后脑那儿伸出的棍子。任何打击都首先指向大脑，因为那是人的核心地带。他实在太需要保护了，太需要谅解了。这样的艺术家不仅在熠熠生辉的时刻需要援助，而且在刚刚起步时就要有人扶持。杨阳就是这后一种情形。你问他与经理产生矛盾的原因，我不能回答得再具体了。您是副院长，您比我更有资格回答——请原谅我的刻薄。我只是要求您能赏识他，帮助他。我觉得您在献身于艺术——既然这样了，那么我的要求就不过分了。

我这次唠叨得可不算少。您爱怎么想就怎么想吧。您可以微笑着看待我的激动。您只要明白，我的激动是因为我要给您推荐一个艺术家，他很困难，他很年轻，他很危险！您明白这些也就行了。就写这些。

四

把他来这个大机关以前的情形告诉您吧，您可以更好地理解他和他的处境。整个过程简直是一个悲剧，我极不愿意谈它。

那是杨阳两次高考失败之后的最沮丧的日子。街道上请他画一些宣传画，他干得非常卖力。为了排遣心中的不快和焦虑，他把那些画画得又大又亮，各种颜色向人直逼过来，看上五分钟，就像被各个方向伸来的拳头揍了一顿似的。他握笔的姿势让街道上的人觉得好生奇怪。他们认为的画家只是平常在街头阳光下给人画肖像的人——那些人两眼如鹰，戴着老花镜，小心地捏紧一根碳梗硬描。那才是画家哩！而杨阳瘦弱不堪，站在竹皮做成的长条脚手架上，衣服被风吹得皱到了一边。小家伙的大笔往上一捅一捅，一会儿就捅出一轮太阳、一片田野。围着观看的人真不少，老太婆们吸着嘴，发出“夫夫”的声音。

观看的人当中有一个留络腮胡子的人。这个人高个子，五十多岁，两眼生得很厉害，看上去醉眼蒙眬。当时谁也不知道，就是这个人要决定杨阳的命运。

他一连几次来看杨阳画画，他是省里一个大机关下来招选干部的，是一个处长。他毕竟在大城市工作，并且他的儿子也学油画，他慢慢看出了面前这个小伙子是个好材料。当时他的心有些痒，走开两步又退回来，最后大概下了决心。

第二天，他向当地有关领导提出：这个人他要带到省城去。

这个消息震动了半个城市。人们都为杨家的人高兴。那个大机关的名字可是吓人的，去那儿工作当然了不起。杨阳的父亲是退伍军人，老人无比兴奋，没有商量就一口答应了。杨阳当时也觉得非常愉快——虽然他已经感到有什么不对劲的地方，因为他酷爱画画啊。他高兴的是作为一个人，可以初步结束在十字街头徘徊的尴尬了。走吧，去省城！去那个大机关！

就这样，杨阳被处长带走了。他启程之前曾在被窝里想过，这回要亲眼见到那座更大的城了！他要把城里的所有楼房，甚至所有的窗户都画下来。他会见到很多很多的画家，结识很多很多的画伴。什么也别想阻挡他，他要画个天昏地暗，不停地画，把居住小屋的天棚、地板、四壁，全都画上鲜亮优美的图画。那时，他就算居住在图画之中了。他甚至想过要在将来寻找一位美丽的体积很大的姑娘，把她也画到画里。如果她愿意，他完全可以在她的身上也画上画，画上美妙的阳光下的水滴和绿色的蜻蜓，画上红艳艳的果子……第二天启程了，第三天就来到了省城。

他不觉得省城有什么好，黑色的烟雾弥漫在空中，他从车窗往外看了一会儿，后来一抹脸，抹下两点油灰。油灰是从哪里来的?

开始分配工作了。处长把他交给了副处长，副处长又把他交给了一位科长。科长是南方人，说一口古怪的普通话，并用这样的话扼要介绍了机关的性质，此次招选干部的标准、目的、其他要求，等等。接着，与杨阳同来的一大帮子人，都被送到一个机要训练班里去了。

杨阳这才知道大家都来做机要工作。训练班的纪律难以想象的严明：吃饭和上操按时准点，站队报数；一个人不准外出，走得稍远了必须报告；信号灯一亮，要马上坐在操作台前；一分钟内拍打多少码子；准确而迅速地换算……杨阳适应起来也快，半年下来，就像个机器人一样准确无误。在整个训练班里，他的各项成绩最好。又停了半年，训练班结束了。生活虽然依旧紧张，但毕竟不是在接受训练了，这就松弛了一点。杨阳于是又想到了他的画。

接下来的日子里他像害了热病似的，坐卧不安，口渴烦躁，一双眼睛里有什么在燃烧。周围的人找来了科长，又找来了那个目光蒙眬的处长。处长看了他一会儿，当证实了人们报告的事情属实时，就慢声慢语地说："杨阳，你可要努力啊，不要让领导失望。"杨阳紧紧地盯着处长，几乎是喊了一声："处长，我要画画！"处长一愣，立刻摆手："不行，你是个好材料……"

杨阳哭了。他再没有吭声。

最可怕的要算是值夜班了。那时候整个大楼漆黑一片，只有杨阳一个人。他害怕极了，但夜里偏偏记起的是小时候听过的鬼故事。他一闭上眼，就看见无数的鬼在长长的走廊上跳舞，五颜六色。好不容易睡着了，突然信号又响起来，“哇哇哇，哇哇哇”，像小孩子哭一样。紧接着红灯绿灯交错闪亮，自动呼叫系统也发出声音。杨阳搓揉着眼睛，一颗心嗵嗵跳着奔向操作台。工作时间也许只有短短的时间，也许只是演习，但杨阳从工作台上下来，就再也睡不着了。白天要照样上班，因为轮流安排值夜班，每人在工作室睡一个星期。

杨阳在跟我叙述那时的情景时，常常要不时地回头看看，好像那段生活就在身后一样。那时他已经不做机要工作了，离开了操作台，做了机关资料员。那个处长好像失望得很。

他被调离机要岗位是必然的。因为他后来不顾一切地画了起来，疯迷了一般。我曾见过他画的一张操作台的油画，那真是一幅杰作。我认为肯定是杰作。我不相信有人可以产生如此奇异的联想。在机要操作室里，一切都是依靠坚硬的逻辑而存在的。每一个按钮都是严厉的、冰冷的。而杨阳却让它们有了热情，有了生命；连飞旋的电波也有了光色和性别。您如果看到这幅画就好了。这是件非常可惜的事情。我当时望着这幅画，身上一阵阵燥热。您看到的会是人间一块特殊的田野，上面衍生了一些特殊的生命。生活中灰迹处处，蛛网丛生，只有火热的电波在歌唱。那些密密的按键被一种无形的力量击中了，痛苦欲裂，嚎叫声使人发疯。红的灯绿的灯摇曳不停，像升上半空的水莲。自动呼叫系统的鸣声器像人的眼睛，怪异、深邃，蕴含了深深的愤怒，张望着所有的人。看不见的黑暗处好像存在着另一只独眼，那仿佛是一个老人的目光，一会儿善良一会儿狠毒，无声地笑着。风在吼叫，机关大楼的尖顶摇震起来。只有操作台正上方的工作灯像一只蜜桃，水灵灵，鲜活可亲。一群蜜蜂卷成筒状，在窗外旋动，背景是中间蚀了黑洞的银月。电火花响着……这样的一幅画，我无法讲得清。最不幸的是它被副科长看见了，于是很快传到了处长手里。

我以前说过，处长的儿子也是画画的。处长看不懂杨阳这幅画，就回家给儿子看。他的儿子一把抢到手里，盯着画大口喘息，不愿吃饭。后来，他用拳头擂着桌子，不知为什么哭了——这是处长后来跟别人说的，具体情况不得而知。反正是那幅画再也没有送到杨阳手里。只是不久，处长儿子来找杨阳了。杨阳接待了他，谈着，沉默着，一个小时过去了，突然处长儿子插上了门，反身坐下，哭了起来。他说："原谅我，原谅我……"他抱住了杨阳，用脸贴了贴杨阳的脸，又坐到原处。两个人还是沉默着。不一会儿，同屋的人回来敲门，处长的儿子坚决不开。这事惊动了处长，他亲自砸开门领走了儿子。

杨阳告诉我这件事时，两眼闪射着光亮。他说处长儿子是个少见的人物。我问他有没有才华。他点点头："当然有。"停了会儿，他又告诉我："那幅画被他撕掉了……他后悔了，又从垃圾桶里拿回来，拼接贴好，可已经不成样子了。"我吃了一惊，赶忙问："为什么？"杨阳说："你问他吧。"

到底为什么，我想只有处长知道，因为事后他果断地决定了两件事：一是将杨阳调离机要工作岗位；再就是不允许儿子与杨阳接近。他们后来真的没有再见面。为这事，杨阳曾经十分痛苦，时间长了才略好一点。处长说过："世上有一个疯子就够了，两个疯子分开也好得多。"他的眼睛没有神采，可是我从日常的接触中发觉，处长是个聪明绝顶的人。他显然藏下了更隐秘的心思。他很爱他的儿子，并且极其看重儿子的绘画才华。我越来越感到困惑的是，他为什么不让杨阳与他儿子一起切磋？又为什么不从艺术事业的角度稍稍支持一下杨阳呢？他的心未免也太幽暗了一些……后来我又多少原谅了他一些，因为我觉得一个人心灵的空间可以开通和间隔成无数间，我无权简单化地理解一个父亲与一个儿子的特殊关系。

处长能够从遥远的地方将杨阳选招到省城，能说与儿子的事业无关吗？究竟是哪根神经受到了触动，使他下了那样的决心呢？处长故意将一个天才禁锢在机要室里，让红绿灯闪乱他的双目，能说与儿子的事业无关吗？这种关系又是什么？这其中有什么心理在作怪？而最后，处长又为什么坚决制止两个酷爱艺术的年轻人接触？

我回答不了，亲爱的朋友。

我只大胆假设一个事情，这就是，在处长的儿子看到杨阳那幅画的那一刻，长久蓄成的一种自信心在这一瞬间被彻底地击垮了。处长的儿子流出的是绝望的眼泪。

接着，杨阳就是一个无足轻重的资料员了。这对于他倒是个好事情。他一度很感激处长，但渐渐事情有了变化。他发现没有人对他退出机要部门一事表示谅解。机要工作是神秘而神圣的，一个人从这个岗位上被剔出来，就好比谷地里拔出的一棵莠草。人们猜测着这个瘦瘦的小伙子有什么毛病，是否被查出了什么历史问题、现行问题，是否行为不轨。还有人说这个小伙子之所以瘦削不堪，是因为邪癖在身，记忆力减退，当然不适宜做机要工作啦。杨阳紧咬着牙关。他只是画着，利用一切间隙画着。

他的画很多很多，据人讲藏在了什么地方。他有一次给我看过一幅人像，我看着看着愣住了。这是处长的儿子，绝对没错！

被画出的小伙子是让人永远难忘的。杨阳那么敏感准确，那么犀利地一下子抓住了对方肉体之内深潜的隐秘。我甚至不敢久视画面上的一对眼睛。这对眼睛初看像女孩子的一样美丽温柔，可慢慢又可以看出一股凶悍的光焰在跳荡，那瞳仁像针尖一样又亮又小，咄咄逼人。再看那被一轮朝阳映红的头发，乱蓬蓬，一绺一绺，好似狂风中不甘熄灭的火苗。我吸了一口凉气，说：

“我知道你画的是谁。”

杨阳的目光暗下来，叹息一声说：“没有人读懂我的画，只有我画的这个人除外。”

当时我们都沉默着。那一天我们在黄昏的天色里沿一行白杨走了很久。那是个深秋的日子，我们把一行白杨走尽了，又奔向一溜红枫。枫树叶已经有不少落在地上，杨阳取一片最红的放在手里。一道挂了青色石英墙皮的大墙在红枫的另一边。那是个陌生的、秘密的大院。大院十分森严。我们常常在这条路上走过，我很喜爱这条路。结婚以前，我与爱人常常走在这条路上。杨阳看了几眼高墙，没有作声，奇怪的是从来没有人问过这是个什么大院。我们一直走到天色漆黑才折回去。那天我请他回家里一块吃饭，他拒绝了。

杨阳的肖像画使我知道了他长久地惦念着一个人。这个人是他的朋友还是敌人？这是两个刚刚握手随即分离的年轻人。

在给我看画的第二三天，他病倒了。这次病把他折磨得太厉害了，发烧，说胡话。他刚刚清醒就跟我要一样东西。我好不容易听明白了：他让我去宿舍取来那张画像放在病房里……不久就是机关体检，再不久就是杨阳查出了大病，再一次入院，到疗养院，直到调回老家工作。

他走后不久，一次偶然的机会，我见到了处长的儿子。这个年轻人已经完全变了一个人。他衣衫不整，神情沮丧，瘦得皮包骨头。我与他说话，他傻傻一笑，摇摇头走开了。后来我才知道，处长正为儿子忧心如焚，曾请了不少医生。这些医生大多是神经科的，他们都表示无能为力。后来有一个内科医生提议请一个肠胃专家来看看。他说人的一切疾病差不多都是胃的毛病引起的。处长冷冷笑了两声，再也不为儿子请医生了。那个小伙子常常在机关大楼下面转悠，再也无心画画。

这就是杨阳在这个机关的大致情景。您或许可以从中了解一下杨阳和他的艺术。我想这不仅仅是杨阳个人的悲剧，因为其中至少包含了两个角色。我不理解他们。我只知道他们是一对熊熊燃烧着的人，酷似一对孪生兄弟。可他们却是那么不同。

处长现在仍旧是处长，只不过几年来皱纹骤添。

五

杨阳又来信了。他被爱情困扰着，也被画困扰着。我读着他的信，有时真想让他直接找您一趟。当然这不稳妥，因为您太忙了，这需要您的应允。

他在信上说，夜晚他怎么也睡不着，为什么？就因为他构思的一幅新的作品上，有一架风车，有盐——他想到了盐的光亮，怎样在画布上表现这光亮……他的确是因盐的光亮激动得睡不着的。您看，就是这样一个脆弱的艺术家。我敢说能被食盐的光亮激动得失眠的人，肯定是一个艺术家。

食盐在这儿仿佛又成了我新的尺度，但我是认真的，您也一定会同意我的。

我心中一阵阵急躁，不断回忆与他在一起的情景。我发现我需要一颗纯洁的孩子般的心灵的陪伴。我也需要艺术的滋养。

而这二者，杨阳身上都具备。眼看着他在一个暴君手下受苦受难，我不知怎样才好。您的回信给我希望，我也完全能谅解您对于这件事的一切看法以及解决它的所有步骤。您显然是对的。您考虑问题是艺术家的方式，但更是一个行政领导的。也许您的办法才切实可行。

还需要我活动一下他身边的什么关系，请您告诉我。

对了，我不得不提一下倒霉的海参，我看出来了，您是迫不得已才告诉我的。不错，杨阳的境况得到改善，他最终要调出来，最后恐怕还是要借助于文化局局长的力量。通过一个人——这个人的选择我尚需再想想——送给局长一点海参是必要的、必不可少的。不过我打听了一下，最近海参是极不好搞的，而且贵得吓人。我想商量一下，海米能不能取代它——当然数量可以多一些——能不能呢？

我不得不在信上问一问。悲夫。

六

收到了您的信。事情是这样的，杨阳回老家之后谈了两个朋友。第一个结束了，第二个尚未结束，但没有定下来。这个事情当然关系到调动，不过问题是那个朋友并不理想，杨阳与她没有中断关系，完全是他的性格所致。

您要是读一下他有关这方面的信就好了。杨阳性格中刚强和柔弱两个方面都让人吃惊。他太善良了。目前这个是个打字员，杨阳多次画过她，我也看过寄来的一些素描。有一些，显然作者倾注了巨大的热情。不过杨阳要画一棵树也会这样的。他信上说，她有时很美，不过有点狡猾，像小狐狸那样。这又有了另一种可爱。不过问题是他已经感到了她不是十分爱他。她如果被他所爱，那么他会终生不渝。他就是这样的一个人，是一个真正的男人。他回去工作后遇到的第一个朋友曾经强烈地打动过他。那是个修鞋女工，据说她的脸有些红，眉毛弯弯的，笑起来嘴巴有一点歪。杨阳像欣赏一件艺术品一样，曾仔细地、快乐地向我描绘过她。他说："也许我与她再也不会分开了？"这句话的后面不是句号也不是叹号，而是问号。

他说他那时很多的作品中都有一股暖融融的调子，几乎比任何时候都爱使用明亮的黄色。他自认为那时的画是很棒的，"绝对来劲的东西"，"我明白自己是怎么了"，"这一切也许会过去的？"他后来的话中总是使用问号。这反映了他那颗兴奋而忧伤的、动荡不止的心。有什么不好的东西在隐隐地渗透，他艰涩冰冷的生活中印上的这一道阳光正缓缓地消逝。他说他们散步的时候，他更多地想起的是在大机关工作时的情景，那时他似乎真的爱上了一个人。可惜在一切还远远没有成熟的时候，他被疾病折磨得倒下了，最后离开了那座又混乱又温暖的肮脏的大城市。

杨阳在机要训练班里认识了一个戴眼镜的姑娘。她是一位机要员的妹妹，当时正在机关门诊部工作。她的名字很怪，叫咕咕——杨阳奇怪地盯着她的脸，说：“咕咕咕。”他不知怎么多叫了一个“咕”，听起来有点像斑鸠的叫声。姑娘的脸唰地红了，杨阳也不好意思地退开了一步。他这样叫她的名字完全是无意的，那只是发音器官的某种惯性。他还小，远远没有学会逗姑娘呢。他是真正腼腆的孩子，他自己就像个姑娘。咕咕常来看哥哥，渐渐跟杨阳熟得很了。她曾摘下眼镜让杨阳戴上试试，杨阳戴一下赶紧拿下来，说：“晕死了。”又说：“这么晕你都能戴，真行。”咕咕哈哈大笑。杨阳第一次见到了摘去眼镜的一双眼睛：她的眼睛这样大、这样柔和，像两湾深深的湖水。他喊了一声：“哎呀！”

后来他凭着记忆画过这双眼睛。

咕咕高高的个子，皮肤并不很白。她在门诊部搞注射。让人见了最难忘的，除了那双眼睛，还有顽皮的嘴角。这样的嘴角与温柔文静的面容形成了很大的反差。她在那儿搞注射，杨阳就不去打针。他的身体很弱，需要打针的时候很多，但他总是忍着或到别的医院去。他说，他自己很脏，很脏很脏。

咕咕是一尘不染的，像阳光一样明亮和洁净。

结果杨阳最后查出了大病，烧得迷迷糊糊，被抬到了门诊部。给他注射的正是咕咕。咕咕卷起他的衣服，一眼看到的是瘦削的身躯、儿童似的臀部。姑娘打完了针，在用酒精棉球轻轻搓揉的那一刻，忍不住流下了泪水。她一声不吭地坐在一边看着他，等着他睁开眼睛。在杨阳病倒之前，他曾借给咕咕很多画册，还给咕咕画过好多张画。咕咕会长久地保留着这些画。

杨阳那天醒来，一眼看到咕咕，脸一下子红透了。他最终还是没有逃过咕咕的针头。

我在杨阳住院后常去看他。他告诉我咕咕也来过。只要提到咕咕，他的眼睛就立刻明亮了。我们的谈话常常有意无意地转到咕咕那儿。咕咕给他的水果他一个也不吃，全都放在床头柜上。他挑拣一个红的握在手里，又放在眼睑上滚动一下，说："真好的一个苹果。"

他从疗养院回来，有时要去找咕咕一次。咕咕的哥哥制止妹妹与杨阳接触，说那种病是传染的。咕咕似乎并不在意。杨阳也知道咕咕家里人不欢迎他，但还是要去。他对我说："我想看见咕咕，到她单位上，也到她家里去看她。有一天我怎么也受不了，跑到外面，跑到咕咕家楼下面……'咕咕！咕咕！'"

后来发生了一件不幸的事，我相信杨阳一辈子也不会忘记，也相信他下决心离开这座城市，与那件事有关。那是八月里的一天，杨阳一整天都把自己关在办公室里，这是个温暖的星期日。他狂热地画了一天，傍黑时分完成了一幅画——他说这是他最满意的一幅了。他画了一棵半边碧蓝半边火红的枫树，树下站着咕咕。咕咕的眼睛看着什么，热烈的目光投向正前方。他携着画跑到外面，一直跑到咕咕家的楼下。在楼下站了一会儿，他又蹿上楼去，擂着咕咕家的门——那时也可能是咕咕不在，开门的是咕咕的哥哥，他两手沾满了面粉，扫了杨阳两眼，怒冲冲地就要关门。杨阳举了举手里的东西，喊了一声："咕咕！"高大的男人转过身子，一把扯下画，骂了一句："滚你妈的蛋去！"那扇门轰的一声关上了。

他呆了片刻，扭头走了。他这才明白，这个凶恶的男人绝对不会允许妹妹再走近他了。他扭头走了，迈出了离开这座城市的第一步……很多天以后我才知道这件事，我非常愤怒，并鼓励他到单位找咕咕。他摇摇头，说，他这回明白了很多。"'小痨病鬼'——那个家伙以前这样笑着骂过我。我明白了，我没有资格靠近她了……咕咕！"他就这样，离开了。

您看，他是带着肉体和心灵的双重创伤离开了这座城市的。他要回到他出生的小城去。他是从那儿挣断脐带，投入了沸沸腾腾的生活的。如今他又回去了。

首先是文化局的背信弃义，并没有像许诺过的，让他专业绘画；再就是那个经理对他的百般折磨。他现在连一个人起码应该享受的平静和安全都得不到，又怎么进行艺术创作呢？他在那个窝窝囊囊的地方被啮咬到什么时候？这谁也不知道。

我有时愤怒地想过：这座城市厌弃的，将是她的最了不起的儿女之一。

您是画院的副院长，正处在一个可以帮助他的地方和时刻。如果您像对待您一贯的艺术追求那样不倦、那样不知妥协，就一定会成功地帮助他。只要您的画院要他，他做什么都可以。

他永远不会让您失望。他是个弱小的又是个坚强的人。您如最后决定了就来一封信，那边放他走的事，包在我身上。

该说的话差不多都说完了。请您扶持我的朋友吧！请您挽救一个被爱的火焰烘烤得浑身灼热的艺术家！请您挽救一个正在遭难的艺术家！您将功德无量！紧紧握手！您的朋友！

附杨阳信

一

今年的情况看来更糟些，因为经理召集人开会，把全体人员分成三个单位，就是三个小组。我们检票、烧水的和扫地的、画广告的是服务组。经理不让我下午画广告，从四点三十至五点这半个小时，要突击准备晚场。其余就是让我帮伍大娘（烧水的，她是经理的远房亲戚）抬煤。原来有一个推煤的小铁车，后来没有了。我怀疑是他们故意给了另一个小组。时间安排得太紧，我觉得把我编入服务组的目的就是治我，我几次提出不干抬煤的工作，因为前几年烧水的人都是自己运煤。经理说现在是包干制，爱干不干，耽误了供应开水，就在月底扣钱。无奈。

我对广告画越来越头疼，纯粹是商业玩意儿，没办法。经理说这张好就好。他强调要画好女演员的关键部位，即乳房要凸出一些。这对我的打击非常大。我最后的一点权利也受到了干预，我简直被气个半死。每逢看到他那个黑乎乎的指甲在我的画上点来点去，我就恨死了他。他身上有一股怪味我也闻到了。我敢说全天下没有一个人能有这种气味，不是酸臭，也不是霉烂味，好像是硫黄又加进了兔子粪似的，真的。他就是刚刚洗澡回来也让人恶心。

这几天做梦老离不开经理，我常听见他从窗外喊我，赶紧爬起来，心跳，外面什么都没有。我缺少的睡眠没法计算。我已经三个月没有好好睡一觉了。

前几天经理又破口大骂了，没有点谁的名，只是骂服务组。他骂着闯进屋来那会儿我正调一块颜色。当时我身体一抖，以为他会给我一巴掌。他没有动手，只是手一指外面，让我出去抬桌子。

我最怕的事还是回宿舍。我和民工合住一屋，身上爬满了虱子。这些民工有不少是从讨饭的那些人中招来的，原因是工钱便宜。经理说让谁干谁就能来干，来的人要送给经理很多东西。全影院就我一个人睡在这儿，这当然是欺负我。

他女儿放假来影院里玩，她到我这儿来看了，听说我会画画，又是从大机关回来的。总之，她来看新鲜。经理（我真想有一天能用石块把他的头拍碎）还能有这么好看的女儿。她的体形令人难忘。不过这个小家伙的神气有些让人讨厌。

近来常常后悔，觉得来这个城市的这一步是走错了。不过现在是回不去了。在你身边就好一些，那时我心里不痛快就找你说一通。现在差不多总是我一个人。我想家，又不愿回家。我父亲看不上我，好像也不支持我画了。他最高兴的时候是我在大机关的那会儿，现在好像一切错都是我的了。他根本不听我的解释，自以为是。他说我完了，让他想不到。

妈妈在的话，我会好得多。可惜她去世了。我一写到“妈妈”两个字就想哭。我有一半的画是想着妈妈画的。

二

我真怕给陌生人写信。按你说的，给局长的那个朋友写了，真不好写。记得曾看你写信，马上就写好了——可我在这方面要用多得多的时间。可这是必须的。我想我对他什么都不了解，怕误解。有一天我收到他的来信，我马上回了信，但好多天没有回音，我心中又后悔又惆怅！我写了工作情况，但与写给你的信比，简单多了。我不知我该不该写那些。我天天等他的信。也许是我的自尊心太强了，陌生人回信晚了我就受不了。我对他介绍了目前的处境、这儿关系的复杂等。

我告诉他想快些调出去。去文化馆当然好，但不好调，盯着那儿的人太多了，刚来时就是被人挤掉的。实在调不成，与这个影院的头儿谈谈，能对我稍微公平合理些也行，不过我怀疑这很难。区里想成立个广告公司，一年多也没成立起来。据说他们早就盯上了我，想要我去。但也有朋友劝我最好不去，我明白他的意思。那儿是有活干的，画外面的大型广告。全市有一百多个广告牌，画完最后一个，前面一个又褪色了。天天画机器，枯燥无比，再也不会余下好的心情。长期下去，会练成一种不好的笔法。这是最糟的事情。不过我目前在影院的处境，我恨不能立刻就走。

三

最近，我终于处理好了一个重要事情，就是那个人不会再来缠我了。和她的最后几次交谈很不愉快。她也终于暴露出很多毛病，有的方面可以说是虚伪。我有时想，就是一辈子不结婚，也不要她。最后，对她仅有的一点好印象也不存在了。好了，终于过去了，谈她没意思。

在她走后的第二天，有一个很独特的美丽女孩来找我。她很适合做模特，气质不错，她真有意思，看来追求她的人是有的。我对她不很了解，她以前当过售货员，后来才去了修鞋厂。奇怪（在有些人看来）的是她倒很满意这个工作。她二十二岁。我为她随便画的小像，她挂在床头。明天我们一起出去玩，画画，照相。

前几天我不愉快，一个人悟出个道理——对你不好的人，在关键时刻是闭口不语。像对那个女孩（以前的），他们甚至支持我与她好。当然，有个画画的朋友就劝过我干脆算了吧。

现在算是愉快了。明天会愉快的。不过我写这信时，不是告诉你别的意思。也许我与她只是朋友而已。

这时我又想起了咕咕——记得吗？不知她怎样了。那时我们的散步，现在还听得见脚步声。我走在她后边时，一抬头就看见一条干净的半旧的蓝条绒背带裤。与现在的女孩在一起没有这样的感觉了。

我写这信时，抬头可见经理办公室的窗子亮着。他还没有走。我的笔按在纸上像要折断了。我不写了。

四

前些天我去那个区找了他一趟。他虽是你的朋友，我去时还是鼓了很大勇气。我对陌生人都多少有些怕。我怕他是个我不喜欢的人。去了两次都没找到，我又有些高兴，好像就是为了见不到才去的。我留下新的地址回来了。不几天收到了他的来信，说他不在家，很抱歉。其实也是我不好，我应等他回家。我太急，不该匆匆回来。我写信向他表示了歉意，并把近来的情况告诉了他。

最近影院正在上新的录像。除了来新片子，来重要的片子，不然连两三天画画的时间也不给我。一个月只画两次。经理倒知道宣传的重要，不过他要求的是另一种效果。这一段时间我主要是看门、扫地、抓逃票的人等。在影院里，我除了受服务组组长的领导，还要受办公室的领导，是唯一受双重领导的人员。他故意这样制定。这对我很不利。还有组长，我们都出了力，拼命干，经理常常表扬他。那人的欺骗性很大，组长也看出来了。现在，我们都成了眼中钉！

现在工作量大极了，卫生区增加了一倍。差不多一年了，我一天病假也没休，真不容易啊！组长请了六天病假，经理在会上公布规定：大夫的病假条只起建议作用，要他再批准才行。副组长是他的狗，以前就找过我的茬，百般刁难。组长与经理暗斗，我在明斗。他口上喊改革，其实是养着一些，累死一些。影院是个三不管单位，非常黑暗，经理干什么都行。区里的广告公司还没批下来。以前文化馆和剧团办的都倒闭了。我倒真希望它能成立，它想要我。这个希望可能破灭。不该回来。几年了，整天与小人周旋，为工作发愁，太没意思。如果这儿有个真正志同道合的朋友，我也会坚持下去。

当时调文化馆就受到很大阻力，看来，我的命太差。文化馆馆长是我的老师，一九七七年因他的一句话，我放弃了上中专，失去了一个机会。不过我对他还是感激的，他毕竟教过我，也帮助我调文化馆，可局里有个人很坏，与馆长有很大的矛盾。因馆长在剧团时办垮了一个广告公司，局里就扣了他三个月的工资。钱退还了，可还是结下了仇。局里那个人认为是馆长帮我调动的，于是在我到来之前半个月，把下面一个文化宫的美术老师调到了文化馆。馆长后来到图书馆当馆长，又调我去图书馆，我因恋着画画，就去了影院。因为当时讲好是专职画广告，我哪里晓得会是这样。

我不能像狗一样去讨好经理。去年九月我为艺术节画画，被扣去了两个月的工资。十一月又找借口扣去了奖金。他用各种办法打击和羞辱我，使我无法安宁。我不会向他屈服。我连他如此仇恨我的原因都不明了。我有时怀疑是否有人暗里说了坏话，使他对我产生了误解。有时又怀疑我的父辈与他的父辈有世仇……这些怀疑都没有理由。你来信一再询问产生矛盾的主要原因，让我回忆有关事件。我知道你的好意，但我实在不明白，好像他生来就是要恨我一样，我从来没惹他，真的，一丝也没有。

这一切也导致了恋爱的不顺利。曾经有个姑娘，她很淳朴。我们分手了。这事我曾告诉过你。现在的这个是新认识的。她被男方抛弃，通过听她说，我很同情她。我知道那个男的是个伪君子，可是她还留恋着他！我不明白，她为什么告诉我这个。我们认识有两三个月的时间。我想对以前的事不应计较，重要的是喜不喜欢。我只是很同情她。她也说过，我们大概不能成。她要“嫁鸡随鸡”了。近来我很苦，不知怎样才好。她不能使我幸福，都不能。我想提出分手。我又要得罪一个人了。现在看来是走错一步，步步都错。我没有欢乐、爱情、幸福！什么能使我坚持下来？我始终在幻想。我的心中存有希望，有心爱的艺术，有光亮。如果发挥出来，起码在社会上也能有价值。

画广告牌，这是服务大众的艺术。经理虽然现在贬低我的广告画，但懂的人还是认为我的广告画有水平，有灵性，与其他地方的不同，比如省内几个城市的。也可能是我对待每一幅都较认真。广告牌的寿命很短，也算不上高级的艺术。再也没有比我更不适合搞广告的人了。

五

父亲来信骂我了。他来看过我一次，那个该死的经理对他好像很尊敬，其实是在设法愚弄我。他对父亲说了什么我不知道。父亲心里不赞成所有工作不好的人，不管这个人怎样。但我的工作是认真的、大家都肯定的。工作不好与跟领导的关系不好是两个问题，可父亲就是不懂。

他对我说的那些话，使我一辈子也不想回家了。我一个人，真的孤零零的了。妈妈没有了，这是对我平生最大的打击。父亲到我住的地方看了，他应该立刻明白，可他不。现在的时代，哪个工作人员住在这样潮湿的地方？再看看经理住在什么地方，他的朋友住在什么地方！

我在夜间胡思乱想，成了我的幸福。我想你，想在机关的日子。我那时也不知怎么得罪了领导，不过他对我还不像现在这样。我画了很多画，枫树，还有咕咕。我想去看看你和你爱人，还有咕咕。晚上我做梦，到了一条河，大概就是芦青河，上面有莲。

我每时每刻都在渴念着什么，不能平静。我想她们是可爱的还是不可爱的，该不该重新和解？不能的。我清醒的时候，就说不能的。我只想画，不停地画。如果有一个地方能让我安心地画，我会一辈子感激那个地方，哪里也不去。

经理说现在要抓思想教育了，还说首先要抓的就是我这个人。说一块坏肉不能糟了一锅汤，让两三个人分别帮助我。这其实是让他们监督我、折腾我，我仅有的一点看书的时间也被他们占去了。他们来了，就说一些不着边际的大话、开粗鲁的玩笑。我真想跳到天外去。

如果有要我的地方，我不惜一切也要调去！经理不放，我就和他拼了。没有退路，只能这样了。我太软弱，我恨自己。没有退路。

六

你信中总提到我的身体，我很感动。大体情况是这样：我认识的一个大夫前几个月看了，说恢复得比较好。自我感觉也比以前好了。现在服务组工作量太大，我算是坚持下来了。从化验结果看，还是脾的原因，白血球比健康人稍低一些。四千至一万正常，我刚刚达四千。血小板正常，肝功能正常，阴性，可能不是传染的，是劳累、营养不良等所致。从疗养院出来到现在，肝功能一直正常。我已两年没吃治肝的药了。有时吃维生素。我曾看了一本治疗书，一病例和我相似，但比我重得多，吃了中药完全好了。可医生说那样治必须住院，因吃那治脾的药伤肝，还要调理肝。所以，等以后再说吧。我的病，即使发展，也缓慢。收到你的信后，我原想做B超，但经理老找茬儿，控制严格，以后寻机会彻底查一查。

上次谈到的那个姑娘，经常来，我有点同情她。可是不会结合的，我有预感。她也感到了。可是她却提到今年结婚等话。我想了想，我以前好像跟她讲过九、十月份分房子的事。那是经理与郊区大队联系建的一幢宿舍楼，分给新结婚的职工。这房子当然不会给我，我也不会因为房子去迁就这么大的事。虽然房子像性命一样宝贵。我再在民工这儿挤下去就要死了。她还想赶快往这个区里调，总之她不想等。还是分手算了，这才是理智的好办法。

我越来越感到情绪给我的影响是多么大，还有环境。记得去年九月为了一幅小风景画，创作冲动使我半夜起床。全部改动了五六次，一次一种风格。有一次画完，我说，这是郁特里洛啊。这个法国风景画家可折磨过我。当时日记这样写道:“十七日。这幅画经历了几个阶段。开始要画一朵简单的浓云、田地，水洼里有树叶和小黄花，一种雨后的景色，受灯的启发。后来又受雨的启发，画了在雨天发着光的盐。为了盐的光，我激动得没有睡好觉。要把盐滩画出味来。整个调子是玫瑰、深褐、纯青和柠黄。去盐滩村看风车、水车，画了五六幅速写。风车转动是雄伟的，像那堂·吉诃德见到的。重画，天空用深黄加白在蓝底轻扫，透明感加强，很理想。又重画了，很忧郁，这使我想到郁特里洛，柠黄紫和蓝。虽然很深沉，但不透明。现在又全部重来。十八日。今天上手还是郁特里洛，帆布画得像青鱼皮；中午，全部刷去；下午三点重画，较顺利，加上风车；晚上，去一个地方吃饺子。今天是八月十五（阴历），月亮很圆。”这幅画你一定会看到。

最近一段时间，我什么也画不出来。现在我看书，没有目的性地看书，不知这样下去会有什么收获。

我很长时间没有休班了。真想好好休息一下。明天接连五天放映一个新的武打片子，每天五场。每月都有这么两三次。大部分观众欣赏力极差，一听武打片兴趣就来。有些很棒的片子没人看。就写这些。

1987 年 11 月月底写于济南
1988 年 6 月改于龙口

锈 刀

二盒娶不上媳妇，心里一急，想学着杀猪。他觉得做个屠宰手，轻轻松松不累，生活又好。他爹老月气得直叹气，又没有办法。

二盒长得又高又瘦，不干不净，身子懒，好吃不做，姑娘们当然不喜欢。人们都说他跟他爹太不一样了，简直不像他爹的儿子。街坊邻居都说："这孩子算完了。"

老月是个刚强的人。村里没有不佩服老月的，都知道他是个宁折不弯的汉子。出于对老月的尊重，有的人家甚至硬要将闺女许给二盒，只是姑娘自己不愿意才没成功。

姑娘跟二盒没法单独相处，因为与他在一起，觉得活着一点意思都没有。二盒身上的毛病很多，不是一句话两句话可以说得完的。他身上散发着奇怪的气味，主要是因为他不洗澡。他一坐下来就不停地挠痒，挠出哧啦哧啦的声音。他还真能打嗝，打得又尖又响。他在姑娘面前没有一点刚气，松松垮垮，站都站不直，三句话没有说完就拉起了知心呱，不懂道理。姑娘离开后埋怨："连个家长里短都不知道，烦死人！"

二盒在街上走着，步子懒懒散散，身子像布带一样软。他东张西望，不知要干点什么才好，身上有股奇怪的要求，使他不知怎样对付。大街拐角处有猪的嚎叫声，他一听就知道又一头猪让屠宰手放倒了。他赶紧跑，鞋子都差点滑脱。紧跑慢跑到了跟前，可是已经晚了，最有意思的一截已经过去了，现在正该着给猪剥皮。

他看了一会儿，后来就不出声地走了。就在他走出五六步远的时候，他在心里做了个决定：杀猪。

一般讲，屠宰手是不受人欢迎的。因为身上沾血太多，无论如何不够吉利，所以姑娘找对象，一般不找他们。一个人只有到了有家有口、土埋半截、不思进取时才来做这个行当。一个小伙子要干这个，那么他就是豁出去了。"还能把我怎么样？"他是这个意思。

老月并没有特别地反对。因为在他眼里干什么都一样，都是吃饭的依靠。如果这小子真能因此而勤奋起来，那倒未必不算得一件好事。这几十年里，儿子成了老头子的心病，他差不多让他给气死。"俺生了个孬种！"他对老婆子说。老婆子不爱听这样的话。她以为儿子是在爹娘面前耍小，故意不正经干，等爹妈一闭眼，他还不是照例勤苦起来。她甚至认为自己的儿子漫长脸儿、大高个儿，长得不错。至于姑娘们嫌弃，那是她们狗眼看人！

小伙子说干就干，请示了队长，然后挽挽袖子就去学艺了。他在屋子角落里胡乱扒拉东西，弄得尘土飞扬。他要找些废铁块去锻几把不同形状的刀子。

他找了半天，突然喊了一声，他找到了一把锈成红色的长刀子，一把很适合使用的好刀子，只需要把锈磨去就成了！他觉得自己真有福。谁知老月迎着喊声过来看了，脸一拉老长，喊了一声：

“放下！”

“怎么哩？”

老月一把夺下刀子，在裤子上抹了两下说：“这把刀子不能用，这是我的。”

“哎哟，真霉气，哎哟……”二盒哼着，搓着手。

老婆子过来了，埋怨说：“不就一把破刀子吗？你的，这家里还有不是你的吗？”

老月举起巴掌，差点打在老婆子脸上。他跺了一下脚，返身回了里屋。那把锈刀被他紧紧攥着。他把刀子放在不远处，看了一会儿，又凑近了端量起来。

真是把好刀，不过锈了一层。这一层蚀锈遮去了它的颜色和光荣。这可不是一把平常的刀！老月握住刀柄，横着一抡，听到了嗖的一声。

二盒走进屋来，看见爹在练刀，哭丧的脸又一下笑了。“嘿嘿，俺爹耍刀！”他拧着头对屋外的娘说。

老月长叹一声，蹲下了。

儿子也蹲下了。老月看看他，皱了皱眉，吸起了烟。

这样待了一会儿，二盒又伸手。他笑眯眯地向着老爹脚边的刀伸过手去——他想抓起它就跑，拿走也就拿走了，几天后老头子也就忘了这事儿了。他的手还没有挨着刀子，突然老月猛一跺脚，喝道：“这把刀杀过人！”

二盒的手一抖，抽回来。

他站起来，斜着眼望着那把刀，往后退着。他退着退着，退到了门框那儿，一撒腿跑起来。“你回来！你给我站住！”老月在后面喊了两声，他像没有听见。

“一个孬种啊！”老头子咕哝了一句，回到那把锈刀旁边。

四十年前一帮散兵跑到了河岸上，胡吃海喝，奸淫掳掠，无恶不作。他们把河边上的人可害苦了，差不多每天都有人放开嗓子哭。老月当年刚好二十岁，浑身是胆，摸了一把刀子就跑进树林子里去了。

半夜里，他从树林子里摸出来，摸进了河岸匪兵的窠里，砍他一个两个。子弹嗖嗖响，就是打不着他，他跳进河里会潜水。

后来不少人拿着叉子和棍棒，学他那样跑进了林子里。他们在大海滩、在河两岸与敌人兜圈子，死了伤了也不悔不怯，硬是跟敌人拼上了。

他们缴获了枪，都说老月该分一杆，可他摆手不要。他说他有这把刀就够了。这把刀已经砍死了少说五六个敌人。

苦战了一个冬春，匪兵才算离开了河岸。敌人一走，他们这一伙儿又成了村里的队伍，负责保护村子。日子久了，有一支革命的队伍知道了他们，要他们加入。人家最看重的当然是他们的武器。

他们几个人一商量，说一声“中”，就别了老婆孩子和爹娘，包一块干粮去了。谁知队伍上的人一个一个看了一遍，只要有枪的人，不要拿刀的老月。大伙儿都替他说情，那个领头的络腮胡子还是不要他。他最后终于火了，把络腮胡子好一顿骂，骂得对方真想掏枪打死他。有人劝阻络腮胡子：“你可千万别惹恼了他，他手里的刀砍死了好几个人哩！”

就这样，老月参了军。这支部队打过不少胜仗，很多人都成了功臣。老月也有了一杆步枪，不过那把刀还是不离身。它被磨得锃亮，锋利无比，装在一个皮套子里。他们的首长就是络腮胡子，如今对老月已经十分器重了。这是个无比勇敢的年轻人，首长终于知道了。

老月后来也立了一个大功。不过这时战争已经快要结束了，他要回家种地了。首长挽留他。他说：“不中。”

在战争中他负过二十多次伤，其中有一次子弹打进了嘴里，又穿过腮部飞了出来。他的舌头受了一点伤，所以后来说话的声音特别粗重吓人。大家都说他是个革命的功臣，他不应声。

有人偏要夸他，夸得他不耐烦。到后来谁夸他，他就骂谁一句。

复员时，他特意把那把刀也带回去了。

想不到日子一累，这把刀搁起来也就忘了，锈成了这样。老月用拳头捶了捶膝盖。

老婆子在门口叫他，他走出去。原来老婆子在哭。“哭什么，盒儿妈？”老婆子一把鼻涕一把泪地说：“盒儿爹，咱孩儿要做个事了，你该成全他。他要把刀使你都不给他，他给气跑了……”

老月大骂起来：“你奶奶的！你也糊涂啊！你不知道这是什么刀吗？我身上的疤疤都跟它连在一起哩！你敢说这把刀的坏话，好哇！你的胆子不小，好哇！”

老婆子不敢哭了。

她睁大了眼去看那把刀，终于辨认出来。她两手揽在了怀里，身子一仰一仰地说：“哎呀，哎呀！我不说了，不说了……”

她记得有一天刮大风下大雨，有人在前面擂门。爹娘都吓坏了，起来把她藏到地瓜囤里。门给掀开了，有几个匪兵喝得醉醺醺地闯进来。他们用枪托捣爹和娘，把两个老人都捣得爬不起来。她终于忍不住了，一下从囤子里蹦出来，抬腿就往窗户上跳，跳进院里，又没命地往外面跑。雨真大，后面的匪兵往天上打枪。他们放开了两个老人，穷追猛赶。她跑呀跑呀，不知跌了多少跤，爬起来还是跑。她不小心掉进了一个泥坑里，刚爬出来，就被两个匪兵按住了。他们揪紧了她的头发看着，说："真好真好！"他们扭着她往前走，前面就是一个黑乎乎的破碾屋。

她那会儿什么也不知道了，只等着死了。她想：我非死不可，这遭谁说也不行了。她准备一头撞死在碾盘上，溅他们一身血！

这样想着往前走，一步一步比大石头坠在脚上还沉。眼看就要进门了，她心里说一句："鬼门关到了……"这句话还没有说完，只见门内唰唰飞出一个人影，还没等她弄明白，扭住她的两个人都倒在了地上。他们的脖子上都中了刀子。她吓得坐在地上，那个飞来的黑影又来拉她。她定了定神，看出黑影是老月！老月手里握紧了那把刀子，那会儿正滴着什么……他两眼在闪电里喷火，正呼呼喘息，嘴里咕咕哝哝骂人哩。她吓得蜷起来了，蜷成小鸡一样，全身直抖。

老月把她扛上了肩膀。

他们冒着大雨回到家里，两个老人全身是泥，坐在屋子当中，已经哭哑了嗓子。这会儿姑娘醒来了，一头扑到妈的怀里。

后来两个老人就把姑娘许给了老月，说："她的命是你抢回来的，她不归你归谁？"老月粗声粗气地说一句："中。"……

就是这样的一把刀，能交给儿子做那种活计吗？天哩，你个昏头昏脑的老婆婆啊！二盒妈一声连一声嚷："俺再不说了，不说了！"

二盒开始杀猪了。他跟师傅学艺很用心，进步也快。他一天到晚围着油布扎腰，上面是血迹。姑娘们老远见了他，都赶紧躲开。开始的时候他负责扯紧猪腿，有时还要在猪腿上割个小口子，趴下身子往里鼓气，鼓饱了，再用绳子勒紧气口，用棍子噼里啪啦地打。这之后，才是师傅剥皮。

队长在一边看，问："二盒什么时候能自己动手？"二盒吸吸鼻子："家什不行！"他是说他没有一副好器具，比如刀啦铁钩子什么的。队长说："那容易。"他当即吩咐人去给二盒打制各种器具。

二盒从心里感谢队长，偷了块好肉送给了他。队长把肉收下，眯着眼严肃地说："这样影响不好啊！"

二盒自己要杀猪了，快去看哪！快呀！

村里的闲散人全去了。大伙儿围着乱扭乱叫的一头肥猪，说不出的高兴。二盒站在木桌旁搓着手，他的前面是一溜儿锃亮的长短刀子和几个又尖又大的挂肉的钩子。他看着地上捆起的猪说："你哼不了多一会儿了。"

二盒家里人来了吗？嗯，你看老月站在人空儿里呢。"老月上前面来，你该往前来！"有人把他推过几个人，他有些不高兴。二盒一歪头看见了爹，立刻闭了嘴巴。

"看人家二盒吧，等一会儿要亮出武艺了，他能用膝盖顶住猪脖，让它叫都叫不出声……"有人这样说。

"好的杀猪人一个人就可以将大肥猪按在木桌上。"他的意思是二盒也该这样。

二盒吸着冷气，继续搓手。

有人端来了水，嚷道："还不快动手，听它干嚎！"

二盒往手上吐了一口，叫一声，弯腰就去解绳子。大伙儿一声不吭。他提了两次猪腿，没有提动，大伙儿哄笑了一阵。有人看不下去，就帮他把猪搬到了木桌上。他使劲用膝头顶住猪脖子，然后抄起尖刀，眼一眯，就是一下！

可惜偏了一点，血一溅，那肥猪一挣从膝下仰起脖子，接着一头拱倒了二盒。它嚎叫着一跳，把人群也吓散了。"抓呀抓呀！抄杠子呀！"猪的主人大喊，两手急得挓在身侧。他干喊，没人敢拦受伤的猪。

二盒爬起来时，那头猪已经跑得没了影子，只在木桌上留下了一小片血迹。

人们看着二盒，又回头寻找老月，可老月不知什么时候已经走了。

他是在二盒倒地的那一刻回去的。他在院里吸烟，长长叹气。老婆子问他，他也不语。停了一会儿，他找块磨石，磨起了那把刀。

他想起了那刀锃亮的样子。这样磨好，他准备抹上油包好，放到一个好地方去。

磨啊磨啊，刀刃下边一点点的锈斑怎么也磨不去。这刀好锈！他两手按紧它，又是一阵好磨。可是锈斑还是留在上边。慢慢地水渍透了锈垢，拍打两下，刀口上露出了豁牙和蚀洞——这把刀完了，不能用了。

老月站起来，扔下了刀。老婆子也过来看了，没有作声。

“不中用了，不中用了，跟咱那孩儿一样……”老月拍拍老婆子的胳膊，坐了下来。

外面又传来一阵猪嚎。大概大伙儿又把它逮住了。

1976 年

铺 老

干什么也不如干个铺老——常年在海边守渔铺的老人。这是个馋死人的行当，每天里就是吃鱼、喝酒、说热闹话。人上了年纪还有这样的福分，真是做梦也想不到啊！不过铺老一般都是熬出来的，打了一辈子鱼，岁数大了，领头的说一句：“你看渔铺去吧！”也就成了。

大海边上一个个渔铺里，就活动着这样的老头儿。他们闲了就凑到一起玩儿。大晴天里，他们就在白沙滩上闲溜，弓着腰，一副心满意足的模样。

海里并不是时时都可以打鱼，有时捕鱼人可以很久很久不来，比如严冬里和风浪天里。那时铺老们就要守在铺子里，自己过沉默的生活。他们吃的是备下的咸鱼或自己设法搞来的鲜鱼。在海边活动，拣来几条好鱼不费吹灰之力。即便是在大雪封岸的严冬，只要耐心地沿着海岸走上一会儿，一定会拣到冻僵的大比目鱼、海蜇和章鱼等。

铺老们都会做菜，都有一个油滋滋的小铁锅，有大把大把的鲜姜和辣椒。他们把这些东西埋在沙子下面，可以吃上一个冬春。他们亲手做的鱼汤味道奇美，远不是其他人所能比的。这是一辈子练成的手艺，是海边生活最重要的一部分。

大雪天，他们几个人就凑到一个铺子里，喝滚烫的酒。大雪天都很静，无声无息，哗哗的海潮声也给关到门外去了。这真是个好日子啊！小火炉噜噜叫，铺子里热乎乎。几个老人盘腿而坐，把酒盅咂得吱吱响，谈天说地，有时还相互开个玩笑，真是有意思啊！

“老锛你这个老不死的，怎么能煮出这么好的桑叶茶来，里面加了冰糖吗？”

“土挠，日你……怎么抓到这么大一条老鱼？哈哈！”

“小喜蛛，快起来吃口大鱼肉，别老躺着吸烟哪！”

几个老头子满脸都是神气，咋咋呼呼，喊着骂着，有时还噗噗捶上几拳，老胳膊老腿了，舒服得哎哟哎哟直叫。

老锛这个老头儿个子在一米九以上，谁看他都得仰脸。他奇瘦，胡子是白的，牙齿颗颗结实，他吃牡蛎不用家什撬壳，只用牙咬。他在沙滩上走路，大步跨着，不紧不慢，像一柄锛斧在锛着土地。老锛可是个文雅人，说话慢，不太骂人，不过一骂起来就没有头。他没有上过一天学，不识字，手指很长，像是捏过笔杆的人。他衣服比别人都整齐，穿了鞋袜扎了腿带子，所以他算个文雅人。

土挠是个能干的海上把式，很粗壮。他有耐性，有时为等一条鱼可以半天地蹲在海边。他常常趴下身子在沙滩上干什么，你过去看，看不出什么名堂。他离开地方，你才知道他又得了东西。他手里从来不空：三个大乌贼、两条刀鱼……有时他还能拣一杆橹、一块网、一根丈把长的竹竿子。土挠身体一年不如一年了，穿上了皮袄。他不耐冻了，在这点上不如人家老锛。老锛半夜里踩着雪出去解溲，只穿一个裤头。

小喜蛛嘻嘻哈哈，人小手足也小，人老心不老。所有的老头子都照顾他，以为他力气不行。可是有一天抬船，他一个人扳住一端，昂一声大叫就把船头扳动了。天呀，他把力气藏在了哪里？看来他不是个好对付的主儿。从那以后，大伙儿不照顾他了。吃东西时，你一块鱼肉他一块鱼肉，平均分配。过去不是，过去只让小喜蛛尽情吃。他的小手黑乎乎又软绵绵，捏起一撮鱼肉，嗖一下吸进嘴里，又吱一声饮一口烧酒。他的小脸一天到晚喝得红扑扑的。老锛说：“你这个女人身！”大伙儿都笑。老锛真文雅啊，老锛把小喜蛛糟蹋得可不轻，不过又没使用一个脏字，你说让人服不服？老锛火了谁也得害怕，不怕不行。老锛坐在那里，理理胡子，咳嗽一声，大伙儿都得老老实实。其实老锛从来没对小喜蛛动过一根指头，小喜蛛还是怕他。

他们很少是有儿女的人，不然他们也做不了铺老。他们当中如果有人有妻室儿女，那个人就成了别人嘲笑的对象。“你这个人哪，活得不利索！”他们都这样说。平时在一块儿，分东西吃、喝酒，那个有家口的人都要拣次的、挑小的。因为大家都觉得他家里的人已经照顾过他了，他已经不错了。再说他又是个不利索的人——他会把这里的事情回家告诉一遍，把冬天或闲时铺里的一些事儿传出去。有这样一个人，真不利索。

不过认真论起来，渔铺里好像也没发生过什么怕人知晓的事情。当打鱼的人多起来时，海滩上吵吵嚷嚷，不断有人在渔铺里出出进进，渔铺里还有什么秘密可言？不过认真观察一下，就会发现，铺老们尽量不去过多地掺和那些打鱼人的事情。他们好像自成体系。几个老人在震天的号子声里仍然安静得很，一起围坐或闲走，小声地说话、笑着。

他们的好时光应该说主要是打鱼人长期休息的日子。这时孤寂回来了，他们不受打扰的时刻也回来了。老锛在海边上拣回几个好看的玻璃瓶，涮好收起来，嘱咐一句：“不准出去说。”土挠把风浪过后推拥上来的竹竿和木板堆积在自己的铺子后面，也嘱咐一句：“不准出去说。”谁都明白这不是什么怕人的事情，可是还是觉得那句叮嘱是再好不过的话了。

小喜蛛有老婆孩子，他过去常常回去看看。老锛每次都盯着他的背影说一句：“走吧，人离开了，他铺子里非丢东西不可。”小喜蛛每次离开都不忘把铺门锁牢，可还是有人寻空儿把铺门撬开，进去偷些东西出来。老锛说得一点不差。

偷东西的人正是他们的好友土挠。土挠听了老锛的预测，就迫不及待地让那句预测变为现实。老锛是个文雅人，可不能说了白说。土挠用一根钢筋弄掉了锁，爬进去，在小喜蛛的坛坛罐罐里找东西吃。他发现这里的腌鱼和咸菜都不错。他有一次还偷走了铺里的烟斗和小喜蛛的一件棉衣。

小喜蛛回来十分恼恨，埋怨几个老朋友没有给他长长眼色。老锛说："不能。你是有了仇人——要不怎么一离地方就丢东西？咱可不能跟你一块儿积仇。"土挠嘻嘻笑："一点儿也不错。"除了那个烟斗他要偷偷用一用，其余的东西都埋在了沙子里。

后来，小喜蛛不回家了，只让老婆来看他。这下子可让几个铺老开了眼界。原来他的老婆个子高而且十分粗壮，正好与小喜蛛相反。"他怎么娶来这么个东西？这不是自找麻烦吗？"土挠眨着眼对老锛说。老锛理着雪白的胡子，点点头。后来他就将两手抄在胸前，端量那个大老婆。

大老婆脚掌很大，手也大，走起路来胸脯仰着，踩得沙滩噗噗响。她叫男人的名字总是拖长音，像喊猪喊狗似的。她的嘴巴又厚又大，嘴唇乌紫发青。她站在海边看海水，又转脸看几个铺老，使劲咳了一声。

老锛文雅地站在一边。土挠使劲地在那儿抠挖什么。一会儿，他挖出了一只沙参。

大老婆提着包裹，一手揽起小喜蛛的肩膀，回自己的铺子里去了。

“这一个大家伙，我看很像个谋财害命的主儿。”老锛盯着她的背影说。

土挠说：“小喜蛛非让她气死不可！”

大老婆带来了酱瓜和玉米饼，小喜蛛就偷偷地拿来给几个好友吃。他们一块儿享用，还喝了酒。正喝着，外面传来了她的呼喊，老锛使个眼色，土挠就把铺门顶实了。大老婆无论怎样捶门，怎样叫，他们只是不理。这样喝了半天，个个都有些醉了。大老婆也无声息了。他们以为她一定是回去了，就开了铺门。谁知铺门刚开了一条缝，大老婆呼的一下就扑进来，一把拧住了自己男人的耳朵拖了出去。

小喜蛛一路吼着，跟大老婆回到了自己的铺子里。

土挠和老锛在后面看着，一声不吭。老锛后来说了句：“不帮帮他，就对不起朋友了！”土挠点头。

这天夜晚，土挠在小喜蛛的铺子前蹲了半夜，想寻个机会下手，收拾一下那个大老婆。可是里面鼾声阵阵，什么机会也没有。后来他用钢筋从铺子外面往里扎了一下，心想扎了谁算谁。他专往鼾声响的地方下手，轻轻地来了那么一下。只听鼾声停了，里面有个声音：“哎哟哎哟！”他听了撒腿就跑。

天亮了，小喜蛛捂着屁股走过来，对老锛说：“得警惕了，海上来了特务。”他让几个铺老看屁股上的伤，“这是半夜里被特务捅的——他们想谋害我，怎么办？”

土挠认真蹲下来看了看，咂咂嘴没有说话。他心里十分后悔。

大老婆也过来了，她看看几个人，咬咬嘴唇，就进铺里坐下了。老锛正在铺子里煮鱼汤，锅边已经摆上了酒和盅子。这会儿锅开了，老锛招呼几声，外面的人进来，要喝酒了。大家刚一动手，大老婆就抓过一盅酒，一仰脖子喝下去了。大伙儿面面相觑，不作声。小喜蛛给老婆添了一杯，她又一仰脖子喝下去。老锛咳了一声。土挠把酒瓶儿收起来。大老婆火了，拍着腿要酒喝，没有办法，一瓶酒只得让她给喝光了。她喝得满面红光，哈哈大笑，心满意足地在铺子里摇晃着。小喜蛛看着老婆，兴奋得哼哼呀呀。

这一天直折腾到天黑，大老婆才离去。她一个人摇摇摆摆走向海滩深处，回家去了。小喜蛛一个人留在了自己的铺子里，空荡荡的。他垂着两手，在浪印上走来走去。

老锛走出去，跟在小喜蛛身后不远的地方，走得步伐稳健。他的大白胡子在暮色里泛光，看上去又威严又沉重。土挠也只得走出去，尽力地赶上老锛。“这个人，活得真不利索！”老锛止住步子，冲着前面那个矮小的身影努努嘴。土挠重复一句：“真不利索！”

他们这一天定了一条原则：不准家里人来铺里送饭。

他们都感到了严重的骚扰，好像损失巨大。其实大老婆送来了玉米饼之类的东西，除了喝了一点酒，没有拿走任何东西。不过他们还是觉得这个女人如果频频出入海边渔铺子，那么这里也就没有任何幸福可言。

“你有这样的家口，还不如死了好——你死了吧。”铺老当中有人直言不讳地说。

小喜蛛擦着鼻子说：“好死不如赖活着。”

“赶空儿俺把你扔进海里去。”

“把你的小手一捆，扔到海滩上，让狼、狸子吃了你。”

“用酒把你灌醉，然后把你埋进沙里，谁也不知道。”

小喜蛛听着这些议论，连连说：“天哩，你听听，吓人！吓人！”

大伙儿哈哈笑了。

后来大伙儿对小喜蛛依旧，仍然一起喝酒、玩，过铺子里的生活。不过他们一提起他是个有家口的人，又都厌恶他，不能原谅他。铺老嘛，该是个利利索索的好汉，怎么能有那么些牵挂？呔！呔！真是一个——“一个不中用的东西”——老锛概括得再贴切不过了。

“咱也不是娶不上家口，咱不过不愿意要罢了。”老锛说。

大家一齐迎和：“罢了！罢了！”

“如果有了家口，好鱼就不能一个人享用了，出油的鱼尾巴就得给她留着，让她放进嘴里转圈儿嚼。”老锛操着手，又说。

“那是哩，那真是一点不错。”

土挠接上说：“俺在海边遇上买鱼的闺女万万千，哪个不想留在铺里？他们不馋我这个人，还馋鱼哩。大鱼一条一条，鱼肚儿发银光，谁不馋？咱思前想后，最后咬咬牙忍了，一拍大腿：自己过！”

“好！”

老锈大赞一声，喝了一口酒。他正在做鱼汤，这会儿掀开了木头小锅盖，伸进勺搅弄锅子。水中有一条花点银肚鳊鱼，它的肉被汤浸松了，显得软软肥肥，油渗得很旺。老锈撒进大把大把的姜末和葱、花椒，四周的老人不停地咂嘴。

“不放醋能行吗？”小喜蛛从气味中感到少了什么。

“你怎么知道不放醋？馋猫鼻子尖。”土挠顶撞了他一句。

“你正经喝过几回好鱼汤？你知道该什么时候放醋？”另一个老头子问。

有人讪笑。

老锈像一切都没有听到，这会儿从铺子角落里摸出一个大罐子，一歪，哗一声倒进锅里一些东西。酸气一下子扑满了铺子。这显然是失手倒多了，可是大伙儿伸出舌头舔着空气，都齐声说：“好好好，这才好哩！”

该喝鱼汤了。铺子里一片呼呼的快乐喘息。老头子们的手由于兴奋，早已经湿漉漉的了。他们转身找碗、筷子，找小瓷勺。哪有这么多碗，后来有人干脆用大贝壳盛汤，一口一贝壳，喝得比谁都快。

只有小喜蛛一个人从裤带上解下了一个搪瓷杯子，不慌不忙地舀汤喝。大伙儿都羡慕这个好家什，这会儿盯着看。上面有红花绿叶儿，有蜜蜂飞哩。杯把儿弯弯，像小孩耳朵。真是好杯子！其实小喜蛛一年到头把它拴在裤带上，常备不懈，不过大伙不注意它罢了。终于有人问了一句：

“喂呀，你哪弄来的？”

小喜蛛一边喝一边答：“噗，俺老婆赶集，噗，买的……给俺拴上。”

老锛的勺子哐一声砸在锅沿上。

大伙儿停止了喝汤，然后一句句骂起了小喜蛛。骂了一会儿，老锛才高兴一些，伸手扭了小喜蛛一下。小喜蛛转着脖子躲闪，一边躲一边嚷叫：“哎呀，痒死了痒死了，嘻嘻嘻！”

大伙儿都笑。老锛停了手，带总结性地说：

“其实小喜蛛这个人不错，是他老婆把他弄坏了。你们想，咱要有那样家口，还能活吗？”

“对，小喜蛛不错，不错不错。”……

老锛蹲在锅台上，盯着小喜蛛笑，小声说了一句：“你这个女人身……”

1976 年

开滩

这个事不说没人知道：大海滩一年到头是封住的。它看起来平平常常，兔儿跑鸟儿叫，无边无缘的，其实一年到头都是封起来的。

封滩，就是一年里不准人进去砍柴、拾草、挖药材。一句话，想沾点大海滩的好处，那是不行的。

负责封滩的人叫常敬。他长得又粗又矮，只有常人三分之二高，剃了秃头，认真负责。大伙儿都说："常敬封滩，封得住；换了别人，封不住。"

常敬脾气暴烈，在年轻时候不干人事。他积了不少怨恨，不少人想寻机会弄死他，所以他警惕得很，大睁着两眼。如今上了年纪了，为人略好一些，不过仍然得不到别人的谅解。

他有武器，那是一支双筒小土枪。他个子矮壮，所以臂力过人，一只手就可以端起来放枪。嗵嗵！大海滩上一响起这种轰鸣声，人们就说：“常敬又放枪了！”

不过谁也不知道他放枪干什么。有时他用它打野物，吓唬进滩的人，还有时毫无目标地打枪。问他干什么，他说打鬼。

他在海滩上盖了个小窝棚，一个人拱在里面过日子。其实他有儿有女有老婆，有个不错的家庭，只不过不愿回家罢了。他老婆体积大约有他两倍大，据人说年轻时妩媚过人。他究竟用什么办法弄来她做老婆，所有人都以为是一个谜。于是有人就猜测，说是依仗了暴力。但更多的人不这样认为。在他们眼里，常敬是个心生百窍的怪人，在他那里，几乎没有什么事是做不成的，只要他想做。年轻的时候，人们亲眼见他把小女孩儿撵得吱哇乱叫，在大海滩上一溜急跑。那些小女孩儿犯了纪律，她们在封起的滩上攀折树枝。

他像个狗一样趴在草窠里，听着四周的动静。他如果发现了什么，就一跃而起，蹿上去，没命地追赶。那些在大海滩上胡作非为的人，比如那些偷树的、砍柴的，没有一个不怕他的。

如今他是老了，可是他的勇力不减当年。他还能一声不吭地在草窠里趴十来个钟头，还能晃着膀子在树丛中疾跑。“啊唬！啊唬！”他一边追赶逃跑的人，一边放开嗓子大呼。单凭这烈性十足的腔音，就能把对手吓住。有的女人刚一跑，就被这喊声吓趴下了，浑身乱抖。谁也弄不明白他是从哪儿发出这样粗响的声音来。他简直是个发音的专门器具。

他的生活不错，一年到头有荤吃。他打下的兔子、獾和狐狸很多很多。这些东西除了他，任何人不准碰。别说这些，海滩上的一草一木都不准别人动。只有到了开滩的时候，才允许大家来这里拾草——人们就拼命地拾草，趁机备下一年的烧草。不过这样的机会一年里只有一次，一般都是在过大年之前。开滩的日子，也就是常敬最厌恶的日子。

如果他说了算，他就会把滩一直封着。那时他是这滩上的王，想干点什么就干点什么。无论谁，只要闯到这滩上，那么就得归他管了。他说你错了，你肯定就是错了。你还敢不服吗？他说自己是守滩的人，打死了人不偿命。没人去考究这是不是一条实在的法律，反正都对他那支双筒小土枪吓得要死。可是人过日子要烧饭哪，有时家里实在一点可以烧的东西也没有了，眼看就要停下生活了，那时也就不得不冒险了。每逢这样的日子，常敬就力量倍增。他一下子激动起来，双目闪亮，在树丛里一蹦三跳。好像他天生就是与人争斗的脾性，没有争斗就不舒服。

“胆真大啊！”后来有人对那些冒险进滩拾草的人评价道。他们不理解那些人为什么竟可以连常敬都不怕。

“啊唬！啊唬！”常敬一旦发现了目标，就一边跑跳一边大喊。烈性的嗓门能传出几十里，差不多惊动了海滩上所有的野物。被追赶的人不得不抛下耙子和绳索，弓下身子没命地窜。不过他们十个有九个逃不出去。常敬在他们力乏下来的时候，猛力一跃骑上身子，照准后颈就是一拳。被逮的人连声求饶。常敬烈呼：“罚！”

那是可怕的惩罚，往往只一次就会让人记上一辈子。怎样罚要看他高兴，没收拾草的器具是最轻的，其次是罚二十块钱，出几十个工，等等。没人干涉他的法律，这真是怪事。

有的妇女被逮住了，常敬照样骑上去。她们有的奋力搏斗，虽然无济于事，但总算出了一口恶气。有的自知白费力气，就任他折腾了。他说：“敢不听大叔的话？”被他逮住的人都像鼠见了猫，不敢抬眼看人。他对妇女的惩罚丝毫不轻，而且有时还显得重一些。海滩上的草丛中，常常有刚刚被罚的女人一路号哭着向前走。那凄厉的声音让人难受。

太阳在大海滩上落了，大地红红的。不少人咒那个管滩人，说：“让他随着日头死了吧，死了吧！”

可这是白费心思和口舌。他活得十分健壮，比一般人健壮得多，看样子会活一百岁。他随着年岁的增长，剃了秃头，越发精干英勇，而且他的嗓音变得更粗更烈，呼喊起来让人更加害怕。

不知有多少男人在打常敬的主意，他们都想杀了他——不过这主意怀在各人的心里，他们不敢联合行动。所以，常敬在好长一段时间里，并没有受到真正的威胁。不过，怀有这种心思的人多起来，溅血的日子迟早会来。

有一天半夜，常敬因傍晚吃了一只野兔，正香甜地大睡。有个细长的黑影蹲在他的地铺入口处。蹲了一会儿，黑影捂着嘴呼唤道：“常敬！常敬！大叔！大叔！”呼了一会儿，里面的鼾声停了；又过了一会儿，那个矮矮的人弓着腰爬出来——刚一出门，细长个子一挥手，撒开一张捕鱼小网，顺手一收一勒，就把常敬网住了。常敬没命地在网里扑腾，撒网的人不吭声，用脚踏住，另外两手哧哧紧着网绠。小网越收越紧，常敬给勒在了网的当心不能动，说话也困难。细长个子把他扛起来就走。

“你要把我扛到哪里去？”

细长个子不吭声，只管往前走。

“我日你妈！我饶不了你……”

常敬费力地骂了一句。细长个子回手就是一个耳光。常敬再不骂了。停了一会儿，他用牙咯咯地咬断了几根网线。细长个子急了，把他放下，先踢了几脚，然后往他嘴里塞了几根树条子。

再没有声音了。他扛上继续走。

当时是个深秋，天有些冷。他扛着常敬走到了大海边上，找个没人的地方站住。肩上的人发狠地扭动。细高个子说：

“你做到头了，今个结了，喂鱼去吧！”

他说完踩着浅水往海里走了一会儿，直走到齐腰深的水里，才骂了一句，一下子把常敬扔了进去。

照理说常敬非死不可。

可是几天之后，他又拱在自己的小草铺里睡觉了——那天的风浪一会儿就把他扑上岸来。他连呛加冻已经昏了，可是太阳一照，他又活了，于是飞快地用牙咬东西，因为海水早把嘴里的树条冲掉了。咬了一会儿，钻出一个头；再后来，打鱼的人来了，把他放了出来。

他花费了几年的时间寻找那个黑影，就是寻不到。

从那以后他更厉害了，警惕性增加了数倍，他在身上的贴近处配了刀子，夜间不脱衣裳。尽管这样，还是有人打他的主意。

有一天他正大睡，又被一阵叫声惊醒。这一回他没有马上钻出，而是弄明白了没有人蹲在铺口才出来。他走了几步，骂了几声，可是没有活动几步，他就被绊住。他狠狠一踢，两脚立刻被一种奇怪的绳扣给系住了——他明白这是打猎的人常下的狐狸套！“狗娘养的，俺杀你全族！”他大骂大叫，伸手掏出刀子弯腰割绳。割了两下没割动，这才知道下套用的绳子是铁丝。勒得人真疼！勒得人真疼！他急得刀子都握不住了。

大约有一两分钟的工夫，从近处的小树林里蹦出了一个人，他弯腰拾起什么就走。原来有一根长索连住了绳扣，他拖着常敬在地上跑起来。地上的棘子树茬，一齐划着常敬的身子，常敬没好腔地号叫，最后连叫的声音也没有了。

那个人看来不想弄死看滩的人，因为他拖一会儿，就停下来检查一次，看看死没死。最后一次他见常敬鲜血淋淋，喘息都弱了，就不拖了。他把半死的人放在那儿，就回头走了。走出了小半里，他又想起什么折回来，站在常敬身边。站了一会儿，他抬脚照准常敬的下身跺了一下。随着一声长喊，他这才匆匆地离去。

这一回常敬离死只有一两寸远了。不过他的性命根儿真大，竟然还是活过来了。只是他的脸上结了些紫的红的疤痕，样子难看极了，让人看一眼心惊肉跳。

“他这遭真是个凶神恶煞了！”大伙儿都这么说。

常敬的家里人，主要是他老婆，比常敬害怕十倍。她以为常敬不一定什么时候就会被人弄死。她劝说男人放弃看守海滩这个活儿，可常敬根本就不考虑这个。他一如既往地住在大海滩上，像过去一样厉害，打猎也行，有时一天就能打十几只兔子、一只狐狸。他炫耀般地将一切收获都悬在树枝上，让它们在风中、在阳光下甩动不停。

大海滩上的枯草和落叶，一年里已经积了厚厚一层。人走在上面，像走在海绵上一样。“真肥呀！一耙子下去就是一堆！”经过海滩的人这么说。人们都等着开滩。

天快下雪了，还不开滩吗？

何时开滩是上级的事情。只要开滩的红纸一贴出来，各条大路小路上就挤满了人，一齐往大海滩上拥来。大伙儿又紧张又快乐，驾着大车小车，带着绳子扁担、锄头耙子，叫着喊着往前赶。“走啊！开滩了！开滩了！快呀！一走晚了没有了！”“好家伙啊！有喝一壶的了！”……

他们嚷叫着进了海滩，立刻没有声音了。全都扑到地上干活，哧哧地用耙子搂，用锄头锄，还胆怯地四处瞄几下。如果那个矮矮粗粗的人背着手走来，他们就赶紧低下头。

常敬一会儿出现在海滩的这一边，一会儿出现在那一边。

他像是会飞的人一样，随时可以站立在一个地方。刚才一会儿还听见他在远处咋呼，可是一眨眼的工夫他就出现在近前。

他伤痕累累的脸谁也不敢看。他见谁瞪着他看一眼，就睁大了眼直视着，一步一步走过来。先看他一眼的那个人往后退着，连连喊“大叔，大叔……”不管是年长于他还是年少于他的人，一律称他为大叔。这是多年养成的规矩了。

有些不懂事的小娃娃见了干结在树上的野果，就欢呼着去摘。大海滩上有多少奇怪的东西呀！野果子红得发亮，干蘑菇、木耳，看见眼就馋。大伙儿没有工夫去收拾它们了，他们时刻不忘这是开滩拾草的日子。也只有孩子们去拣去找那些好东西。可是孩子们总是受到呵斥，大人不让他们乱喊，从来不忘告诉一声：“常敬来了！”

“开滩了！开滩了！”小娃娃们躲在树林里喊。他们实在忍不住啊！

不少孩子逃开父母的约束，结伙儿往大海上跑。他们想看看大海在这会儿是什么颜色，有打鱼的人吗。他们一年也不敢上大海滩一次。他们尽情地跑、跳，小腿儿飞快飞快。

他们一会儿就没了影儿，急得他们的父母到处去找。

常敬手里提着双筒小土枪，像是故意地寻机会亮亮枪法。有一只兔子跑在一个弯腰拾草的老汉旁边，被常敬嗵一枪打倒了。老汉开始还以为这枪是冲他打来的，一个筋斗翻倒了。其实枪子儿一粒也没有沾上他。常敬走过去，从他身旁捡起死兔子，慢悠悠地走开了。

有时候所有的人都停了手，没有一个人干活。他们都直着眼看——

常敬的枪插在腰上，伸开两手像要捕捉东西似的，大步往前跑去。这真是一阵好跑。他这么大年纪了，跑起来呼呼小喘，飞也似的快，还能在疾速飞奔中绕过棘棵。他要跑向哪里？他又发现了什么？人们放眼往前看，什么也看不见。不过大家从他的跑势上，都判断出在海滩的那一边又发生了什么事情。

有人担心不在身边的孩子，有人担心老婆和女儿……他们焦急地蹲下了。

“这个……人，能活一百岁！”有人议论。

“天哪！天哪！”有人轻轻吐气说。

常敬往前飞跑，一会儿就看不见了。

有人确信他再也听不见了，这才压低了嗓子喊了一声：

“开滩了——”

大伙儿像他一样小声喊叫：“开滩了！开滩了！开——滩——了——”

1976 年写于栖霞
1980 年改于济南

叶 春

叶春是个知识青年，漂亮得没法儿说。她刚来村里时戴了个青色翻毛棉帽，短头发全遮住了。“她想装男的。”有人这样说。她怎么装也不像，因为她的眼和眼眉与男人根本不同。还有皮肤，太白，那真是大家都没见过的皮肤。

叶春如果像村里年轻人一样下田干活，大伙儿估计她会受不住。她该干点什么呢？记记账？做个工分员？做个保管员？学做技术员？反正得找点合适的营生给她。

大概这事难坏了队长老万头。老万头从她来了那天就皱着眉头。叶春叫他“万大伯队长”，他就“哎”一声，真正地笑一笑。可是她叫过之后他又皱眉了。

叶春自己提出了自己的工作问题，结果把全村人都吓了一跳。

她说要学习赶车。

一般讲，女人赶车，这只是书上电影上的事儿，哪能当真？

老万头连连摆手，说不中不中，别闹着玩了！谁知叶春十分倔犟，非要跟上学赶车不可。老万头被难住了，就去找车老板酒坛商量。

酒坛赶了一辈子车，岁数不小了，也该找个接班人。可是他想不到会是个细皮嫩肉的姑娘。酒坛这个老头不错，平生只有两大缺陷：一是嗜酒如命，常喝得大醉；二是长了一副斗鸡眼，看人时样子极其可笑。他的神奇之处是酒醉后仍能照常驾车，而且从不出错。有人预料他早晚得掉在车轮下被车轧死，可这惨事儿看来没有什么可能。

酒坛连连摆手，说不行不行，反了她了，还想赶车！他甚至骂了句粗话。

不巧他最后骂人，被走来的叶春听见了。姑娘得理不让人，说："不同意就不同意，凭什么骂人？"她非要酒坛讲明白不可！

坏了，老头子惹祸了。他的斗鸡眼慌慌地瞪大了，瞅瞅队长，又瞅瞅姑娘。姑娘说："你说什么也没用，收下徒弟，这事儿就结了。"老头子大笑，拍拍膝盖说："就收下又怎么样！"老万头说："这事可闹不得，不兴反悔！"酒坛说："那当然了。"

这事儿就这样定下了。从此有个女车老板了。叶春为了让老头子高兴，常常用自己的零花钱买点酒给师傅喝。师傅喝了酒话就多，说："好孩子啊，告诉你吧，我这个人只要有了酒，你把我卖了也行啊！"叶春说："俺怎么能卖你呢，你又不是个什么器具家什。"老头子哈哈笑了："就是呀！我老婆子年轻时候就不懂这个！她那时候刚有了我的老三，家里没东西吃，就把我卖给了老地主赶车。老地主付了钱，吹胡子瞪眼对我说：‘斗鸡眼，告诉你听好，你是我的了！’我点点头。其实我才不听他的哩——到了晚上，我照常跑回家去睡觉……”

叶春听了哈哈大笑。

老头子又说：“老地主家里好吃的东西多，酒也多，我就偷了吃喝——你知道，做饭的人也是苦出身，他跟咱交上了朋友。俺俩好得像一个人哩，到最后，他把厨房的钥匙都给了我。我半夜里就开门进去，伸手抓了好东西吃，然后倒了酒就喝。好酒啊！那酒是玉米酿出来的，一股透心香味儿。那些日子真是好生活啊！”

叶春说：“可地主都是黑心肠，是吧？”

“当然，那还用说！他想把我当牲口使，让我为他卖命。他打错了算盘。我不吃他给的猪狗食，饿了就偷厨房里的东西吃。他能斗过我？白想！”

叶春点点头：“剥削阶级都是愚蠢的，而劳动人民才有智慧。”

“这话不假！”酒坛拍着腿说。

两个人在车上，随着车晃荡，快活得很。他们干了一天活也不知道累，不知不觉太阳就落山了。叶春试着驾过一两次车，牲口不太听她的。老头子说：“它们有个耳朵，听惯了我的话。等你跟它们熟了以后，也就行了。”叶春点点头。老头子又说：“赶车这活儿，说技术也有，不过不多，主要是个感情活儿。”

叶春不明白了，“感情活儿”几个字让人太费解了。老头子把斗鸡眼转过来，说：“你跟牲口有了感情，牲口就跟你好——这还不明白吗？”

后来，酒坛给叶春讲了个亲身经历的故事，她才算明白了一点。老头子说：“还是得讲感情啊！我赶的牲口都知道我的脾气，知道我是个软肠子。我待它们好，它们也不好意思跟我过不去。天黑了，我早早让它们歇下，干了一天累活，我抓几把豆子扬进槽里。你当它们痴？它们最精了！什么都懂！我这辈子还没见过哪个人有它们聪明，比它们更重义气……”

叶春听不下去了，就插嘴道：“大伯也不能这样说啊，是吧？”

酒坛生气地一拍大腿：“嗐！我还能瞎说？没影儿的事咱从来不说。有一年，我去南山出车，半路上遇了大雨，大车轱辘直打滑，雨不停歇地往我头上泼，我想这回出车算霉气透了。我知道要出事，老觉得不祥。谁知道在一个下坡路上，车子一颠，我的身子软了，噗一下掉在车下。你想想那还能活？大车上载了石头，车正顺着坡往下轧，我躲都来不及哩。我心口发烫，心想这遭完了，死在这里了，一辈子原来是这么完的。我正想着，谁知大辕子马像老虎一样呜哇一叫，低头咬在我的后腰裤带，一扬脖子把我甩出去，那个快！就这样，大马救了我一命！你看看，这是我亲身经历的事儿，听见了吧！”

叶春惊讶地看着酒坛老人。她发现老人的斗鸡眼里，渗出了一层泪水。她用力点了点头。

叶春对老人有说不出的佩服。她天天与老人在一起，形影不离。村上人都说："别看人家是个知识女娃，身子真泼！"那是说她不娇惯自己。叶春仍然戴着那个翻毛小棉帽，衬着小脸儿，脸上长长的睫毛，真让人亲哪！小伙子们都说："这辈子要娶上叶春这么个媳妇，立刻死了也值！"知识青年当中也有男的，他们有的长得挺帅，也暗中喜欢着叶春。他们听了村里小伙子的话，很不高兴。

大伙儿估计叶春早晚会跟一块儿来的知识青年好上，谁都认为这是合情合理的事儿。有一个知识青年长得不错，干活也肯花力气，特别关心叶春。他不久还当上了政治队长，令人羡慕。他的名字叫魏铭。叶春说："魏铭，你怎么老跟着我转？这样不好。"魏铭鼻子吭吭两声，说："我爱……这样嘛！"叶春说："那也不好，影响不好。我们年轻人主要就是考虑影响，不是吗？"魏铭想了想，说："也对。"

后来小伙子就不缠她了。

酒坛老人教叶春喝牲口，总嫌她的腔儿不对。"不能那样，甜滋滋的，这不行。要有虎气，一句是一句。"叶春直笑。酒坛老人说："牲口是兵，你是将，一个口令出去，要有威。牲口上了路，就得龙睛虎眼，它专听你的口气。你那样吆喝，一会儿它就笑了。"叶春赶忙说："不会不会，牛马还会笑啊？"酒坛老人眯上眼："不信我就不说了。你自己慢慢琢磨吧。日子久了，你就会看出它们也会笑——你现在还不行，你看不出来！”

叶春不吱声了。无论怎样说，她也不信它们会笑。她不作声就是了，免得惹老师傅不高兴。“这回老头子可错了。”她心里这么说。

有时候酒坛老人在车上打瞌睡，手里的鞭子松松的。她担心老人睡着了出事，但又不好意思喊醒他。人老了就没有精神，他太疲惫了。她这时就坐到大车的前边，这样有个三长两短，她帮老人一把也来得及。可是日子久了，老人常常这样，从未出事。而且她发现路上有了情况，他总是马上醒来，半点也误不了事。老人昏睡时她曾仔细端量过他：小脸儿凹凹的，眼睛眯成一线，小鼻子不大，硬硬地挺着。他的胡子不旺，有些黄，很随便地剪过几剪子。她看着看着，觉得这个老头儿十分面熟，好像很久很久以前就认识了似的。“这个人的心肯定好！”她在心里这样说。

日子久了，叶春知道了酒坛老人的家庭情况，有两个儿子、一个老伴。老伴是个黑乎乎的老婆儿，小脚，总爱唠唠叨叨。叶春觉得她配不上老头子。老头子虽然是个斗鸡眼，不过说心里话，他一点也不让人讨厌。老头子的大儿子在公社窑厂烧窑；二儿子在外地当兵，已经快要复员了。她看过他的照片，那是个精神头儿很足的小伙子。可能是由于遗传的关系吧，他也稍稍有些斗鸡眼——不过很轻很轻，以至于不能称其为缺陷，反而显得格外有神采了。这真是个例外的情况。

酒坛老人十分喜欢他的二儿子，时常挂在嘴上。他说等这小子复员回来就好了，家里就有了帮手了。他说大儿子不行，大儿子不孝，娶了媳妇就忘了爹娘。“千万不能让他们娶本地媳妇，本地女人有个毛病——对公婆不好。”

叶春哈哈笑着。

村子里有个叫小豁的人，四十多岁，常常来缠磨酒坛老人，说要跟老人学艺，接下他的鞭子。老人说：“你眼瞎吗？没看见我有徒弟了吗？”小豁说：“哪能呢！她不过是从这儿路过，哪里会长久！”叶春板起脸质问：“这是谁说的？我们知识青年就是要扎根一辈子！”小豁说：“别闹了，你们这一伙儿里眼看就要走几个了，慢慢地都会走光。本来嘛，城里人变不成乡下人……”

叶春觉得事出有因，再没有与他争执。晚上她找队长老万头问了一下。老万头半天没吭声。停了半晌，他才说：“事是有这么回事。上面来了招工指标，要招回城里几个工人，点名要知识青年——看来你们一个也存不下了，早晚得走光了……唉，怪可惜！”

叶春听了，没说什么。她沿着一个大场边上的杨树往前走。她不知为什么有些难过。本来讲好了是来一辈子的——上级给他们送行时还放了鞭炮，敲锣打鼓，这边迎接的人也同样敲锣打鼓。谁知上面又变了。如果大家都不走该有多好呀，如果有走的，有留的，大家心里都不会高兴——走？还是不走？她想啊想啊，想得头痛。从大杨树这头走到那头，最后终于决定找魏铭商量一下。

魏铭正在找叶春。他见了她就说："哎呀好找！我要走了，找你告别呢！"

"你走这么快？"

魏铭擦着汗，说："嗯。我，还有一个，不知是谁——是你吗？"

叶春有些生气地摇摇头："不是我！我刚来不久，刚拜了老师。我希望你也不走！"

魏铭的脸有些红了。他的脸突然就红了起来。他十分激动地看着叶春。半晌，他说了句："你真好看哪！"

"胡扯！……"

魏铭擦着手："我干吗哄你？真的啊！我不骗你……你真好看！"

"不准再胡扯！"

"不是，坚决不是——我快走了，我不能不把这句话告诉你……"

魏铭咬着嘴唇，像在用力忍着什么。叶春急得直跺脚。魏铭咕咕哝哝地说下去："我想你啊，真正想你。我觉得你哪里都好，连小翻毛棉帽都好——其实你知道它本来是不好的，经你一戴，才变得好了。我，我不客气地讲，我热爱你！"

叶春捂了一下脸，跳了起来："你住嘴吧！哎呀我听不下去了，住嘴，你这个傻子！你要逃跑了，还说这些！"

“我可不是逃跑！”魏铭一下冷静下来。

“你离开广阔天地了，还说不是！”

“我是出去工作的，是根据上级下来的指标……我有指标，不是吗？我不是逃跑！”

魏铭急得快要哭了。

叶春叹了一口气：“我们当初不是说要在农村扎根一辈子吗？你，这么快就……就要跑开，大伙儿会怎么想呢？”

魏铭慢慢抬起头来，看着叶春，久久地看着。他的胸脯一起一伏，忽然说了一句：“叶春！”叶春也抬头看他。魏铭急促地说道：

“如果我们的关系能比同志更进一步，那我就不走了！”

叶春咬着嘴唇，摇着头，摇出了眼泪。

这会儿正好酒坛老人赶着车过来了，老远就喊：“你这两孩儿在这干什么？”大车一会儿跑近了，叶春身子一纵，跳上了车。

车远去了。魏铭站在那儿，两手抄在裤兜里，仰脸望着蓝天。

不久，酒坛老人当兵的儿子回来了。酒坛老人高兴得不知怎么才好。他们家里一连热闹了好几天。队长老万头也高兴得合不拢嘴。这是个大喜大庆的秋天，看一地庄稼有多么旺盛！身穿黄军装的儿子一个人走在田野上，看着四周。他多么兴奋，大伙儿远远望见了他，都夸奖他是好孩子。大伙儿知道他见了庄稼，心里好喜欢。

叶春赶着车，替下酒坛老人——老人这些天真的喝醉了——

年纪不饶人哪！她一个人驾车，觉得自由畅快。她慢慢把车赶到了复员军人身边，拉了车闸。小伙子转过脸来，她一眼看到了一张熟悉的脸：精神头儿十足的脸上，那双稍微有些斗鸡眼的……她突然觉得她已经跟他熟悉了很久似的。“上车吧，我带你转转。”

他们一块儿坐在车上。叶春与他没有多少话。可是叶春觉得他们在不停交谈。后来，复员军人终于问她了：

“你真的不准备离开农村了吗？”

“真的。你呢？”

“当然。这不回来了吗？”

叶春不吱声了。她的鞭子甩得很响，这是她跟师傅学的一招儿。

……

一年之后，村子里都知道叶春跟复员回来的小伙子恋爱了。他们看来准备在这个小村安家过日子了。村里的老婆婆拍着手说：“人哪，怎么还不是一辈子。要紧是找个好人，是吧？是吧！”

叶春和复员的小伙子愿意在田间散步，散步散到了杨树下就停住亲嘴。她久久地吻着小伙子，一双手抚摸着他又硬又黑的头发，说：“真让人亲哪！”小伙子说：“俺觉得你在亲新农村哩！”……

1976 年

槐岗

槐岗上阴乎乎的，丛林茂密，小孩子都不敢去玩。夏天里，那里也透出一股冷气。各种可怕的野物都在丛林里窜，有人说看见这个了，有人说看见那个了。

反正槐岗不是个吉利地方。

妇女队长小狗丽要领人去槐岗上开荒种花生，把不少人吓住了。

“小狗丽怎么了？这是真的吗？”大伙儿都这么问起来。

队长大老耕胡乱骂人，谁都怕他，他不同意，小狗丽就干不成，兴许是他的主意。可是有人亲眼看见大老耕骂小狗丽。

怎么回事？原来是上面支部里有人支持小狗丽。哼呀，这回小狗丽可算是把大老耕得罪了。她大概忘了最初是谁提拔她的了。那是一个数九寒冬，大伙儿裹紧了棉衣到沙地上搞深翻，小狗丽领着十几个妇女跳到冰凌子里泼干。大老耕见了，一竖拇指，说：“好样的！”这一年年底，小狗丽就是妇女队长了。

小狗丽大名叫汪美丽，可是没有一个人那样喊。她从小就会唱歌，长得很细弱，声音也很小，可是她唱歌有味儿。“小狗丽唱歌了！”只要有人咋呼一句，四周的人就呼啦一下围上去，瞪着眼听。

谁也想不到这样一个病病歪歪的姑娘长那么泼辣。她小时候三天两头病，咳嗽，发烧，她爹她妈没命地跑去找医生。可是现在一眨眼，也成了气候了。

妇女们都听她的，她说干什么大伙儿就干什么。这会儿她说开荒，妇女们就一块儿嚷：“开荒！开荒！”

“里面有狼，不怕咬着？”大老耕说。

“不怕不怕。”

“出来个特务，你们怎么办？”

“逮了他不正好？”

大老耕没话说。不过他觉得槐岗是个风水宝地，老辈儿人就这么说。他心里的意思是别破了风水。可是这个理由可讲不得，只能存在心里。他知道村里有个花生基地也不错，是件大事。可是那需要一大批劳力去做，是一场硬仗。再说那也是冒犯了禁忌……

小狗丽准备了不少镢头、镰刀和一捆捆的绳子。那里的槐丛和荒草被刨光之后，还要将沙丘搬平，要重新整地。如果遇上大旱天怎么办？看来还要打一眼深井。她们妇女队这样决定：

把开垦槐岗的任务包下来。

为了防备有个三长两短，大老耕让她们带上自己的老土枪。

她们要吃住在槐岗上，因为那里离村子远，来来回回不方便，再说夜间还要干活儿。一群女的土里扒窝，用玉米秸子搭铺，冷汤冷水，真够她们受的！不过她们一溜儿支起几口大锅，做饭的专门做饭，干活的专门干活，也真有意思！

男人们隔几天就去槐岗上喊她们回去，说："孩子衣裳破了。"再不就说："家也不顾了？"女人们有的半夜跑回去，天亮前再跑回来，真辛苦啊！小狗丽批评跑来跑去的妇女："你们才出来几天？工作不顾了？"妇女们握住小狗丽黄黄细细的辫子，理一下说一句："你不知道过日子的难处啊！"小狗丽不管这个，命令道："不行，不请假不准回去！"大伙儿只好点头："是啦！是啦！"

工地上进度不慢。一片片的槐丛给刨掉了，堆在一块儿。"咱这会儿有了柴火了！"妇女们高兴地说。大家做饭时就用晒干了的槐棵。生活很好，每顿伙食都能吃上玉米饼子、咸菜、熬白菜，有时还能吃上馒头，吃上鱼。

鱼是拉网的男人们路过这里时留下的。他们背上的柳条筐里有的是鱼，跟他们说说笑笑就能拿下几条大鱼来。一条大比目鱼有两尺多长，让大伙儿一顿好吃。鱼肉像雪那么白，鱼皮上的小鳞一粒粒像小盐花儿。"这鱼多好呀！这才是吃鱼哩！"妇女们一边吃一边议论。小狗丽说："我们干活累了时，也去海边上帮他们拉网，那样吃的鱼就多了，也不缺理。”

有人担心说：“听说他们拉网不穿衣裤……”

小狗丽皱皱脑门说：“不要紧。我们先让队上领导通知他们，然后……去。”

这真是好办法，就要有吃不完的大鱼了！大伙儿都争着去海边上拉网，有的干脆一扔镢头就要走。小狗丽瞪瞪眼说：“那不行那不行！这得轮着去，一人三天。”

后来，真的有人去帮忙拉大网了。去的妇女兴高采烈，回来时还忍不住地笑，怀里、背上，到处都是一条一条的大鱼。她说这是那些老爷儿们给的，他们拴好大鱼往她身上挂，还说：“拿去吧，拿去吧，让姊妹们好好吃一顿！”

槐岗上垦荒的女人们有了好吃物！她们煎炒烹炸，鲜鱼味儿馋得人心里痒痒的。队长大老耕有一天来检查工作，磨磨蹭蹭不走，最后还是留下来吃饭。

玉米饼子、鲜鱼汤，还有比这再好的伙食吗？大老耕大口地吃着，一口气吃了三个大玉米饼。这还不要撑破了肚子呀？好家伙，命也不要了！小狗丽问他：“不来开荒，能吃上这样的好饭吗？”大老耕连连说“不能”。大伙儿都笑。

吃过了饭，太阳暖烘烘，红旗在风里呼啦啦飘，大伙儿全都高兴。有的唱歌，有的跑着玩，还有的摔跤。这真是劳动的好日子，是有奔头的日子。大老耕倚在一个草铺子上晒着太阳，看着刨去了杂树的白沙土上蹦跳着的年轻妇女，咕哝了一句：

“真是半边天哪！”

大老耕这天直到很晚的时候才离开工地。他与妇女们并肩干活，光着膀子刨地，一镢头就刨下一棵小树。妇女们夸：“队长的劲儿真大啊，光吹不行，劲儿真大。”队长被鼓励了，干得更欢。他小半天的工夫就干了别人一天的活。汗水沾了沙土，挂在大老耕的胸脯上、脖子上，他擦也不擦，穿上衣服就要走。

临走时他对小狗丽说：

“垦出槐岗来，值得。”

他走了。他思想通了——大伙儿都知道了，所以干起活来格外有劲儿。

小狗丽在休息时指挥大家唱歌，打着拍子，还把唱歌的人分成两拨儿，搞轮唱。有的大老婆们不会唱，一唱就走了调。她们说：“俺不唱。俺这不是耍痴气吗？”小狗丽非要她们唱不可，还说：“再不唱没有日子唱了，人活了一辈子，就得有个高兴时候。”大老婆们说：“俺不唱也高兴。”不管怎么，小狗丽还是要她们唱。这一来，槐岗上热闹了，又干活又有文艺活动，生活得不错。大家都说：“工地上主要是伙食好，如果伙食不好，就没有意思了。”

队上常常送玉米面和地瓜来。送东西的人说：“你们这些老娘们儿，真能吃啊！”小狗丽代表大家回敬他说：“能干才能吃！你不看看俺这一伙儿干了多少活吗？”那个人笑着，连连点头。

一大片杂树都给清除掉了，剩下一片干净的沙土。夜晚，大家把晒干的树木点起火来，照得四周通亮。小狗丽就领人在火光里干活，说要不就糟蹋了这一堆好火。大火把不少远处的人引了来——那些打鱼的男人手里提着鱼来烧了吃，当然也分给大家一点；有的男人还帮妇女们干活，让她们歇息。真好的工地的夜晚哪，真有意思的劳动！

小狗丽全身是劲儿。在工地上来来往往，指挥大伙儿干活，不知不觉就亮了天。

奇怪的是白天干晚上干，也并不觉得累。“这是怎么回事？”有的妇女不明白地说，“俺过去在地里干活儿，半天工夫就累了。”大家也都有同感。真的，这是怎么了？“怪事啊，怪事啊！”大伙儿都嚷。后来小狗丽总结分析了一下，说主要是劳动热情高涨，一高涨，也就不累了。“‘人是要有点精神的’——毛主席也这样说呀，他老人家也这样说哩！是吧！是吧！”大伙儿心服口服。

小狗丽从来没有去海边帮助拉网，因为她要在工地上掌握全局。后来所有人都轮了一遍，有人就催促，让领导也去一次，痛快痛快。小狗丽想了想，安排了一下工作，就去了。

拉网的男人穿上小裤衩，喊着，鼓掌，说：“女领导来了，欢迎哩！”他们又跺脚又拍腿，把沙土踢起老高。小狗丽沉着脸，看不惯。

开始干活了，小狗丽不得不学着他们那样儿，把小绳子系到腰上，再拴到主纲上。领头的喊起了号子，大伙儿就随着这号子往后用力，海里的大网一丝丝往岸上移动了。

号子越喊越热闹，开始词儿还干净，到后来就不太干净了。小狗丽一摔小绳儿离开了。领头的一看不好，赶紧停了号子追上她，一个劲地赔不是。小狗丽说：“怎么能这样？谁是出这些词儿的人？你告诉我！”领头的说：“俺说不出。”小狗丽说：“怎么说不出？说不出就是你！”领头的慌了，赶紧作揖：“好领导饶了俺吧，这可不是俺编的，这是老辈儿打鱼的传下来的呀……”小狗丽这才转回去。

继续拉网。小狗丽领人喊起了号子，她重新编了词儿：“拉大网那个呼呀咳！呼呀咳！呼呀咳！使劲拽那个呼呀咳！呼呀咳！呼呀咳！永向前那个呼呀咳！呼呀咳！呼呀咳！……”大伙儿喊了一会儿，都说没有意思。后来领头的自告奋勇编了新词，一扬胳膊喊了起来。大伙儿一听，一股劲儿地跟上喊，震得人的耳朵响。

“小狗丽呀么呼呀咳！好闺女呀么呼呀咳！来拉网呀么呼呀咳！使劲干呀么呼呀咳！呼呀咳！呼呀咳！好闺女呀么呼呀咳！真好闺女呼呀咳！呼呀咳！……”

小狗丽的脸红红的，她觉得全身都烧起来了。哎呀这帮男人哪，嘴头子就是厉害。不过他们没骂人哪，他们也是好意。小狗丽不好意思跑开，只好跟上移动的人们往前用力拉。

这一天小狗丽觉得时间过得太快太快了，好像一眨眼的工夫，天就快黑了。她该回去了，领头的就让一个人搬来数十条大鱼，硬要她带上。可是她带不动啊。有个壮汉就自告奋勇地扛起鱼来，和她一起回工地去了。

工地上的人一天不见小狗丽，像隔了一年似的。她们都说："俺离了领导就不行，离了领导，镢头怎么使都忘了！"

大伙儿那个笑！新带回的大鱼马上扔到锅里煮起来了，扔进姜葱、辣椒子，咕噜咕噜水响了，鲜味儿又飞得满天了。"吃大鱼啊！吃大鱼啊！吃了大鱼不睡了，干他一夜，怎么样哩？"有人建议。小狗丽拍拍手同意了。

工地上的进展越来越快，村子里的人来看了，都说了不得了，妇女们开天辟地了，今后快没有槐岗了。他们担心那些野物没有藏身的地方了，今后会闯进村子胡窜，让大伙儿不得安生。

大老耕建议槐岗的一半留下来，一方面长木材，一方面留块林子挡挡风沙。他的这个意见很好，小狗丽报告了上级，上级也同意了。

尽管留了一半槐岗，那些野狸子啊、獾子啊，还是不高兴。它们联合起来，趁人们不注意，偷袭了妇女们的铺子。大家费了不少事积下的干鱼什么的，全被它们掠走了。妇女们火了，大嚷道："这是欺俺男人不在，不会使枪哩！非架上火枪打你们这些杂种不可！非打不可！"

话是这么说，她们还是没有去惹它们。本来嘛，把人家安身的林子给刨去了一半，人家当然要发火了。野鸡一天一天嘎嘎大叫，叫声刺耳，大伙儿都说那是在骂开荒的人。

夏秋过去就是冬天。冬天好冷啊！冬天里只得不停地生火。在这个冬天里，睡在野外的地铺里可真是遭罪啊！男人一个一个来工地上叫人了，说：“小孩他妈妈回家去吧，快在外面一年了，回家去吧！”小狗丽代妇女们回敬说：“男子汉不来帮俺干一会儿，就知道拽后衣襟子！”男人说好好好，接上就帮她们干一会儿活。天冷得喘气都打寒战，女人们用毛巾把头包了，只露出两只眼。她们跑着抬筐子，这样身上暖和。

干鱼全吃完了时，春天来了。荒野里的花儿开了时，工程也就结束了。下一场小雨，正好用来种花生。花生出苗了，黑乌乌一大片。后来花生越长越壮，开了黄色的小花。“啊嗬嗬！多大的一片花生地，到秋天该收多少花生啊！”过路的打鱼人都这样呼喊。

大老耕常常拤着腰在花生地边上走着，望着另一半槐岗的丛林。黑乎乎的林子里，不时有嘎嘎的尖叫声。剩下的秘密全在那半片林子里了。

只要看到这片美丽的花生地，人们就会想到妇女的力量，想到一年来的苦斗，想到那个领头的小狗丽。

1976 年

玉 米

一

小麦割了以后，一片麦茬直闪光。土地一眼望不到边。土很硬，如果下场小雨，就该着种玉米了。

“下雨了下雨了！”大老婆老鱼仰面朝天拍着手喊着。

她喊过了不一会儿，真的下雨了。会计老边说她长了一张神嘴。

土地在雨后变得有点黑，有点软。开始种玉米了。每架犁拴上一头牛，在土上划一道沟，有人在后面撒种。后面的犁翻出的土正好盖住了前一道犁沟。最后，要用耢把播过种的土地耢得更平整。

“今年的玉米啊，我敢说能行。”会计老边扶着犁走，身子一扭一扭的。

老鱼给他牵牛，胖大的身体比大黄牛还壮，所以黄牛不敢狂。她接上老边的话茬说：“过去种玉米等不来雨，就得泼地。今年好，一开头就顺。你的头真亮啊！”

老边是秃头。谁也不敢这么说，除了大老婆老鱼。他不知有个什么事儿被老鱼掌握了，所以老鱼最敢顶撞他。老边在村里是说了算的人。因为他懂账、识字多。这个村比较怪，队长反而没有多少权。

撒玉米种的是一个叫二盒的青年，他的眼一挤一挤地停不住。谁都讨厌二盒，就是老鱼喜欢一点。二盒离他们近了些，老边就骂：“跟这么紧，想吃牛粪吗？”

二盒不敢回骂，心里却想：我跟在你后边，你是牛吗？二盒伸手到小瓢里抓一把玉米，一边往沟里扬，一边小声咕哝：“豆儿豆儿，四五六儿。”那玉米粒也就真的四四五五地落到沟里，很匀。

二盒长得很瘦，全身发灰，他今年二十五岁了，没有提亲的。人们都说二盒已经不准备娶媳妇了。有人说，也不一定，因为每年都有些过路女人，她们如果愿意落脚，跟二盒也说不定的。

老鱼在村里是一霸，不过大家都说这个人心眼还算好，不太欺负人。如果有人欺负她，她反过来才欺负你。全村里只有她一个女人穿短裤，露出黑红色的粗腿。她干活赤着脚，麦茬刺不疼她，多么怪。老边说：“你不怕脚板出血啊？”老鱼说：“俺不怕。你个男人干活还穿鞋，狗都笑！”老边呵呵地笑。

地里有数不清的人。一架一架犁子往前犁，像排了横队。犁子前边又是扬肥的老汉们。他们把铁锹一举一甩，肥料扬得又匀又广。跟在一架架犁子后面的是姑娘。她们的手巧，撒种才匀。“撒不匀种，到时候间苗就难了！”有经验的老人说。

夏天的原野上真热闹啊！多么多的夏天的劳动，夏天的播种啊！多么好的一个季节啊！雨后的天，没有酷热，没有飞扬的尘土，只有劳动的歌声，只有欢乐。

这个场面多么让人兴奋。一些老人说：“旧社会种地，都是人拉犁，穷人哪有牛，都是大地主才有牛，大黄牛！咱穷人，哼，精着肩膀使劲呀，一个夏季下来，流血呀！”还有人说：“大伙儿在一块儿多热闹，累也显不出。有说有笑地干活多么好。旧社会，一家子在一块儿愁，种不上地，不顺心，就拿孩子撒气，噗噗打孩子的腚，孩子有什么错？冤！”

“二盒，你不觉得晃眼亮吗？”老鱼牵着牛，回身问二盒。二盒仰脸望望晕晕的太阳，说：“不觉得。”老边喝停了牲口，手扶犁子骂二盒：“你个孬种跟上说，我撕你的嘴！”

老鱼哈哈大笑，兴奋地拍起了手。

“快看啊，真好把式！”有人突然大嚷。

大家都停了手里的活去看，原来是有个扬肥的老汉在使飞锹——他光着上身，手里的锹左一甩、右一甩，只见肥料被扬到空中，扬到四周。他自己都干疯了，一口气把一堆肥撒光，又撒另一堆。“真好把式呀！真好把式呀！”大伙鼓掌，喊叫，老汉就拼命地干。他的大锨在半空闪亮，两脚都快不沾地了。“真好把式啊！”大伙儿还在喊。

老汉的劲儿使尽了，大伙儿的喊声才歇下来。可是刚歇了不一会儿，又有人伸手指着嚷：“快看！快看！”

原来是一个小伙子推了一大车子肥往前跑。他的手推车像压了座小山一样。他是怎么回事呀？他跑得那么快，小车吱嘎吱嘎响。他差不多是跳着往前跑，他一个人推了两个人的肥！“快看！快看！”大伙儿鼓掌。小伙子蹦着跳着更欢了，一大车子肥硬是被他推到了最前边！

“现在的年轻人哪，了不得！”一个老汉对身边的人说。

“真了不得啊！真了不得啊！”大伙儿一块儿嚷着，给远处的小伙子鼓劲儿。

到了休息的时候了。大家放下手里的东西，拴了牛，身子一松往地边上走。会计老边坐到土埂上吸烟，笑眯眯的。有人大声喊着说：“快呀，谁说一段数来宝吧！”他嚷过了，没人吭声。大伙的目光全转到一个矮矮的男人身上。他蹲在那儿，肚皮乌黑乌黑，闪着亮。他有四十多岁了。大家就这么看了一会儿，突然他往手上吐了口唾沫，哎了一声拍打起节奏来。

“快来听数来宝呀！”有人招呼离得远些的人说。

矮男人两条短腿在地上一蹦一蹦，拍手节奏分明。他的脸都憋红了，就是不说话。大家知道他在编词儿，一时编不出来也就憋成了那样。他好就好在每一次都编新词儿。这样憋了一会儿，新词儿来了。他跳着拍着说了一会儿数来宝，大家高兴得一齐喊他的名字。“真好样的啊！真好样的啊！”

听过了数来宝，一群小伙子展开了摔跤比赛。刚才推车的小伙子一口气把十几个年轻人都摔倒了。他抹腰站着，再没人敢上。

老鱼搓了一下手，叫着他的小名，说老娘跟你来一跤。小伙子想跑，大伙儿就起哄。小伙子见老鱼张开手臂扑过来，撒腿就跑。老鱼穷追不舍，小伙子腰弓着奔去。他们跑到了耪得平整的地中间了。老鱼的大脚一下一下踩下了深坑。原来大家以为老鱼追一会儿也就算了，想不到她两眼瞪着很认真的样子。看来她非追上小伙子不可。

小伙子又跑了一会儿，呼呼直喘。老鱼几步赶上去，伸腿一个绊子把他绊倒。“好呀！”大家呼喊。

“你起来起来！”老鱼伸手指着地上的小伙子。

小伙子刚爬起来就被老鱼抱住。她的两只粗胳膊一用劲儿，小伙子就呀的一叫，又一用劲，他又一叫。“俺输了俺输了！”他嚷。老鱼不听，一弯身子，噗一下把小伙子放倒在地上。

大伙儿一阵高兴。老边从土埂上站起来，伸出拇指。停了一会儿他才发现什么，青着脸喝道：“看看糟蹋了玉米地！”老鱼转过脸说：“你瞎汪汪什么！”

姑娘们唱起了忆苦歌，一会儿有人唱得眼泪汪汪。有的一边唱一边爬到了树上，像一只老猫一样蹲在枝叶繁茂的树丫上。

大家说谁家姑娘这么皮呀，歇息了也不安生。树上的姑娘说："就不安生！就不安生！"有个人说："把你给二盒吧！"

树上的姑娘骂开了："你不说人话，狗眼看人……"她骂着骂着哭开了。

大家在她的哭声里一句一句夸二盒，都说二盒真是个好青年哪，懂得节约，二十多岁了还不舍得买根腰带，用布条扎腰——有一回扛麻袋，一用力，咔，布条断了，裤子掉了……树上的姑娘哭得更厉害了，到后来往下吐唾沫。大伙儿赶紧躲开，说："不好了不好了，狐狸子撒尿了——二盒！二盒！"

二盒在哪儿？怎么一会儿工夫就找不见二盒了呢？有人东张西望，突然伸手一指说：

"看！"

原来二盒和大老婆老鱼坐在紫穗槐棵子那儿。老鱼半歪着身子，二盒一下一下给她捶着背。二盒捶一下，老鱼就满意地应一句："嗯！"

二

玉米说长高就长高了。它们唰唰往上蹿，几天工夫就长成一片玉米林子啦。

各种小兽都往玉米地里钻，它们不知从哪儿汇集来，吱吱叫，用劲儿闹腾。它们不伤玉米棵，不咬叶儿棒儿，只是借块阴凉地方。

“下田的人不孤单，有野物伴着哩！”上年纪的老人说。

有个老人说了一件往事，笑煞人：很早以前，村里有个孤寡老婆婆，天天到玉米地里看秋，一天天坐着。后来有人发觉她咕咕哝哝说话——跟野物说。一个秋天过去了，老婆婆交往了不少野物。她坐那儿，身上痒了都是野物给挠。收玉米了，谁也没有她干得快。为什么？因为她有野物暗助哩。你听吧，老婆婆一挥镢头，只听嚓嚓嚓响成一片，一大片玉米全利索了。老婆婆一动手搬玉米秸，只听得嚓嚓嚓响成一片，玉米秸一眨眼就搬完了！冬天里，老婆婆坐在炕上，外面有响动，老婆婆闭着眼就能叫出野物的名儿：“小三来了？”再不就说：“獾儿来了？”她什么都认得。

有意思啊！好啊！秋天是交往野物的时候啊！好啊！下地去呀！

会计老边给人派活都有自己的打算。他让手脚不灵便的老人去地里看秋，说他们坐在地里不乱跑，没人敢去偷东西；他让年轻人去浇地，说他们在地里胡窜，哪里跑了水发现也快；他让老婆婆们去捉玉米秸上的黏虫，说她们虽然眼神不济，但心思却专，就像做针线活儿一样，一下一下能把黏虫捉得一个不剩！

老边估计错了。老头子坐在地边上，跟捉黏虫的老婆婆说起话来就没个完，他们什么也顾不得。天快晌了时，老婆婆才一拍膝盖说："捉虫呀！"她们每天都得把捉来的虫儿从衣兜里掏出来，让会计亲眼看一看。会计一五一十数一遍，记在账本上。

年轻人钻进玉米地里，没人找得见他们，早把会计老边扔到了脑后去。他们可不管水跑到了哪里，因为反正跑不到玉米地外去。在玉米林子里不快活，人这一辈子就没工夫快活了！他们隔着一片玉米相互骂架，抛土块打闹，说些热闹话儿。还有人捏着鼻子叫人，对方恼了也不知是谁叫的。他们在玉米垄里乱跑，有时玉米叶儿把手上、胳膊上割出血来。

在玉米地里饿不着。这个季节好吃的东西就多了。玉米垄里有小野瓜、野葡萄、野枣。小嫩玉米棒子一咬一口白水，鲜死人！如果口渴了，就寻找发红的玉米秸子，它像甘蔗一样甜。

不知是什么野物在一旁乱叫，还会像人一样咯咯笑——刚开始还以为是个姑娘呢，小伙子们猫着腰钻着地垄往前找，找也找不见。它在一旁咯咯笑，大伙好好听了一会儿，认为是一只鸟。

姑娘与小伙子一块儿烧东西吃。大家将两个地垄的玉米梢子结起来，看上去像个门一样。每个人进门都得说一声："报告！"门里的人说："进来！"一个最好看的姑娘坐在门内，抱着胳膊，故意眯着眼。大家都说她这会儿是"大官"，任何事情都要请示。"大官，玉米快熟了吧？""不熟！""大官，让二盒吃个烧土豆吧？""不行！"

二盒的眼挤弄着，常常被别人排斥在玉米秸门外。他威胁说：“老这样，我报告会计老边！”大家说：“正好没有叛徒打，你去报告吧！”二盒不作声了。

四十多岁的矮个子男人吃了烧玉米棒，数来宝一段接一段，嘴角全是白沫儿。大伙儿吃过了东西，问他从哪儿学来这么多词儿。矮个子男人说从老婆那儿。他老婆是个笨嘴笨舌的人，大家不信。不过他老婆年轻时候要过饭，走千村过万户，什么学不来？大家信了。

吃过东西，大家就躺下睡觉，没有几个人真正睡得着。

蛤蟆一下一下蹦过来，跳到一个姑娘身上，姑娘说：“呀！”

大伙儿不睡了。有人撩着流过来的水洗了洗脸，然后去采乌米——这是玉米棵上生出的一种菌，在结棒子处结出一个乌黑的嫩球，可以用来炒菜吃。今年的乌米可有不少，一会儿就采了一大串。“俺爸最爱吃炒乌米，俺妈不爱吃。”一个小伙子用柳条扎起收获，高兴地说。

二盒早跑到捉黏虫的那些人那儿了。老婆婆们由老鱼带领着做活，老鱼不愿跟她们在一块儿，但她又乐于做个头儿。她一见了二盒就打听年轻人干什么了。二盒不想告诉她，就说：“没干什么。”

老鱼不信他们一伙儿会安生干活，就撇撇嘴。“不准老拉呱儿，干活干活！”她一歪脖子冲老婆婆们嚷道。老婆婆和看秋的老头子们盘腿坐着说话，听了吆喝只是一转脸，不怎么听。

老头子们吸着长杆烟锅，一锅接一锅。老婆婆们拍打着腿说话，发出啧啧啧啧的声音。

“别小看了针头线脑的事儿呀，庄稼人的日子啊！”老婆婆们说。

“那一年芦青河发水，老边穿着翻毛皮袄上街，遇见了队长，打了队长一拳……”老头子小声说。

“哎呀，哎呀，不说没人信哪！……哎呀！”老婆婆揉揉眼，起身干活了。

“黏虫黏虫，黏上不走；忙了你的口，歇了俺的口！”老婆婆们一边把黏虫逮到衣兜里，一边念着顺口溜儿。

老鱼说：“年轻人不赶紧干活儿，一会儿老边来检查工作就晚了。”二盒说：“这么大一片玉米地，他找谁去？”老鱼叹口气：“要是让我管着他们也就好了，鸟无头不飞——你说呢？”二盒点点头。老鱼就让二盒领她找他们一伙儿去，二盒一犹豫，老鱼就拧了他一下。他们往玉米地深处钻。

有个姑娘咯咯地笑。老鱼说：“你听听！他们在一块儿就知道疯，还有心思好好干活！”二盒说：“他们主要是烧东西吃。”老鱼咂咂嘴：“天天在地里泼吃，回家省自己的粮食，他们年纪轻轻，心眼儿倒不少！你说说老边知道了能不发火？亏了老边不知道。”

有一个姑娘用乌米描了长眼眉，一步从地垄里蹿过来，正好撞上了老鱼。老鱼一愣，姑娘抬腿就跑。老鱼骂：“你这个狐狸精……”他们跟上跑了起来。玉米秸不断地碰他们的脸，一会儿就热汗涔涔的了。老鱼气得直喘，说：“非告诉老边不可，非去告诉他不行！”

正跑着，二盒坐下来，说这里有个香瓜，快来吃吧。老鱼停了步子，见是一个又圆又大的野瓜，就摘下来。她给了二盒一半，自己吃一半。“多香的瓜！这么好的瓜集上都买不来……真甜哪！”老鱼把瓜瓤儿弄了一脸。她用衣袖胡乱抹着嘴，看了一眼二盒就愣住了！原来二盒坐在那儿，目不转睛地盯着她看，一脸什么奇怪的神情。她伸手点了一下他的胸部，问：“怎么了？”二盒咽一口唾沫，声音哑哑：

“大婶，我的事就全靠你了。”

老鱼惊讶地瞪大眼：“什么事？”

“媳妇！”

两个人再不吱声。停了一会儿，老鱼站起来，两只大手拢拢脏兮兮的头发，说：“玉米地里有的是呀，你得耐住性，慢慢找……咱去吧！”

一对小伙子手持铁锨站在地垄上，见了老鱼笑眯眯的。老鱼的大脚噗一下踩进水浸的稀泥里，溅了两人一身。“都哪儿去了？这边来！”她喊。小伙子拃着腰：“你是老边吗？”老鱼瞪大双眼：“我是老边他妈！”

大伙儿哈哈笑了。二盒笑得直抖。

男男女女都从四面汇了来。有人把手从后背伸出来，手里捧了几个黑乎乎的熟棒子。他们把手里好吃的东西纷纷递给老鱼。老鱼接过来，放在鼻子下嗅嗅，大口吃起来。她一边吃一边对小伙子姑娘说：

“我年纪大了，不过不是老人性儿——我才不愿和那些老婆婆老头儿在一块儿。咱大伙儿一起我开心。今后做什么莫背着我，咱是一伙儿！”

大伙儿鼓掌。有人提议将她领进玉米秸门内，于是一个姑娘上来扯了她的手。

老鱼钻进低矮的小门，乐得一下子坐在了地上，两手拍打着土说：“这才是人过的日子哩！哎呀，大玉米地真好啊！真风凉啊！”

二盒小心地问：“你不能把这些事告诉老边吗？”

老鱼生气地骂了二盒一句：“胡诌！老边算什么！我管老边就跟管孩儿差不多！”

三

刨玉米秸这活儿你干过？那你就一辈子别想忘了！累死了，累死了！

收玉米是庄稼人一关。过了这一关，不愁吃和穿。这一关不好过啊！你得拿个小镢头，一棵一棵把玉米刨出来，像刨小树一样！人的心眼老要变——种玉米那会儿盼着玉米长得壮，到了收这会儿，又盼它长得瘦一些。大高个子玉米秸刨不动啊！累人啊！

蝈蝈在地里叫，瞎凑热闹！庄稼人没心思听你唱。矮个子的数来宝俺也不想听了。“老天爷，可把咱给累死了，也不知南方人砍甘蔗是怎么干的！”“人家累了有甜水咂,咱不行！”“再说人家是用镰刀砍，咱得刨出这些根儿来！”……大伙儿汗湿衣衫，一边喘着，一边说着。会计老边虽然提个镢头，不过不太干活，主要负责在干活的人群后边检查。谁的土拍打得不净，谁的根子没有全部刨出来，他都要叫骂一阵。

一群小孩子、老太婆在前边掰玉米。只听得咔嚓咔嚓响，大玉米棒子就掰下来了。失去了棒子的玉米秸子看上去怪可怜的，它们在风中轻轻摇晃着，等着被人连根刨了。

一堆堆的玉米倒在地上。“多大的棒子啊！今年玉米得出来这个数——”老头子们捏着手指说。老边听了笑呵呵的。他的头顶在阳光下闪亮，眉毛上挂着土末。

干了一会儿，送水的来了，大家呼啦一声围上来。上年纪的人喝热水，年轻人喝凉水——送水的担子一头热一头凉。凉水是刚刚从土井里打上来的，热水里放了绿豆高粱。凉水桶里漂了一个绿色的水葫芦，它的叶儿梗儿毛茸茸、嫩柔柔。干活的人咕咕喝水，像牛一样。他们的衣服都让汗水浸得透湿。

矮子男人后背干干的。老鱼一把揪住他问：“你怎么不出汗？”男人拍拍身子：“俺身子结实。”老鱼摇晃着去喝水，咕咕喝着还不忘抬眼去看矮子。二盒站在一边说：“大婶你喝凉水能行？”老鱼缩回水漉漉的嘴说一句：“能行。”一会儿两大桶水就喝干了，老边催促送水的人：“快回去挑，小步跑！”担着的水桶咣当咣当响起来。

休息的时候烧豆子，烧嫩玉米，老边也参与了。大伙儿的嘴都变黑了，牙齿雪白。男男女女低头吃东西，吃过了就进地捉蝈蝈和肥蚂蚱，串到腰上。收玉米时节，家家都在酱油坛里腌上它们，吃饭时蒸蒸就是美味。

大牛车嘎啦嘎啦驶进地里拉玉米了。一大群妇女喊着老边，要求跟车干活儿。老边伸手点画着她们，说你去、你也去……被点中的人里总有老鱼。老鱼顾不得吃东西了，一抬腿跳开，三两步跨到车上，一拍牛屁股说：“走哩！”

大车在刨过的地垄上吱嘎嘎往前走，老黄牛的大眼睛生气地看着一边的景物。几个妇女把车两旁的玉米棒子装在篮里，递到老鱼手里，老鱼再哗啦啦倒进车中。

“说起车老板，是个大混蛋，什么活不干，天天白吃饭！……”矮子男人在远处说起了数来宝。赶车的是个满脸胡楂的壮汉，朝矮子一伸手，噼噼啪啪打了几个响鞭。老鱼在车上东晃西晃，说：“贱嘴货，等我有工夫给他几个耳刮子就是！”

玉米棒子全给拉到了场院上。

大场院夜夜灯火通明，老老少少全围上玉米坐，剥皮，将玉米棒编成长长的辫子。多香的玉米味儿，多好的夜晚，天不冷也不热。庄稼人苦尽甜来，一年里还不就盼个这样的夜晚？谁剥下玉米皮儿谁留着，那又大又白的玉米皮儿喜煞人！全村人都来了，连腿脚不利落的老人也来了。可不，老边站在街口上喊一嗓子："剥玉米了——"谁还不出来？

一根根火绳挂在凳子边上，老头子吸着烟，剥得十分认真。他们眼神不好，两只手按住一个玉米棒子，像按住一头小猪。每只棒子都要留下两张皮儿，留着编辫子用——姑娘们把它编起来，编得好长好长。

小娃娃们不干活，围着玉米堆乱跑。老边不住地呵斥着，谁也弄不清他呵斥谁。老边晚上要数玉米辫子，要记账，所以戴了眼镜。他戴上眼镜，模样一下子变了。

老鱼不敢跟戴眼镜的老边开玩笑。她觉得这会儿的老边可不是一般的人。她在灯下注视过老边工作：他伸手扯过一辫子玉米，三抖两抖扔到一边，在账本上画一下……姑娘们直眼盯着老边的手，嘴唇使劲缩着。老边说："吭！"姑娘们吓得赶紧退开一步。老鱼心里想：老边有威啊！

老头子老婆婆絮絮叨叨说起古旧故事，渐渐吸引了年轻人。老婆婆越说越快，声音也越来越大，手中的活儿也越做越利落。年轻人有时要问一句："后来呢？"老婆婆就白他一眼。老头子从来不问，那是听了一辈子的故事啊！每逢剥玉米的时候就听一遍，剥玉米的夜晚有专备的故事。

平日里听到好故事的人，都默默地记到了心里，专等剥玉米的夜晚。

“老鱼啊，你讲个，讲个！”戴眼镜的老边虽然忙于记账，耳朵里还是留意了大家的故事，这时抬头催促老鱼了。

老鱼剥玉米很专心。她与所有人都干得不同，别人一手按住玉米，一手轻轻掀开玉米皮儿。唯独老鱼用不着那样。她的手大，又格外有劲儿。她一手的虎口扣住玉米，另一只手狠劲一撸，玉米皮就下来了。她听着老边的话，接上说：“领导叫俺讲，俺就讲……俺讲的都是亲身经历的事儿，俺不像有的人，诌南山扯北海，狗嘴里吐不出象牙。俺都是讲些家长里短，俺不像有些人，净拿大话吓唬小孩儿……”

“好！”老边喊了一句，用笔在本子上重重画了一道杠。

“俺要讲，就讲真本实料的东西，不像有些人，净拿幌子晃人……”

“好！……”二盒小声嚷了一句。

老鱼掀一掀衣怀，说下去：“俺这人从小厉害，俺什么也不怕。小时，妈说：你姊妹仨听好，谁能一口嚼个红辣椒，这顿饭就让她吃玉米饼！俺看看大姐和小妹，见她们都不敢伸手，就一把抓住一个大红辣椒，一口嚼了咽下！俺妈说：真好孩儿，不怕辣，这顿饭吃玉米饼吧！大姐小妹呢？只能吃馊瓜干……”

“老鱼自小厉害！”老边摘下眼镜说。

“老鱼真厉害！”矮子男人说。

二盒钦敬地望着身边的老鱼，张大嘴巴喘息。老鱼又说："小时，街坊邻居打俺，俺就往他屋里扔泥蛋，扔马粪，扔死鱼烂虾……男人欺负俺，俺就一手掐住他脖儿按在地上，问他敢不敢了。他一连声说：不敢了不敢了。俺这才放开他。"她一边说，一边飞快地剥玉米。

一场的人都哈哈笑。

有几个年轻人坐不住，这会儿就起来跳着，打个滚儿蹿到玉米堆上，身子倒立着往前走。有人鼓掌，老鱼就凑近了，用食指一捅年轻人的肚皮。年轻人哎呀一声倒下来。老鱼和年轻人在玉米堆上摔起跤来，年轻人没一个是她的对手。

"五十岁的人了，啧啧……"几个老婆婆议论起老鱼的身体来。

"她自小吃玉米饼啊！她能没有力气？"

"多好的玉米棒子啊，你看看，你看看粒儿饱鼓鼓，像牙齿似的；你再看看缨儿，像小孩头发似的；你放鼻子底下闻闻，哎呀，透心香！告诉你吧，新长出的玉米做糊糊喝，馋死人了！馋死人了！还有，新长出的玉米做米糁儿干饭，吃不够啊！他盛一碗，孩儿盛一碗，再给老人盛一碗，一碗一碗直冒白汽，满屋香啊！要是有心眼的人家，再去河里逮些小虾做汤菜，一勺一勺浇到干饭碗里，那才好哩！吃一口那样的干饭，死也值！死也值！……快剥玉米吧，剥吧，咱收拾的是自己的口粮啊！"

老婆婆们念叨着，伸手到旁边的老头子们那儿拿过烟锅，长长地吸了一口。

“这天多大的露水啊！你看，一眨眼工夫，我后脊梁上湿啦！”老鱼反手摸着后背，叫着。

矮子又说起数来宝了。

老边重新戴上眼镜，从镜片上方看看所有的人，一个一个看。

秋风吹来，满场都是玉米的气味……

1977 年 4 月写于龙口
1989 年冬修改于济南

善 良

一

小娜年轻时很美丽，现在四十岁了，也还是好看。她越来越温和，越来越慈祥，穿着洗得干干净净的衣服，每天不停地劳动。婆婆几年前得病卧床，她就更加辛苦。没人听她抱怨过什么。在整个园艺场里，所有人都认为她是一个好人。

好人有时并不顺利。小娜的男人开汽车，回家就喝酒，醉酒就打人。女儿长得天仙一般，他舍不得打，就专门打老婆。小娜的头发都被他揪掉了不少。她尽量迁就，实在挨不过去了就给他一耳光。奇怪的是他挨了一巴掌，反而会安静下来。

她平时常常劝导丈夫，他也听从，可他不会彻底改正。小娜每天要服侍婆婆，又要上班。她是场技术员，早年毕业于一所中专学校。那时她有很多追求者。场里人都说：能找这么个姑娘做媳妇，想想看，一辈子享不完的福。可是她都没有同意——那些追求者很痛苦，其中的一个还为她喝了有害液体。当然他被抢救过来了。为这事，她十分痛苦。她找到他说：

“你不应该这样。因为不值得。我也没办法让你不难受，我知道自己不能和你一块儿组成家庭。我不愿意啊。你打起精神吧，找个愿意和你过一辈子的人，好不好？”

那个人想了想，说：“我也有中专文凭，这个你知道。”

“知道。不过相同文凭的人就该在一块儿吗？你一时思想还转不过弯来。你好好想想——想过来了没有？”

他想了一会儿，最后终于抬起头来：

“想过来了。”

她当时之所以不同意，主要是看上了一个刚刚调来的司机。小司机戴着套袖、工作帽，眼睫毛像女娃一样长，又有着一股帅劲儿。“这小伙子多精神！”她在心里说。后来她主动接近他，买了好吃的好用的给他。他比她小四岁，叫她大姐。她被叫得不好意思。后来当然是她主动提出建立那种关系的，让小伙子愣了半天。因为小伙子十分单纯，又没怎么看书，不太懂这些事。他以为他们在一块儿好就是了，其他的倒没想。小伙子说：

“哎呀！俺不和你结婚。”

她认真地问：“为什么？”

“因为俺不配。”

“胡扯……到底为什么啊？”

小伙子搓搓手："主要是不好意思。"

她长长地吐了一口气："这就不要紧了……"她扳着他的脸亲了一下。小伙子没让她亲第二下，抬腿跑了。

待了很久，小伙子又回来了。他发现她还站在原来的地方。这一回她亲他，他就再不躲闪了。

后来是结婚。日子久了，她发现这个司机不懂多少事，心比年龄还小，光知道玩，没有多少家庭观念。他爱赌气、发脾气，动不动就恼。她有时真不知该怎样对待他。他在外面跑车，跟一些野性司机学了不少坏毛病，后来还给她起外号，叫得很难听。

她尽量做到不生气。

可是他喝酒越来越厉害。她认真批评过他，他说："早晚不喝它，怪辣的，有什么好？"那天她真给高兴坏了，眼泪都出来了。她觉得自己男人终有一天会变好的。男人见她哭了，一阵惊讶："又没打你，你哭什么？过去打你你都不哭——真怪啊！"她叹了口气，又笑了。她觉得他的心太简单了，也太粗糙了。

白天她在果林里行走，一个人时，嘴里轻轻吐出这样的话："我差不多不能爱他了……"

尽管这样，她还是坚持下来，转眼已经四十岁了。

这是一段多么漫长的日子。她什么都忍受下来。她与自己的男人不能交流什么——多么寂寞。她知道自己当年大概弄错了，不该和他一块儿组成家庭。不过后来又一想，她当时是爱他的，真的。她记得那会儿，一看到他的身影、那张无忧无愁开开朗朗的脸、里里外外的健康，心里是多么激动、多么幸福啊！直到如今，她也愿意看他，一直看下去——这不是爱吗？

他们一吵架，全园艺场的人都知道。她尽可能不让别人知道，男人却总设法让别人知道，还故意夸口："哎呀，让我打得呀，直哭直哭！"有人批评他不该动手，他就说："女的就得管住——再说我从来不用力打，她要痛才怪。"

听者都笑。有的说："小娜也算个命苦人了，摊了这么个不懂事的男人！"

这期间，正好那个用力追求过小娜的中专毕业生又独身了。他找到小娜说："小娜同志，我们谈一次话可以吗？"小娜点点头："当然可以。"

他们在果林深处的一口水井旁边坐下。四周很静，小鸟都不叫。中年男子两只手插在一起，一抽一插，然后缓慢有力地说了："经过很长时间的考虑，我认为我们很有必要在一起谈一次。我想告诉你的是，我对你和你男人的情况作了理智的分析。我认为你们的这一次婚姻是不成功的。主要原因是他不懂得你，而有的人却很懂得你——我就是这样的人……"

小娜安静地听着。她发现对方的脸色越来越红，口气越来越急促。

他往上伸出两手说："反正话不说不明，灯不挑不亮。你要是肯离开他，我们就能在一起了。不知你肯不？”

小娜每一个字都没有遗漏。她说：“不肯。”

“怎么能‘不肯’？”男人呼一下站起来，“难道他打你你不火吗？他打人呀！”

“他脾气不好，可我心里还是喜欢他。我想人人都是有缺点的。他和我在一块儿生活，我没能帮他改掉那些缺点，也有责任。你应该同时也批评我，不对吗？”

男人想了想，说：“道理上也对。”

“还有，你应该想一想，如果我听你的话跟他离开了，好吗？他不爱我了吗？”

男人又想了想，说：“总的看，他还爱你。”

“那好，”小娜走近一步，“那我离开了，他一定会难过。你想想，一块儿过了这么多年，又有了孩子，哪能轻易分手呢？他见我跟了别人，能难过死。他这辈子也就没有高兴的时候了。再说他干的工作是开车，心里不好受，发脾气，出了事故怎么办？还有，他有个得病的老妈妈，这些年全靠我。我得把老人服侍到底啊！我半路上离了他娘儿俩，就是没良心的人。”

男人听着，蹲下了。他看看小娜，又低下头。最后他说：“你说得在理儿。不过小娜同志，你应该明白，我也是好意……”

“当然。你是个老实人，这我早看出来了。你约我谈话，我也就来了。为什么？因为你坚持这么多年爱我，不容易。世上变来变去的人太多了，你不是那样的人。再说你又是个直率的人，心里怎么想，嘴上就怎么说——我很感动。我不会忘记你这片好心的。我要把你当成最好的同志看！我一定能这样！”

小娜说着，有些激动。

那个男人不安地活动着，搓手，轻轻跺脚。小娜把话说完时，他嚷道：“你是个多么善良的人哪！我敢说你是全国最善良的人。我更爱你了，真的，我真想亲你啊——不过我有理智，我知道，你还没有答应，我不能越过同志的界限，不能，对不对？”

小娜含泪点头：“你做得很对。”

二

“喂，技术员在家没？”他喷着满嘴酒气，一进门就嚷。

妈妈在炕上呻吟。

“妈妈，妈妈！”他伏到妈妈床前，伸手替她盖被子。“我孩儿回来了——你又喝酒了，又喝了……”老人生气了。

小娜一手抱着孩子，一手端着饭菜过来了。他跳起来，抢过孩子就亲，说：“技术员打饭来了，咱吃饭吃饭……”小娜围上围裙，服侍婆婆吃饭。“妈今天背疼，一阵一阵疼。”

喂过婆婆，男人和女儿已经吃过了饭。男人说：“俺停了车就去找地方喝酒——光是喝酒。真舒坦！”小娜停下筷子：“那样要伤胃的，你更受不了……你真该戒酒啊。”

男人哈哈笑了：“这样应该那样应该，还应该打你哩，是吧？”

小娜不理他。

“打一打才好哩。先吃饭吧，吃过饭再打。”

她很快吃饱了饭。当在收拾桌子的时候，男人真的一歪一歪过来了，举起了手掌。小娜火了，一下扔了手中的抹布。男人也火了：“逗你玩的，还扔东西！好，这回真打了！”说着照准她的后背就是一下。

小娜气得不知怎么好，就去拉他的手、扭他的胳膊。他说：“你才有多少劲儿？‘工人阶级有力量’，你扭扭看！”他把胳膊绷紧，任她扭。她一丝也扭不动。

女儿过来帮忙，娘儿俩笑了。男人说：“算了算了，别费事儿了。”

小娜一边收拾东西一边说：“打老婆是旧社会遗留下来的恶习。你就不能改正吗？真的不能吗？”

“不能。”

“你不怕把我打跑，跑到别人家吗？”

“不怕——你才不会跑哩。你是个正派人，打也打不跑。我心里有数。”

小娜气得跺脚：“那不一定！那不一定！世上谁对我好，我就跟谁去！”

男人拍拍膝盖：“胡说！妈妈你也敢扔下不管？”

“妈妈……”小娜的嘴软了。她不由得回身去看内屋的门，不吱声了。后来她进屋去了。

婆婆一个人孤单，小娜每天陪她说一会儿话。老人这时候多高兴：“我孩儿呀，你说今年的日头是怎么啦，灰蒙蒙的。这个秋天果子不知收不收。”小娜握着婆婆的手：“能收啊！今年的日头还是老样子，怪好的，晒在身上暖洋洋。”“这就好。我放心了。孩儿，你让孙女过来——”

小娜招呼女儿。她一下跳进来，去偎着奶奶。小娜这才离开婆婆。男人蹲在那儿呕吐。酒劲儿泛上来了，气味刺鼻。她用湿毛巾给他擦嘴巴，又把他扶到床上躺下。她一句也没有埋怨。他躺在那儿，向她招手。

小娜走近了，他握住她的手，使劲握着。“好些了吗？”他点头。后来他抱着她的手，呼呼睡着了。

小花猫在地上蹦跳，玩它的乒乓球。后来乒乓球滚到了木箱底下。它焦急地抓拍木箱，无聊地走来走去。小娜用小树枝给它抠球，为了防止球重新滚进去，她用废报纸把箱底空隙塞起来。

天快黑了男人才睡醒，打个哈欠，抓起帽子就出了家门。

“你回来！你去哪里？”小娜追出一步喊着，可人已经没有了影子。

这一天她的两条腿好沉重。这日子好累啊！婆婆在那边叫她了，她赶紧打起精神。

她调制了一碗甜甜的藕粉给婆婆，可是小花猫在大家不注意的时候伸出舌头舔了几口。女儿说小花猫一点也不脏，可奶奶说什么也不喝了。女儿赌着气，也为了证明自己的话是对的，端起碗就喝。小娜想制止她已经来不及了。重新给婆婆调制了一碗藕粉，然后把小猫抱开。

天很晚了，男人还没有回来。这是个星期天，她为他担心，就出去找他。找了场部的小供销部，他不在；找了车库和几个老熟人的家，都不在。后来她听说老场长提着一瓶酒回家了，就进去看了一下。他正和老场长面对面地喝呢！她一出现，老场长立刻吆喝老伴给她拿个杯子，男人听了一摆手："看您，她哪会！她不行！"她红着脸和场长老伴打着招呼，坐在桌边说："老场长，您不知道，他今天已经喝过了。"男人的脸有了酒色，这会儿赶忙说："乱说！打得轻了！"场长呵斥一句。他接连喝了几大杯子，故意撒气。"你别喝了，别喝了，会弄坏身子呀，快停下吧！"她去拦他的胳膊，他一下把她推开。场长又是呵斥。

他后来朝小娜恶狠狠瞪了一眼，离开了。

老场长自己喝酒。小娜说："场长，真对不起你——他今天是醉着回来的。我不敢让他再……"老场长说："我不知道……小娜啊，你男人可是个好人，车开得好，从不误事。我一直喜欢他。他要是再有点文化，我早就提拔他了……"

场长也半醉了。小娜觉得有趣，就忍住笑问："提拔他干什么呀？"

场长想了想："技术……科长！"

小娜笑了。

场长神色严肃地指着她说："别笑！真……的！"

三

小花猫不知吃了什么有毒的东西，不断地呕吐。小娜正在上班，女儿跑去告诉她。她慌慌地跑回家。

婆婆躺在炕上，一声声唤着小猫。

小娜看了一眼，急得叫起来。婆婆说："去找块仙人掌，捣碎了给它灌上，兴许管用——前些年有人用这法子救活了一只猫……"

她飞快地跑出去，见人就问："有仙人掌吗？"不知打听了多少人，总算找到了一块。她一边往回赶，一边摘去上面的尖刺，一双手都被刺破了。

她飞速地把仙人掌弄成糊糊，用瓷勺一口口灌给小花猫。它拒绝喝下去，不停地挣扎，小娜的手掌、衣服，全都给抓破了。

它吐啊吐啊，不知吐出了多少东西。吐过之后，就一动不动了。小娜让女儿和她一起，用温水细细地擦去它身上的脏物，然后放到了床上。

这一夜她是搂着小花猫睡的。一夜里她不知醒来多少次，老疑心小花猫已经不呼吸了。她拉开灯，发现它小小的肚腹在动，这才重新躺下。

小花猫过了最危险的关头，瘦成了一把骨头，站也站不稳。它对所有人都不理，唯独见了小娜才微弱一叫。小娜为它准备了一小片鱼肉、猪肉，它看都不看。

“多么可怜哪！它有什么病，也不会告诉——它不会说话啊。它这会儿多么难受！”

她去请了场医。医生听了她的诉说，不想来。后来她再三央求，医生才来了。他用听诊器听了听它的腹部，又扒开它的眼皮看了看，说：“我从来没医过它们——你知道我不是兽医啊！这么着吧，我按照给人治病的原理开药……”小娜说：“就是啊！不过它这么小，小心着下药啊！”医生捏出了三粒黄黄的药片，想了想，又减了一粒。最后他说：“研成面灌下，看看行不。”

小猫吃了药，慢慢好起来。小娜不知怎么高兴才好。她送给医生一些糕点，又送给他妻子一块布料。医生执意不收，她十分难过。后来医生只得收下了。有一次医生遇见她说：“其实你什么也不用给我，只要有一点心意就可以了。”他说这话时久久看着她，眼里是若有若无的泪水。她怔住了。

“真的。我从来没见过你这么好的人。你真好啊！我……敬佩你的全部，然而，小娜同志，同志！”医生口吃起来，背起药箱离开了。

小娜盯着他的背影，一声连一声地问：“你在说什么啊？你说了些什么啊？”

医生站住了。他回头走了几步，声音低沉，又异常缓慢地问：“你、真、的、不、明、白、吗？”

“真的！”

“老天！”医生走了。

又过了许久，她收到了一封草绿色的信。展开信，她读到了一封热烈的情书。那是怎样的一些话啊，看得人脸红。不过她觉得句句都是真心话。他是十几年前从一所中等医科学校毕业分配来的，说来也巧，他也具有中专学历。她一遍又一遍地读这封信，直读得泪水涟涟。她发现，她承认，一个人即便结婚很久，也仍然有可能爱上另外的一个人，并且做到不让自己难堪，不让自己厌恶。

她有好长时间，都把这封信藏在一个破旧的水缸后面。她一直想写一封回信，后来她真的写了。她写道：

我们都错过了，真的错过了。不过我们还没有错过做朋友的机会。我知道你是真心实意的，你不是那些花花草草的人，当然你明白我也不是。所以，我们只能好好过自己的日子，平时，互相帮助、互相鼓励，彼此提醒着别犯错误……这事就不要告诉家里人了，因为尽管什么事也没有，还是会惹他和她生气的。

信的末尾她没敢签名。她发现来信下面只画了一个听诊器。

她想了想，就在信尾空白处画了一个苹果——想了想，怕他弄不懂，又在旁边注了两个小字：技术。

后来的日子她偶尔沉入默想。有一次她想起了一点什么——自己从来不得大病，只是那年冬天有些发烧，让场医，就是他，给打了一针。她这会儿想起了他用酒精棉球给她擦拭屁股上一点皮肤的情景，脸呼呼地烧起来。

小娜无声地哭着，好像有什么东西早就丢失了，而她才刚刚发现。

男人回来时，她已经擦干了眼睛。她为他做了最好的饭菜，为他添了一小点酒。男人兴奋得不知怎样才好，说："这才叫老婆！以前那样，算什么老婆？"

小娜不停地亲吻男人。男人擦着嘴说："好家伙！"

他们有很长一段时间没有吵架了。男人高兴时就给她取外号，一口气叫出很多，有些外号具有很强的侮辱意味。这一切她都习惯了。

天渐渐冷了。

小娜病了。她在技术科待着，后来觉得不好，就回家了。她身上烧得难受。男人直到很晚才知道消息，赶回来，她已经病得十分严重了。他大叫："怎么不去看医生？快！我背你去医疗室……"他说着，一下背起她来，抬腿就跑。

小娜在背上踢着："你敢！你放下我！"

"怎么？你怎么？真怪！"

“我不去！”

男人火了：“去也得去，不去也得去！”

“你让我去，我就死！”

男人站住了。站了一会儿，他把她放下了……他什么也弄不明白。后来他用手去试她额头的温度，被她按住了。她用火烫烫的嘴唇亲着这只粗糙的大手：

“你开车去吧，我们到……到外面的大医院，那里更好……不对吗？”

男人一拍膝盖：“怎么不对？太对了！走走走！”

他跑着去开车了。

四

就是这一年春天，婆婆去世了。最后的时刻，老人的手还握着儿媳的手。

全家人放声大哭。太阳落下去了，黄昏的光色里，什么希望都随着老人死去了。

小娜久久发呆。她从未想过床上可以没有一个久病的婆婆。她不知道以后的日子怎么过。

“妈妈啊！妈妈……”

小娜和全家在悲恸中越走越远。

时间在不知不觉间飞快消逝。秋天来临时，她才舒出一口气。

但平时，她常常不知为什么就流下泪来。她坐在果树下想着老人的事情，有时记起十分烦琐的细节。她还记得老婆婆讲过一些故事。

这期间，她无数次怀疑自己家的日子就要没法进行了——她等待着什么，埋藏着惊惧。她常常紧紧拥抱男人，像害怕什么突然冲入这个家一样。

男人说："不怕啊！"……

日子慢慢又正常起来了。只是小娜一想到那个与她说过无数次说的老人，仍然要流泪。时间也许真能医治一切。又过了一年，男人重新开始喝酒了。有时他对小娜像过去一样凶，甚至骂：

"我可不管你是什么'叽叽（知识）分子'！"

"我怎么你了啊？你不能这样！你什么时候才能懂事啊！"小娜长长叹息。

只有男人不喝酒时，她才能与他好好谈一会儿，有时谈上很久。不过即便这时，她也有深深的被遗弃感，她悲伤极了。她有时说："孩子爸，你要和我好——比过去更好，我也是。我们俩是最亲最亲的人，你要有好脾气，啊？"

男人这时总是"嗯嗯"着，说："行。"

"我一辈子都依靠着你，你不知道吗？我一直迁就你，因为我离不开你。我见你喝酒就不高兴，不是疼钱，是怕伤你的身子，怕你出事。你不该骂我，有时还动手打人——这会破坏感情的……”

男人粗声说：“不能。打了这么多年也没破坏。”

“已经破坏一些了……”

男人久久不吱声。

“我们不该吵，真的。你想想，我们都会老，会长出白头发。我们还会拄着拐。如果我们好得像一个人，多么好！如果我们老了还形影不离，才是两口子。那时我搀着你，咱到树底下散步去，大家见了都会夸，说看哪……”

男人不耐烦，打断她的话：“乱说！你的身体比得上我吗？到时候还不得我搀着你！”

小娜紧紧依偎着，说：“都一样，都一样！……”

1979 年写于烟台

1985 年订改

荒 原

一

一个初春的早晨，我在芦青河下游走着。

水在暗绿色的冰下流着，发出了好听的噜噜声。我伏在河边，用一块石头凿碎冰层，掬起一捧寒冷的水。河水真甜啊……河道那么多弯曲，两旁生满了柳棵。河冰的边缘，有一株株干枯的芦苇在风中抖着。风沿着河道吹来，让人感到了一丝温暖。泥土开始泛湿了，踩在上面，印出一个大大的脚印。瓦蓝瓦蓝的天空中，一片洁白的游云正从远处飘来。

我实实在在地结束了十年流浪生活，从那寂寞的荒原上归来了。

在多少个冷酷的寒夜里，当我怎么也无法睡去，望着那一天繁星的时候，我曾暗自盘算：如果有朝一日我能够从这个地方重新回到芦青河边，重新享受那里的阳光和风，我一定会像只小鸟那样在枝丫上鸣啭，向着蓝天和大地唱一支幸福的歌。我会像春天的灌木一样，伸展着枝条，用绿色去装点那一片荒原……我那些夜晚就是这样激动。

当时我只有二十几岁。二十几岁就开始了痛苦的等待。我似乎不信我在流浪，做个“盲流”仿佛是别人的事情。

但这的确是一种流浪汉的生活。酗酒，讨要，经人介绍去挖煤，开长长的山洞……我甚至已经记不起自己是怎么来到这里的了。

那是个着了魔的年头，我们一帮子应考生全都头脑发昏，性子一热就放弃高考机会下乡了。我是在海边上一片小果园里跟外祖母长大的，当时就鼓励大家跟我回到外祖母的身边：那里有一片小果园，有茫茫的大海滩。同学中有几个经不起我的鼓动，最后我们一起来到了渤海边上。

这里的小果园比我原来记忆中的还要小。它真使大家有些失望，我也一样。不过，荒滩还是那么大，它无边无际……我们就在这里扎根了，要把整个海滩建成一个乔木林场和大果园！搏斗开始了，我们和河边的人们一起，用了几年的时间，经受了数不清的困苦和失败，好不容易建起了一个初具规模的林场和园艺场。而这期间，与我同来的伙伴们差不多都一个个走光了，到了最后，剩下的两个也招工进城了。我咬咬牙留下来，我在这里有一些亲戚，还有外祖母，还有令我更留恋的东西——

到底是什么，我也不知道……后来我被镇上委任为厂长。我结识了一帮当地的回乡知青，度过了一段难忘的生活。我怎么也忘不了温柔聪慧的吴莉娟和她能干的哥哥吴楠、灵巧机敏的丛明、像只小燕子一样爱喳喳的孔容容、像个老学究一样的代之况以及精明强干的范德征。我们的友谊越来越深，也许就是它最后使我留下来了吧。我们当时兵强马壮，士气正旺，要在芦青河边的荒原上毫不含糊地大干一番了！场里的年轻人整天捧着园艺科技书籍，就像真正的农林专家那样研究米丘林和摩尔根，甚至要搞矮化砧木试验（这当然有些可笑）……那些难忘的夜晚啊，我们在一起，认认真真争吵着，常常闹得面红耳赤。这是一个特别富有挑战气息的新天地。

到后来，我们永远也想不到的是，大家竟然败在了一个俗不可耐的人物手里。

这个人本来在四十里外的小山村里当支书，后来因为他领人花了一年时间炸平了一个小山头，种上了玉米，就一下子成了新闻人物。他到上边开了几次什么代表会，回来后又成了县委副书记。就是这时候，他决定毁掉我们的果园，改成一片“玉米田”。

生活中充满了谜。我们这儿离那个炸掉山头的村子不远，都亲眼看到了那里受到了怎样的蹂躏。小山村的人都怕那个支书，连拄拐杖的老人都要绕开他走路。那个村子外出讨饭的人最多。如今这个可怕的人又要来海边上种玉米了。我和我的伙伴一连几个晚上睡不着，后来实在耐不住，就由我执笔给上级写了一封信。我们盼望有人能救救我们的果园，我们揭露了那个种玉米的骗子。

可后来回答我们这封信的，是拥到果园里“造田”的一群民工们！……我那一天痛哭了一场，擦干了眼泪，就去找那个副书记。我简直在向他哀求。可他说我写过反革命信件，蛮横地威胁起我来……他甩开我，一个人向工地走去。我追上了他，他还在骂我。我当时不知怎么了，拳头上也不知聚积了多少力量，像个老虎一样扑过去，一旁的人都惊呆了！我一拳击在他额头上，把他打翻在地上。他口吐白沫，翻着白眼，脸成了紫色，死了过去……我慌了，我知道出了人命，闯了大祸！伙伴们示意我快跑，我头颅嗡嗡响着，撒腿就跑了。

我这一拳决定了自己的命运，接下去是东躲西藏，开始了一生里最艰苦的远行。

……

我下了关东，过着一种隐姓埋名的日子。我流浪了十年，十年里我只记得自己是一个杀人犯，不敢回城里看母亲，更不敢去芦青河边找我的伙伴们。这十年里，我几乎全是在煤坑和山洞、在地底下度过的！那儿没有一小片真正可以称为绿色的东西。绿色，多么诱人的一种颜色。它与我烂漫的童年和壮丽的创业之歌连在了一起。当年我们用汗水滋润出海滩上的又一片葱绿时，曾感受到怎样的拓荒者的欢乐啊。这一切全是美好的记忆了，在长夜里化为我的希望之光。

十年像梦一样过去了。当我大梦初醒，又觉得一切都晚了。原来当年那个副书记只是被我打昏了而已，他如今早已下台了，重新回到了他那个山村。我回到城里，看着又瘦又老的母亲，真想大哭一场。母亲告诉我，外祖母已经在乡下去世了，老人遗留的那座小屋正由亲戚照管着，他们几次来信，让这里去人处理掉……我在五光十色的大街上走着，觉得一切那么陌生。我在城里住了一个月，也差不多病了一个月。我心中空荡荡的，像是荒芜了一样。我留在这座城里做什么？我能做什么？我在小煤窑中干了多年，两手习惯握沉甸甸的镐头、拿高额工资了……我在一天早晨突然提出回母亲的祖籍——芦青河边去看看。母亲叹着气，后来终于同意了。

……

河水不断发出令人兴奋的声音。在它汩汩的水声里，有时还掺杂进咔吧咔吧的响声，惹得我不止一次走上前去看。那是冰块断裂的声音。春天加快了脚步。河水正悄悄地解冻。我用力呼吸着河岸上的风，全身一阵轻松。我挥动着手里提的一个挎包，让它在我眼前旋了几圈。几只乌蓝鸟叫着从头顶飞过，更高的地方，一只苍鹰在高傲地盘旋。

也许是下车后走得太急促，我觉得有些口渴，又一次喝了冰冷的河水，并且用夹杂着碎冰的水擦了脸。真舒服，畅快极了。我站起来伸了伸胳膊——正要挪开脚步的时候，我从水面上看到了一个陌生的面影：脸色灰暗，颧骨很高。蓬乱的头发下边，是一双忧郁的眼睛。眼睑有些松弛了，眼角上有深重的鱼尾纹。浓盛的胡子被一把锋锐的刀子刚刚刮过，现出一片青黑的颜色。我惊讶地张开了嘴巴，水面上的人又立刻露出一颗断去半截的牙齿……真让人扫兴。我已经三十六岁了。

我继续往前走去。我望着远处，想象着我即将重逢的伙伴们。吴莉娟、吴楠、丛明、孔容容、代之况、范德征……你们都好吗？但愿你们还像十年前那样欢蹦跳跃，用几个不眠之夜，用那彻夜的争吵来迎接我吧，让一个疲劳困顿、双脚皴裂的朋友微笑一下吧。

二

我回来了，又看到了这座孤零零的小泥屋。我第一件事就是贴在它的墙壁上，感受着那一丝温热，嗅着那一种气味……我待了很久才找到亲戚家取钥匙——他们见了我都惊呆了。接下去是互相询问一些事情。镇上的一些情况，特别是伙伴们的情况令我震惊。最后亲戚问我是回来处理外祖母的东西吧。我摇摇头，又点点头，赶忙取了钥匙走开了。

我小心翼翼地推开薄薄的门板，看到空荡荡的两间泥屋里，一铺土炕，一个没有上漆的小衣柜，屋角乱糟糟的一堆杂物。这就是外祖母留下的全部家当了。我从挎包里掏出了随身携带的东西，使它们变成这个小泥屋里财产的一部分，然后就开始了打扫。等我把烂瓶子塞之类抛出去后，又往席子下铺了一层软软的麦草……连着土炕的是一个小小的锅灶——我注意到这是个蛮好的锅灶，如果烧起来，米饭味儿弥漫在整个屋子里，屋顶的烟囱也会欢快地冒着炊烟——这就是名副其实的一个家了！我擦着脸上的汗，开始蹲在门槛上端量着。院子里几乎什么也没有，尤其是没有一株树。这使我马上在心里决定：栽，这小院子要尽可能多地栽上树。

正在我端量着小院子的时候，一个十多岁的孩子在一边怔怔地站着，他大概看着我陌生吧。

是的，我是陌生的，而这里的一切对于我也是陌生的。我那些伙伴也许早已认不出我了。我的亲戚告诉我，吴楠在龙口码头上拉地排车；丛明在城里做合同工；代之况在外村小学教书，做民办教师了；范德征赶车，是个车老板；吴莉娟和孔容容仍在镇子上……我当时蹲在那儿一句话也没有说。我这个傻瓜原来还期望着他们之中有谁还会在果园里，在海滩的树林里做活呢。

我和小男孩玩起来，慢慢熟了。我向他打听几个人，他有的知道，有的根本就没听说过。到后来，小男孩主动地要替我去找那个赶车的“范老头”。我谢了他，说：“好吧，如果他来时我不在，你告诉他，我到大海滩去了，我只要转一转就回来的……”

我向着大海滩走去。我在心里想，让我一步也不差地走进那片小果园里去吧！

很早的时候，我在外祖母身边、在海边度过了多少难忘的日子。那时的海边虽然有大片光秃秃的荒滩，可确实有丛林、灌木，有一片小果园。我很小就知道各种果子是怎么生出来的、林子里一共有多少种果子以及大海滩上有什么古怪的禽兽。外祖母告诉了我那么多有趣的故事。我们常常在树下待到深夜——外祖母说：“睡吧。”我说：“不……”我在望着满天的星星。我幻想着，我会画一幅彩画，上面有大树，树叶上的露珠，有箭一样跑去的小兔子，有吃一个就酸嘴的酸枣，还有外祖母……后来的事情却完全不像我小时候想的一样，我竟没有画出这一切来。但我心中却一直迷恋着这片海滩，和伙伴们一起，不知用了多少汗水去浇灌她。在异乡的土地上，在一个个难眠的夜晚，我一遍遍想着小时候的果园，想着外祖母和她的故事，想着我们亲手培育出的果林。我仿佛又看到了透过绿叶筛下的那片阳光，嗅到了溢满果子香味的风，又看到了林中的小鸟……我更多地想着我亲爱的伙伴们：从明像小孩子一样惯于恶作剧；吴楠有时执拗得令人生气；代之况总爱用手扶着他的近视眼镜；范德征屁股上的小兜里老装着一本什么书；爱穿一身绿衣服的吴莉娟；嘻嘻哈哈的孔容容……我坚信总有一天回到这片绿色的土地上，回到他们中间。

这一天真的来了，我如今就站在辽阔的大海滩上，用湿润的眼睛看着这一切。

大海滩沉默着，它大概已经认不出我这个流浪汉了。

绵软的黄沙，仿佛无边无际。到处是沙的丘陵。偶尔也会看到一两株果树，但那矮矮的样子，一看就知道是刚栽下不久，还不知何时会被风沙吞噬掉呢！灌木呢？丛林呢？小鸟呢？我往前走着，留下了一串深深的脚印……每遇到一丛灌木，我就蹲下来看一会儿。然而，终于再也没有看到成片的林子……我最后听到了海的声音，于是加快了步子。

大海汹涌着，冲撞着，巨大的浪头一个个在岸上撞得粉碎……我蹲在了海边，久久地望着它，一动不动。

这时，好像有人在呼喊我的名字，我赶忙站了起来。

大海滩上，广漠的灰白色沙土中，我看到了一大一小两个人。高个子踉踉跄跄地奔跑着，扬起了大手呼喊着什么——他该是我们的范德征吧。

三

泥屋里的小油灯一闪一闪地跳着，吃力地融化着小屋里的夜。小小的衣柜子推在了屋子正中，柜面上摆满了酒菜。五个人默默地围着它，有人端起杯子，又轻轻放下……这是范德征以最快的速度从四处喊来的朋友。他告诉我：伙伴们听到这个消息都惊呆了，接着把他给抱起来——仿佛他不是个车老板了，他活活就是那个归来的流浪汉！我听了不由得流了泪。看吧，这就是我的那些伙伴……大家陆陆续续地来了，放下手里的酒啊肉的，像抱范德征一样地抱住了我。等我平静下来端量他们的时候，我却笑不出来了。他们的脸上都有了深深的皱纹，有了黑硬的胡楂儿，有的眼皮还有些浮肿。生活可把他们好好收拾了一番。

大家一声不吭地坐了下来……盘子里的菜凉了，五双筷子还是齐齐地放在小柜上。吴莉娟和孔容容没有来，伙伴中仅有的两个女性没有来。吴莉娟进县城没有回来；孔容容正准备跟丈夫到省会去住，如今忙着整理行装，谁也找不到她……在灰黄的光亮下，我一次又一次地打量着我的伙伴。

从明剃了个小平头，显得年轻一些。到底是一个合同工人了，脸上还沾着一点油污。他臃肿的棉衣上裹着绷紧的劳动布工作服，整个人都显得笨拙。他常常拿起酒杯，小心地抿一口放下……吴楠紧挨着从明，低着头，像在苦苦地想着什么。每逢从明那粗笨的棉衣袖碰着他，他就烦躁地瞥过去一眼。他的脸色憔悴，胡子蓬蓬地挓着，三十五岁的人看样子有四十。他的眼神中，我总觉得有股可怕的东西。代之况如今却越发像个“老学究”了。他的棉衣上套了个稍大一些的灰布衫，鼻梁上架着眼镜，两手抄在一起坐着。范德征呢？看着这个“范老头”，我心里涌过一股极其难受的滋味儿。无论是他那老式黑布棉袄，还是腰中紧紧束起的带子，以及头上那顶两耳翘起的羊皮帽，全都是地地道道的“老头”模样了。

从明最先打破沉默：“尽管太晚了，不过总算还是回来了……”他举起杯子：“来，为老宁干杯！”

伙伴们无言地响应，一齐抬起眼睛望着我。五只酒杯轻轻一碰，五人同时饮尽。接着，又连饮几杯。

酒是浓浓的，一种高级红葡萄酒。大家的脸上显出了红润。我看着大家围坐在一起，不由得又想起了十几年前的那些情景。

“像过去那样的光景，再也不会有了！……”范德征两眼盯着杯子，叹息说。

吴楠叹着气，把头低下去，在衣领上不耐烦地摩擦着粗粗的脖颈。他把嘴巴对在酒杯上吮着，像是说给我一个人听：“如今这片荒滩还在招惹人。就有那么些蠢家伙想打它的主意——他们还想承包下来呢。想发财吗？我没见这几年让谁安安生生发了财……”

范德征吸着一个又黑又亮的烟斗，像是深有同感地点着头。一直不说话的代之况扶上眼镜说：“报上讲政策长期稳定，给几年工夫，包下来荒滩或许能行……”

吴楠没有作声。

从明嘻嘻地笑着，他揶揄道：“老代，你就带头来垦荒嘛！我看你不用教书了，回来搞承包得了，保险能发大财！”

代之况的脸色赤红，回击从明：“你小子先回来吧！你小子当上合同工人以后才娶的老婆，保险不敢回来……”

范德征抽出嘴里的烟斗，呵呵地笑着。吴楠没有笑。

我一声也笑不出来。我觉得有什么在拨动我心中那根低沉的弦。伙伴们在这十年间重新选择了生活，他们远远地躲开这片大海滩了。这时候我突然明白过来，我是奔向这片大海滩、这一片荒原来的。我的心一阵颤抖。我看了看吴楠，说："吴楠，你知道吗？我就是你说的那种'蠢家伙'……"

大家一齐抬头看着我。

吴楠嗫嚅着："你、你说什么？"

"我是说，我从东北、从城里回来，一看到这片大荒滩手就痒了。"

没有一个吱声的。停了一会儿吴楠笑起来："承包？你自己承包？你以为现在是过去？要立合同的，动了真的，我保证谁也不敢往合同单上按手印。现在的人，都是瞅准才下手……"

从明点点头："一片光秃秃的沙滩，什么时候才能见果子？承包额变来变去，全镇还没人敢应承。"

范德征一手托着下巴，摇摇头："事情难哩！要栽果树，就得先种灌木把沙固住，然后才能一点一点立果林。这里面功夫欠得多啦……"

我点点头，饮了一口酒。

吴楠又说："谁知道会变成什么样子——没准你刚立一片林子，又出来一个人领头砍伐呢。"

代之况连连摇头："不会的，这倒不会的。"

“还是拿点牢靠钱吧！咱为那片林子伤透了心。我在海港拉地排车，黑灰涂一脸，可一天能挣四块钱、五块钱。”吴楠说着，有些发红的眼睛直盯着我，“今天我心里高兴，你回来了，我们好好玩一玩，再别提什么倒霉的林子、荒滩！那是什么年月的事了！”

吴楠把杯子重重地放在柜子上。停了一会儿，他又痛快地大笑起来，拍打着我的肩膀说：“听我的吧，那片荒地是倒霉地方。我知道你是闹着玩的。你好好把东西处理一下，再也别到这块地方了。你想我们，兄弟几个去看你。”

我扳开他的手：“我在这里流过血汗，我是从这里开始流浪的，我回来看看或者我住下来，谁也赶不走我。”

“谁也没有权力赶你走——怎么了？”吴楠惊讶地看着我，“你回来看看好，见了荒滩手不要痒。我不过是告诉你这个。”

我身上有些燥热，站起来说：“如果留下来呢？为那片果园留下来呢？”

范德征点点头，又摇摇头。

从明和代之况交换了一下眼神，没有说话。

吴楠痛惜地拍打着膝盖：“哎哎，你是被什么迷住了心窍了。你还提什么果园！哪儿找它去？你非毁在这片海滩上不可。你回来我们当然高兴，可你不要城里那个家了？你母亲呢？简直发疯！……”

我不知说什么好。城里，母亲——母亲的祖籍也是这里啊，还有，这里埋葬着我的外祖母。在东北的那些寒夜里，我想得最多的就是这片荒滩。我的青春没有了，我是为这片荒滩才开始流浪的——在座的哪一个有我为它付出的代价大？如今我倒是唯一没有资格在荒滩、在河边落脚的人了！想到这里，心头一阵剧痛，我冲着吴楠吼道：

“你好啊！你真够朋友！你的心什么时候变得这么狠，要赶走一个离家十年的流浪汉！你的心被钱锈锈住了，你这十年我敢说都是搂着钱票子睡觉的……”

范德征、从明、代之况一齐惊慌地站起来劝慰我。吴楠往后退开一步，但却生硬地跟上一句说：

“这也是为你好，你不听要后悔的。”

我被几个伙伴硬按在凳子上，我大口地喘息着。我气愤极了，我太失望了。我们这些伙伴啊，伙伴啊！我跟你们说什么？说些什么？你们骂我，可以骂我最难听的，骂我“变态”，可你们千万不能赶我走。我也许会走，但那必须是我自己愉愉快快地离开……我像自语一样回答吴楠：“不，我不会后悔，哪怕是重新流浪一次。我好像是从头开始了什么一样，我也闹不明白……”

从明瞪大眼睛望着我，额上一条清晰可见的小血管在突突地跳动。代之况激动地盯着柜面，脸色有些红涨。范德征正用责备的目光盯着吴楠。吴楠有些慌促地将目光避开了……我太冲动了。这时目光触到了自己放在桌上的微微颤抖的拳头，脸上立刻烧起来。我突然意识到这是在欢迎我归来的伙伴们中间。

四

大家不欢而散了。归来的第一天就不愉快，我躺在亲手铺好的土炕上。泥屋里真静啊，让我在外祖母留给我的小屋里好好睡一觉吧！屋子里稍微有些冷，我把被子紧紧地裹在身上。我觉得仿佛又睡到了十年前的屋子里。我那么思念外祖母。在这漆黑的夜色里，我一个人躺在这个又陌生又熟悉的小泥屋里。我睡不着，好像总是听到树叶的沙沙声——我知道这是我的幻觉，可是没法回避这声音。

我喜欢风吹树叶的声音，这是林中的轻音乐。小的时候，这是真正的催眠的曲子。房前屋后都是果树，我童年的脚步踏在斑驳的树影上，踏在金黄色的绿叶上。我枕着外祖母的手臂，做过无数关于果园的迷人的梦。我梦见整个大海滩都变为一片果园了，那儿再也不荒凉了，每到春天就开满了芬芳的花朵……

我们的团聚令人激动又令人失望。我看到伙伴们变为搬运工、马车夫、合同工人和民办教师，心像荒滩的沙子，没有流水，没有绿色。

我辗转反侧，怎么也不能入睡。

窗前，各种小虫虫发出了微细的鸣叫。我伏到窗前看，夜空里没有一丝云，那么清明，那么蓝。星星一颗一颗，像无数只温和的眼睛。我的脸贴在窗棂上，窗棂好像变作了外祖母粗糙而温柔的手掌。在那些夜晚，我就和外祖母坐在绿树下，听故事，看星星，有时故意仰起脸，迎接滴下来的露珠。露珠凉凉的，每滴到我脸上，我就高兴地大笑起来。外祖母说："接吧，滴到眼上，眼睛亮……"

令人懊丧的是窗外再看不到一株果树。往前望去，是新盖起的一幢幢农家小屋。一条条小巷子，弯曲、窄小，是未经规划过的村落的边缘地带。再往北就是开阔辽远的大海滩了……我又恹恹地回到了炕上。

初春的寒冷开始袭击我了。我围紧了被子，两手使劲拧着被角坐在那儿，望着一片夜色出神。不知怎么，我好像又回到了那漆黑的煤窑中。铁镐声，风钻声，输送胶带扎呀扎呀的呻吟声，仿佛又回响在耳边了。在采煤面上，小背心永远是湿漉漉的，头上的矿灯在煤壁上打出一圈淡黄的光亮，这光亮一闪一闪的，有时照到同班伙伴被煤粉抹黑的脸上，两人就无声地笑一笑……如果说我怀念关东的话，那么我怀念的不是那儿的高额工资，而是我用汗水浇过的泥土和真挚的友情，还有透着汗臭的、没有来得及穿回的土色小背心。

当我急不可待地准备从东北回来时，曾以最快的速度收拾了我的家当——连我都奇怪，积了十年的家当收拾起来竟会这么快！我一个流浪汉收拾着这些得来不易的杂七杂八的东西，像浏览珍宝似的翻弄着破布片、铁钉头之类的，并回忆着捡拾它们时的那种喜悦。我要回来了，我不得不将这些“宝贝”抛弃了，心里涌出一股说不出来的难受滋味。我回来了，茫茫的大东北给予过我坚毅和勇敢吗？我像个好男儿一样义无反顾吗？

夜越来越深了。我仍然睡不着。我真想找本书看。我点了油灯，打开了那个小小的衣柜，发现里面是破旧的棉絮和衣服。掀开它们，我从柜底找到了一个缝得很仔细的小布包。我觉得这会是外祖母藏下的全部积蓄——老人这几年的生活会是多么艰难啊，她会有积蓄吗？我带着一点好奇心拆着小布包，一颗心怦怦地跳着。布包拆开了，从中掉出了一张折过几次的旧纸片。

我的手颤抖了，小布包跌落到了地上——我认出那张旧纸片是十年前我和伙伴们画的十里果园规划图！这张图后来经过上级领导批准，正要一点一点复制在辽阔的大海滩上……外祖母不认字，她很容易随手烧掉有用的字纸、单据等。可她记住了这张规划图，她曾看到我们一伙年轻人彻夜地围着它争吵、筹划！我在心底里感激着外祖母，感谢她在绝望中还没有扔掉这张纸片……我用两手把它捧起来，紧紧地贴到了脸上……

我重新熄了灯躺在炕上。我开始闭上眼睛想着那片荒滩，在心里认真盘算这片土的事。十年之后的我，已经变成一个十分务实的人了。我在想如何平整那一个个沙冈子，如何栽种灌木，我甚至想到了我在承包合同上按手印时，手指会不会发抖……

这一夜过得真快。我差不多一点没有睡。我躺在炕上，耐心地看着第一道红霞是怎样染红窗户纸的……然后我起来做饭，添了水，生了火，投进灶里一把柴。灶里燃旺了，我就跑到了屋子外边观看——啊，小烟囱，呼呼地冒着烟，那拉长的蓝色的炊烟就跟那村子上空无数的炊烟一样……我笑了。

五

早晨，我的小泥屋里迎来的第一个客人是吴莉娟!

她来了，竟使我一下子惊呆了。我当时手里正拿着一个破旧的笊篱，看到她，就呆呆地站在了灶间。

她也怔怔地站在泥屋的门旁望着我。我们要说的话太多了，所以才相互默默地看着。她就这样站了一会儿，最后一下子坐在了门槛上，埋着头哭了！……

我不知道她这十年是怎么度过的。我也不想知道。我如果没有记错，她今年刚好三十岁。三十岁对于一个姑娘来说，还算年轻吗?

“莉娟……”我慢慢地走到她的跟前。我什么也没有说出来。

吴莉娟抹了抹眼睛仰起头来，盯着我的脸说：“我是为你高兴，你到底回来了……”

她说的是真话，瞧她漆黑的眸子中闪烁着的喜悦！我轻轻地“嗯”了一声，直看着她的眼睛……她本来是瘦削的，可如今比过去丰满多了。那头发浓黑浓黑的，在晨曦里泛着光亮。整个的她透着温柔和芬芳，坐在那儿，如此真诚地望过来。蓦然，我的心弦像被什么敲了一下，快乐地颤动起来。

“听说你要回来，你不走了，这是真的吗？”

吴莉娟泪痕未干，望着我。

我没有作声，只是看着她。这个当年伙伴中的小妹妹，我该怎么告诉她呢？我一切都还没有想好。但迎着这样的目光，我有些慌促。后来我用舌头抿了抿干裂的嘴唇，点点头。

吴莉娟还是望着我，嘴唇动了动，没有说话。这样望了一会儿，她突然站了起来，小声说了句：

“好吧。”

“好吧！”这是她说的！只有两个字！我两手迅速地在一起摩擦了两下……骄傲的姑娘，你不知道男子汉们都在摇头叹息吗？我看着她那温厚的样子，喉咙一阵发热。我觉得她是我们伙伴中最美丽的一个。

她停了一会儿，开始仔细地端量整个小屋子，看看小木箱，看看光光的黄泥墙壁，最后飞快地走了，她说要送我点装饰屋子的东西……她走了，那一阵脚步声放在初春里是多么的和谐啊！

我迎着朝霞的光辉斜倚在门框上，静静地等候她归来。哦哦，她还是那么年轻呀。我真想象不出她是今天这个样子。记得她那么娇小、孱弱……在大果园里，吴莉娟总爱穿一身绿色，这使她和树木的枝叶融合在一起了。人们总爱跟她开玩笑。我碰到她那热烈的目光时，总是十分慌促。我如果晚一天逃离果园，就会穿上她编织的一个白线背心……十年了，多少东西在枯萎，也有多少东西在成熟。

她不一会儿就回来了，拿来的是她昨天进城买回的一个大幅挂历、一个桃形小镜。她笑着，但十分认真地给我把挂历弄在墙上，又把小镜子摆在小衣柜上，然后退远些看了起来——嗬啊，我苦笑了一下：这精工胶印的彩色挂历与小泥屋何等不相称……莉娟却满意地搓着手，又想起什么似的对我说，让我给妈妈捎封信，让老人家也住到这儿；还说，最好我能喂养一只小花猫——我问为什么。她笑笑："你要过日子啦，有只小猫喵喵地叫，更像个家呢！"我听了大笑起来。我笑得真畅快。

莉娟刚走不久，我的那些伙伴们就来了。他们今天尽量做出一些高兴的样子，挖空心思地编出一些笑话，来弥补昨天的不快，来驱赶小泥屋里的寂寞——他们不知道，小泥屋今天根本就不曾寂寞过。大家正说着话，从明却一个跳跃蹦了起来——原来他发现并认出了炕上那张十年前的规划图。他怔怔地望着，又迅速地给大家传阅了一遍。

大家一齐望着我。吴楠久久地看着那张纸片，放下，又拿起。

他的嘴唇动了动，没有说出什么。

“老宁……”从明叫了一声，但也没说出什么。

范德征沉默着，一双又粗又黑的大手捏弄着他那顶旧棉帽，没有作声。

沉默了一会儿，范德怔戴上了帽子，说：“如果真可以试试的话，我给你赶车搬那些沙丘吧……别的能力，我已经没有了……”

别的人都没有说话。他们互相看着。

又停了一会儿，他们就离去了。

我一个人站在挂历前，一张张地翻看起来。我马上喜欢上了—— 一幅在春天里游着的小鸭子，一丛碧绿的灌木……最后，我看到了最后一幅：一个精神十足的男孩，头顶黄黄的草帽，手持雪白的蝉网，站在浓绿的草丛和树木中。小男孩全神贯注地逮一只蝉，他的脸就像泛红的苹果，那眼睛像一湾清水——是谁把这幅洋溢着对大自然盛赞之情的彩色画面留下的呢？……我久久地看着、看着，最后又来到了桃形小镜跟前。

我从镜子里很快知道了吴莉娟送镜子的用意，原来我的胡须从前没有刮净，新的楂子又探露出了头。不可怠慢，我细细地刮起来。镜子里终于出现了一个蛮有精神的人——我还多么年轻。我觉得我真年轻。

整个一天，我过得都很愉快。

后来只有孔容容没有找到，听人说她要走了，忙得很。

我找来了两棵挺拔可爱的小白杨，一棵栽在屋前，一棵栽在外祖母的坟旁……我给妈妈写了封信，其中说：

> 我很快就回去接您。来吧亲爱的妈妈，您不知道儿子把小屋收拾得多么干净漂亮。

1981 年 9 月写于济南
1987 年 4 月修改于济南

割烟

父亲试着种烟。这个地方黄烟有名。父亲想试一试。

他在四周围了山药架的地上种烟。架子等于是篱笆。种烟需要特异的技术，不过这对他不难。像开始种山药一样，像干别的一样，对他都不难。无论干什么，他超过一般人所需要的时间大约是一年。

他可不仅是能吃苦，不仅是舍得力气，他有别人没有的内力。父亲有内力。世上有些男人没有内力，我总觉得不像“父亲”。

我知道他这股劲儿是从哪里来的。他在露天采矿场上熬了十年。

烟棵长得又高又黑，长到齐腰高，可以藏人了。烟垄被一把小木铲拍得又光又亮。我钻到烟棵里玩，如果不小心碰折了烟叶，就得把它藏到土里。可是父亲能从断去的叶梗那儿看出什么：哪一片叶子除掉或留下，都记在心里。这真怪，怪得恨人。

父亲曾经对母亲说：种烟最难的是割烟。割烟就是给烟棵除顶。由于除顶的时间和方法不同，长出的顶叶数量和质量就不同。每一株的顶叶烟只有三片，宝贵啊。

母亲在旁边看父亲割烟。他不知从哪儿找来一根细筷子粗的钢条，一边磨成了锥子形，另一边锻成小斜刀，真锋利。他交替使用它的两端，一眨眼把一棵烟割成。

父亲夜里汲水浇烟，我在烟垄那儿看水，烟垄涨满就呼喊一声。湿漉漉的夜晚，蚂蚱跳起来撞脸。蝈蝈在山药架下唱，我一学它们，它们就长时间不作声了。蝈蝈是又小又拗的动物，只愿独唱。我一个人待在沙土上想很多事情。那些夜晚啊，真适合想事情。

父亲在山药架旁还种了一些南瓜。南瓜泼辣，不怕荒草，什么都不怕。它们这辈子结出了多少又大又甜的瓜。它们的力气大得吓人，结这么多瓜当然需要力气。有些大瓜蛾在花上伸出一根长针，不停地旋。我逮住了它的“探针”，竟可以延长许多，变成一根细绳。我捉住这细绳，看上去就像放风筝。不忍心，一松手让它飞走。

我们有一只狗，它和我同心同德。把它留在小茅屋，它就叫个不停。它也想到烟田里玩。后来它不知怎么就挣脱了脖扣，顺着烟垄跑过来。我装着没看见，抄手闭眼。只一会儿，湿漉漉暖烘烘的嘴巴就触在了我脸上。它浑身乱拧，尾巴拍打我的膝盖。“虎儿你好生坐着。”它就在我身边坐下。我教训它一番。

我愿偷偷教训它，一教训它就安静。虎儿忍了一会儿，一头扎进了周围的灌木丛。

一群鸟雀惊叫蹿起，后来又有其他野物发出惊叫。虎儿在灌木丛里闹腾了一会儿，顶着一身花草香味奔出。它浑身粘满鬼针草，我一根一根摘去。

虎儿总是抿那个锃亮的鼻头。我捧起它的脸。一张好看的脸。脸上的毛很洁净，一尘不染。是一张好看的花脸，眼皮是双的，睫毛浓黑；耳朵耷下，很松。它温和、乐观。由于年龄的关系，它还顽皮。我把它揽在身边。它的一颗心咚咚跳。我给虎儿号脉，真的在它前爪那儿找到了跳脉。跳得很快很快，不得了啊。

黄烟很快成熟了，最劳累的夜晚来了。

不是把烟叶一支一支剥下，而是要把烟棵齐根儿砍下，然后再收到一个地方，用刀子把烟叶连带一节烟骨剜下。必须抓紧时间，不能耽搁，因为烟叶怕闷。

我们每人都有一把刀子。母亲也像父亲一样，面对一个木头垫板割烟。

那些夜晚几乎不能睡觉。为了省油，全家合用一盏油灯，哧哧割烟。父亲总是起身去抱烟棵。烟秸在我们四周垛了很高。割啊割啊，实在疲倦了，抬头一看，东方露出鱼肚白。父亲说：睡觉。

我左手指有几个疤，是被割烟刀碰的。当时犯困，烟秸一滚，刀子就滑到了手指上。彤红的血一流，母亲就发出尖叫。是她的叫声让我害怕。

虎儿在这个季节总是睡在烟田里，伴主人一块儿值勤。我晚上跟父亲睡搭起的草铺，铺外晾了烟叶。那些赶海的人路过这儿，随手就捎上一些。我们一年的收获啊。赶海的人都是一些有烟瘾的人，他们一个人一年可以抽掉一大口袋烟末。父亲说：这是他们在海滩上抵挡湿气的一个方法。

那些夜晚，父亲总在铺前拢一堆火，不紧不慢烤一个烟叶。烟叶发出好闻的香味。我很难一个人睡去，坐在铺子里，看着父亲坐在火边的身影。就是那时候我看见他的头发白了一半，一双大脚赤裸着，上面是黑一块绿一块的颜色。他搓烟叶了，从衣服口袋里掏一片纸捻喇叭烟。他敢用手直接捏起一块发红的火炭对在烟上。吸第一口烟时闭眼，一只手拄地，伸开两腿，他舒坦了。

我裹着被子从铺子里跳出，父亲呵斥一声。我不退缩，他再不管。我蹲在火边烤烟叶，烤好了就递给他。

父亲一夜要抽多少烟。

有一个晚上我睡过去，醒来已是下半夜。一旁的被窝是空的，抬头一看，他还在火堆旁坐着。他的头上全是露水，身上披了一件老棉袄，虎儿就在对面。

下半夜，我们被虎儿的剧烈叫声惊醒。四周静悄悄，没有一点声音。虎儿向晾烟的架子嚎，脊背的毛都竖起来。父亲取过一根长竹竿，伸到架子里面拨着垂挂的烟叶。这样拨了一会儿，竹竿另一端有了分量。父亲的手抖着往外抽，好不容易才抽出来。原来竹竿的另一端被人握紧了，这时随着竹竿走出，嘻嘻笑。

父亲在那人脸上看了看，赔笑。我也从火光里认出钻出来的人是起儿。

起儿三十多岁，早有了满脸皱纹。他穿了一件脏臭的灰衣服，头发上沾满草梗泥巴。他今夜大概是想偷点烟走。起儿常年在荒滩上游动，主要靠两种营生维持生活：一是串门时随手取走一点东西，什么都拿，小锄子、小铁钉耙，有时还拿走晒在绳子上的一条裤子，拿走就到集上卖。再就是他会阉割，身上常带一把小刀，如果有人需要阉猪，他就把这活做了，然后讨酒要钱。起儿做得熟了，沾了两手的血，走到哪里都不洗。

他今晚当然不干这个，两只手不红。

父亲请他坐在火边，请他抽烟。虎儿盯他。起儿一连抽了四五支烟，说：

“这狗早晚招惹事情。”

父亲点点头。

起儿又说：

“都是没阉的病。一阉，也就成了一条好狗。”

父亲点点头。

“你不阉，它跑出去闹事，咬了村里人，你这样的人也担待得起？”

父亲看一眼虎儿。

起儿说："我抽一会儿烟，今夜咱就做了吧。"

父亲嘴角牵动一下："这……"

起儿一拍膝盖。

父亲点点头。起儿又卷一支烟。他闭一只眼看虎儿。虎儿拼出力量挣那条锁链。我站到虎儿身边。

起儿说："你看，不阉哪行！"

父亲垂下眼睛看着自己的两手。起儿让他回院去取两把锄，两眼像狼一样盯他。父亲往院里走了。我破开嗓子喊了一声。他没听。我央求起儿不要不要……起儿嘻嘻笑。

父亲拿来了两把锄头。起儿也吸完了烟。他从衣兜里掏了一会儿，并没有那个阉猪刀。这会儿他一抬头，看见父亲的上衣口袋装了一把割烟刀，就一把夺过，对在火苗上看了看："也中。"

父亲把锄头交给我一把。这是要用两把锄钩绞住它的脖子。我大号。起儿就把锄头取到手里："咱俩来吧。"

锄钩套到虎儿的脖子上。虎儿身子歪下了。它哭，没有大哭。它在忍。

起儿一手扶着锄柄，然后骗起左腿把锄柄夹住，闲出手扯起虎儿两条后腿。我跑到了黑影里。

虎儿有了长嘶。砰一声，锄钩断了。可是它没有逃开。那边是嗯嗯的用力声。

虎儿叫着。起儿大概在缝伤口。

我走过来，一眼看到虎儿腿拐了两下，围着拴它的那个柱子转圈，然后躺下舔伤口。

起儿把虎儿身上取下来的东西放进火里，烧了一会儿，拿在手里吹了吹，竟然吃起来。

父亲背过脸去。

起儿吃完了，又是抽烟。

露水真盛。不知离天亮还有多远。没有一点声音。突然起儿问了句：

“你家的猪阉了没有？”

“没有……”

起儿一拍膝盖：“那不一块儿！”

我大着声音：“我们的猪不阉！”

父亲也抬起头：“我想留作种猪……”

起儿摇摇头：“留种猪要上级批准的，你能留种猪？你这样的人也能留种猪？”

父亲不作声了。

起儿站起来，手提那个割烟刀往小院走去。父亲坐了片刻，跟上。

推开院门时母亲醒了。父亲对她耳语几句。母亲没有作声，只是点起一盏桅灯，悬在了门框上。

起儿和父亲进了猪圈，把睡得正熟的小猪提起，又用绳子把它的四蹄捆了。起儿让把桅灯挪近一些，母亲把灯递给了父亲。

它嚎叫。

起儿提着灯，两手都是鲜血，割烟刀上也是。

起儿从猪圈里一蹦出，就急急往外奔。他到了火边，把割下的东西投进火里……

吃完之后，他一直盯着父亲。他目不转睛。

我知道，他是跟父亲要钱。父亲咳了两声：

“我取钱去，我……”

父亲取来一些硬币。起儿在手里一个一个扒拉，从中拣出了一个一分的硬币扔给父亲：“该多少是多少。”说完将硬币溜进了兜里。

他打着响嗝，拖拉着鞋子走了。走了几步又回头，从架上取了几片烟叶……

虎儿一直闭着眼睛。

……

不久的一天，父亲不知用割烟刀干什么，一不小心，手给割了。他刀子使得熟极了，从没碰过手指。可是这次真惨，锋利的刀子一下捅进手掌，他啊啊叫了两声，刀子掉在地上。我和母亲听到了一块儿跑去。父亲的脸蜡黄蜡黄的。我看了一眼血手，吓得懵了。一道大血口子，从手心到指根。鲜血涌出。大口子像鱼嘴那样咧开。父亲用另一只手握住了手腕，可是血更多地向外流。母亲把布兜里的一个手巾撕破给父亲裹手，又扯他的另一只手往前跑。

我们不顾一切，院门也没锁，一齐往前跑。

整个路上都洒了父亲的血。

……

接下去的日子父亲什么活也不能做。我觉得可怕极了，可唯有父亲没事人一样。他没有呻吟，更没有流泪。真不简单。我再次觉得父亲有内力。

停了没有几天，他竟然用闲着的一只手摆弄黄烟。我不愿离开父亲，当他动手做活时，我就跑在前边。可是父亲还挂记着那把割烟刀——他那天把它掉在地上，慌乱中没有捡起。这会儿我们到处找，找不到了。

父亲的手整整过了两个多月才解了纱布。这中间，他上了几次药。结了一个很大的疤，那五根手指要伸直时，它就阻止。东西抓不牢，是那个疤碍事。只有当他握起拳头的时候才好，那样什么毛病也没有了。

半年之后我们平整土地。父亲的铁锹插进地里，发出了当的一声。一锹土取出，父亲弯下腰去摸，一把掏出了那把割烟刀。

它已经锈了……

十多年后，剩了母亲一个人。她回城后还存有那把割烟刀。

有一天我收拾一些杂乱物品，打开了抽屉。我把一些过去的小东西集到一起。我打开一个座钟罩，一下发现了那把割烟刀。

它被擦得锃亮，抹了油。

我双手捧起了它……

1990 年

孤旅

我遥遥注视着他。在公开场合，我从来不提他的名字。有人或许认为我忽略了这个人，或者在用沉默表示冷淡。其实恰恰相反，他是每一个敏感的人都不可能忽略的重要存在。我之所以这么谨慎、小心翼翼，只是唯恐由于自己的草率和慌促而伤害什么。我不惧怕，不惧怕任何东西。但是，我惧怕在悄悄接近某种神圣时，不经意地将什么损伤。

他在我的视野范围内活动着。我完全可以理解这个人。对他的失误，我非常痛心。但那毕竟只是失误而已。在我眼里，不可能有完美的事物，因为经历了无数次失望之后，我认为世上不存在什么完美。

他肆无忌惮地活动着，渴望建功立业。他眉骨高耸，目光犀利，像一切暴烈的雄心勃勃的人一样，藏起的是女性一般的温柔。渴望征服，渴望把标枪投到最远的角落的那样一种欲望，燃烧得他口干舌燥。他的嘴唇暴着白皮，额头刻上了深深的横纹。他像我一样对世界充满怀疑。巨大的警觉和感知力使他看上去既迟钝，又无比聪颖。他是个女性喜欢的角色，因为他干净利落地杀掉了自己身上的女儿气。他是个男子汉。像任何人一样，他伪装自己。我甚至有点喜欢这种伪装。那是我可以理解的一部分。

我遥遥注视，表现出一生中少有的冷静和平淡。火热的情怀已属于昨天，更火热的情怀大概属于未来。我在这二者之间摇摆。这就像我黎明时分的一次次远行，奔向的是火红的东方，可是当太阳旋转到头顶的时候，它又要向西，然后在背后熄灭。那两种天色是相同的，却又有着相反的性质。

我很清楚自己的处境。我蹲在一个地方，窥视着一切可能的机会，像一个贪婪的人准备攫取。但是任何一个了解我的人都会发现，我的攫取和机会，远不是世俗意义的。我在跋涉中需要一个真正的伙伴，这个伙伴要像我一样冷漠，也要像我一样火热。他的咒骂使敌人胆寒，他的热情让火焰褪色。我们只以信念互相鼓舞。我们可能一辈子也说不了几句话，但这交流是最信得过的、最可靠的，并且是以世人感到陌生的方式进行的。

我有时候甚至怀疑自己：所有的行为，目的只有一个，就是寻找一个同行者。

我不止一次地怀疑自己的判断：这个人出现了吗？他已经

从地平线上跃出来了吗？不错，我已经看到，他可信地迈起雄性的步伐，一路生风，向着一个既定的荒漠奔去。我甚至看见他脚蹬一双粗糙的牛皮鞋，为了结实，上面打了铁扣。这样的一双大脚，这样一双结实的皮靴，我相信可以踢碎恶狼的脑壳。他健步如飞，身背行囊。当他渴了，就从肩上的水壶吮一口，然后继续赶路。

我在估摸他的意志和体力的同时，也在判断自己。我像审视对方一样审视自己，包括我的灵魂、意志、精神和肉体。我的一切都必须是够格的，不然，所有的选择和期盼就一钱不值、被人嘲笑。我宁可做一个软弱的懦夫，也不愿做一个可笑的人。我不渴望漂亮的口碑，但渴望真正的勇气。也就是出于这些艰难的、然而是严格选择的意愿，我才像一个狩猎者，蹲在一个寂寥的地方，让树叶遮盖着，从绿色的空隙里窥视外面这个世界。

小时候曾有过狩猎的经历。那时候的原野比现在大多了、神秘多了。那里面藏着我们所需要的一切。它所能给予我们的是无穷无尽的恩赐。我们没有力量把它搞明白，只知道带有某种克制的索取。

那一天，我跟上一个老人往丛林里走。老人打着麻布裹腿，戴着一顶蓝色的长舌护帽。为了抵御寒风，他还戴了一副风镜。我什么也没拿，好像此行的任务就是观战。当然，必要的时候我会帮老人一把。他让我跟在身边。

老人这次要打一个大的猎物。他走了一会儿，指着一条光洁的小径说："到了，这就是畜道。"他告诉我，畜生有一个奇怪的禀性：它们在荒野上赶路时，总要沿着一条相同的路线移动。久而久之，就踩出这样一条细细的小路。这种小径一般人是看不出来的。在我眼里，这个小径只像荒野中扔下的一线麻秆，弯弯曲曲；又像蛇蜕，隐没在草丛中。

老猎人选择了一个隐蔽所，我们伏在那儿。这一天是西风，而畜道就在我们西边，老人说风可以把我们的气味吹跑，而猎物总是顺风而来，所以它闻不到我们的气味。

我们在一棵老橡树遮掩下的沙丘上卧倒。老人的枪已经上好弹药。沙丘上垫了一截树根，枪口指向前方。我们等待着。那真是让人心烦的等待。老人不愿说话。难挨的沉默笼罩着我们，还有焦渴。我们忘了带水和食物。

眼看一只兔子从远处跑来，老人表情淡漠。

大约又过了一个小时，一只草獾一颠一颠过来了。这只草獾真肥，皮毛闪着光泽。特别使我动心的是它的两个耳朵，一动一动，引诱我们。

老人还是一声不吭。

我们挨过了半天，没有等到一个满意的猎物。

老人掮上枪，背上空囊，领我离开了原野。

这一场等待让人难忘。二十多年过去了，我还记得那个场面。奇怪的是，我常常觉得自己就处在这种等待之中。不过我等待的不是猎物。虽然有相同的期待和感觉，但目的却不一样。我等待什么？我等待的是一次成功吗？一次巨大的满足吗？不知道。我久久的追寻越来越模糊，越来越难以捉摸了。

今天，我终于明白了这种等待意味着什么。原来我在等待一个旅伴。

很偶然，他出现在了身边。那天大雨。看，他就坐在几尺远的地方，轻轻呷着一杯柠檬水。我也喝着饮料，但很少望过去。不错，我们彼此都认识，打个招呼，然后各忙各的。

他喝了一杯柠檬水，又从柜台上抓起什么嚼着，从包里掏出眼镜，像个老学者那样戴上，用食指顶一顶镜梁，然后凑近柜台，看起了饮料瓶上的商标。我觉得这像是做戏，是一种掩饰。我也站起来，几乎和他背对，与一个服务员谈话。我们在谈一些任何人听了都会感到无聊的话。他也好像故意要在这间屋子逗留一会儿，因为外面雨停了，仍然没有走的意思。后来他摘下眼镜，又坐在桌子旁。他看看自己的手，再次在挎包里摸着。他摸出一片鱼干，撕成细条，一条一条塞到嘴里。我也像他一样，坐在另一张桌子旁。这样我可以从侧面看到他的脸。我点起一支烟。很长时间，我已经不往肺里吸烟了。浓烟只在我的喉咙那儿打个旋，就急匆匆喷出来。但我戒不掉它。香烟可以使人获得某种安慰，使人镇静，掩饰心绪。

我吸着烟，烟雾把我和他隔得好像更远了。透过烟雾，我不时地看他一眼。几次涌起一阵冲动，想站起来握一下他的手。

他的年纪比我大。不错，许多人都介绍过他，但我宁可相信自己的感觉。我也知道他的一些经历，不过没有得到他的亲口验证。

他跟我来自完全不同的方向。可是我感到他是那么熟悉。这当然是一个厉害角色。他不仅使我理解，而且使我钦佩。我送给他的目光里掺和了少有的信任。我们的相同之处，就是那种极度的敏感。他似乎被我的目光击中了，猛地转脸盯住我。这目光告诉我，马上就要开始一场深谈。我们要一下缩短两百年的距离。我的心被重重地击了一下，以至于全身战栗，站起来。一个声音在告诉我：

“不，还为时过早。你不能像小伙子一样急躁。你不是跟上一个老人打过猎吗？要像老人那样沉着，超乎寻常的忍耐。”

我慢慢坐下了。

他也许在想类似的问题。我发现他的目光渐渐淡下来，慢慢垂落，从我的眼睛往下，画了一道圆弧，落在面前的桌子上。他研究起桌面的木纹。

这就是那次相遇。

这种机会对我们并不稀缺，因为他和他的朋友经常在一起，而我的朋友又是他朋友的朋友。

朋友们不经意的一句话会提到他，但我不置一词。他们实在不了解，像我这样一个爽快的人，会藏下了深深的孤独。

我的孤独没人知道。我只希望以后少一些失望。就这样小心翼翼，这样踌躇。我不愿直接道破心中的秘密。当朋友们很随便地说到他的名字时，我从不迎和。很长一段时间里，我一直保持沉默。我是一个尖刻的、喜欢批评别人的人，但我绝少谈论他。我有意无意地感觉到，他似乎也在回避什么。这好比在一片宽阔的土地上，有两个渴望友谊的孤旅人相逢，勒马驻足，欲言又止。他们不愿冒险。

这真像一场探险。人要经过半生的跋涉，才有这样的警醒和谨慎。

我知道自己不是越来越冷漠，而是越来越热情了。那种炽烈的火焰烧得我不得安生，使我急于去寻找，去交谈，去把一颗心灵献给另一颗心灵。但是与此同时，那种火焰也把我烤得愈加成熟了。

我懂得什么才是最值得珍惜的，它似乎并不亚于生命。我激动而庄严地审视自己。

我在安静的时候，常常小声说出自己的一个预测。我的期待将不会落空。我在期待一个奇迹，它像日出般辉煌。我发现自己所盼望的这个奇迹，只是一个梦幻中的梦幻，是海市蜃楼。然而我期待一只神奇的手，把这幅虚幻的景象移植到真实的土地上。这种移植似乎是不可能的。可是近来，我却分明感到了它，它近在咫尺。

一种无法压抑的欣喜，一种奢望，就要变为现实的预感，使我痴癫。我周身滚烫，在焦躁不安中尝试着。一种生命的青春正在悄悄恢复。我很想把这个判断告诉身边的朋友，但后来还是忍住了。因为我觉得没有一个人，除他之外，没有一个人能够理解，理解这种狂喜和幸福。

又是一个机会。我在一个热闹场合中遇到了他。他的装束变了，穿着笔挺的西服，结了讲究的领带。我也比过去讲究多了。我们相视而笑，彼此靠近一步，握手。

我们的问候很平常，无论是他还是我，都会感到这问候没有什么特别。我们匆匆分开了，尽可能远地在厅堂的两端坐下。我们再也没有互相注视。然而他却长久地占据了我的心胸。有一种力量在彼此吸引。如果我们再次靠近，也许要一起迈出这个厅堂，走到外面，去呼吸一口全新的空气。那时候我们会像害了热病似的，不能抑制自己的兴奋，谈上一个又一个通宵。当我们疲累的时候，就稍稍恢复一点力气，然后接上再谈。我们讨论的将是千百年来的智者一直没有中断的话题。

我的思路渐渐被沸腾的人声弄得模糊了。

那一天人们散开的时候，我旁若无人地走出大厅，头也不回地往自己的住处走去。

我认为那个时刻还没有到来。我还需要做自己的事情，一如既往地工作，并且仍旧遥遥注视那个方向。我会像过去那样对其不置一词，首先不会赞扬，当然更不会责备。我甚至可以把关于他的记录收在手边，看也不看，去感受里面的脉动，血流在字里行间滚烫地奔涌，时不时溅到手上。但我默不作声。

一种从未有过的吸引，使我动心。我相信这是一个了不起的发现和设计。这种遥遥相对的时间也许极长，也许伴随了人的整个下半生。我相信，当我们决心走到一起，决心抛弃这种拘谨，将所有疑惑的云彩从瞳孔里抹掉的时候，死亡之期也就来到了。那时候我们将带着一个梦想、一个欣慰的笑容，长眠于地下。

1990 年 4 月

酒窖

一

经过不知多少代的开垦和经营，我们这里已经成了世界上最大的葡萄园之一。这片一望无际的绿园显然包含了一个地方的荣誉和尊严。我有时想，这么多的葡萄难道都酿成了酒？秋天，一辆辆马车、汽车都载满了葡萄，驶向了榨汁厂。原野上，那贮存葡萄汁的一个个大金属罐子在阳光下闪闪发亮，像巨人般耸立。

这一片大葡萄园，赖以存在的基础就是当地那个葡萄酒酿造公司。这个公司已经有几百年的历史了，它拥有全国最大的地下酒窖。我从得知了这个酒窖之后，就一直想亲眼看一看。有一天我甚至梦见自己走入了一个很大的地下洞穴。洞穴里排满了一个个椭圆形的大柞木桶。头上滴着水珠，地下是坚硬的泥土。一个个盛了葡萄汁的柞木桶被枕木垫起来。我沿着洞穴走着，不知走了多远，随着灯光越来越黯淡，寒冷和潮湿也阵阵袭来……我知道这是一处地下酒窖，美酒就是在这儿悄悄地、隐秘地贮藏着，发生一些微妙的变化。甘甜的葡萄汁在这里贮藏上许多许多年之后，再变成那些诱人的酒浆，贴上精致的商标，被轮船或火车运向四面八方。那么大一片葡萄园就应该配有这样一处地下酒窖，它们地上地下互相呼应和衬托：一个在阳光的照射下生机盎然，一个在地下隐秘的角落里默默酝酿……

那个梦境其实是有根据的，我好像在哪儿见过这样的酒窖。想着想着，终于记起是在东北的长白山下。那儿的一个小城也是著名的葡萄酒产地。那一次去长白山，途中好客的主人邀请我们参观当地名胜，其中一项就是地下酒窖。就是那样的一处地下洞穴，里面摆满了硕大的木桶。地下通道是旋转的、弯曲的。主人说如果拉直了，有十公里长呢。葡萄汁都是野葡萄榨成的，长白山周围大大小小的丘陵和山坳都生满了野葡萄，是一个天然的葡萄园。

那一天主人还领我们参观了酿造车间。在一个接待室，我们品尝了各种酒。这些酒有的紫红，有的棕黄，有的深黑色。我们每种都喝了很少一点，脸上开始发烧。我们还看到了挂在墙上的题词——从元帅到总理，都留下了赞美的词句。这些墨迹都经主人精心装裱，装在玻璃框中，悬挂在醒目处。

那次参观给我留下了如此难忘的印象，它植入了梦中。

当年我们在山上行走，不时要撩开浓密的藤蔓，看到黑紫的葡萄。人们就是把这些散布在漫山遍野的颗粒采集起来，一点一点汇聚到巨大的木桶中，藏入地下酒窖。

而如海滩平原既有无边的葡萄园，就该有更大的酒窖。这个酒窖的准确位置到底在哪儿，我当时并不知道。我曾发现过一些很小的、零散分布在民间的一些小酒窖……那一年我流浪到南山时，曾经遇到一个奇怪的老人。他就把几只木桶藏在红薯窖里，里面装的竟是甜甜的葡萄汁。他有自己独特的酿酒方法，据说那些葡萄汁有的甚至是他的老爷爷藏下的。这一家酿酒的历史也许值得好好追溯——他的老爷爷就在赫赫有名的那个酿酒公司做过职员，后来由于很不体面的一件事被赶出来了。他大概一回到家里就捣鼓起了那个事情。

山里老人用自酿的葡萄酒招待客人，毫不吝啬。我记得那种酒有艾草味儿，而且十分强烈。它在当地十分有名。

类似的私人酒窖我还可以举出很多。但我不得不承认，我所见过的最大的酒窖，还是当年在长白山下的那个。

由于酒窖所在地之不同，它们装的葡萄汁也不同，酿出的酒也千差万别。长白山下那个小城的葡萄酒有一种药味。记得那次酒厂主人带着自豪的口吻，告诉我们这里是全国最大的葡萄酒基地时，我心里曾响起一个反抗的声音，一句话差点脱口而出：最大的葡萄园、最大的葡萄酒基地，应该在我们的那片平原上……但我容忍了他的话，并客气地、感激地喝了他的酒。

后来我才知道，我并没有把事情搞得更确切。他的本意，是指拥有全国最大的野葡萄酒基地。

那个小城的夜晚让我难忘。那天晚上我一个人走上了街头。记得街巷上灯光很暗，我踉踉跄跄往前走，有些凉的初秋的风吹着胸脯。在一个路灯下，我看到了一个熟悉的面孔，心扑通跳了一下。我害怕地把脸转向一边。一会儿我侧过身子重新去看，一颗心才慢慢跳得平缓下来。

那不是她。只是那个侧影极其相似。

我松了一口气，可是额头已经渗出了一层汗珠。尽管这样，我却再也没有平静下来。

第二天还是参观。我极力压抑着心里的一点什么，可是很不成功。我的思绪再也不能收拢。那个下午我说话很少，同行的朋友交谈着什么，我也不太注意，好不容易把一个下午度过了。我们每个人都得到了一小瓶很精致的酒。

很早以前，我在一片葡萄园里发现了她。我觉得她滚烫的额头、发辫和眼睛，浑身上下都散发着葡萄的气味。当我看到她在那儿欢快地跳跃，跟周围的人讲话，总是不知怎样才好。我们的学校也在一片葡萄园里，我的确是在葡萄树下发现了她。上课的时候，无论有多少人，我总能感到她的存在。她的那双有点深陷的眼睛多么明亮，它也许要照耀我的一生。我那时想得多么简单，甚至认为这会是命中注定的一种结局，而且世界上的任何力量都难以改变这个结局。

后来我离开了学校和葡萄园，去了很远的一座城市。可是那双明亮的眼睛仍然照耀着我。有一天乘市内公共汽车去郊区，在拥挤的乘客中一转脸，突然又发现了那双眼睛。我的心咚咚跳，双手颤抖，茫然若失地抓着车上的横梁，几次都抓空了。当我再一次回头看去的时候，发现她正若无其事地盯着车窗外。错了，不是她。

自那一天开始，一座偌大的城市化为了一片藤蔓，我需要不断地撩开一些披挂才能往前。

在长白山之夜，我也许根本就没有想过她。因为我完全被一路上的新奇所吸引，被崭新的事物唤起兴趣。可就在那个夜晚，我蓦然回首——她又站在了路灯下……那个晚上我一个人走了很远，但没有迷路。

回到住处，觉得有点头疼，并不知道那是一次感冒的前兆。第二天早晨开始发烧，我吃了一点药，坚持上路。半路上病得很厉害，有人听见我迷迷糊糊地说起了梦话，说了酒窖和葡萄园，还有一个陌生的名字……

长白山下的小城之夜距今已经三十几年了，这期间经历了多少事情，既平平淡淡又惊心动魄。关于与她的那个“结局”，实在是非常遥远了。

那不是我一个人的错误，类似的遗失可以属于生活中的每一个人。当我想起这一点的时候，才多少有些原谅，原谅生活和命运。我不知道该责备什么，正像我不知道该感谢什么一样。

我没法忘记的只是源于葡萄园中的那双眼睛，明亮的眸子。

我偶尔回到那片葡萄园，可是如何寻觅昨天的足迹？葡萄园中那条坑坑洼洼的石子路还在，它还在。一次次归来，是因为梦中的酒窖对我产生了诱惑——与此同时，她也出现在梦中了。

我们好像一起走在葡萄园里。当我们俩很近地在一片熏风里迈着不紧不慢的步子，一言不发地往前的时候，当我们的手不得不紧紧地握在一起，依偎在那儿的时候，无法抗拒的辛酸也袭上心头。她的质地很厚的、做工特别讲究的暗黄色长裙挨在了我的身上。我在冰凉的葡萄架石桩上抵紧了后背，吻了她长长的眼睫毛、她有些消瘦的面颊……谁也没有询问共同的过去。我们带着过来人的宽宥和温厚互相抚摸着，平静而又热烈。我们都闭着眼睛，在黑夜里感受着那种奇怪的磁力，那种无所不在的引力和准确无误的抵达。它到底是怎样发生的？这世上究竟有没有一种我们所无法理解的东西在永远左右着你我他？它能够测知我们到底走向哪里，我们最终的归宿？这种感觉，这种超乎理性和逻辑的陌生之物，环绕着我们，不愿离去。它似乎真的存在，在那儿指引我们。

她像一个很好的母亲那样微笑着，我像一个很好的父亲那样沉默着。我们在那个夜晚，都恰好是五十周岁生日的前后。我们当时用自己成熟的步伐丈量了大片的葡萄园。最后，也许是不经意间，她问了一句：

“你参观过酒窖吗？”

“什么酒窖？”

“就是我们这儿的葡萄酒城，那个大公司的酒窖呀，还有什么酒窖？”

我摇摇头。

二

小时候在葡萄园里劳动，跟随母亲在绿色的世界里进进出出。当时的葡萄园还是一小块一小块的，后来才连成了一大片一大片的。葡萄园之外就是没有人工痕迹的荒原，我不敢一个人深入内部，总是走一会儿就折回。我常常拿着捡到的鸟蛋、蘑菇和一些奇奇怪怪的花朵归来。母亲在葡萄园里劳动，像别人一样熟练，做得又快又好，两只手慢慢磨出了老茧。葡萄园的人都同情她，因为在他们眼里，来自远城的母亲是不该做这种粗活的。

在我眼里，没有比母亲更漂亮的人了，而且她永远年轻。

多少年之后，当我离开了母亲，不得不独自远行时，只靠藏在深处的怀念安慰自己。这样有十几年。

有一天，我一个人徒步走回了那片荒原。那是一个傍晚，秋天的气息弥漫大地。天气不太冷，狗的叫声在远处淡下去。我轻手轻脚往前，像怕惊动了母亲。这么多年了，这里的一切竟没有多少变化。我沿着小时候熟悉的路径往前。终于看到了我们的篱笆。推开了柴门，走向院子当心……母亲没有发现她的儿子。她坐在东间屋里，安详地坐在昏暗处，什么也没有做，两手合在一起。她比我记忆中的要矮小和瘦削，头发差不多全白了。我站了足足有四五分钟，一声不吭。泪水在鼻子两侧流动。

"……"

母亲想站得直一些，但我看出她的两腿有些抖。我扶住了母亲。我把脸伏在她的肩上。

母亲没有问什么，需要询问的太多了。她一声不吭地把手按在我的后背上。

母亲原来这么瘦小。

从那以后，我走得再远，也要频频回返，要站在母亲的视野里。

母亲越来越衰老了。她的眼睛再也看不清书上的字了，却能够用平淡的口吻谈论周围的一切。她的话很少，然而总是让我难以忘记，给我永远的警策。她常常问我过得怎么样，我告诉她：我像她一样不停地劳作和奔波，也不停地阅读。我能够在最绝望的日子里寻找下去。说过这些话之后，我的脸上一阵羞愧，轻轻地背过身去。我不敢迎视母亲的目光。

当我走出家门，重新开始了遥远的行程时，脑际又一次飘过葡萄园里那淡淡的清香，想起了第一次看见的那个姑娘、那片连同她一块儿毁掉了的废墟、我的惆怅和张望。在数不清的日子里，我从未忘记日落黄昏下那片破碎的砖石瓦砾。荒野上像幻景一样出现的那片青色屋顶，总是在遥远的天际闪动。我甚至想起了苦行的玄奘，想起了他向西的奔波以及那些脍炙人口的故事。

不久之后，我来到了莱茵河畔的乌珀塔尔，在欧洲这片出现了众多思想巨人的土地上，竟然有人在这里做一件耐人寻味的事情。

那一天我们得到消息，乌珀塔尔将有一个有趣的仪式——一个叫“自由思想者协会”的组织将要接纳一批新会员。于是我们一大清早就好奇地赶去了。尽管我们走得很早，到乌珀塔尔已经是当地时间上午九点了。我们走进会场时，会议已经开始。台上装饰了鲜花和旗帜，有人讲话，接着是乐队奏乐，给新会员献花。合唱队唱起了歌，并再次向新会员祝贺。祝贺者讲话的大意是：你们从现在起成了自由思想者了，成了独立的人，但不要忘记自己的责任，等等。

介绍者说，自由思想者协会现在已经发展到四万多会员。“入会的条件是什么呢？”我问他们。对方回答：加入这个协会的唯一条件，就是放弃任何信仰，年龄要在十四岁以上。协会成员以工人和职员为主，还有少量知识分子。

一位长者对新入会的会员——一个小男孩说：“要理解父母，他们对你们的管束都是以爱为前提的，明白吗？”

那个漂亮的男孩严肃地倾听，庄严地点头。

从自由思想者协会入会仪式上出来，我们又到巴门参观恩格斯纪念馆。在他的家乡，他受到了格外的尊重。纪念馆是恩格斯祖父的旧居改成的。我在留名簿上签名时，一个欧洲人用手指着说：“东方人的字，就像一朵一朵的小花。”

纪念馆的人指引我们参观了一个地下酒窖。看来恩格斯的祖父是一个喜欢喝酒的人。这个酒窖很大，当我踩着石头阶梯走下去的时候，一股湿气扑面而来。我想起了长白山下的小城，那个巨大的酒窖。这儿也有一些很大的柞木桶，当然比长白山下的酒窖规模要差很多，但的确是一个名副其实的酒窖。通向酒窖的一个地下小厅是喝酒的场所，那儿摆着一个很长的木桌，挂了一排排的粗瓷酒杯。主人介绍说，当年很多朋友到这儿串门，恩格斯的祖父就和大家坐在这个桌旁喝酒。

我们都觉得有趣，都坐在长条木桌旁。

从纪念馆出来，不远就是恩格斯的出生地。可惜那座建筑已经毁于第二次世界大战了。原址上立了一块石牌，上面刻了这样一行字：

> **这里曾经诞生了这座城市的伟大儿子，科学社会主义的创始人之一。**

离开乌珀塔尔，我们驱车沿着莱茵河回到波恩。一路沉浸在回忆中，想象那座酒窖里谈笑风生的老人和他的后代、他们与东方的关系。想起长白山下的酒窖和那个当时还没有发现的地方——全国最大的葡萄酒窖之侧，那儿的一片大葡萄园。

列宁曾经用悲切的口吻谈到了恩格斯的去世，引用了涅克拉索夫纪念杜勃罗留波夫的诗句：“一盏多么明亮的智慧之灯熄灭了，一颗多么伟大的心停止跳动了。”接着列宁写道：“一八九五年新历八月五日（七月二十四日），弗里德里希·恩格斯在伦敦与世长辞了。”

列宁说自己和马克思保留了黑格尔关于永恒的发展过程的思想，抛弃了那种偏执的唯心主义观点。他们转向实际生活之后看到，不能用精神的发展来解释自然界的发展，恰恰相反，要从自然界、从物质中找到对精神的解释。

另一个人出生在特利尔，这是卡尔·马克思。小心翼翼地踏上黄色橡木地板，从第一展室直看到第二十三展室。卡尔·马克思于一八八三年三月十四日伦敦逝世。

特利尔的马克思故居经过一年多的翻修和整建，于一九八三年三月重新开放。接待室里是一些陈旧的家具。遗憾的是，马克思家的用具原件没有保存下来。这些家具是从特利尔其他市民之家买来的。这儿有马克思的父亲当律师时的办公室。不远处有一口水井，那儿有厨房。第十一展室是卡尔·马克思诞生的房间。马克思和恩格斯的生平展览部分就从这里开始。

第二十一展室介绍了马克思的共产主义理论，从在《共产党宣言》中的首次阐述，到一九一七年马克思主义、列宁主义和民主社会主义的发展历史。马克思和恩格斯的共同著作《共产党宣言》，占据了展室的主要部分。我看到了这本著作的第一版、早期译文和其他重要版本。一个展室陈列了马克思的主要著作《资本论》—— 一个玻璃柜里摆着《资本论》第一卷，十分珍贵的平装本。这里还有马克思和恩格斯签名赠给友人的书籍、他们的手稿和书信、马克思赠给父亲的一本诗集的手抄本、他搜集的一本民歌。

在莱茵河畔的日子，正是一个初秋。几乎所有的城市都有美丽的野栗子树，有血橡树。野栗子树开一串白花，血橡树叶子暗红如血。有的野栗子树开一串红花，那更美丽。

从莱茵河畔回来，第一件事就是回去看望母亲。母亲似乎已经等待了很久。当我远远看到了母亲的白发在风中拂动时，一颗心剧烈地跳动起来。母亲接过我扑满尘土的黄色挎包，问：

“你看到了什么？”

我说：“我看到了他们。”

我跟母亲描述了很多，特别是那两个人：“我走到了他们的出生地，用手摸过他们房间的墙壁。”

母亲没有作声，默默地倾听。

“我还看到了一个酒窖，那是他爷爷的。”

母亲抬起头来看着我：“那么说，那个老人也是爱喝酒的人了？”

我点点头：“也是个好客的老人，他有一个很大的长条桌，客人一去，他就跟他们喝起酒来。”

母亲笑了。

在这个晚上，我一个人在西间屋里，听到母亲安歇了，就轻轻地开了灯。睡不着，翻找起母亲堆在一角的书，取了一本赫鲁晓夫的《秘密报告》。读着他谴责斯大林的那些话……多少无辜的人被杀。赫鲁晓夫一一列举了他们的名字，一个很长很长的名单。开国元勋、声威显赫的将军、被列宁称为“党内最可爱的人”……都死在了斯大林时代。

合上了书，一阵窒息。做了一个又一个噩梦，不断从梦中惊醒。这个晚上，我很想走到母亲身边，想让母亲像我小时候那样，让我依偎一会儿。我站在母亲门外，听着里面均匀的呼吸声，站了一会儿又离开。

那个夜晚，我回忆着过去的那个泥屋，回忆着泥屋四周一望无际的荒野，特别是回忆起了父亲。他早已不在了，是他用一双大手养活了我们全家，把所有的力量都用尽了，然后倒下，死去。我们生活过的地方几乎没有留下一点痕迹。我们迁离了那里，小泥屋没有了。

天蒙蒙亮的时候，我再也不愿待在屋子里了，走出去，在灰暗的天色里踱步。四周还是一片沉睡，没有一点声音。我往前走，慢慢走到了郊外。郊外是一片葡萄园，我在葡萄园的石柱前驻足。葡萄已经全部收过了，架子上的葡萄叶被冰凉的风吹落，剩下的变得枯黄，很快就要脱落。似乎听到了芦青河的流水声，可这里离河毕竟远了一点。一些葡萄没有来得及被园子的主人摘下，这时就干结在架子上。这儿的葡萄太多了，葡萄榨汁厂也收不下这么多的葡萄，许多成熟的葡萄常常被遗忘。我取下一串干瘪的葡萄放在嘴里咀嚼，一丝甘甜和苦涩同时留在了舌尖上。我相信这些葡萄同样可以酿酒。

三

另一本书记叙了一个真实的故事：东方的一位胜者在新中国成立初期到了苏联，去见斯大林。斯大林一见面就拉着对方的手，说："伟大，你真伟大！"一个深夜，客人被斯大林安排在一个长条桌的两边，喝起了葡萄酒。只有斯大林一个人喝了红葡萄酒和白葡萄酒（掺在一块儿）。客人当时觉得奇怪，悄悄问一个翻译："为什么只有斯大林一个人喝掺起来的酒？"翻译不明白，想问一下斯大林，客人把他制止了。那一天他们喝了很多葡萄酒。

我自然而然地注意了斯大林的著作，甚至粗粗地翻过了所有的译本。有一篇文章叫《不要忘记东方》，其中写道：

> 帝国主义者一向把东方看作自己幸福的基础，东方各国的不可计量的资源、自然幅员，难道不是世界各国帝国主义者的纠纷的苹果吗？这其实也就说明为什么帝国主义者在欧洲作战和谈论西方的时候，从来没有不想到中国、

印度、波斯、埃及和摩洛哥，因为问题其实是在东方。

他接着写道：

> 但是，帝国主义者所需要的不仅仅是东方的幅员，他们还需要东方殖民地和半殖民地特多的听话的人力，他们需要东方各民族的随和的、廉价的劳动力，此外，他们需要东方各国的听话的年轻小伙子，从其中征募所谓有色军队，立即运回他们去对付自己的革命工人，正因为如此，他们把东方各国称为自己的取之不尽的后备力量。

文章这样结束：

> 因为必须彻底领会这个真理：谁要社会主义胜利，谁就不能忘记东方。

这是一个夜晚，我合上他的著作，久久寻思其中的含义，那个陌生的、冷峻的面容浮现在我的面前。我不知道是恐惧还是怎么，站起来，蹑手蹑脚地从想象中的塑像走开，没有留下一点声音。他的目光看着东方，他的声音至今还让我感到惊讶。我记得在我生活过的这个城市里，在她的心脏部位，那里矗立了一个花岗岩石雕。我曾经怀着无比的敬仰走近了它——那是一个大学广场，冬青树墙被修剪得整整齐齐，我急于找到通向那个雕塑的甬道，后来就费力地翻过冬青树墙。我小心地抚摸一下那坚硬的花岗岩，发觉像冰一样凉、铁一样硬。

那一夜我翻出所有的书，把它们摆满了床头。这么多的书怎么可以在一个夜晚读完呢？我只是拂去了书上的灰尘。我不止一次地搬动这些书，只为了不让它们陌生。是的，它们毕竟是我们人类当中一些非常能干的人写下来的，是他们的声音。我只需抚摸一下这些书页，手指触到这些坚硬的外壳，就能与之接通。它们的颜色、气味，都沾上了一方泥土的气息，摩擦也是枉然。

这一年春天，我应朋友之邀，来到了生活过多年的那个城市。我在那里度完了自己的大学。每逢走到这里，我就有一阵按捺不住的冲动。在这熟悉的建筑旁，在这一条条弯曲的马路上，我掷下了一段最好的年华。我觉得自己很可笑：明明不会饮酒也要豪饮，结果一次次沉醉不醒，戕害了身心，留下了笑柄。我记得一个脸色苍白、身材娇小的姑娘喝过酒，喘息着和我们一块儿讨论东方西方、一些至大的人物和问题，没有血色的嘴唇很快地闪动，被一些概念弄得惊惶失措。那时候我们大家一块儿讨论，那么认真，小伙子被她玩弄的那些概念给整得晕头转向，就没有一个想起去吻她一下。她喝了酒变得有些可爱了，两颊通红，也愿意笑了。

有人提出去参观“葡萄酒城”，那个最大的酿酒公司。我怀着一点神秘感，在他人陪伴下走了进去。我来得太晚了，我在葡萄园里生活了这么多年，流下了那么多汗水，却是第一次走到这个葡萄的归宿之地。主人请我们先到一个接待室，在这里，我们第一次看到了一件了不起的复制品——那是很久以前伟大的革命先行者孙中山的题词——他喝过了葡萄酒，写下了四个大字："品重醴泉。"

我们端起主人递来的葡萄酒，开始品尝。

"当年的孙中山也到过地下酒窖吗？"

"他肯定到过。"

我们开始看酒窖。迈下一些台阶，一下就闻到了浓重的葡萄汁的香气，它掺杂在湿气和腐木味道中间。这里果然是一个偌大的场面。明亮的灯光下，一排又一排巨大的橡木桶卧在面前。在这个地下的酒之长城里，我不知怎么走才好，只想兴奋地奔跑，像童年那样，在一个个橡木桶间捉捉迷藏。有时我蹲下来，像寻找一种流水的声音，似乎期待着酒的河流在前面奔涌。头上，一滴水从水泥顶板的缝隙里渗下，衣服上落下了斑痕。长白山下、莱茵河畔，所有的酒窖——大地上这么多的葡萄园，这么多的酒。只要活着就要酿造，不再停止；只要活着就要饮用，不再停止。是的，不可避免地沉醉一次。那一片一片的葡萄园，无边无际，足以让人感到惊讶——当年我们驱车在莱茵河畔急驰的时候，有人曾指着高速公路两旁大片绿色的原野，问那是什么。我只稍稍瞥去一眼，就答："葡萄园。"车子往前急驰，又出现了大片绿野，有人又问那是什么。我仍然不假思索地回答：“葡萄园。”一个叫查理的先生笑了，说：“这次您可说错了，那是啤酒花。”

这一天，结束参观地下酒窖之后，主人用最好的酒款待了我们。他搬出了四五种在国际博览会上得过金奖的酒给我们喝。忍不住好酒的诱惑，我们开怀畅饮。由于没有节制，我们真的有些醉了。这些酒太让人愉快和兴奋了。我们高声歌唱，一时像孩子一样乐不可支。我们走到了街上，在一片繁星下挥舞双手歌唱起来。我们互相叫着名字，互相取笑，有时还要热烈地辩论，总之这个夜晚过得愉快极了。我们之间有那么多话要说，好像永远不知疲倦，再沉重的话题在我们嘴里也没了分量。

这个夜晚，我们一直狂欢到凌晨三点。

第二天一早，我被人唤醒。那时候我睡得很沉，因为我实在太疲惫了。可是砰砰的敲门声不管不顾，一直把我们大家都吵醒了。

敲门的人是找我的。他把我引到一边，悄悄说出的是一个噩耗……

原来就在我们大家冲动地呼喊和狂欢的那个时刻，我的母亲却像往常那样，合上书，躺下……她再也没有醒来，就此结束了坎坷漫长的生活。

1990年4月写于龙口

2009年2月24日修改于济南

马颂

一节

一

园艺场的饲养棚里有很多可爱的动物。小时候，那是我们获得欢乐的一个重要去处。它在果园深处，大约是在西北角的一片丛林里，四周有高高的、红砖砌成的围墙，有大烟囱，有白杨树，树上有一群群的灰喜鹊。饲养场养着一些牛、羊、猪、鸡、驴、骡，主要的还是马。饲养员有好几个，他们各自管理不同的动物群，戴着套袖、帽子，扎着围裙，手里总是提一把铁勺或扫帚，忙忙碌碌，一边做活一边咕咕哝哝。

他们大多是年过半百的人，几乎无一例外地叼着一个烟斗。

养马的是一个叫老安的老头。据说他以前当过兵，在部队就养马。在我看来，只有他才更像一个饲养员。老安当年在一个骑兵连里喂马，由于没有文化，自己也讲不清那是一支什么队伍。有人怀疑他当过白军，甚至是土匪。老安极力否认，可又拿不出证据。

就是这样的一位老人，和善、安稳，对所有的人都不敢得罪，因为他的身份还是一个悬案，所以他要讨好所有的人。

那一排大马油光闪亮，红色的、棕色的，甚至有一匹接近纯白色的，可惜它的尾巴那儿有一点灰黑色，耳朵上有着黑斑，肚腹那儿颜色也不太纯。要不然的话，它该是一匹多么漂亮的白马。比起它来，它身边的另一匹灰色的马却完全是统一的颜色，而且这匹马微胖，毛色也更亮一些。我们都觉得它是一位女性。

老安告诉我们它是一匹骒马。我们从这位老人的嘴里懂得了“骒马”就是“母马”的意思。

二

我最喜欢的就是这匹灰马，它的名字叫“灰子”。我却固执地在心里叫它“慧子”。老安一直没有发现我称呼中的这个秘密，当我叫“慧子”的时候，他总是应和着，说灰子如何如何、如何如何。

平时我们绝对被禁止进入那一道木栏的内部。它隔开了我们和那几匹马。它们在木栏的那一边喝水，咀嚼草料。它们吃草发出的那种切切声非常诱人，它们吃得香甜，干燥的草秸被坚固的牙齿毫不犹豫地嚼碎，才能发出这种清脆的声音。

它们一律长着灰蓝色的水灵灵的大眼睛，有着长长的睫毛。我从来认为所有的眼睛都不如马眼漂亮。它聪慧、机智、明亮，而且永远有着女性的温馨。

有一段时间，大约每个周六我都要到饲养场去，几乎是直奔马棚。那一溜大马并不是总在那儿，有时候这一匹不在，有时候那一匹不在。所有马的名字我都叫得上来，谁不在，谁就是出去工作了。它们大半就在园子里劳动，驾车或是做点别的。也有的要“出差”到更远的地方，比如到南山或海港。它们总是从海港那儿运回很多东西：煤炭、粮食或是什么机器。

有一次就由慧子拉来了一台从未见过的机器，现在回想起来，还非常神秘。

机器拉回来，又用两张席子小心地盖好，下面也铺了席子。我们掀起席子一角仔细端量。四周没有人，我们就更大胆地端详起来。

这是一台柴油机，当时觉得尽善尽美。两个大大的轮子多么奇怪。它让人想起什么？想起碾盘。还有排气管、一些神秘的输油管和水管。

现在回想起来，还记起那台机器上有几个菠萝果似的东西。

总之，它精致、完美、神秘，几乎在一切方面都达到了一个极限。

后来，场地上的那几张席子就不见了，机器也不翼而飞了……许久之后，我们才在粉丝厂里看到了它。它在那儿嗵嗵鸣叫，带动起无数的齿轮一起转动。它原来有那么大的力量，这是我们始料不及的。但是那儿绝对禁止参观，我们只能俯在窗户上往里望。

这种兴趣并没有保持多久。后来我们就从窗户跟前走开了，又回到了马棚那儿。

三

我相信慧子认识我了，而且与我产生了友谊。它在没事的时候就抬头看我，眼睛里似乎装满了对我的问候与关切。老安不在的时候，我就小声对它诉说，想把心里的隐秘告诉它。因为在这个世界上，没有第二个人可以倾听这些；有些话我甚至在母亲身边也不曾说过，更不用说在同学之间了。

我好几次大胆地钻过木栅栏，站到它身边。我一点也不觉得危险。而在这之前，老安多次吓唬我：千万不要走到马的近前，它们的蹄子如果踢过来，你也就完了。

我站在慧子旁边，它喘气的声音我都听得见。好几次，我想伸手抚摸一下它毛茸茸的双耳、它的脸颊，还有它柔软的嘴巴。我不太敢，甚至有点羞涩。

是的，我清楚地记得当时我在一匹马的旁边所感到的那种羞涩。我觉得我的衣服太寒酸了，由于个子长得太快，裤脚吊在那儿；鞋子也有些破，虽然穿了袜子，但袜子也已经很旧了。我觉得站在这么完美的大马跟前，我真是显得分外寒酸。而且我觉得比起它来，我显得那么丑陋，而它竟然如此漂亮、干净，身上连一丝灰气都没有。我试过，在它的毛发上抚摸一会儿，手上一点灰尘都不沾。

我大着胆子去触摸它的茸毛了。它激动地一抖。我继续抚摸。它瞥了我一眼。后来我终于去摸它的耳朵了。一种温煦的、春阳一般的感觉顺着手臂传遍全身，喜悦没法表述。我又去摸它的脸颊、柔软的嘴巴。那柔软的嘴啊，只要抚摸一下就再也不会忘记。它的尾巴一动一动的，蹄子似乎也颤动了一下。

但是我敢肯定，它从来没有想过踢我一下。我抱住它丰硕的长颈，一下一下地搂抱、依偎。

四

有一天正在这样做，老安看到了。原来他早就站在栅栏外边吸烟斗。他的目光垂下来。我发现了他，手立刻从慧子颈上拿开。他说："这一匹可以，那几匹不行。它的脾气好，只有它行。"

我明白了，老安对慧子也比对其他的马好。

有一次慧子离开了，一连两天都没有见到。老安说它到南山去了，它驾辕，比它小一点的一匹棕色马和它做伴。老安告诉我，他真舍不得它们哩，那个赶车人毛手毛脚的，而在这之前都是他亲自赶车，他对它们照顾得才好。那时候他经常驾车到海港，到南山，甚至到更远的地方。“风里雨里啊，”老安磕着烟斗，“那些日子经历了多少事情，可真不容易呀！人啊、马啊，其实都一样。有什么不一样？”他握着烟斗比画着：“我觉得人和马都一样，拉一辈子车，吃一点草、草料，就这么着。”

老安的眼望着天空，眨动着，像是害怕阳光。

三天之后，慧子回来了。

我吓了一跳。它身上满是泥巴、草屑，样子有些疲惫。老安过去给它洗刷身子，我帮老安提水。后来我发现老安的刷子挨上一个地方，慧子就全身抖动。老安的刷子颤了一下，烟斗从嘴里掉了。

天哪，那里有一道伤口，一寸多长。我哭了。老安没有哭，他转身就走，一会儿取来了一些药水。当他涂抹的时候，慧子全身的皮毛都在抖。它甚至闭了一下眼睛。但只一会儿，它又像原来一样安静了。

老安这一天一声未吭。我很久都没有离开慧子，可是我说不出什么，只抚摸它的脸颊。当我搂着它那长长的颈部的时候，觉得它也在一下一下磨蹭。它的脸贴到了我的脸上，我感觉到了。

我问：“那个人欺负你了吧？他到底怎么了？路上遇到了什么？”我问了很多，它没法回答。

慧子无法与我对话，这是令我惋惜的事情之一。我没法弄明白它在想什么，它怎么看待我、我们，怎么看待自己，还有它与其他动物的交往。这一切都搞不明白了。

二 节

五

我不知自己叫什么名字，他们叫我“马”，还叫我“灰子”。当他们喊“马”的时候，我和同伴一起抬头。当他们喊“灰子”的时候，我知道那是针对我自己的，这时候一股热流就从我的下颏那儿泛上来。它们涌到我的双眼，使我差一点渗出泪水。

站在我身边吆吆喝喝的都是人，他们比我高，可是他们没有我长，他们的体重、他们的规模远没有我大。他们的模样在我看来很怪，尽管有时候显得非常可爱。我总在路上看到那些树木、电线杆，还有烟囱，都跟人的模样有许多相似：它们都是高的，而不是长的。就因为人的缘故，我对所有高的东西，都存几分敬畏，主要是害怕。

有一次我到南山，正走在路上，听到一声钝响。原来有一个人在路边的草丛那儿，手拿一个棍子模样的东西，指向一个奔跑的野兔。挺好的野兔，它的尾巴就像一朵会移动的花。那根棍子冒出一股烟，小兔倒地死去了，流了很多血。这样的情景，我后来还见过好几次。

一只狐狸，漫长脸，很漂亮，我认识它，也认识它的母亲。它的母亲叫小梅。就是人自己也起不出这么好的名字。它的女儿刚两岁多，就被人用这种会冒烟、发出暴响的棍子给打死了。

人在我眼里是非常奇怪的东西：残暴、温柔、性格开朗，有时又阴沉、凶险。我不知该怎样对待他们。在他们当中，我大致可以这样排列：小孩比大人好，女的比男的好。我非常喜欢的是那些长着很长的毛发、甚至是把它们辫成辫子、穿花衣服的人。她们的眼睛比较好看，更亮一些。她们的嘴角往上翘，湿润润的。她们看我的时候，双眼都发出儿童似的光芒。我发现这些有很长的头发的人，衰老非常慢，她们的目光里永远有孩子一样的神情。我很少能把她们区别开。

有一个孩子在衣兜里装了很多花生果，看到四下没人，就把它掏在我很大的四方木碗里。多么甘甜，我忘不了他给的宝贵食物。

有一天，就在我驾车从南山走出时，在一个下坡地上，赶车的年轻人把车停了，我们一起歇息。他招呼路边的一个人，看来他们都是熟人。我顺着他的喊声望去，见那是一个头发长长的人，就是那种非常可爱的、有着儿童一样眼睛的人。她在喊声里高兴了，蹦起来了，又从一个地方提来了水。我知道那水是给我的。

我喝上了她给的清凉甘泉。我喝着，忘记了一切，因为我出汗很多，太渴了。正这时候，我被身边的一种声音给吸引了。

那是非常熟悉的一种声音。我一抬头就看到赶车的青年和那个姑娘贴紧在一起。姑娘很矮，踮着脚尖去吻他。他们的嘴巴对在一起，就发出了那种好听的声音。小伙子又在姑娘耳朵跟前咕哝，发出哈气声。那个姑娘的脸一下红了。我觉得她的眼睛里有火苗在闪跳。

他们分开，每个人都把手按在我的脊背那儿。他们的手像烙铁一样热。这时不知为什么，我抬起头，在小伙子和姑娘的脸颊那儿一个挨一个地吻了他们一下。他们皱着眉头，一边擦脸，一边怨怒地盯我。

后来小伙子吆喝我，要我上路。姑娘把水桶提起，竟然也跃上车去。小伙子用鞭子敲着我的后背，只是一个习惯性动作。我加快步子。

那个姑娘在车上坐了很远才跳下车去。他们就这样告别了。很远了，我还看见她站在田里，头上扎着红头巾，多么鲜艳。野地是绿色的，而她是一个红点、一把火。

回来后，受人的启发，我也想去吻同伴。我旁边是比我大一岁的棕色雄马，脾气暴躁。他烦躁的时候，甚至用蹄子踢我。那是无缘无故的发泄，我总是迁就他，他什么也不懂。他还比我大一岁，可是我比他懂得多。一天半夜，老安来了，他总不忘给我们饮水，上草料。他离开后，我看到身边的棕马有些高兴，他正看着我，目光里有渴求、有微笑。我明白他在渴求什么，有好几次他想来拥我，只是他的缰绳太短了，很难挨近。我们只能把脸颊贴在一块儿轻轻磨蹭。这一天我主动贴近了他。

我们在一起相挨了很久。他全身都抖，每一根毛发都抖……正这会儿，老安来了。他发出哼的一声，烟斗取下来。他在看着我们。月光下我看得清楚：老安眼里闪着泪花。他的眼睛离开我们，望望天空，望望月亮，又蹲下。他不停地吸烟，火头一闪一灭。他咳嗽。

就是这天早晨，那个送花生果的孩子又来了。他这次从衣兜里掏出两个苹果，一块儿放在了我的面前。我咬起一个，毫不犹豫地送给我的棕马伙伴。他高声大叫。

我们细细地享用了这一枚红果。孩子抱住了我，他的脸贴在我的脸上。我一刻不停地吻他。这个孩子哭了。

你为什么哭泣？我仰起脸来问他，他听不懂我的话。他不停地哭。

三 节

六

有一只刺猬，常常在半夜来马棚溜达。它想找一点东西吃，更多的时候是想嗅一嗅这里的气味。它的长鼻子一动一动的，就能嗅到马身上所散发出来的那种好闻的劳动的气息。还有，从它们身上，大约是脊背那儿吧，经常散发出一股太阳的气味。“很好闻，很好闻。”它这样咕哝着。

它特别想离这些大马近一点儿，想瞅一瞅它们完整的形象，可是做不到。马太高、太大，四根腿就像宫殿的柱子，眼睛差不多比得上它的整个头颅，还有朝上竖起的一动一动的双耳，长长的脸……“天哪，这是一种什么神奇的动物！”

过去，刺猬非常崇拜人。因为它从一个奇怪的角度才能看到他们的整体、他们的脸庞。它觉得这是一些向万物发出召唤的动物，而且能言善辩。好多人在一起，也可以一个人在一个地方。他们做很多事情，其他动物都听他们的话。有一些动物长着四个圆圆的腿，一走路就发出吭吭的声音。人可以骑到它们身上，指挥它们。人可以搬得动、挪得动、指挥得动许多比他们大得多的动物。他们高兴了简直可以移动山峰哩。

有一段日子，刺猬非常喜欢喜鹊和燕子。因为它亲眼看到它们打一个漂亮的旋儿，飞上一道道高压线，在那儿排成美丽的一行。它在心里想：如果跌下来，那该怎么办呢？它们的身子一翘一翘的，眼看就要跌下来了，最后还是没有。它们旋动着，飞向更高更远。

有一个非常大的鸟，飞到了云彩那么高。它问年长的刺猬。年长的刺猬告诉：那叫鹰。从那儿以后，它又最崇拜鹰了。

它最同情的是在地上蠕动的蚯蚓，还有在植物的茎秆上爬的七星瓢虫之类的。至于说那些蜜虫，它连正眼都不瞧一下。

它崇拜马有一段时间了。最初它是看到灰子拉一驾大车，车上装满了石块。“天哪！”它惊叹了一声，眼看着灰子拉着这车从山坡到大路，滚滚而来。它吓得躲到了路边。像雷声一样的车子隆隆走过，它还在那里惊愕不止。

从此，它知道了马竟然有如此巨大的力量。有一只灰喜鹊停在低矮一点的枝丫上，那圆圆的小脑壳摇来摇去。刺猬问："看到了吗？"灰喜鹊说："这是自然的了！""你怎么想呢？"灰喜鹊圆圆的脑壳又摇动了一下："你还没有看见它们独个的时候跑起来，那才叫漂亮，那是电光啊！"

灰喜鹊说过这话不久，大约是一个傍晚吧，刺猬听到了咯噔咯噔的声音。近了，真的是一匹大马，火红色的，就在霞光里蹿跳。它跑到原野上，打一个漂亮的旋儿，又奔向远方。那鬃毛啊，在晚霞中燎动、燃烧。大马那么快地蹬上山岭，又冲下慢坡。它望不见了。有一群鸟雀追赶它，在高处叽叽喳喳为它叫好。后来，这匹马又箭一般地射过来。"是啊！它是闪电啊！"刺猬心里说。

刺猬甚至在一个夜晚听到了一只狐狸、草獾，还有一只黄鼠狼之类的，反正是五六种动物在那儿叽叽喳喳地闲扯篇儿。黄鼠狼说："在所有的动物当中，我最喜欢的是马。它老实，从来不欺负别的动物，而且只吃草，不像有的东西，乱咬。"草獾说："马又大，身体又亮，比人好二十倍。"另一个动物说："我一想到马就很害羞。它美丽，只是自己美丽着，它什么时候以自己的长处来比我们的短处，又什么时候嘀嘀咕咕说过我们的坏话呢？"狐狸说："是啊，我虽然一张脸也很漂亮，许多人却憎恨我。虽然他们憎恨我，但我仍然漂亮。连那些高傲的人也承认我的智慧。可是马呢，像我一样漂亮，人却从来不憎恨马，可见马身上有高人一等的地方。”草獾说：“人算什么？他们身上有一股不让人喜欢的神气头，而且还总要骑在马的身上。我亲眼看到一个人骑在马的身上，用鞭子不停地抽马的屁股，让马飞快地跑。”

另有一只动物一直躺在那儿呼呼大睡，它的体积也很大，刺猬不认识它。这时候它好像刚刚醒来，瓮声瓮气地加入了谈话：“我的父亲以前咬死过一匹马，为这事，我的妈妈害羞、难过。她从我刚懂事的时候就嘱咐我，再也不要去伤害马了。马是善良、和蔼的朋友。马浑身上下都没有一点缺点。”刺猬在黑影里尽力地看，这才看清：它是一头豹子。豹子打着呵欠：“你们快快走开吧，我正在学马吃草。可是在学会之前，你们在我旁边都是很危险的——我这才算是说了一句实话。”

它再一次伸着懒腰，打着呵欠。这时候所有的动物都轰一声散开了。

四 节

七

老安有时候不得不离开马棚，他是被一些持枪的人给押走的。他们吆吆喝喝把他拉到一个地方，在后背拴着他的手，牵着他走。

老安走的时候总要恋恋不舍地看着他的马。所有的马也都一齐抬起头来目送他。

我站在一个角落看着老安。我知道他要被拉到一个会场上，在那儿有很多人威吓他，吆喝半天，甚至有人要打他几个耳光。我对这些场合绝不陌生，看过很多。我替老安难过。

每一次老安回来，身上都带着伤。他一声不吭，弯下腰去给马添草料，后来又抽烟斗。

有一次他叹息说："我呀，这辈子都离不开马了。我因为它们才遭这么多罪，可是……还得干这一行。我喜欢它们。就因为它们比人好，比好多人都好。马呀，我离不开马。"

我知道他是什么意思。他在说：就因为他给一个骑兵连喂过马，所以那些背枪的人就一次又一次地折磨他。他们逼他，问他到底是哪一个连，是什么样的队伍。而老安一个字也不识，记性又不好，所以吞吞吐吐总也讲不清。讲不清，他们就不放过他。这样已经有十几年了。

"再有十几年，"老安说，"也许差不多了。"我知道他的意思是说自己那时就要死了。我问老安："为什么离不开马？"老安不吭声。我反复问，他才说：

"为什么？那原因太多了，说不清。孩子啊，我这样的人，没有多少人愿意跟我说话的，除了你，再就是这群马了。"

“我从来也没看到你和马说话，马也不能回答你的话啊。”

老安摇头：“我和它们讲话一般不用嘴。”他举起满是茧花的两只手。我明白了。

他总是抚摸一匹匹马，摸它们的脸、后背、尾巴，摸它们的腿。所有被摸过的马都那么温顺。当他的手挨上它们身体的时候，它们的身体就倾过来，给他的手掌以重量，有时全身打抖，把嘴巴贴在老人的手上磨蹭。

的确是一种对话。老安的脸色与过去不同，眼角的皱纹不停地抖，嘴角也不停地抖，有时候泪珠就滚落下来。这样的情景，我看过不止一次。

八

老安告诉我：有一年，大约就是他从部队回来的第二年吧，他除了喂马还要驾车。有一次从南山拉了一车石头，走到半路上，倾盆大雨就落下来。泥汤滚动，车轮的一大半都陷入泥汤。还好，路基是硬的，这样车就陷不进去。驾辕的是一匹枣红大马，前边的是一匹更年轻一点的棕马。

雨越下越大，停下来不是办法，走下去又很危险。这么重的石头，又是下坡路，这马稍微失一下前蹄，车杆往下一冲，也就坏了。他身上淋得精湿，跋涉了一天，疲惫极了。他没法停下来给马喂草料，所以马也很疲惫。正在这时，他一不小心栽到了车轮前面。那是脚下的一个泥坑。他的头嗡的一响，知道这下完了，车子很快就会从身上轧过。

就在这时，那匹驾辕的枣红马猛嘶一声。那响声啊，压住了闪电雷鸣。接着那马使出全身的力气抵住下滑的车子，四蹄深插泥土，低头一口咬住了老安的后背，猛一下把他甩出来，甩到了路边。

“就这样，这匹大马救了我一命！”

老安说着，紧盯正在低头倾听的慧子，仿佛就是眼前这匹骒马救了他一样。

我走过去抚摸慧子。

老安说：“有什么比马更懂事呢？有什么比马的心更软、更和善呢？”

我回答不出，我只记得马辛苦地劳动，温驯地对待大家，不记得它伤害过任何一种动物。

九

有一次，我问起灰子从海港拉来的那台奇妙的机器。老安不安地搓手：“你知道吗？将来什么都要改成机器，驾车是机器，犁地是机器，一切都是机器。到那个时候，马就没有用处了。”

我不信。老安说：“你不明白，忘恩负义的人啊，只要没有用处了，他们也就不会再养它护它了。所以说到那时候，这个饲养棚也就不会有了。他们不会白白地喂它们草料。”

我惊讶极了：“那时候就会没有马了？”

老安点点头：“因为人不需要它们了。”

我吸了一口冷气：“天哪，没有马的世界该是多么可怕。这么大、这么漂亮的马，难道它们真要……”我不敢想下去。

老安说：“人什么事情都做得出，马有一天会从这里走开的。那一天到来的时候，如果我活着，我就会给它们解了缰绳，把它们放到山里，放到荒滩上。我也跟它们去，我在那里伺候它们吃喝。反正我要和马在一起。”

老安说着，咯噔一声把烟管咬住了，脸背向了黑暗里，好久才重新转过来。点亮的桅灯下，我看到老安满脸发亮。他使劲抹了一下脸，说：“恐怕这也不成，为什么？因为他们还会把我抓回来。他们会把所有的马都杀光。”

我用力摇头，打赌般地喊：“不会的！不会的！”

“你不懂，孩子，人从来都是这样。许久前的那个骑兵连，有一次我们在路上没得吃了，粮都光了，就杀了两匹马。那是两匹老马，它们立了多少功……”

灰子一直垂头倾听。它的眼睛里有一层什么。

我们对这场交谈都有些后悔。我们说话该离它远一点。

我抱住灰子的脖子。老安的手掌在它的脊背那儿抚摸、拍打。

1998年4月20日

·散文·

绿色遥思

我觉得作家天生就是一些与大自然保持紧密联系的人，从小到大，一直如此。他们比起其他人来，自由而质朴，敏感得很。这一切我想都是从大自然中汲取和培植而来，所以他能保住一腔柔情和自由的情怀。我读他们写海洋和高原、写城市和战争的作品，都明显地触摸到了那些东西。那是一种常常存在的力量，富有弹性，以柔克刚，无坚不摧。这种力量有时你还真分不清是纤细的还是粗犷的，可以用来做什么更好。我发现一个作家一旦割断了与大自然的这种联结，他也就算完了，想什么办法去补救都没有用。当然有的从事创作的人并且是很有名的人不讲究这个，我总觉得他本质上还不是一个诗人。

我反对很狭窄地去理解“大自然”这个概念。但当你的感觉与之接通的时刻，首先出现在心扉的总会是广阔的原野丛林，是未加雕饰的群山，是海洋及海岸上一望无际的灌木和野花。

绿色永久地安慰着我们，我们也模模糊糊地知道，哪里树木葱茏，哪里就更有希望，就有幸福。连一些动物也汇集到那里，在其间藏身和繁衍。任何动物都不能脱离大自然而独立存在，它们与大自然深深地交融铸合。也许是一种不自信、感到自己身单力薄或是什么别的，我那么珍惜关于这一切的经历和感觉，并且一生都愿意加强它寻找它。回想那夏季夜晚的篝火，与温驯的黄狗在一起迎接露水的情景，还有深夜的谛听，到高高的白杨树上打危险的瞌睡，等等。这一切才和艺术的发条连在一起，并且从那时开始拧紧再拧紧，使我有动力做出关于日月星辰的运动即时间的表述。宇宙间多么渺小的一颗微粒，它在迫不得已地游浮，但总还是感受到了万物有寿，感受到了被称作“时光”的东西。

我小时候曾很有幸地生活在人口稀疏的林子里。一片杂生果林，连着无边的荒野，荒野再连着无边的海。苹果长到指甲大就可以偷吃，直吃到发红、成熟；所有的苹果都收走了，我和我的朋友却将一堆果子埋在沙土下，这样一直可以吃到冬天。各种野果自然而然地属于我们，即便涩得拉不动舌头还是喜欢。我饲养过刺猬、野兔和无数的鸟。我觉得最可爱的是拳头大小的野兔。不过它们是养不活的，即使你无微不至地照料也是枉然。所以我后来听到谁说他小时候把一只野兔养大了就觉得是吹牛。一只野兔不值多少钱，但要饲养难度极大，因而他吹嘘的可能是一件了不起的事情。青蛙身上光滑、有斑纹，很精神很美丽。我们捉来饲养；当它有些疲倦的时候，就把它放掉。刺猬是忠厚的、看不透的，我不知为什么很同情它。因为这些微小的经历，我的生活也受到了微小的影响。比如我至今不能吃青蛙做成的“田鸡”菜；一个老实的朋友窗外悬挂了两张刺猬皮，问他，他说吃了两个刺猬——我从此觉得他很不好。人不可貌取。当说到这里的时候，我明白一个人的品性可能是很脆弱的，而形成的原因极其复杂。不过这种脆弱往往和极度的要求平等，要求给予普通生命起码的尊严，特别是要求群起反对强暴以保护弱者的心理素质紧紧相连。缺少的是那种强悍，但更缺少的是被邪恶所利用的可能性。有着那样的心理状态，为人的一生将触犯很多很多东西，这点不存侥幸。

当我沉浸在这些往事里，当我试图以此来维持一份精神生活的同时，我常常感到与窗外大街上新兴的生活反差太大。如今各种欲望都涨满起来，本来就少得可怜的一点斯文被野性一扫而光。普通人被诱惑，但他们无能为力，像过去一样善良无欺，只是增添了三分焦虑。我看到他们就不想停留，不想待在人群里。我急匆匆地奔向河边，奔向草地和树林。凉凉的风里有草药的香味，一只只鸟儿在树梢上鸣叫。蜻蜓咬在一枝芦秆上，它的红色肚腹像指针一样指向我。宁静而遥远的天空就像童年一样的颜色，可是它把童年隔开了。三五只灰蓝色的鸽子落下来，小心地伸开粉彤彤的小脚掌。我可以看到它们光光的一丝不染的额头，看到那一对不安的红豆豆般的圆眼。我想象它们在我的手掌下，让我轻轻抚摸时所感受到的一阵阵滑润。然而它们始终远远地伫立，那种惊恐和提防一般来说是没有错的。周围一片绿色，散布在空中的花粉的气味钻进鼻孔。我一人独处，倾听着天籁，默默接受着崭新的启示。我没有力量，没有一点力量。然而唯有这里可以让我悄悄地恢复起什么。

我曾经一个人在山区里奔波过，当时我刚满十七岁。那是一段艰难的日子，当然它也教给我很多很多。极度的沮丧和失望，双脚皲裂了还要攀登，难言的痛楚和哀怨，早早来临的仇视。当我今天回忆那些的时候，总要想起几个绚丽迷人的画面，它使我久久回味，再三地咀嚼。记得我急急地顶着烈日翻山，一件背心握在手里，不知不觉钻到了山隙深处。强劲的阳光把石头照得雪亮，所有的山草都像到了最后时刻。山间无声无息，万物都在默默忍受。我一个人踢响了石子，一个人听着孤单的回声。不知脚下的路是否对，口渴难耐。我一直是瞅准最高的那座山往前走，听人说翻过它也就到了。我那时有一阵深切的忧虑和惆怅泛上来，恨不能立刻遇到一个活的伙伴，即便一只猫也好。我的心怦怦跳着。后来我从一个陡陡的砾石坡上滑下来，脚板灼热地落定在一个小山谷里。映入眼帘的是一片清澈透底的亮水，是弯到山根后面去的光滑水流。我来不及仔细端量就扑入水中，先饱饱地喝了一顿，然后在浅水处仰下来。这时我才发现，这条水流的基底由砂岩构成，表层是布满气孔的熔岩。这么多气孔，它说明了当时岩浆喷涌而出的那会儿含有大量的气体。水在上面滑过，永无尽头地刷洗，有一尾黄色的半透明的小鱼卧在熔岩上，睁着不眠的小眼。细细的石英砂浮到身上，像些富有灵性的小东西似的，给我以安慰。就是这个酷热的中午，我躺在水里，想了很多事情。我想过了一个个的亲属，他们的不同的处境、与我的关系，以及我所负有的巨大的责任。就是在这一刻我才恍然大悟：“我年轻极了，简直就像熔岩上的小鱼一样稚嫩，我还有很多时间可以成长，可以往前赶路。”不久，我登上了那座山。

有一次我夜宿在山间一座孤房子里。那是没有月亮的夜晚，屋内像墨一样黑。半夜里被山风和滚石惊醒，接着再也睡不着。我想这山里该有多少奇怪的东西，它们必定都乐于在夜间活动，它们包围了我。我以前听过无数鬼怪故事，这时万分后悔耳鼓里装过那些声音。比如人们讲的黑屋子里跳动的小矮人，他从一角走出，跳到人的肚子上，牙牙学语，等等。我一动不动地盯着屋角，两眼发酸，我想人们为什么要在这么荒凉的地方盖一座独屋呢？这是非常奇怪的。天亮了，山里一个人告诉我，独屋上有很多扒坟扒出的砖石木料，它是那些热闹年头盖成的。我大白天就惊慌起来，不敢走进独屋。接下去的一夜我是在野地里挨过的，背靠着一棵杨树。我一点也没有害怕，因为我周围是没有遮拦的坡地和山影，是土壤和一棵棵的树。那一夜我的心飞到了海滩平原上，回到了我童年生活过的丛林中。我思念着儿时的伙伴，发现他们和当时当地的灌木浆果混在一起，无法分割。一切都是一样的甘甜可口，是已经失去的昨天的滋味。

当时我流下了泪水。我真想飞回到林子里，去享受一下那里熟悉的夜露。这一夜天有些凉，我的衣服差不多半湿了。这说明野地里水汽充盈，一切都是蛮好的，像海边上的一样。待太阳升起的时候，我又可以看到一座连着一座的大山了，苍苍茫茫，云雾缠绕。我因此而自豪。因为我们的那一帮人里谁也没有见过真正的山。我已经在山里生活了这么多天了，并且能在山野中独处一个夜晚。这作为一个经历，并不比其他经历逊色，因为我至今还记得起来。就是那个夜晚我明白了，宽阔的大地让人安逸，而人们手工搭成的东西才装满了恐惧。

人不能背叛友谊。我相信自己从小跟那片绿野及绿野上聪慧的生灵有了血肉般的联结，我一生都不背叛它们。它们与我为伴，永远也不会欺辱我、歧视我，与我为善。我的同类的强暴和蛮横加在了它们身上，倒使我浑身战栗。在果园居住时，我们养了一条深灰色的雌狗，叫小青。我真不愿提起它的名字，大概这是第一次。它和小孩子一样有童年，有顽皮的岁月，有天真无邪的双眼。后来，当它长大一些时，灰色的毛开始微微变蓝。它有些胖，圆乎乎的鼻子有一股不易察觉的香味散发出来。我们都确凿无疑地知道它是一个姑娘，并且随着年龄的增长有了人一样的羞涩和自尊，有了矜持。我从外祖母那里得知了给狗计算年龄的方法，即人的一个月相当于它的一年，那么小青二十岁了。我们干什么都在一块儿，差不多有相同的愉快和不愉快。它像我们一样喜欢吃水果，遇到发酸的青果也闭上一只眼睛，流出口水。它没有衣服，没有鞋子，这在我看来是极不公平的。大约是一个普通的秋天，一个丝毫没有恶兆的挺好的秋天，突然从远处传来了新的不容变更的命令：打狗。所有的狗都要打，备战备荒。战争好像即将来临，一场坚守或者撤离就在眼前，杀掉多余的东西。我当时的感觉就是这样。我完全蒙了，什么也听不清。全家人都为小青胆战心惊，有的提出送到亲戚家，有的出主意藏到丛林深处。当然这些方法都行不通。后来由母亲出面去找人商量，提出小青可否作为例外留下来，因为它在林子里。对方回答不行，没有一点变通的余地。接下去是残忍的等待。我记得清楚，那是一天下午，负责打狗的人带了一个旧筐子来了，筐子里装了一根短棍和绳索，一把片子刀。我捂着耳朵跑到了林子深处。

那天深夜我才回到家里。到处没有一点儿声音。没有一个人睡，也没有一个人发出响动。天亮了，我想看到一点儿什么痕迹，什么也没有。院子里铺了一层洁净的沙子。

二十余年过去了。从那一次我明白了好多，仿佛一瞬间领悟了人世间全部的不平和残暴。从此生活中发生什么我都不会惊讶。他们硬是用暴力终止了一个挺好的生命，不允许它再呼吸。我有理由永远不停地诅咒他们，有理由做出这样的预言：残暴的人管理不好我们的生活，我一生也不会信任那些凶恶冷酷的人。如果我不这样，我就是一个背叛者。

说到这里我想起了人的苦难经历与一个人的信念的关系。

不知怎么的，我现在越来越警惕那些言必称苦难的人，特别是具体到自己的苦难的人。一个饱受贫困的折磨和精神摧残的人，不见得就是让人放心的人。因为我发现，一个人有过痛苦的不幸经历是极为重要的，但更为重要的是懂得珍惜这一切。你可能也目睹了这样的情景：有人也许并不缺少艰难的昨天，可是他们在生活中总是自觉不自觉地与一个地方一个时期最黑暗的势力站在一起。他们心灵的指针任何时候也不曾指向弱者，谎言和不负责任的大话一学就会。我将不断地向自己叮嘱这一点，罗列这些现象，以守住心中最神圣的那么一点东西。如果我不能，我也是一个背叛者。

我明白恶的引诱是太多太多了。比如人的一生中会碰到很多宴会，并且大多会愉快地参加。宴会很丰盛，差不多总是吃掉一半剩下一半，差不多总是以荤为主。这就有了两个问题：一是当他坐在桌边，会想到自己的亲属，还有很多认识的不认识的人，同一时刻正在嚼着简陋的难以下咽的食物吗？那么这张桌子摆这么多东西是合理的吗？或许他转念又会想：我如果离开这张桌子，那么大多数人是不会离开的，这里那里，今天明天，无数的宴会总要不断地进行下去。而我吃掉自己的一份，起码并没有连同心中的责任一同吞咽下去，它甚至可以化为气力，去为那些贫穷的人争得什么。如果真是这样，那也可怕得很。无数这样的个人心理恰恰造成了客观上极其宽泛的残酷。它的现实是，一方面是对温饱的渴求，另一方面是酒肉的河流。第二个问题是吃荤。谁在美餐的时刻想到动物在流血、一个个生命被屠宰呢？它们活着的时候不是挺可爱的吗？它们在梳理羽毛，它们在眨动眼睛。你可能喜欢它们。然而这一切都被牙齿粉碎了。看来心中的一点怜悯还不足以抵挡口腹之欲。我与大多数人同样的伪善和虚妄。似乎无力超越。我不止一次对人说过我的预测、我的一个至关重要的判断：如果我们的文明发展得还不算太慢的话，如果还来得及，那么人类总有一天会告别餐食动物的历史；也只有到了这一天，人类才会从根本上摆脱似乎是从来不可避免的悲剧。这差不多成了一个标志、一个界限。因为人类不可能用沾满鲜血的双手去摘取宇宙间完美的果子。我对此坚信不疑。

要说的太多了。让我们还是回到生机盎然的原野上吧，回到绿色中间。那儿或者沉默或者喧哗，但总会有一种久远的强大的旋律，这是在其他地方所听不到的。自然界的大小生命一起参与弹拨一只琴，妙不可言。我相信最终还有一种矫正人心的更为深远的力量潜藏其间，那即是向善的力量。让我们感觉它、搜寻它、依靠它，一辈子也不犹疑。

想来想去，我觉得没有更多的东西可以信赖，今天如此，明天大概还是如此。一切都在变化，都在显露真形，都会余下一缕淡弱的尾音，唯有大自然给我永恒的启示。

1988 年 7 月 29 日于龙口

纯美的注视

自二十世纪七十年代末中国的艺术获得再生以来，艺术家们历经了极为独特的一个过程。这期间有复苏的亢奋，也有忧郁和消沉，甚至包括了神话般的传奇。当我们脚步匆促地跨入九十年代的初冬之门，环顾往昔的朋友时，竟默默地压住了一个惊叹，仅此而已。前面是未曾踏过的一层薄霜。你收紧了背囊走过去。

挚爱和幻想、沉迷和热情，都无一例外地带来了误解和不切实际的期待。没有那么多的斑斓，也没有那么多的同志和战友，冬日终于送予了一个冷静。这对于一副燃烧着诗情的心胸、对于渴念和急切的双目，的的确确是太重要了。

作为一个艺术家，他是在茫茫的跋涉之途上仍然存在的人。我注视着他尘埃中的身影，相信他永远不会消逝。不久以前我们还期待着一条通衢大道的浩浩荡荡，现在看这种纯稚的想念多么虚妄。他一人向前走去，享受着那份孤独与骄傲。他的背影传递了一种讯息，安慰了众多的关切。

我们只是默默遥视，却无法伴你同行。

他是如此的独特而真实，以至让人感到了稍稍的陌生。他让人强烈地认定他只是他自己，是“这一个”。而通常在大街上、在所谓的“知识界”，我们看到的面孔都似曾相识。

有时，我们对于真正的奇迹也可能熟视无睹。无一例外的平庸、虚张声势的引诱，早已磨掉了我们仅有的一丝好奇心。艺术和精神之域的荒芜与堕落是这样的自然普遍，已经来不及痛心。所以，当他出现在视野之中，当他在那条道路上摇动着颀长的身影时，也并未使多少人惊讶。不过真实总会显露，才华必将展示，我们于是结识了一个熠熠生辉的名字，走进了他不同凡响的艺术世界。

时代的步履有时是轻快而紊乱的，狂喜往往与剧痛接踵而至，刚刚苏醒又迎接了迷茫；绝望和呻吟，祈求和追念，一块儿积压在敏感脆弱的神经上。越来越多的“艺术家”前来告别了，这并不可怕。可怕的是同时告别了一个质朴而坚定的人生。就在这样非同一般的时刻里，我曾留意了一下他的眼睛：一如既往地专注，并且流露着独特的坦然，内心的纯美。

这双眼睛在悄悄启示：对于任何一个真正的艺术家而言，他的时代来临了。

因为他已经别无选择，他走到了一个唯有依仗心灵的年代。

这样的机会并不是能经常逢遇的，它在一拨又一拨人面前溜掉了，但有人却可以伸手将其抓住。抓住它就是抓住了自己的历史。他已步入中年，他在这样的年纪里越来越能感悟到人生的诗意。像儿童一样满目新鲜，像老农一样终日劳作，就凭着这一份毫不掺假的淳朴，一步一步走向了辉煌。

他的艺术的魅力当然来自他这个人的魅力。与他在一起，你会发现生活原来仍然兴味盎然；作为一个人，他的不易重复的“内容”、冲动的真切和幻想的烂漫，都能让人时时感受一种人性的深度。他的勇敢是具体的，他的刚直和正义也罗列在生活之中。他把这一切都凝入了诗章。

我常常在他的作品面前压抑着激动。我只是默默感觉它传递出的复杂而单纯的精神。真实的理解仅仅还一个无言，我无法阐述一个生命、一个飞跃的精灵，但我确信我可以与之沟通，用目光抚摸纸页上的润泽。

即便是萧条之季，艺术界也仍旧拥挤不堪。由于诗的境界需要心领神遇，所以这儿也极易混迹。招摇的骗子衣冠楚楚，只是无法掩去笔下的粗鄙。对于一部分人而言，具有残酷意味的是艺术需要才华，还需要一种道德基础。有的隐匿下来叮蛀艺术之树；有的逃窜了，却依然留下一丝狐臭。正是在如此的情势之下，我愿意给予真诚和艺术双重的赞美。

我相信这样的历史：喧嚣遮不住沉默，夜色里闪烁着目光。在恍惚和盲从的潮流里，人的心性仍在追寻原则。

我由此面对他和他的笔声声自问：我听到了什么、看到了什么？我接受了什么，又为什么而怦然心动？当然不仅是灵性与才情，也不仅是色彩。它让我难以诠释。好像技术性的深刻已经消解，一片斑斓也在远逝。逼近了的只是人的力量与自尊、他的不屈的证明之心、对美的忘我的追求探问。他似乎在求得一次理解，去包含人生的全部奥义……对于他和我而言，原来这会儿美是一种原则。

在诸种艺术之中，诗同样极易与凡俗融合又极易与之隔膜。当它褪掉了血性时，也就流入了凡俗。诗人仅仅是使用语言的战士。所以从战士的角度去揣摩，就不难读到他的纯粹和痴迷、他的燃烧的激情。

我一次次地展开他的书，并深深地知道：我展开的是一个战士心灵的长卷……

1992年12月16日

夜思

让我来告诉你，也请你来告诉我。这是一场互相诉说。这会使我们真的弄懂绝望和希望，弄懂什么是幻觉，什么是奢望，而什么才是结结实实的泥地。

……

又一次走进了午夜。漫漫长夜，无论醒着还是睡着，我都在倾听自己的呼吸，将围拢来的赶开，又追逐飘逝的……

一

只有你才能听到我的心音。我有时想，世上的一切都非常简单，它并不玄奥，也不复杂。所有的纠缠、烦琐，长长的过程，都不过为了结出一个果子。

因为它才有四季，才去经受。也因为它，才把人鼓舞得浑身灼热，有打发不完的激动。

凝视着你，不停地叙说，却在自己的语气中轻轻战栗；无声的黑夜中，借温暖的追忆安慰自己，却使一片心情更加冰凉。春天的丁香，初秋的玫瑰，一切美好和温馨都在提醒……我接着想那片平原，平原上一切的生灵，无边的丛林，月光下的海浪。

我今夜特别思念你。

二

我想领你走开，到很远很远的地方去。真的要离开这片平原了，开始跋涉——看到那一溜黛色山影了吧？要向南，一直向南。我会把糙食留给自己，把剩下的一点精粮交给你。旅途太长了，你要接着走。到了那一天，我倒下了，你将继续往前，并且想念着我。这世界上有几个人真正配得上怀念？我因此也该深感欣慰了。

行前只是舍不得孩子。夜里，抚摸着孩子鼓鼓的小手指甲、软软的小巴掌，就得用力忍住什么。

三

我曾盼望有一所小房子，简朴得像土地。我们住在里面，种菜养殖读书……彻头彻尾的老路子，也是唯一健康和医治的好路子。我们将同时感知和回避，也借此来一个总结；更重要的是，我们会看住飞快流逝的生命。

看住它，即看看它是怎样渐渐变得老旧、一点点地被抽走——像抽丝一样？我不想让频频的侵犯把它的形迹遮住，而需要一个冷清之地。于是就想到了那样一所小房子。

难道就此退却吗？退却是不是背叛？如果是，那么它大概也是所有罪愆中最轻的一种了。

我背向了一片平原。但我将从此守住什么，一刻也不松懈——这样行吗？

这样又失去了“目击”的可能。很久以来我就渴望做个记录者、目击者，因为这是最起码的。可是我被逼到了一个小屋中。这其中的悲哀谁说得清。这样一种感觉长时间压抑着我，使我不停地迟疑。风雨敲打在屋顶上，从此将是山地的风雨。我闭上眼睛会梦见妖魔，我在小小庭院中栽下花卉，却要迎接严霜之后的凋零。我在两难的状态中徘徊，已经很久了。眼看着有什么最可宝贵的东西被耗干了，没留一点声息和痕迹。

四

你的鼓励我会深深地记住，永远地感谢你。你要跟随我去那个小屋，去种植、迎接一生的冷淡和艰辛。我们甚至讨论了怎样采蘑菇和黄花菜、怎样包装销售的细节，还有栽培养殖的关键技术问题……未来怎么办？我们问这片平原。我们都知道它没有太多的未来。如果说我们的未来还有一座小屋的话，那么这片平原连座小屋也不会留下。一切都会荡然无存。

我们互相注视着。

五

你真实地哺育我、饲喂我。我一生都将牢记我承受的、我享用的、我拥有的。我相信当初有神灵轻轻地推了一下，我们才抬起了眼睛。淳朴得像土上的一株艾草，清香久远。不认得艾草的人永远也不认识原野，觉悟不到土地的存在。

我跟随着你像跟随真理。我的忠诚经受了检验。一个当代人怎样才算经过了洗礼？我不知道，但我算是这其中之一。我面对着原野，没有茫然失措。很亲切，很本色，我们相互体贴。你哺育我、饲喂我，你不朽的青春光芒四射。

由于那个不幸的童年和少年时代，我变得沉默寡言。可是你打开了我心的闸门。也由于类似的原因，我不会泣哭。当面对同一个场景，众人号啕之时，我却是木然。但面对你的温厚和无私，我却难以忍住。脸上没有滴落，心中泪如泉涌。你的手挽住了我，我们向前走去，直到融入天际。那一片橘红色的云不是被太阳点燃的，而是一个奇怪的预兆。你哺育着我。世上再也没有比你更善良的人了。

你的手挽住我。诅咒和颂赞轻得像一片鸿毛。去哪里？向南，一直向南。

六

有时我也于心不忍，真想说一句：走开吧，走向你自己的来路吧。我不敢再让你陪伴。我深知这有多么危险。这是一种可怕的牺牲，虽然并非不值。我不久就需要一根拐杖，因为不想让人搀扶，只想自己走下去。没有人比我更喜欢玫瑰，可是我只能面向荒芜。这是我的命。

你是新来的，走开吧，离开吧，趁着还有一点食物和水。不要再往前了，不要在乎别的行人，因为他们都心怀一个理由。他们有一种血脉一个经历，拗得像战士，不，比战士还要顽强。

仅仅用战士来比喻这些人是不够的。战士有时是中性的、单薄的。而他们是殉道者加战士，是金属中最硬的合金。你在了解了这一切之后仍然愿意往前，不再犹豫地迈出了一步又一步。可因为我是个兄长，还是要对你说一句：离开吧，离开我吧。

七

人的心中该有一颗种子，它埋下了，在温湿中胀大萌发。它留在了心底，人就会坐卧不安。人与人不一样，有人就是被播下了一粒种子。这种子埋得好深好深，它绝不会风干，也不会腐变发霉。随着它的胀大，将在心里压得沉沉的。

我不知该怎样对待给我播下种子的人和岁月。我只是有了无尽的遥想。那个人远去了，像任何无望而热烈的人一样，走得如此简单，差不多连送行的人也没有。

如今我一眼就可以把大街上的人分辨出来：谁心里有个种子，而谁没有。世界靠没有种子的人去充填，但世界却不会由他们创造。种子长成了那天，他开始有力量，他让它在世上缓缓开放，吐露芬芳；最后结出的果子，赠给一个个张开的口。种子也会在心中变质吗？当然会。那一天才是非常可怕的。

八

我听到有人讥讽和谩骂他自己不幸的父亲，心上立刻一紧。我警惕地看着，觉得陌生而神秘。只是后来想想原因也很简单：那时这样对待父亲是一种时髦。

我却由此而倍加怀念自己的亲人，无论他是有幸还是不幸。当然他只能不幸。我不记得很早时他的模样，也不记得他的声音。因为我们相识已经很晚了。乌黑乌黑的一个晚上他回来了，瘦骨嶙峋。他没有力气，没有声息，刚躺下歇息又被人揪起。他不会做当地的活儿，于是被赶到海上，从此就伏在了长长的网绠上，随着拉网号子移动、移动。

我像被吸到了海边，一天到晚卧在沙滩上看。号子声，叫骂声，海上老大的呵斥，还有挥动棍子的嗖嗖声。海浪为什么不能将一切淹没？那个人，那个与我不能分剥的人，这时正在用力地拽着死沉的网绠，双手流血。

一网一网的鱼上岸了。有一种皮肤粗韧的鱼，有人就剥下皮来，用来蒙鼓。从此我和伙伴们敲起了鱼皮鼓，不停地敲。那又闷又沉的鼓声密集痴狂，撒在了浪尖上。旁边的人又叫又跳地敲，只有我一声不吭。我只敲给一个人听。

九

无论是睡着还是醒着，有一点永远不会改变，就是对那片原野的留恋。我对它寄托了全部热情。我一生的跋涉，只为了它。这也是能够证明能够接近的具体事物。我常常幻想着这世上还有一种力量能够把它复制出来。尽管它今天已不复存在，也因此造成了我深深的忧愤、我的恨。它的昨日如同梦境，一闪而过。

那片原野连接着大海。它的最南端是一溜黛色山影，西部和北部都是茂密的丛林。丛林深处的一些村落甚至以树命名。那都是引人遐想的美丽名字。就因为这样一片原野，我有时竟要奇怪地发出感谢，感谢那些强加给先辈的苦难——没有这些苦难，我今生就无缘结识这样一片原野。它拥抱了我，使我真正领略了什么才是永恒不灭的美。

我喜爱那里所有的季节，包括最寒冷的冬天。那是真实无误的冬天，不像现在，在隆冬季节突然下起了毛毛雨；那里的冬天冰封河渠，甚至是一大片海滩。一道道的雪岭像长城一样，都是罕见的大风搅成的。一个人想顺利地踏过雪岭是绝无可能的。冬夜，所有的农家、林场工人、牧者，都不忘准备一把铁锹放在门侧，以防一夜袭来的大雪堵住屋门。

那时的冬天是真正严肃的日子。我们在岁月中不能少了严肃。一年四季的不冷不热是歉收和疾病蔓延的原因之一。正因为有那样的日子，原野上的人才备柴、狩猎、制厚重的棉衣皮帽，还造出矮小温暖的土屋，造出火热烤人的大炕。窗上结满冰花，用嘴呵出一块光亮，望外面的雪枝悬冰、银山银冈、冻得飞跑的雪狐。对春天的怀念何等强烈，这种怀念像火一样炙人。岁月在冷与热、忙碌与消闲的巨大反差中变得多情多趣，也耐过得多。它绝不像今天，一晃就是一年。岁月的消耗把生命磨钝了，磨得庸常麻木了。那时迎接一个春天多么隆重，不要说人，不要说一些大动物，就是小小的沙地蜥蜴也要一蹦三跳，就是那些麻雀也要连唱三夜。河冰裂了，渠水响了，小狗跑到雪岭后面小心地侦察季节，兴奋得一声不吭。

柳树最早激动，接着是白杨、杏树，再接着是壳斗科植物。一点点渗出的绿色、红色，那一片斑斓，与各种欢腾不息的动物交融在一起。你倾听苏醒的喧哗和变奏，这时才会理解春天为什么被千万遍地歌唱描述而不至让人厌烦。春天太活了，太亮了，太安慰人了。噜噜响的河渠留下了半边绿水半边冰凌，有多少鱼在青青的水草下窥视。太阳把田野晒得水雾蒙蒙，牛的叫声从世界这一端传到那一端。

春天的喧闹过了许久，惹人注目的道道雪岭才开始慢慢融化。从岭顶淌下的小溪越来越欢，它把搅在一起的砂与雪分离开来，冲刷得清晰分明。被雪水洗过的沙粒多么干净，一颗是一颗。每到了傍晚溪水就和缓下来，融化的速度放慢了。接着是一夜沉默、小声私语，都是关于冬的回忆。

雪岭一扫而光之时，才是夏天的开端。初夏的平原上稚果与鲜花数不胜数，让人想到那个富丽堂皇的秋天无论多么棒，也要感谢火暴的夏天。夏天从一开始就不同凡响，华丽得令人瞠目结舌。自然界走入了最随意最洒脱的季节，一切都在尽情地生长和繁殖，绿色像大海的浪涌一样铺满泥土。下雨了，一场豪放的冲刷洗涤，天晴之后又蛙鼓齐鸣，庄稼、丛林，一切绿色的生命都闪闪发光。

盛夏的火热让人难忘。在最热的那十几天里，海滩上的沙子像被烧过一样，谁赤脚踏上去就要大呼小叫。在这样的烘烤烧灼下，各种果实都在加速成熟。谁敢在正午的烈日下跑到太阳下徘徊？除非是海边上那些拉大网的人，除非是这些身黑如炭的人。就连狐狸和兔子、野鸡和鹰也找阴凉去了，它们在等待一个月夜。

河湾里的荻草蒲苇茂盛得难以想象，真正是密不过人。谁都会相信，在这重重叠叠的绿海中正孕育潜藏了无限的隐秘。浓绿从近岸浅水长起，一直长到深处，把水道逼成了又窄又急的一道。夜晚站在堤上，听水鸟嘎嘎大叫，听大鱼溅水的声音，再迎着满河道的南风，会多么快意。在海滩下乘凉的人点起驱蚊的艾草，大仰着，一边看天上的繁星，一边讲如真似幻的故事。有人还不断地起身到堤下的野地里摘一些不太成熟的果实，聊胜于无地咀嚼着。他们在提前品咂一份甘甜。

就这样，平原等待的秋天终于挨近了、来临了。富足宽容的季节里，不要说果园和庄稼地了，就是在丛林中，那些野生的浆果也采摘不完。野葡萄、野草莓、悬钩子……动物和人可以一块儿享用，简直用不着节俭，因为反正吃也吃不完。秋天过去就要埋在雪中了，有一些动物就在冬雪中扒出它们，把仍然鲜亮的冻果咬得啧啧有声。秋天的蘑菇长在松下、合欢树下，长在柳条棵子中，甚至长在大树的半腰。它们是泥土生出的另一类果子，神秘而又美丽，让人们在劳动间隙里一低头一仰脸就拾起一个欣喜。蘑菇汤，秋天平原上才有的纯美清爽，恰好冲淡了收获季节里餐桌上的肥腻。

收来浆果、坚果，收来粮食和菜蔬，从一处处村落到林场园艺场，个个都忙。庭院里的蜀葵败了，木槿却开得正旺。当年育成的鸡膘肥体壮，光滑得像养分充足的大娃娃。狗随主人到田野里忙秋了，留在院里的是温柔顽皮的猫。猫与鸡、鸽子和猪逗玩，互相追逐打闹，而且乐此不疲。所有的家养动物都胖墩墩的，皮毛闪亮，像抹了一层油。那些野生的动物，如一只黄鼬，有时也并无恶意地从墙头上探一下脑袋，立刻引起院内一阵慌乱。可能是芦花大公鸡首先发出威胁的尖叫，接下来是猫儿嘴里严厉非常的一声“哧——”不速之客无影无踪了。

秋天还是老人们提着马扎、互相交换烟叶的日子。他们一边吸烟一边数念旧事，高兴了就骂骂老婆子和当年的伪军什么的。“你知道河西头那个炮楼是怎么端的吗？”一个黑脸老人抽出烟嘴大嚷。旁边的人都不吭声。“是穿花褂的四奶奶捣鼓的，她通队伍！”他用烟锅比画着。这个秋天哪，果实和传奇一块儿丰收了。

十

林场枫树旁的小路还在吗？那一地火红的枫叶，那一对对身影。那时掮枪的老猎人心慈面软，他们只为了过一份伴枪牵狗的传统生活。他们亲手推动了那个平原上多少婚姻，只一眼就能看出林子中的哪一对有点意思，然后设法去撮合。那时的人纯洁又含蓄，远不像现在这样泼辣得野蛮。他们先是注视，默默的，怦怦跳动的心脏轰击了肉体好几个月、好几年，才逐渐敢于交给对方一块绣花手帕。

下班了，姑娘抱着猫，小伙子领着狗。太阳光把脸抹红了，再有自家动物相伴，这才有勇气走到一个寂静的地方。他们先说借书的事。猫在狗的盯视下从怀中逃开，狗也跑了。“今年河里的鱼真多啊。”男的说。女的抬头瞥一眼：“天说黑就黑了。”这样的约会不知多少次了，终于有一天他们在树下轻轻地拥抱了。他们周身抖动，眼含热泪。其中的一个说：“谁比你好才怪了。你最好最好——啊？”

林子里的歌声起起落落。那是在远处，另一些欢乐的人发出的。幸福有个浓度，每个人都会在某个时候获得它。但是幸福有个浓度，有人在它面前失去了任何办法，想哭，想唱，想在沙子上滚动，想跳到河里去。

他识不了太多的字，可是他一连多少天琢磨写一首诗给她。写成了，不好。后来他干脆抄了一首唐诗，夹进一本好书交出去了。她为他织毛衣，织成了又拆了，天天织，一直织到秋末。

捎枪的老猎人哪去了？他转到林子北方，又到那些拉大网的人那儿去了，有时一待就是半天，晚上还要留下来喝碗鱼汤。可是老人答应下来的事儿呢？他忘了告诉她什么了，忘了替谁跑一趟远路。汪汪的狗叫此起彼伏。让热心热肠的好老人回来吧，尽快。

十 一

没有绝对凶猛的动物，平原上的动物与远方的动物一样，基本上是和气一团的。那时人们不太像后来那么恨狐狸、狼和黄鼬，因为它们做下的坏事实在不多。沙地狐狸、银狐，那张脸谁离近了注视过？没有。仔细看看吧，很美很美。狼也仪表堂堂，勤奋并且勇敢。黄鼬主要捕鼠，而且一张小脸生动无比，圆圆的大眼睛美丽绝伦。还有遭人贬斥的乌鸦、猫头鹰、貉、花面狸，哪一类不是生动活泼，精巧完美得像件艺术品？

多姿多彩的鸟、小兔子、小刺猬，它们更是让人感到了生的多趣和温暖。它们太完美、太个性，真是到了妙不可言的地步。羽毛丰满的小鸟、刚会奔跑的小兔，常常让人想到人的童年。原来任何生命都有童年，而童年的可爱直逼人心，让人疼怜得心上抖动。抚摸它们，就像抚摸自己的孩子。手掌下的光润滑腻来自一个与我们迥然不同的生命，它活着，居然独自处理了一切，与这个世界结成了自己的关系。我们人不也是一样吗？

如果平原上的动物离我们太远，那么就随便抱起鸽子和猫注视一下吧。猫是美与温柔的代表。它的眼睛多好，还有耳朵。它的鼻子小巧精致到了极致，圆鼓鼓的，小鼻孔是粉红色的。我相信凶狠的人要改造自己，按时抚摸一下猫的鼻子也会有好的效果。再说猫耳——据说最早的时候，猫的耳朵像人一样，也长在脸庞两侧；造物主看了，觉得这神情太像人了，就动手给它搬到了头顶上。我想如果造物主最早动了人的耳朵，我们相互看多了也会习惯。关键是个习惯。人类什么时候才能习惯地将它们视同朋友呢？动物的脸、神情，只要看一会儿就会让你疼得慌。我的平原，丛林田野上的各种生灵，你们今在何方？

十二

我们分手了，匆匆得没有来得及好好看一眼。那是个漆黑的夜，只有弯弯去路闪着淡淡的白光。从此我有了孤独的白天和夜晚，一颗心亲近着星空。我回忆你、你的一切。人不能没有回忆。

我仿佛听到了你的呼吸，你的笑语和歌声，还有你的低低抽泣。随着时间的流逝，你也会老旧，布满皱褶。可是你永远在心的中央，你是缔造者，是一片圣土，是光荣和骄傲，是永生不灭的希望。有了你就有了一切，有了一个回路、一个家、一个归宿。

今夜如同十几年前的那个黑夜一样。你在哪里？你的思绪飘向了天边，拂过了站在山地冰霜上的儿女。我却感到了你的手掌：粗粗的，温温的，上面沾满泪痕。我不知该怎样呼唤你的名字，只是遥望北方，分辨你在黑夜中的身影。

只能为你祝福。你的淳朴永恒的风采，你的青春，是这世界上我最后的留恋。

十三

几十年的时间一晃就过去了。一条黑色的、散发着恶臭的河挡住了我的去路，使我不能继续往前。没有桥，也没有舟，甚至看不见一个人影。我只得沿着河堤踟蹰。

就这样，我到了海边，却没有看到一片丛林。没有当年那些小动物了，一只也没有，连猫和狗都极少见到。倒是有一些老鼠在芜草中出没，大白天发出吱吱的吵叫。平展展的原野变成了坑坑洼洼，枯草在污水边腐烂。大海就在眼前，可它不是蓝色的，而是像醋和酱油的颜色，发出一股浓烈的碱味儿。没有白帆，没有渔人，往日的拉网号子永远地消失了。

我站在大海滩上张望，仍然想寻找我的丛林。取代它们的是开矿者挖出的矸石山，是一股股粗壮的黑烟。由于所有的树木都剥落了，一个个村落就赤裸在那儿，瘦小得令人生怜。

我最后转到了大林场旧址，同样没有见到丛林。它化成了一些大大小小的水坑，恶臭扑鼻，水中看不到鱼，也看不到一种水生植物。那些气泡在阳光下闪动，像一些可怕的眼睛。我急急地逃开了。

你在哪里？我毫无目标，也无力呼唤，急躁和绝望使我两手攥出了血。

十 四

你死的时候就躺在路边。那一天太阳出得早，你的心情被透过窗棂的阳光抚慰着。你起来洗漱。你上路了。太阳刚刚升起。有一辆笨重的大功率汽车在后面吼叫，它吐出的黑烟老远看像恶龙的长爪。你小心地闪开。这条路尽管布满了坑洼，可是它足够宽了，直通向一个市镇。那辆大功率货车本来很容易就能通过，可是它三颠两颠竟然把你撞倒。你喊了一声——这是撕心裂肺的喊声啊——它的后轮又压到了你的左侧。

满脸油污的驾驶员从车窗上探头瞥了瞥，然后加足马力疾驰而去。太阳刚刚升起，路上行人稀疏。你呼叫着，想挣脱。你眼看着自己的左侧往外流血，一会儿就把一片土末染红了。你呼叫着。你的声音越来越弱。你朦朦胧胧感到有一两个三五个人低头看了看，议论了几句，又匆匆地上路了。他们都急于到那个市镇去，没有驻足。你最后无力呼喊了。血继续流着。

太阳升到了半空。路上行人越来越多。这时你已剩下了最后的一滴血。

十 五

这不是哭泣的年代。已经没有工夫哭泣。我没能亲手把你掩埋，却要就此离去。我的背囊里还是很久以前装进的几件东西，如今已经派不上用场了。

婶子大娘、大爷大伯、林场的老工人、猎枪锈住了的老猎人，你们都看到了吧？你们看到了，合手站立，目光冷冷的。我穿过人群，身上印满了目光。我突然一阵饥饿，一边走一边掏出变硬的干粮。身后传来了隐隐的哭声，我停住了脚步。原来一位老奶奶双手掩住了脸，我奔到近前，想扳下她的手，可她紧紧地掩着。

那是你的母亲啊。我伏在了她的怀中。

十 六

母亲说：你知道这是第几个吗？我摇摇头。她说出一个数字，我呆呆地看她。我明白了，怪不得那些两眼像黑葡萄的姑娘再也没有了。

我从此懂得了什么才叫仇恨。那个伟大的身影啊，她在倒下前的最后时刻里，有人曾向她谈起过饶恕的问题。她回答说：我一个也不饶恕。只有在我归来之后，只有今天，我才明白了这句话意味着什么。

不会仇恨的人就谈不上善良，更谈不上宽容。我终于知道了谁更宽容。那些伪君子把宽容挂在嘴上，一天到晚装成和事佬，暗地里却总是顺应着丑恶。他们一旦面对了别人的信仰，宽容早飞得无影无踪。我要对这些伪君子说一句，是你们的近亲把她给害死在路边的。

十 七

那些小念头和乖巧我都有，可是归来之后我才觉得它们太不值。抛弃了，剩下的只是愤怒和困倦，是激越和冰冷。我无法忘怀，我只得纪念。那些口口声声要宽容的人，竟然残忍到不允许我去纪念。于是他们就是我的敌人。

一场连一场的争议过去了，我觉得太亏。在流动的鲜血面前，一切议论都显得太不着边际。实际上只剩下了两种可能：沉默和怒吼。沉默是熬煮，是用心汁浸那支长矛。而怒吼就要破了喉管。血又出来了。

我开始曾惊异于这样一个事实：他们真好脾气，真有容量，也真麻木。后来才明白，失去至亲的人与他们是不一样的。他们除了自己之外再没有亲人，所以也就永远不会失去。人不一定都是母亲生的，我懂得这个道理可惜太晚了。人在现代高科技社会里，也可以是合成的。人可以是用石化材料合成。合成的人就没有亲人，所以也没有情感的重负。

而在现代生活中，隆隆的竞争和角力之中，一个有情感重负的人注定了要失败。这种人开始走入了全面挣扎和退却的时代，尽管他们个个都不想放弃。但也正因为如此，一场壮丽的、亘古未见的大拼搏开始了。这是一场合成人与有生母的人的最后决斗。这场决斗也许要进行很长时间，但结果是可以预见的。

我将站在失败者一边。

合成人在战斗中损伤的只是元件，它可以更换；而有生母的人却要流血。

流血也不能使人退却。因为这是最后的机会了。所有热血沸腾的人必须团结一心，迎击一场侵犯。这场侵犯的残酷性极为罕见，它将使我们失去仅有的一片田园。就为了生存，为了一个希望，为了一种报答，让我们奋起向前吧。已经没有什么退路，也不必幻想。

我默念着你的名字拿起了武器，加入了真正的、二十世纪末的义军。这是精神的义军。在决斗的一切间隙里都未曾忘却你对我的恩情，你的容颜，你的饲喂。我在梦中与你吻别，踏着霜雪走了。催促的号子一声声逼近，我走了。

有时我又想，因为你在远处射来的目光，我是不会失败的。我们都不会失败。什么比爱、比这一切相加的爱更有分量呢？根据伟大而古老的原则看，我们有了这样的支持，将是些不败者。可是一转念，又不禁重新哀伤：时代变了，一些原则也在变。那么我们就将在没有立足之处的荆丛中作战了。

为我们祝愿一下吧，这是我和同伴小小的、也是重要的一个请求。

十 八

一切被预先告知了结果的战斗都是极其惨烈的。竟然走进了这个战场。这是生前注定的还是生后选择的？我反复追思推理，后来才明白是一种注定而不是一种选择。选择是移来的根，而注定是固有的根。

如果没有什么希望，那么斗争本身也就是希望。如果有了希望，那么长久的松弛也会将其丧失。世界上的事物在组合形成之初是非常奇妙的。天不亮，征衣上霜落一层，战士一睁开眼就被“希望”二字缠住了。可见这是怎样严酷的一个处境啊。

回想那年秋天，我们对这些还全无预料。于是只顾得忙秋，干活，劳动的汗水把衣衫都湿透了。我们一起把捡到的橡实装到筐里，直到攒起满满一囤。浆果做成蜜膏，干果留给来年。晒干菜、蘑菇，用破碎的瓜干造烈酒，用野葡萄造甜酒。还有招待老人的烟草，一捆捆扎好放在搁棚上，采了很多的艾叶，晒干，又拧成火绳，留着夏天对付蚊虫小咬、给吸烟老人触烟锅。

那些温煦的、果香四溢的夜晚啊，我们讲故事，依偎一起。红军的故事，某司令的故事；还有传说，神奇的林仙。我们差不多没有言及的一点就是：惨烈的战事都属于过去了。我们现在只是品咂秋熟的甘果，听听美丽的传说。我们站在过去与未来之间倾听，你讲一个我讲一个，享受着黄金般的时光，直到了午夜还不知疲倦，林中和秋野的各种四蹄动物与飞禽一起，不时传来它们的响动。小鸟的午夜尖叫是唯一令人不安的了，我们担心它遭到夜袭。劳动真使人愉快。在今天回顾劳动，更能感受和认识劳动的幸福的本质。劳动只有靠紧了人生的目的，才散发出芬芳。当一种袭击逼迫得我们不得不放弃劳动而投入迎击时，回忆劳动也变为了一种福分。我们今天算是真的理解了“保卫我们的劳动”到底是个什么意思。那是个权利，是个福，它不是被人自己放弃，就是被另一种人给剥夺。

现在是不是不放弃的时刻。现在是奋起迎上的日月。是的，如果这一来能够赢得一场劳作的机会，那么一切也值了。

十九

我无数遍地想象你的目光。那双眼睛啊，我说过它黑如葡萄。这句俗而又熟的比喻一再提起，是因为它难能取代。那个平原孕育了这样一双眼睛，真是含义深远。这双眼睛望着原野、母亲般的丛林和大地，逐渐蓄满了柔情。很显然，这举世无双的美目是这片田园滋养出的。田园的所有特质都从它的一闪一盼中映照出来。于是它有魅力，它使人魂牵梦绕。

同样容易解释的是，这样一双眼睛不可能是为今天准备的。一片沉沦荒芜的平原会让其不忍注视。或者是田野焕发生机，或者是它自己永远地闭上。当然，是它永远地闭上了，长长的睫毛合到了一起。

它在最后时刻看到了什么？它摄下了那张在车窗前一闪而过的脏脸吗？它记住了刽子手的模样吗？那天的太阳缓缓上升，照不穿浓稠的雾霭。直到最后一刻，大地还昏昏沉沉，天际泛着酱色。长长的睫毛合到一起，像一排茁壮的青杨。你的血正一点点渗出，汇成山泉一样流淌。大地真渴，大地等着喝一口汁水。大地很快就收回了她的全部，从肉体到灵魂。多好的一个儿女，苗条而丰腴，特别是长了一双惊魂醒世的美目。

太阳隐入浓云，大地开始祈祷。风停了，四周寂寂。

二十

你那时候会多么痛苦。一种无法忍受的折磨竟然加在了一个少女身上。事后人们发现你身上有三道压伤。钝钝的车轮、凶暴的车轮、愚蠢的车轮，就是这三个车轮割开并撕裂了你完美无瑕的肌肤。血是一点一点流光的，没人去救起你。从流血到死去足足有两个多小时，而且你躺在通向市镇的大路上。

我手指扎了一根刺就感到钻心的疼痛，可是有三个轮子碾压了你；我生病时，两分钟的肌肉注射让我挨着忍着，可是你从流血到昏过去足有两个小时。

我愿意舍上所有去赎回，尽管这不可能。这一次我不需更重大的经历就懂得了终点上的什么。我懂得了一种性质。从此我再不抱幻念，一丝也不抱。我干干净净地走开，心凉得像冰。你躺在那儿，用躯体指示了一个方向，画了一条线。这是拒绝的线，是分别的线，是不容迈过不容混淆的线。

难道那三只轮子碾到我的身上才呼号吗？不，它碾过了，已经碾过了。行了，就这样吧，开始吧。

那双美目闭上的一刻，大地一片昏暗，光源顿失。它消失殆尽之时，我就永远地沉入了黑暗的深渊。从此将不会有四季，不会有果实，不会有明天。总之，有人以神的名义所预言的那一天真的来了。

二十一

让我们最后一次怀念那个可爱的冬天吧。一场大雪下了三天三夜，门封了，全世界都蒙了白绒。家家出门都要铲雪，铲一条通向柴堆的路，铲一条通向街巷的路。那个小院拥满了雪。于是出门时不得不挖一条“地道”。这“地道”蜿蜒往前，黑黑的暖暖的，适合少男少女玩耍。有一次你从“地道”里出来，用力地擦嘴，大人问为什么？你说有个男孩吻了你。所有人都笑出了眼泪，只有一个人的眼里闪过一丝恼怒。

不知过了多少天，大雪地可以走人了。我们一起去丛林。林场老场长让我们小心，说野地里有雪封的井，有伏下的狐。他是一个退伍老兵，玩枪弄棒的好手，一直背着枪走在不远处，说是要保护大家。老爷爷一喘气就是白白的两道，多么可爱。可是我们当时一直想的就是甩开他。

后来我们成功了，一口气跑到河堤上。小心地溜下堤坡，落到又硬又滑的河冰上。严冬的河只能这样，像一面宽大的玻璃盖住了河床。你把耳朵贴在上面，说要听冰下的水声。没有，只有鱼的咕叽声，你一说大家都伏上去了。

我们用茅草推开积雪，推出一片长条形的冰面，然后就滑起了冰。冰面越蹭越滑，一队飞人。正滑着你喊了一声，大家立刻看到了远处河面上有三两个人在搞什么。我们欢叫着跑过去。

原来那是几个老工人在凿冰捉鱼。冰被一个又沉又大的钢钎戳着，一戳一溅，冰凌飞起一丈多高。就是不透。他们骂着，狠劲地干。原来河冰结这么厚，捣开的茬儿足有半尺了。又是一顿猛戳，扑通一声，透了。奇怪的是冰下的水冒着热气，摸一把也是温温的。大家欢呼着。

那天捉鱼捉到天黑。我们随着老工人往回走，到了老场长家门口，他出来一吆喝，都进去了。接着就是摆桌子、烧鱼、弄酒。谁也不准离开，老场长下了命令。一桌热腾腾的烧鱼、鱼汤什么的。大人们喝酒，喊的笑的声音很大。不知喝了多久，突然老场长一把将你抱到膝头上，说来来，小仙女，爷爷喂你一口酒。你笑吟吟地喝了一口，立刻辣出了眼泪。大家都笑了。

外面的狗不停地叫。是家里大人寻我们来了。天哪，外面的月亮真亮。

二十二

嘿，这个地方，美女如云哪！那些轻薄的小子走到千疮百孔的平原上，常常这么呼叫。他们除了吞咽食物和狂饮之外，几乎不懂任何事情。他们是超生的时代结出的果子，由于没有及时地存放处理，已经烂成了空心。这是时代的错，更是他们的错。他们在平原上胡窜，一双眼睛滴溜溜转，很快瞄上了也成功了。

但既与他们这些污烂糟混到了一起，就绝不会是美丽的姑娘。她们只是一帮戴着金器，用脂粉覆盖了苍白面孔的假处女。淳朴是美丽之根，而她们呢，从母亲那一代起就开始虚荣了，假惺惺的。如果有个记事的老人坐着马扎快言快语一通，你就会知道她们逐渐败坏的家风。

这些已经无须叹息。伤残比比皆是。如果一个人与这样的环境相处还能平安无虑，那他一定是心汁枯干了。只有恶少才如鱼得水，那些冒牌美女、黑道上的轿车和酒，都是为他们准备的。伴随着耸人听闻的故事的，是他们父辈亲朋怎样升迁，怎样为不会说普通话而苦恼，以及学开车轧伤行人的一沓子杂事。这就是日常流动的真实。

如果说这一切只是泡沫，那么水流呢？它何时带走泡沫并冲刷大地？现在还能找到一方碧绿的晶体般的水吗？会有的。那就期待吧。我在这期待中两眼混浊，白发丛生。

二十三

你久久地望着我，看我花白的鬓发。我知道你想说什么又忍住了。你怜惜中掺着悲愤，就是没有一丝伤感。没有那样的心情了。铅压在那儿。你在回想我青春欢畅的年纪，回想伴着那个时代一块儿消逝的苦难和繁华。大地褪下盛装，留下光秃秃的一片，迎接那三只轮子碾过来。

我的平原裸露着胸部，你看到了。这亘古未闻的巨大牺牲为了什么？这是一种祭吗？她已贡献了自己，那么谁在后来为她而祭，谁？

这一切都不是为一双善良的眼睛准备的，可是它们只能残酷地罗列开来。你就在这样的季节里变得坚强起来，像大地一样褪下花衣，换上了单色土布衣衫。可是另一种美和芬芳弥散开来，更长久也更本色。我们开始胆战心惊地互告：既然大地把自己祭上了，那么将来为大地而祭的，只能是整整一个时代了。

我们都生活在这个时代里，擦干泪痕，含笑等待吧，这就是命运。只要在这个时代里的，那么不论是龟壳里趴的，轿子中抬的，还是码头上的苦力、洞子里的掘进工；也不论是道德家、放浪形骸的恶少、专打异性主意的色痨、娼妓、“四有青年”，还是玫瑰和毒菇、鸽子和田鼠、大象和臭虫……只要是属于这个时代的，都得悉数押上。

那时候连个为我们叹一声的人都没有，因为她也跟了去。

二十四

就因为我属于这个时代，所以我不可避免地要经受那个结局。与所有的一切一起舍上、献上、祭上，而且不可能换取一丝光荣。这不过是一次抵偿。面临着这一场，一己的恐惧过去之后，就开始依偎两个人了。

一个是母亲，再就是女儿。一个是生我的，另一个是我生的。我爱你疼你就像对待那片平原，你们分别是我来到和离去的守护人。也是我生的根据，是我的全部希望。

母亲，为了伏在长长网绠上、脚踏银霜的父亲，我曾疯迷般地敲响了自制的鱼皮鼓。敲啊敲啊，是我为绝望的父亲献上的。它好比我捧出的两粒食物。我长大了，母亲，看着你的满头银发，我能给你什么？

在这样的时刻，我能给母亲什么？

如今已经没有一枚浆果得以保存。可食的茎块烂掉了，连微甜的蒲根也不剩一株，留下来的都是最苦的。我在腐土中挖个不停，磨得指甲脱落，想找到哪怕是细瘦的一截薯梗。我的手滴着血，最后仍然掌中空空。

如果吟唱也可以抵挡饥饿，如果我剩下的只有它了，那么就让我放声吟唱吧。我闭上眼睛，把思绪深深地埋下，难以抑制的倾诉啊，如同山洪一样流泄。我永无休止地唱给你，唱得忘了等待。直到我听到那慈爱的声音：停下吧孩子，它像哭泣一样。这样我的歌才戛然而止。

回头看稚嫩的女儿，牵上她又软又细的手，不忘回避着热烈纯洁的眸子。这是我刚刚长到三岁的孩子，会背诵十首童谣。

她曾问我：奶奶说这儿以前有百合花，是吗？当然，很多很多。家家都有美人蕉、有蜀葵，是吗？当然，差不多家家都有。

在这样简略而单纯的一问一答中，她很快就睡着了。

二十五

让女儿在梦幻中变成一个骁勇的骑士吧，可以呼唤雷霆，可以抽刀断岭。你凭你的正义和童心，无可匹敌地护佑着这片平原。那时你说：应该有百合，于是杏红色的百合花纷纷开放；你还说应该有蜀葵，于是蜀葵花茂盛得盖住了庭院。

你所向披靡，因为你携带了少年的闪电。我们为大地整整祭上了一个时代，我们终于得到了报偿，同时也感动了神灵。你是他们派遣来的，平凡无奇中隐下了最大的神秘。你划亮的电光驱尽了黑暗，震惊了山雨，洪水终于开始洗涤。在两个世纪的接缝处，它反复涤荡，弧光照射得一片通明。

你没有牧过羊，你也不是圣女。你只是一个开山石匠的孩子，先解开了拴绑父亲的铁索，然后又登上山巅。你离宇宙之神近了，咿咿呀呀的稚声逗乐了他，他就交给了你至为重要的东西。从此你做的一切都在改变历史：平原的历史、人的历史。

这仅仅是梦幻吗？是童年的编织吗？不，这是真正的人的期待。

二十六

我咀嚼着那个梦想，明白要赎回什么，仅仅使用一般的善是远远不够的。它从过去到现在都是苍白无力的。

遥望北方星辰，扔下往昔的虚念，实打实地起意。我思念你骏马一样的身躯、武士一样的长须。这个夜晚你在备鞍还是冥思？我知道两件事同样重要。因为两千年的思绪乱成了麻，你要默默地用它搓成绳子。你做的一切都是坚定不移，如有神助，快如疾风。关于你的消息从古城传到高原，又传到俺这平原。你的音讯都盛在穷人的小盒子里，用新纺的土布包了，藏在一个角落里。这样的情势之下我当然再不犹豫。独自一人的时候，我会用思念打发时光，怀着感激。我记起那深情的饲喂，这就够了。世界真旷，也真大，这时候啊，记忆中的人影不再拥挤。把先生和小姐们一个一个赶开，剩下的就全是同志了。

人要有个兄长，有匹马，有个爱人，也有子女，这就是平常说的拉家带口。要是个集体，要有同样的精神。间隙里抱抱孩子，给他讲个什么，也让他传个什么；需要驰骋的时候就牵过那马，好马让人两耳生风；爱人给我温存，给我力量，她瀑布般的长发掩住我受伤的面庞；兄长呢？是商量事情的人，也是榜样。我要常常和兄长在一起，胜利紧握手中。

二十七

人守住了内心的某种严整性，始终如一，真是一场苦斗和拼争。能做到的不过寥寥。我把严厉的状态留在身边。我不该怕什么了，我的亲人都先自倒在路边。

你看到了吧？你如果只为自己和自己的血脉揪心，那么你也该记住什么了。当肮脏和谎言一块儿抛撒，可爱的孩子埋得只剩下脖颈之上这一截了，你还在哪儿恍惚？孩子没有呼救是因为已经无力发声，孩子闭上了眼睛也不是安详地睡去。为了孩子，来吧。深冬季节，雪野里没有青草，连孩子也四处觅食。我们顶着寒风为了什么？我们保护下来搭救下来的，其中也包括了你的儿女。孩子，你活着，就要记住、守住。不要含着眼泪，要刚强如先烈。不要听人蒙骗，听我再说一遍，先烈真的有过，不久以前还有过哩。

严冬深入了。枯坐三九可不是人受的罪。但这地方分明是留给咱的。

这催促我们，也提醒了我们。究竟面临了什么？男女老幼坐在一起。因这特殊的境遇而无声无息。男童的双目黑亮黑亮的，望遍茫茫原野，又看爷爷的满头白发。离黎明还有一段时间，有人央求爷爷讲个故事。老人声音低低：在这同一片原野上，几十年前有一场厮杀。人们用鲜血沃肥了这片原野。当然，留下了好多使人心烫的故事。

爷爷的目光移向儿子和孙子，那分明在询问：这一次呢？

二十八

母亲头发雪白；女儿的头发刚刚长起，就像淡黄的玉米缨，嗅一嗅也有甜丝丝的气味。还有那个躺在大路旁的……永久地闭上了黑葡萄似的眼睛。我扶着她，牵着她，念着她，再没有任何退路。我双拳的骨节生疼，牙齿开始破碎，喉咙也肿起来。我听到的是无声的吩咐，是无从更动的指派，走上去吧。

那三只轮子日夜碾轧，尖利刺耳的声音传遍四野。无遮无拦的凶暴直逼过来，我的身后只剩下平原一角。我失去了亲人，失去了至爱，我没有了哀叹和悼念的时间，也没有了诅咒和怒斥的话语。我只剩下了我的身躯。

万分焦灼中我的目光荡起火焰，烧去了自己的衣饰。我把四肢、把周身都涂满了泥浆，与之混成一体。我恨不得化进这片大地，当凶兽恶鬼踏上我的胸口，我就伸长两臂把它按入土中。我相信要战胜不可一世的敌手也只有依赖泥土了，让泥土去腐烂它们，埋葬它们。

我安静而又暴躁地躺在泥土上，翻卷的泥流中我只是一朵浪花。从地心里涌出的一股力量使大地轻轻抖动，然后又是一阵波荡。大地变成了黑褐色的海，泥土掀起了大潮大涌，有了呼啸之声。泥土的激荡波澜壮阔，每一滴溅泥都有力量。那声响不是水的脆亮，而是土的钝音。这如同一面沉沉的鼓被擂响了，把一切都震得不能站立、不能悬挂，于是哗啦啦倒下来、掉下来，埋进了土中，又被土磨碎。

我在翻卷颠簸的泥流中狂舞，伸长了两臂。我的手抚摸着挣扎逃亡的恶鬼，死命地将其揪住，让其淹没。我感到了在泥流狂涛中飞翔般地自如和迅疾，我在暴怒的大地之上穿巡。我是个被母亲和爱人信任的目光抚过千万次的人，大地识别了我并馈赠了我。大地此时与母亲同在，她们已经不可分离，同心合力。

二十九

我问大地：当我按照母亲的指引，当我把一己融进你的心中，经历了那一场激荡之后，算不算是一次祭呢？如果算，那么能不能赎回？你说算的，但由于是一个人，还不足以赎回。你这是在告诉我：我需要寻找他们。

那是不言而喻的。这场由来已久的分辨和寻找，是我全部辛苦和执拗的一部分，也是伴随一生的无悔事业。不屈者，不败者，他们都在大地上。我要走近他们。我们之间常常隔着汹涌的水流，我要抓住一叶舟。

亲爱的同志，我有一个故事真切动人，就发生在自己身边，请相信我，让我讲给你。你不可再犹豫，再怀疑。让我来告诉你，也请你来告诉我。这是一场互相诉说。这会使我们真的弄懂绝望和希望，弄懂什么是幻觉，什么是奢望，而什么才是结结实实的泥地。让我们互相包扎割伤，并相挨着等待。我们都是平原上生的，都有个母亲，有个心爱，也有个未来。而另一类是没有这一切的，因为他们是合成人，没有热烫的血脉，更没有生母。尽管看上去都差不多，都有眉眼四肢。辨别的方法就是看其有没有体温，有没有脉动。

因为你，我将倾尽所有。这不是恩赐和赠与，这是共有和共享。当那一天来临时，我们就手挽手地涉河，去寻找盛开的玫瑰，去看百合和蜀葵。那一天会有吗？会的，对于我们而言，一定会的。

三 十

我们一起出发了。我们的目光交换着幸福，眉梢闪动着冷峻。来自哪里、走向哪里，我们都装在了心中，不言一声。霜沾在脚上，亮如荧粉。最后一口暖身的酒递过来推过去，天亮了。

怀抱着一个梦想，用微笑安慰左右。黑云从天际四面合围，隐隐的雷声也听到了。远处的烟尘腾到了半空，与黑云相接。阳光一霎时给遮住了，一片阴影落在身上。这是那个时刻的前夕。我们就这样走近了。怎么如此的寂静啊。

你多么瘦小，我曾经赶你走开，因为我于心不忍。此时看着你弱小的身躯被稍大的戎装包裹了，心中一阵自豪和爱怜。好了，既来了就承接吧，我们一起。

这个时刻因为太静，我一闭眼就能看到那条泥路上倒下的身躯——合上的眼睛——长长的一溜睫毛像栽下的一排青杨。一双美目闭合了，它拒绝再看一个世界。今后呢？如果我们驱散了雾瘴，如果玫瑰和百合重新长起，谁能还我一双美目呢？

我跟随着你的目光，踏着它照亮的道路走上一生。我将永远不背弃那个誓言，直到最后的时刻——那个时刻在逼近，让我再看一眼你的目光。

三十一

对于无边的销蚀和磨损，一场激越的誓言毕竟太短暂也太简略了。我深知这一点。我们期待的是决斗，而对应的却是消磨。旁边有人失望地跌坐下来，大放悲声。我无言以对。

我想看着他自己缓缓站起来，并且不再倒下。那些虚幻而可怕的什么在荆丛中游荡，隐着形影。人无法捕捉充斥在空气中的磷火，又不能在冷寂中让它焚化。这种罕见的对峙让人几度绝望，沮丧的空气蔓延到远方。我们的呼唤虽没有山峰阻隔，可是很快被一片大漠吸尽了。困在饥饿无援的空地上，没有人迹，没有草，没有水，更没有道路。

我们背负着走下去，如果这力气一年还没有耗尽，那就两年、三年。时间几乎是无边的，大漠也是无边的，我们就背负着走下去吧。

耗尽了吗？

走下去吧，时间几乎是无边的，大漠也是无边的。走下去吧。

三十二

可是我们不会屈服。这一点也不奇怪。我们永远追赶，永远怀念，永远感激和仇视。因为你我都有生母，有脉搏，都是用下肢站立的人。

我们永远是我们。

1994 年 1 月 1 日

自画像

我觉得中年这条线非常关键，人一到了中年，也就有了许多变化，这变化大得足以让自己惊讶。以前的许多激动，激动中的创作，现在都能让我平静下来了。只是没有多少后悔，一方面是后悔没用，另一方面是我基本上在做那个年龄段的人一直做着的事情。再说，人也的确应该珍视青春。

匆匆忙忙地走过来，草率而充实。争取中年之后有个大的改变，即做得充实而不草率。

一个人越来越不喜欢自己，这是很可怕的事情。一切都要慢慢来，慢慢觉悟。

觉悟会增加勇气，而不是相反。人有了深沉的勇气，才是真勇。

有时觉得自己像一匹奔跑的马。马太美了，人比马只会自羞。可也果真是一路奔跑下来……

1997 年 3 月 12 日

回眸三叶

林与海与狗

想起过去，心中往往出现并列一起的三部分：林子、大海、狗。它们纠集于我的童年。也许“狗”做了一切动物的代表，但它仍然是具体的狗。它不仅给我友谊，帮助我理解，而且让我透视了许多生命的奥秘。林子在海滩平原上，狗和各种动物在林子中，我则徘徊在它们之间。

上学后童年就被约束了，但走出校门的时间总多于规规矩矩做学生的时间。我们撒腿在林子里奔跑，欢乐享用不尽，滋养一生。我们从小就认识了数不清的植物。大树、灌木、花草各长在什么地方，什么模样，都了然于心。它们后来只需我们以植物学上规定的名称重叫一次而已。

海滩上林密人稀，只有很少几个村庄散在林中。猎人、采药人、渔人，是他们在林中活动。关于林子的传说很多，这些传说的主题从许久以前就形成了，主要是劝人不要伤害动植物。它贯彻了人与物平等的观念。比如说口口相传的故事中，人往往不如一只动物善良和聪明，也不如一棵老树更值得敬重，等等。

国营林场里有一位老人，一些年轻工人。他们对我和朋友们都很重要，反过来也是一样。他们给我们故事和吃的东西，让我们看他们的狗；我们则使他们不寂寞、高兴，有时也让他们解解恨。因为人有时候总要发火，骂人，要追赶，这都是经常发生的。林场的人常为一些微不足道的事情翻脸，如临大敌地追捕我们。我们就在林子中窜与藏。他们大了，心眼多，可是跑得慢，手脚笨。其实我们不过是摘了他们几条黄瓜、爬树折断了枝丫之类。他们动此干戈多不值得。现在想一想，可能是他们太孤单无趣了，就半真半假地纠缠我们。

还有果园工人。这些人与我们好的时候特别可亲。好的季节是冬天和春天。那时他们修土埂、浇水和剪枝，在鲜花中劳动，人也和蔼。他们开我们的玩笑，互赠食物，与各位家长来往时笑脸相迎。但果子大了熟了就不行了，那时他们声气变粗，因为我们要想法弄一些果子。现在回想，人在小时候对樱桃、李子和苹果的思念真是不可思议。一定要偷，要摘。吃果子的欲望盖过一切。人的生命在那个阶段可以概括为“果子时代”。

也就是那种欲望使我们与果园工人关系紧张。他们提防我们，用对付敌人的办法来整治我们。比如埋伏、设绊子，一旦抓到就不依不饶。我们顺着紫穗槐灌木往前爬，爬到果园来一次偷袭。而他们也常常趴在紫穗槐下守株待兔。那是恐怖难忘的季节。

许多人在我们长大之后，在庄重的场合相互见面了，一想起往昔的对峙，个个不无尴尬。

穿过林子和草地去海上。海的春冬秋夏各有不同，很难说哪个最好。有人特别歌颂夏天的海，一提到海就是“畅游”。这是不能深入了解海的缘故。真正的吸引分在四季。冬海的颜色，浪涌推上的螺、鱼，一些木板、小瓶、杂物，就远非其他季节可比。还有，冬海里没有多少船，海边最静，只有看渔铺的三五个老人。他们脾气怪，有新鲜大鱼，还教我们抽烟喝酒。如果要了解大人的故事，就得去找看渔铺的老人。他们健谈，乱说，没有禁忌。冬天的大鱼有逼人的鲜气，一锅鱼汤的美味从此不忘。冬鱼油旺，白水煮鱼只放一点姜和醋，有时还洒几滴酒。老人让我们回家偷酒，我们偷了。记得我们当中就有四个是他们教会了抽烟的，家里人发现了也并不严厉制止，只说：“抽吗？早了些。”

夏天进海游泳的欢乐说了又说，是因为我们见到和经历的非他人可比。有一个叫“老黑”的人，能手擎裤子游到深海，来去自由。有一次他与人打赌，说要游到水雾蒙蒙的一个岛子上。他真的游去又游回。而今这一段水路通客船了，船跑一个单程要半个小时。

海上不穿裤子的人多，他们自然地来往。劳动中的裸体好看。

我们从小习惯了这样的裸体，懂得了人体美。我们同时注意到，买鱼的或来海边游玩的女人并不憎恶和好奇，她们安详平静的目光在裸男身上划过，让人觉得成熟和从容。这一点经历，能够让我们在后来的社会风俗变异中安然处之，让我们较为坚强和正常地面对各种思潮，包括社会体制的变革。

我们还亲眼看到一个人赤身裸体在海里逮一个大海蜇。它的彩色飘带缠到了他身上，使其疾喊无声，最后遍体烙伤，疼得死去活来，躺在沙滩上滚动。

海上老大的嗓门最豪，他是我一生中所见到的最能粗吼的人。这人后脖子上有一块厚肉墩，一在沙地上跑和喊，那肉就不停地颤。我们无论是在光亮逼人的白昼，还是在一排排火把下，都过分留意了他那个大肉墩。我们甚至觉得它是海上老大的必然徽章。他长得粗眉大眼，五十多岁，据说二十年前曾浪迹天涯，并为许多女人所宝爱。

受人护佑和珍惜的大狗在人群中伫立、游走。它们有人一样的神情，挺胸昂首去看汹涌的海。它们见了打招呼的人就点点头，活动一下双脚，又重新观察大海。不少人提到了欢蹦的狗和顽皮的狗，当然，那是它们幼小的时候。投入成人生活的大狗神情很像人，并且不苟言笑。

我们养了几次狗，为它们自豪和痛苦。它们一生的主要事迹可以写成一本大书。它们个个温情和机智，见义勇为。它们的结局都与动荡的社会有关。在急剧躁动的岁月，人都变得疯狂了，所以它们就成为牺牲品。这样的悲剧是人类社会悲剧的缩影。这使我们在后来的悲剧——发生的和必将发生的悲剧中，能够有所提防、有所预感和有所认识。

大黄狗，棕色和栗色的狗，大花狗，都是品质优异的狗。它们在进入人类生活之前仿佛先自选择了一次，因为我不记得特别坏和特别让人厌恶的狗。它们陪伴了童年，并让人长思不绝。

雪 路

当我自认为可以独立生活也必须独立生活的时候，就告别了海边，一个人去了南部山区。在大山里过了几年，又缘山地向更南、向东和西游走。我看到了过去不曾见过的山脉和都市，水陆码头，各色人等。它们和他们与我相逢，想起来真像是一闪而过，仅为一瞬。可是细细剖开，这里有多少难忘的旧事。这些故事堆积出一段生命。

我不能说那是一段风雨苦程，而只想说欢悦多于愁苦。山川人事都保护了我支持了我，让我健步前行。山乡大婶、林野姊妹、码头老哥，包括身上有许多缺憾的人，都留给我珍贵难舍的礼物。我在他们灶前喝下了米粥，至今却未能偿还一把小米；他们赠给我最好的烟叶，我今天却要小心翼翼地戒烟。辛辣的烟味能勾起昨天：火炕，纳鞋底的哧哧声，船上人噗噗啦啦的胶雨衣。

在走走停停的间隙，我曾进入过一个工厂。厂房建在山坡上，坡地只有两亩大小，傍河。河水一年四季流动，哗哗不息。我上夜班每晚要涉水而过，登上一级级梯路。一抬头就是皓月，是山的剪影，空中繁星。工厂里传来一个人的歌声，那是用当地土语唱出的，又闷又粗，有时又出奇地尖亮。唱歌的青年奇瘦，长了水蛇腰，斜眼，人却无比善良。工厂中有许多女孩，他个个都爱，但她们都不爱他。于是，他在特异的心情下，在月夜，总是唱歌。

我有许久都与他同做一个夜班。在我后来离开时，他号啕大哭了一场。为分别而大哭，真哭，我到现在仅仅有此一遇。他当时总是把最苦的活儿抢在手上，固执地让我讲故事，不过我还是有了两手老茧。有一次在工作中，不小心把硫酸溅到了衣服上，他就大喊："快往河里跑！"我跑到河里，把衣服扔进水流。结果这件衣服还是给烧出了洞。

在最艰难的日子里，厂领导想方设法开拓生产。原料供应成了问题。附近小村里有一个不幸的人，他过去曾在一个大城市当过局长，只因生活作风问题严重而削职为民。厂领导想利用他原来的关系，请他替工厂出一次差。要有人和他一起结伴，因为全厂工人中只有我一个人戴了手表，于是就和那个人一起上路了。

这是多好的事儿，只可惜旅伴欠佳。

一个大雪天，我们俩提着一个黑包在山乡车站等车。削职局长已有五十多岁，瘦小非常，很矮，面色灰白。他对我用力地笑，背着手，围了一个大围巾。我极力想从他身上找出昨日痕迹。不过他的确落魄了，手粗鞋破，胡子黑浓。由于没有一把好一点的剃须刀，胡子总也刮不净。他说："我是有关系的，能把我留在厂里就好了。"我明白，但我想这是不可能的。

厂领导临行前对我说："路上注意些，'江山易改，禀性难移'啊！"人们都知道这个人在战争年代立过功，也就做了大官；又因为他的生活作风特别坏，也就变成了农民。我们只带了很少的路费，所以一路上只能住最差的旅社，吃很粗的饭。除了到外面接洽工作，剩下的时间就在大街上溜，在房间里待着。他非常能喝酒，每顿饭都要喝一碗，当然都是极便宜的散装酒。一喝了酒他就慨叹不息："我当时怎么能有那样的'爱好'啊！我怎么能'爱好'这个啊！在这方面，你们年青一代可千万不要学我啊……落到了这步田地，真倒霉啊！不过话又说回来了，'路线是个纲'啊！是吧？是吧？！"

他讲战争，讲到悲壮处就流泪。他说解放这个大城市时，他左臂受了重伤，还是活捉了一个敌军少尉。"武松单臂擒方腊啊！"他的嘴张成了一个黑色巨洞，对我缓缓摇动；后来复又慨叹："我怎么能有那样的'爱好'啊！这个'爱好'……"我惊异于他把那种事叫成了"爱好"。但我只是看看手表，并未反驳。

我发现这座城市的人真有认识他的，而且仍叫他"局长"。

我们身上没有钱，为了节省路费，从乙地到甲地都是步行。北风呼啸中，他走在前边。一个大围巾包着很小的头颅，让我感动。在大风中说话是吃力的，但由于他一路上兴致很高，所以总是说个不停。说到我们厂，他把它说成了天下最好的地方："那里有一个多么通情达理的领导；他的工作方法多少有点像我！"还说工厂里有那么多好姑娘，"个个都……"说着歪头看看我，"小伙子好好干吧，多有前途啊！"

一连半个月的跋涉，要做的事情多半做成了。可是实在太累了，我们一直在风雪中辗转，最后总算要踏上归途了。可是直到上车时才发现：买车票的钱不足了。他只好出面到以前的"下属"那儿借了一点，可能因为羞涩吧，借来的钱只够一半路程。"另一半怎么办？"他一对小眼睛盯了我一会儿，咂咂嘴："走吧。"

在大雪中走一二百里？而且这一路我们俩的脚早就磨起了泡。看看这个瘦小到不能再瘦小的人，我恨死了他。我想：走吧，你累不死，我就累不死。

结果我们下车后的一百六十里风雪旅程，硬是一步步走下来的。快回到出发地了，一看到山影河流、工厂的烟囱，泪水一下出来了。我一步都迈不动了，坐在河边雪地再不起来。"局长"拉我，说这已经是"胜利了"！我真想骂他一句。一路上我没有搭理他。可是他说回去后，要我在领导面前多多"美言"，又一次重复那个美梦："我要能留在厂里就好了……"

我们这一次出差给危急中的工厂打了一针强心剂。所有人都赞扬我和“局长”。领导问起这人一路的表现，我说：“很好！”“怎么好？”“能吃苦！”

真是多灾多难。就在这一年春天，刚刚转醒的工厂突然失了一把火。记得那天我正转早班，半夜被火光和呐喊声惊醒。不知是怎么跑到了烟气腾腾的河边，那儿早聚集了全部工人和附近小村的人。当一半厂房快要塌了时，里面的东西还没有抢出来。厂长绝望了，他阻止人们进去。可只有一个人不顾一切往里闯，一次又一次拖出烧焦的东西。厂长大喊大叫，他就是不听。有人说：“天哪，他干野了，什么也听不见了。”正说着屋顶塌下一块炭火，那人一下子被扑倒在地。人们号着把他扒出，往身上泼水……他探出烧伤的头颅说了一句：“多可惜啊！”说完又垂下了头。

我这才发现，他就是那个小村的“局长”……

大火烧过第二年我离开了那个工厂。沿着山脉往东，去寻找新的生活。

离开前想起了一个人。我去看他，门锁着。最后在一块山地上看到了他：正拖着烧残的一条腿做活。他见了我，立刻昂起特别小的头颅笑了……

那些日子里，我一个人踏遍多少山路。常常想起的旅伴就是那个落魄“局长”。一个人走风雪之路，没有人在旁边，真是太苦了。这一年春节，我突然想起海边的家、那儿的母亲。

可是到处被大雪覆盖，山岭和沟谷一片朦胧。我恨不得立刻奔到海边，心上阵阵急切。从南到北没有交通车，而且即便绕路，大雪已经迫使客车停止了运营。正在这时，我又想起了那次旅行，想起了那个人的话：“走吧。”

我踏着大雪，深一脚浅一脚向北，去翻一座座山。我一定要回去，一定。我知道只要一步一步走下去，就会抵达。

小城风雨

近十余年来我大部分时间生活在东部小城。这里，世纪末的喧嚣一点也不少。我在这里度过自己的白昼和夜晚。散散的小城，远远的小城，郊外有荒草的小城，追赶都市的小城。我抚摸它，如同抚摸我的血肉之躯。

世界太大了，我只能注视这座小城。十年间有多少变化，我一直在目睹一座城市的“蝉蜕”。“风雨十年路，小城可吟诗”。这里的朋友个个爱笑，用笑声送走忧愁。我们去葡萄园，去海边，去一切让人追忆往昔的地方。昨天的林海已萎缩成一条防风林带，热闹的海岸已没有了渔人，代之以泳场和水上乐园；更大的海域则被黄色排污水浸漫。我们在这儿悼念消亡，同时也企盼新生。

来自几所大学的毕业生回到小城，兴致勃勃又难免沮丧。我们结成挚友。工作之余去郊外，一口气走上十几里，天天如此，即便是下大雨雪，也不例外。有好几次在阴天走出，半路又被突降的暴雨赶回，浑身湿透，风雨掩去了呼叫。那个时刻，灰暗的水雾，起着水泡的田野，被风雨打得歪斜的稼禾，还有凄唱的树木，都让人心动。这是何地？呼啸的世界为何如此寂寥？神秘的力量左右了四周，在它面前，世俗退让得无影无踪……

一次，四个人一起去郊外，因为出门时天色不好，但料定不会在短时间降雨，所以只象征性地带了一把小雨伞。其中的一个朋友怀中还有一本书，有顺路捎来的几盘音乐磁带。想不到走出十里左右，大风突起，电闪雷鸣，四野马上飞起了急急躲藏的鸟雀。大家相互看看，说一声“来了”，弓腰寻找避雨之地。其实一片原野只有蜿蜒的土路，连个草铺土屋都没有，只好大步往回跑，只跑了几步就明白来不及了。雷鸣就在头顶，大风愈加猛烈。雨来了，不是雨鞭，而是成吨倾下，击在身上。我们喊叫着蹲下，四个人挤抱一起，把唯一的小伞扯紧。最中间的人藏好他的宝贝，我们再紧紧围裹。大雨在伞上嘭嘭响、隆隆响，水流马上成河，从膝下涌过。四个人用大笑回应这突如其来的、罕见的暴雨……

漆黑一片的田野，我们倾听叩击大地的脚步。不知度过了多少这样的夜晚，一起在渠畔树林驻足，遥望远城。无声无息的夜，感受和谛听的夜，如此美好……

在秋夏农忙季节，我们中的大多数要去郊外农村流汗。一身汗湿的衣服来不及换洗，白色的汗碱干成一圈圈图案。每个人的头发都扑满了灰尘，乱成一团，双目却灼灼发亮。鞋中是土，没法穿袜子。手磨糙了，五指不能持笔。从这个季节出来，人全变了，变得陌生可爱，直爽通达。说到文事，说到城里掌故，让人觉得是很遥远的、另一个世界的事了。

去海岛打鱼。只有海岛才有真正的渔民，近处的海不行了。岛上朋友用酒和鱼招待我们，我们一起干活。坐船，种“水地”、撒网，晕船就呕吐，一口气吐出几十年的淤积。一个月下来，回城时带走了十几盘拉鱼号子录音，还有海上传奇，都是原汁原味的。

据考证，小城历史上出过一个古怪人物，叫徐市。他以为秦始皇采长生不老药为名，带三千童男童女东渡日本。关于他的传说遍布城乡，《史记》上也有明确记载。搜集这些资料，考察古人行迹，成了我和朋友的大事，以至于兴味盎然十余年。我们想找一个徐市出生地，找了个叫“徐家庄”的小村；想找一套完整的徐氏家谱，结果发现一卷又一卷。徐市传说、研究文论，搞起了几百万字。我们终于领悟，与徐市相关的是整整一个时代：秦王统一中国的时代，焚书坑儒的时代，大变迁的时代，各种力量交织一起的时代……徐市的故事可不单纯。我们走近了徐市，就是从粗枝大叶的历史观中走出。我们真的受益不浅。什么时候接近过如此多的隐秘？什么时候抓起了这么多的“民俗”？什么时候又沉浸于这般深的史海？我们在小城荒郊挖掘、考古、鹦鹉学舌，直到皱纹爬上脸颊。

后来我们参与盖了一座徐市祠，塑了一尊高大的徐市石像。动手的艺术家都是海内一流人物，而且个个敬仰徐市。

正史记载的徐市与道家一脉，称为“方士”。可是我们都知道这是徐市的骗人之方。他是个心气高远的人物，大隐隐于市而已。远渡重洋，远抵日本，建国立城者，岂止于一介“方士”？“平原广泽，止王不来”，我去日本时脑际一直回响着《史记》上的这句话。在狭窄的日本国土上寻找美丽不难，“平原广泽”呢？我看到了徐市传说最盛、遗迹处处的佐贺，双眼立刻一亮。这就是一片“平原广泽”。

日本的文化，无论如何与中国文化，与我所置身的小城如出一辙。一切的风俗之中，相似相通何止十之七八。食生鱼、炕上盘腿吃饭、古服饰……更不用说文字与建筑。小城的徐市，我们就这样相逢于这个世纪末了。

我的一个朋友从遥遥西部来到小城定居，极善诗文。他写了许多“徐市诗”。深夜郊外听他吟诗不息，必有激动生出。而且我耳听弦外，听到了另一种鸣响。

朋友中有个诗人，这在物欲大盛之年当是幸事。多少次不记得了，在风雨之中，在乐观赶走悲观的时刻，我的朋友高声吟哦。我们则一声不吭。大家都知道：他在用大声压抑风雨之声……

1998年3月4日

父女对话

女儿：十六岁，高一，顽皮而现代。

父亲：四十七岁，档案馆员，冷静而热情。

母亲要在国外进修两年，父亲自觉一个人带女儿不易，责任重大。

一

女儿：老爸，你自己吃吧，我得……

父亲：不行，你坐下。你得好好吃饭。你坐下。

女儿：哎呀，烦死人了。你什么也不知道！

父亲：我什么都知道。你是奔着电视去的。总有一天我得把这电视砸了。

女儿：烦死了烦死了。你什么都不知道！

父亲：那你能不能告诉我？你急着干什么？你胡乱吃几口就……你已经多次这样了。

这样身体很快会糟的……

女儿：我不听我不听，你啰唆什么！

父亲：你坐下！你给我说说，你为什么这么急？越来越急，连饭也不能好好吃，你到底怎么了……

女儿：你还有完没完？真是烦死了……

父亲：天哪，我早晚得把电视砸了。真的，我得把它砸了。

女儿：砸吧。砸了再买，再说电视哪儿都有！

父亲：我得把电视砸了。我真得把它砸了……

二

父亲：孩子，今夜月亮多好！你妈妈她……想妈妈吧？

女儿：不想。

父亲：不，你故意这样说。

女儿：真的不想。想什么，她在大鼻子那儿过得肯定比我们好。

父亲：未必。外国也不是哪里都好……她现在一定在想我们。

女儿：你得了吧。外国多棒。你什么也不懂，不给你说了。

父亲：孩子，我们这会儿——这个夜晚多好——我们能不能好好说一会儿话？

女儿：什么“夜晚多好”啊……你不是说要抓紧时间学习吗？说话，你什么都不懂。好吧，说就说吧！

父亲：我不懂，不过你说的“外国”指哪一国？外国还要分三个世界呢……我也去过一些国家。

女儿：那也没用。反正外国比我们好。

父亲：我们暂时不争了。孩子，咱们已经好久没有好好说说话了，真该好好谈一谈了。我昨晚上做了一个梦，梦见我们俩坐在桌子旁，对，就是这张桌子……我们谈啊谈啊，谈得非常开心……

女儿：可笑。

父亲：我们在探讨许多问题，你问，我答；当然有时候反过来……

女儿：可笑。

父亲：孩子！别这样——请别这样！你这样会让我难过。我真难过。你是我的孩子啊，我们为什么、到底从什么时候起不能谈话了呢？你能告诉我吗？

女儿：看你这个啰唆！你要谈什么就谈吧，不过我还有要紧事儿呢。你谈吧，快谈啊——你怎么还不快谈啊！

父亲：我……已经……我在想那个梦……

女儿：你说烦不烦死人！你不谈我就走了。

父亲：……走吧！看来我们只有在梦中才能好好交谈了。

走吧，快走吧！

女儿：可笑。

三

父亲：好孩子，看样子你今天很高兴——能跟爸爸说说学校里的事儿吗？

女儿：……我们班多半都去了，嘿，那个挤。说起来你也不信，连大个子男同学都没签上呢，我偏让四号签了。当时没带纸，就让他签在我的衬衣上——你看！

父亲：什么四号？这是几个什么字？

女儿：天哪！你是装傻还是真傻？全城都疯了，你还问我谁是四号——你是四号，那个小帅哥，行了吧！

父亲：我真的不知道。

女儿：……那些人根本不是对手。当然了，他们主要是堵四号。我们喊得嗓子都哑了，我们一起喊：傻 ×！傻 ×！真的，这年头到处都有傻 ×！嘿，你不是天天缠着要谈话吗？你怎么不说了？一声不吭，好玩……

父亲：我明白了。你是说那个把长头发染成红色的足球运动员。

女儿：那些傻 × 还想堵他……

父亲：你怎么能说这样的脏话？你知道自己是个女孩吗？

女儿：满场都这样喊，我怎么了？

父亲：那我倒要问问，满场都是一些什么人！

女儿：不跟你争了，你什么都不懂……今晚嘛，我先好好洗个澡，然后写一篇赛场分析——上一篇在晚报上发表了，你看了吧？哇——酷死了！

四

父亲：孩子，我想和你好好谈谈了。我觉得再也能这样下去——你的班主任说了，她说你的功课越来越差……

女儿：什么？她跟你胡嚼什么了？你信她的？

父亲：其实她不说我也知道。你这样怎么会学好功课——你耽误的时间太多了，深夜两点以前没睡过……

女儿：你知道我有多少作业吗？

父亲：知道。可是你还搜集了那么多歌星影星的图片和歌带，这要浪费多少时间。

女儿：图片、歌带，哼，我还是全班最少的呢！有些是我借同学的，还要给人家——摊上你这样的家长真倒霉！

父亲：你说什么？

女儿：有些图片找不到了，肯定是你偷走了——你偷了没有？我还没问你呢！

父亲：你怎么能这样想爸爸？

女儿：家里只有我们两个人，你说我的东西哪去了？

父亲：我的孩子，你真让我难过……

女儿：我更难过！我丢了东西。

父亲：我的孩子！我真难过……

女儿：你这样说也没用。再这样我就要打 110——我真的会打！

五

女儿：怎么老爸，昨晚又做梦了吗？

父亲：真的做了——我睡眠不好。

女儿：又梦见我们在桌边坐着——在好好谈话？

父亲：孩子……

女儿：真可笑。

父亲：我不希望你叫我“老爸”。爸爸就是爸爸，我们这儿就是这样叫法。你是跟电视上学的——我不喜欢你这样油腔滑调。

女儿：我喜欢。你不高兴就别应声好了——我们以后干脆别说话好了。我就烦听你唠叨。

父亲：还有“哇”“酷”“帅哥”——我都不喜欢。我不喜欢自己的孩子去学这样的腔调。这不是我们的话。这是港台电视剧上的。你学他们学得太快了。

女儿：你凭什么让别人像你一样？我就是我！

父亲：太对了——你应该是你！你是我的孩子，我更知道你。许多人都足球足球，歌星歌星，追着签字，你就学会了。你怕落在时髦后面。去年你还染了黄头发，是老师逼着你改过来的。这都不像我原来的孩子……

女儿：原来，原来我还吃奶呢！你就别说这个了！

父亲：是啊，你吃奶的样子还在眼前呢，可是一转眼就“哇”“酷”，就写起了“赛场分析”——我不知道一个十几岁的女孩子能把一场足球赛分析得头头是道，做父亲的该脸红还是该自豪。我不知道。我只知道处在这种两难状态下的父亲很多。他们都很尴尬。

女儿：摊上你这样的父亲才尴尬呢！我现在一句话都不想跟你说——你听明白了！

六

父亲：你吃了饭再走。不就是一场球赛吗？

女儿：你别管了——这不关你的事儿。你不是烦足球吗？

父亲：你知道我爱好体育。我一直参加运动会——从初中一直到现在。我烦的是你们的足球。

女儿：那你就更不要管了。

父亲：听着，今天不要让那个四号签字了。他已经因为流氓滋事被警察传过几次了。

女儿：嘻嘻，这你管不着。

父亲：我要管！因为你是我的女儿，你好好听着！

女儿：你凶什么？关你什么事了？

父亲：那你今天最好别去了。我真的不放心了……

女儿：没门！你一边去吧！

父亲：你给我站住！

女儿：你凭什么？你真烦人！你滚一边去！

父亲：我今天就要你待在家里！

女儿：那我今天死定了！

父亲：你死不了——你待在家里，我不让你去那个一块儿喊下流话的地方！

女儿：天哪——天哪——你关了门，你不知道球赛开始了——天哪天哪——我的妈呀——天哪！我的妈呀——

父亲：哭吧，喊吧。我今天让你待在家里。

女儿：我要去，老爸——不，爸爸，你让我去吧，回来我们好好谈话——这样不行吗？

父亲：……

女儿：爸爸，答应我！

父亲：……

女儿：爸爸！

父亲：……你先坐下。我答应你——不过你要先听我说几句、说完。

女儿：可是你要快。

父亲：我的孩子！我一直不明白的是，我们还是不是爸爸和女儿。我们现在几乎不能真正地谈一次——我们已经没法谈话。有人听了可能不信，但在我们家这是千真万确的事实，爸爸和女儿不能交谈了……这是从什么时候开始发生的？我晚上睡不着，一直想这个，想得头疼。我就是想不出……

女儿：爸爸，求求你了，你快点说呀……

父亲：……你长成了现在这个样子，让我有点害怕了。真的孩子，我害怕了。我想得头疼，我在想因为你，我自己该负什么责任、定什么罪。

女儿：定罪？

父亲：是的。我觉得自己犯了罪，可又找不到定罪的根据——因为我已尽了全力。我多次给你讲爷爷、外祖母——他们许多人的故事；还有，只要有可能，我就领你回原籍，还有你爷爷冤案劳改、最后死去的地方……你走过了多少村子，那里穷得多可怕，那里的人多可怜！可你只说那里脏死了——你连一点怜悯都没有，一离开那里全忘了……

女儿：怜悯有什么用？

父亲：先不说有什么用。我是说你会不会像人那样去——怜悯……

女儿：这又怎么了？

父亲：你听着，我，还有你的叔叔，许多人，在那些年头里没法活下去；你的叔叔自杀过，又被抢救过来……我为什么要说这些？我的意思是，别的孩子可以长成你今天的样子，你不能，你不可以！你一定要是你自己，你没有权利长成别人的样子——大街上那些人的样子！

女儿：天哪！我怎么了啊，天哪，你还有完没完啊？都什么时候了啊！

父亲：晚了？是啊，太晚了……我在说什么？我在做白日梦！我知道，我已尽了全力。天哪，我真的无法给自己定罪……我知道，我知道现在一开门你就跑了；出了这道门，就是大风了——大街上的风……

女儿：你可算开了门！天哪——老爸拜拜——

父亲：我的……孩子！

女儿：拜——拜！

父亲：孩子！

……

1999年11月9日

我跋涉的莽野

一

我常常觉得，我是这样一个作家：一直在不停地为自己的出生地争取尊严和权利的人，一个这样的不自量力的人；同时又是一个一刻也离不开出生地支持的人，一个虚弱而胆怯的人。这样讲好像有些矛盾，但又是真实的。我至少具有了这样两种身份，这两种身份统一在我的身上，使我能够不断地走下去，并因此走上了一条多多少少有别于他人的道路。

我如果有机会为自己命名，那么我就想把自己称为一个“胆怯的勇士”。

我的出生地今天叫作“龙口”——好像日本也有这样一个名字；我上次去日本时听说过，但没有去过，也不知道它是怎样的地方，与我的龙口有怎样的区别。在过去，中国的秦始皇时代设立了一个郡县，叫黄县。这个县城今天还在，不过它所管辖的范围已经大大变小了，小到过去的十几分之一。龙口市的设置当时没有，只是隶属于黄县的一个小渔村。到了二十世纪三四十年代，才有了龙口市，与黄县并列。六十年代，龙口缩为黄县的一个镇。八十年代初，黄县开始称为龙口市，当然它已经包含了过去的“龙口”。

龙口市今天的主要辖区是一片海滩冲积平原，只有市区的南部是山地，西部和北部濒临大海。占土地面积百分之八十的是平原。在过去，只有中间部分是发达的，而南部的山区和近海平原不仅贫穷，而且荒凉。我这儿要说的是我的更具体的出生地，它就是渤海湾畔的一片莽野。当时这儿地广人稀，没有几个村庄，到处都是丛林。五十年代中期依靠国家的力量在丛林当中开垦了几个果园，但总体上看还是荒凉的。我出生时，我们家里人从市区西南部来到这片丛林野地也不过才七八年。当时只有我们一户人家住在林子里，穿过林子往东南走很远才能看到一个村子，它的名字很怪，叫“灯影”。

“灯影”在我童年的眼里差不多是人间的一座城郭。那里有过多的喧哗和热闹，这一切在当时的我看来简直有些吓人。而今天看它当年不过是一个非常简陋的小村，村民以林业农耕为主，多少捕一点鱼。

我们家到丛林里来本为了躲过兵荒马乱的年月，所以只搭了一座小茅屋。想不到我们就在这样一座小屋里一直住下去，并且不再挪动，我也出生了。我一睁眼就是这样的环境，到处是树，野兽，是荒野一片，大海，只很少看到人。我的父亲常年在外地，母亲去果园打工。我的大多数时间与外祖母在一起。满头白发的外祖母领着我在林子里，或者我一个人跑开，去林子的某个角落。我就这样长大，长到上学。

二

我们家躲进林子的时候带来了许多书。寂寞无人的环境加上书，可以想象，人就容易爱上文学这一类事情了。我大概从很小时候起就能写点什么，我写的主要内容是两方面的，一是内心的幻想，二是林中的万物。心中有万物，林子里也有万物。这些，完全不是林子外的同龄人所能理解和知道的。这成了我的特长，入学后，这一特长变得越来越明显了，也就飞快发展起来。简单点讲，这就是我的文学之路的开始。

随着年龄的增长，我接受的一个越来越大的刺激，就是人，特别是成群的人对我的刺激。许多的人一下出现在我的眼前我的世界里，不能不说是惊喜中又有些大惊慌。我从小形成的一个习惯，一个见解，这时候都受到了冲击。我习惯的是无人的寂静，是更天然的生活，是这种生活对我的要求。只有从学校回到林子里，才能恢复以前的生活和以前的经验，但这要等到假期。童年的经验是顽固而强大的，有时甚至是不可改变的。

这就决定了我一生里的许多时候都在别人的世界里，都在与我不习惯的世界相处。当然，我的苦恼的多少有别于过去的喜悦，也都缘此而生。

说起来让人不信，我记得直长到二十多岁，只要有人大声喊叫一句，我心上还是要产生突然的、条件反射般的惶恐。直到现在，我在人多的地方待久了，还常常头疼欲裂。后来我慢慢克服，努力到现在。但是说到底内心里的东西是无法克服的。我得说，在反抗这种恐惧的同时，我越来越怀念出生地的一切。我大概也在这怀念中多多少少夸大了故地之美。那里好像到处都变得可亲可爱了，再也没有了荒凉和寂寥之苦。那里的蘑菇和小兽都成了多么诱人的朋友，还有空旷的大海，一望无边的水，都成为我心中最好最完美的世界。

对比我的童年，我的成人世界是这样的不同。我对这个越来越吵闹的成人世界是反应强烈的。我当然不喜欢，不习惯，本能地要躲避和反抗。同时我也越来越明白一个简单的道理，就是这个世界的大部分、它的大多数时间，总是要充满了喧哗的。这是我们不得不接受的一个事实。问题是每个人接受的过程和方法都不一样。我在接受的同时也充满了幻想和反抗，我对付它的方法就是不断地靠想象返回自己的过去，进入我的那片莽野。我觉得四十多年了，自己一直在奔向自己的莽野。我在这片莽野上跋涉了这么久，并且还要继续跋涉下去。我大概永远不能够从这片莽野中脱身。

这样，我的写作大约就分成了两大部分。一部分直接就是对于记忆的那片天地的描绘和怀念，这里面有许多真诚的赞颂，更有许多欢乐。另一部分则是对欲望和喧闹的外部世界的质疑，这里面当然有迷茫，有痛苦，有深长的遗憾。我这当中有一个发现，就是拥挤的人群对于完美的生存会有致命的毁坏。他们作为个体有时是充满了建设的美好愿望的，但作为一个群体是必要走向毁坏的。我的这个悲观想法影响了我的表达，也影响了表达的色调和方法。

我觉得与人的交流和交往既是通向极大发现和惊喜的过程，也是引起最大沮丧的原因。人与人的交往奇累无比，许多时候是痛苦的、劳心劳神的。而与自然万物的交往则简单明了得多，容易得多。人在自然中的欣悦，简直是无以形容的。人离开了这种交往，就是陷于苦恼的开端。这儿我要举一些例子。如中国和东方的许多国家，其中的一大部分智者都出家了，当了和尚或者尼姑。他们那么聪慧，未必不知道人间的欢乐幸福，可是他们权衡之后，也仍然要放弃世俗生活。还有，西方的一些大智者，大文学家艺术家在闹市中过着一种波希米亚式的生活，也是对世俗生活的拒绝。其原理非常简单，就是说他们不是不爱人，而是被人人之间的烦琐悲伤折腾得实在是够了。

作为一个不自量力的人，我觉得身上有一种责任，就是向世人解说我所知道的故地的优越，它的不亚于任何一个地方的奥妙。一方面它是人类生活的榜样，是人类探索生活方式的重要补充，另一方面它也需要获得自身的尊严，需要来自外部的赞同和理解。奇怪的是我有时甚至觉得它的尊严的取得必要加上自己的一份努力才行。基于这样的理念，我没有过多地回避，相反我是更深刻地介入了当前的生活。我的一大批文字正是因此才充满了呼喊之尖利的。将眼前这个世界与我心目中即过去的海边世界作一比较就可以发现许多问题。大遗憾大觉悟，还有一些想法，也就产生了。我在很长一段时间认为两个不同的世界是可以互相交融的，后来才渐渐发现这只是一种妄想。我只能永远地属于原来，而后来的世界我是无法真正地进入的。就是说，对于这个热热闹闹的社会而言，我可能永远保持了外来人的感觉。

三

我一九七五年发表了第一首长诗，现在已经找不到了。我记得那是写一个复员的老红军在海边吹号的故事，是一首叙事长诗。海边要开垦荒地，要兴师动众，所以也就有了一个在工地上吹号的人——他把垦荒多多少少当成了打仗。这是怎样可怕的一场战斗，开垦的结果是大片丛林不见了，我过去的莽野不见了，各种植物动物不见了，代之以农田之类——后来就是沙漠化，干旱，是惨不忍睹的环境。我当时不懂得后果的严重性，还觉得好玩，对他的大铜号很着迷。

如果是现在，我当然是作不出这样的诗的。那时吹号的人在莽野上，他与它一起组成了一个童话。我喜爱这童话，不知道这童话背后隐含的可怕的东西。

大约就是从那一场开垦开始，我的那个真实的世界被破坏了。现在它已经不成样子，树木稀少，尘土飞扬，人比树多得多。还有，大多数楼房也比树高得多。海也变浑了。我们现代都市人都知道这意味着什么。我的母亲常对我回忆起往昔，回忆那时在莽林里迷路，还有拣不尽的蘑菇之类的事。她说，当时柳树林里的鸟儿太多了，它们每天夜里翅膀碰下的干树枝就是用不完的烧柴。其实这些我都记得一清二楚，母亲的叙说不过是加深了我的疼痛而已。我心痛我们的林子、我们蓝蓝的大海和洁白的沙滩。

这种痛，还有因痛而生的恨，是外地他乡的人无法理解的。想想看吧，一个人只有依靠幻想才能回到心爱的故地，这是多么悲伤。造成这悲伤的是纵横交织的一些人和事，好故事和坏故事。所谓的人事变迁，残酷与善良，动荡的岁月，就是这些组成了历史。我不得不写这样的历史，写这样的一些愉快和痛苦的故事。我不懈的写作是基于这样的情结的，它是关于维护一个人生来就有的一切的，那是幸福和美好的拥有。它是关于活着的理想，关于这个理想的强调。有人可能认为这又是许多人谈过的环境保护之类，当然，也包括了它。可惜还远远不止于它。我在谈人类生存的全部，谈人类追求完美的权利、执拗和本能，她的现在和将来。

也许美好的理想在我童年的眼中给放大了，但我心中的真实感受是不能被剥夺的。说来有些可笑，我神交日久的日本朋友，还有西方一些朋友，当他们提出到我的故事发生地龙口去看一下的时候，我常常要产生一种莫名的羞愧感。我甚至多少害怕他们看到现在的龙口。不是说它现在一无是处，绝不是；而是过去的最美好的一切全都没有了。那个近似于童话般的世界没有了。人类生活是充满了不少苦难的，没有童话的世界是非常难熬的。失去了童话的地方，这在我看来还有什么可看的，还有什么值得骄傲的？众所周知，日本是一个卡通（Cartoon）大国。卡通，即充满童话童趣。可见日本尚有许多人向往童话。

我强烈地、不屈不挠地维护着我的故地。

在我看来，整个世界都变成了一片莽野，它由于变得狼藉，就和现在的故地连成了一片，变得眉眼不分。而过去它们是分开的，它们有所不同，并且是极大的不同。我还相信，世界的每一个角落，最初都和我原来的故地差不了多少，也都是绿意盎然的。也就是说，更早更早，大地也是连成了一大片的；从某种意义上说，那时的人可以在大地上随意创造，随意行走，并且永远欣喜愉快。

四

不用说，我对于正在飞速发展的这个商业帝国是心怀恐惧的。说得更真实一点，是心怀仇视的。商业帝国的中心看来在西方，实际上在自私的人的内心——包括我们的内心。我之所以对前途不够乐观，是因为我们实在难以改变我们的内心。许多人，古往今来的许多人都尝试改变人的内心，结果难有效果。这说到底是人类悲观的最大根据。

东方国家的文化中有一种优雅的东西，那真是一种好东西。可惜，它在今天已被商业扩张主义给戕害了。优雅是人类与自然智慧相处的结果，是人获得真正自由的表现。而现在的商业扩张主义对自由的包装，是多么虚假和脆弱。人成了单纯的商品的经济的动物，还有什么自由可言？商业扩张主义会在一切领域培养出一大批粗野的人，并最终让这些人统治我们的生活，那时的人类将最后告别“知书达理”的文明社会。

如上所谈的一切，很容易让人想到文学，想到文学的作用。不能说只有文学才有反省和幻想的力量，但文学的确是商业扩张主义和物质主义的死敌。可见，文学家在今天不自觉地就成了浪漫的战士。而作为一个战士，我心中却装着莽野，一路踉踉跄跄地跋涉。但我自己并不觉得这有什么滑稽，就像我不觉得文学有什么滑稽一样。

在以金钱和性的欲望为中心的这个世界上，我们的生活真的变得越来越危险了。在谈论这种危险的时候，我发现最真诚的人，仍然还是那些文学家，是诗人。其实我们要求这个世界的并不多也不过分，在自然环境方面能像过去的黄县／龙口一样就行了，像那时候，我们还有个“灯影”。战乱，贫寒，这些不能要。可是战乱和贫寒并不是美好的自然环境带来的。相反，历史上的大多数战争，还有贫困，都是商业和物益的争夺造成的。

我不仅希望文学家，而是希望所有的人，都能对这个疯狂的物质世界有一种强烈的反应，都不要与之合作。到了这样的时候，世界才能慢慢走向良性发展。现在的人对商业扩张主义是很顺从的，并且积极投身其中。这等于是在玩火。

没有对于物质主义的自觉反抗，没有一种不合作精神，现代科技的加入就会使人类变得更加愚蠢和危险。没有清醒的人类，电脑和网络，克隆技术，基因和纳米技术，这一切现代科技就统统成了最坏最可怕的东西。今天的人类无权拥有这些高技术，因为他们的伦理高度不够。我们今后，还有过去，一直要为获得类似的权利而斗争，那就是走进诗意的人生，并有能力保持这诗意。

文学的意义说到这里已经非常之清楚了。

文学家是一些一往情深的挑剔者，他们很关注人们与这个物质世界的关系，也很难与这个世界融洽相处。

我如果能像一个外人一样遥视自己，会看到这样一个图像：一个人身负行囊，跋涉在一片无边的莽野之上。对我来说，这是一次真正的奔赴和寻找，往前看正没有个终了……

2000 年 11 月于日本一桥大学

八位作家待过的地方

我对他们这一类人很入迷。我不是说自己也属于这一类人，所以才有这样的癖好。我不敢界定自己是一位作家，特别是认真一点的时候，我不会说自己是一位作家。因为在我这里不是从职业的意义上谈论“作家”两个字的。而且我也不太希望别人从职业的角度去理解“作家”。

我对他们很入迷。只要到了一个地方，听说那里有他们生活的痕迹，就一定要去看一看。我想嗅一下那里的气息。因为那里总有一些隐藏、一些秘密，会被我看出来。这是我的一种能力。真的，我并没有觉得这样讲是在夸张什么。

每个生命都有一些不可思议之处。他们逝去了，但他们也留下了。生命是难以消失之物。生命的怪异也就在这里。没有人对生命的这种现象完全忽视。只不过有的人能够很确定地认知这一点，而有的人不能。一个生命在一个地方徘徊得久了，会将至关重要的什么留下来，并在长久的岁月中挥发不尽。这是肯定的。一处居所往往成为一个人的象征，因为它盛满了他的精神。这是需要感知的。

在他的居所里，无论是墙壁、窗户，他坐过的椅子、用过的一支笔、翻过的一本书，都会散射出他的原子。这是一种能量，它左右你击中你，让你察觉那个生命。他原来还留在这个世界上，观望当代生活，参与我们的岁月。

有一些强大的生命要最后离去，真的很难很难。

苏东坡之波

第一次接触这伟大的、浪漫的作家，是在胶东海边。一想起“苏东坡”三个字，就马上想到了那片天色，那片海浪，那种清冷的气氛。这就是我心中的苏东坡，关于他的感觉的全部。

过去的登州府所在地即今天的蓬莱城。城西北有个蓬莱阁，阁里有苏东坡那块有名的石碑。那块石碑上的字据说越写越自由，畅美的苏家书法就这样留在了高高的阁上，供人瞻仰，发出无尽的慨叹。苏东坡只在登州待了极短一段时间。这是因为当年朝廷黑暗，不断地对年迈的苏东坡任任免免，故意让其在上任的路上折腾。往往苏东坡刚到任还没有几天，新一道改任的圣诣又到了；更有甚者，苏东坡正走在赴任的路上，新的任命就在后面“飞马来报”了。这是催命。

故意不让一个杰出的人物安定，而且企盼他在百般折磨中早夭。人心之恶，古今皆然。

苏东坡尽管只在登州待了短短的一小段时间，传说中也还是为当地人民做了许多好事。站在阁上，凭海临风，想象他当年在这片大涌前的领悟。他的显赫与坎坷，大起大落，大概在古今文人当中也是十分罕见的了。对于世事的洞察力，他不亚于当时和后来的所有智者。一个敏锐的南方人，多情的南方人，一个怀才知遇的诗人，一个常常倒霉的天才——就是这样一个人，做梦也想不到被指派到了这个海角。当然他后来还谪居海南，那里离死神只有一步之遥；但他毕竟是个南方人，往南，在我眼里并没有什么稀奇。让我稍稍吃惊的是他这一次竟然来到了我的家门口。我的出生地离这里可太近了。

我长时间注视着这个神秘的伟人流连之地，试图寻到他的脚印。

我站在阁上，迎着北风，看着浪涌把海底的沙子荡起。这浪涌一代一代荡个不停，人生也只能这样注视它。人的感悟力原来是无边的有限。比如现在，一个人如此地怀念一个既陌生又熟悉的先人。

后来我又去了杭州。杭州与苏东坡的名字连得更紧。作家在这儿待的时间长得多了，所以作为也多。他在这儿整修了西湖，留下了举世闻名的“苏堤”。

我去杭州的时间是一个秋天，菊花正好的时节。记得那一天有些冷，和我同行的一位朋友不断地在身侧发出嗤嗤的声音，夸张地表达着挨冷的感觉。天要变了，天色已经不好，偌大一个西湖显出了灰暗阴沉的样子。风在隐隐加大，湖水已经在拍岸了。秋天的感觉非常强烈。

我又一次觉得苏东坡一生都是在这种秋冷里编织他的梦境。他是一个浪漫的人，一生无论怎样坎坷，都童心未泯，都要设法做一些梦。他至死都要追求完美。他这一生，从南方到京都，被贬，被宠，宦海沉浮，多少次死里逃生。可他仍像一个孩童那样纯洁无邪。

他也有幸，后来结识了一个叫“朝云”的女孩。

朝云好。朝云非常好。她小小年纪，却有能力理解博大的、命运多舛的诗人，理解顽皮的、以酒浇愁的诗人。她娇惯他如同娃娃，他厚待她如同小妹。他们相持相扶走完了一段奇妙的人生历程。

自从朝云死了之后，苏东坡就跌入了大不幸。命运对他一而再、再而三地击打，然而只有朝云之死，才是致命的一击。

水波噗噗，都是诉说。

歌德之勺

一九八七年，从北到南走了一趟德国。尽管是草草地走。

来的时候落脚波恩，走的时候去了法兰克福。那一天时间很充裕，我就和朋友在法兰克福大街上闲走。走着走着，突然想起了歌德。这儿不是与老诗人的名字连在一起的地方吗？这儿有他最重要的故居啊。

我和几个朋友立刻匆匆去寻。

这是一个奇特的人物。在文学的星云中，像他一样的文坛“恒星”大概不会太多。在中国，也只有屈原、李白等才能和他媲美。然而屈原与李白离现在太久，他们的神秘有一部分是时间赠予的。歌德却离我们近多了，从时间上看，他显得亲切易懂。

第一次读《少年维特之烦恼》，扳指计算着作家当时的年龄，感受一个少年的全部热烈。那时觉得如此饱满的情感只会来自一种写实，而不需要什么神奇的技巧。现在看这种理解有一多半是对的。一件伟大的艺术品，究竟需要多少技巧？不知道。我们只知道它会是一位伟大的艺术家写的，它只要源于那样的一颗心灵。心灵的性质重于一切。

今天终于以另一种方式接近了你。今天来到了从小觉得神秘的这位艺术家生活过的实实在在的空间。多么不可思议，多么幸福。我们可以用手抚摸一下诗人触摸的东西，小心翼翼。我们试图通过逝去的诗人遗留在器物中的神秘，去接通那颗伟大的灵魂。

歌德故居是一幢三层楼房，当然很宽敞，很气派，与想象中的差不多。书房，卧室，客厅，最后是厨房。我不知为什么，对这个宽大的厨房特别注意起来，在那个阔大的铁锅跟前站了许久。记得锅上垂了一个巨型排汽铁罩。所有炊事器具一律黝黑粗大，煎锅，铲子，特别是那把高悬在墙上的平底铜勺，简直把我吓了一跳。

我从来没见过这么大的一把炊勺。

这样的炊具有没有办法做出精致的菜肴，我不知道。但我可以想象出当年这里一定是高朋满座，常常让诗人有一场大欢乐大陶醉。可以想象酒酣耳热之时，那一场诗人的豪放。大厨房可以让十几个厨子同时运作，他们或烹或炸，或煎或炒，大铁勺碰得哐哐有声。

诗人的一颗心有多么纤细。我难以想象他需要这样的一间厨房。为什么，想不出。这样一间厨房足可以做一家大饭店的操作间，太大、太奇怪。

主要是勺子太大。

从厨房中走出，到二楼，又到三楼——那里主要是一些关于诗人的各种图片，它们悬了满墙。我没有看到心里去。我好像还在想着那把大铜勺。它是铜的，平底，勺柄极长。我就是弄不懂它是做什么用的……人的一生无非是“取一勺饮”，而对于像歌德这样的天才，其勺必大。

这样一想，似乎倒也明白了。

关于诗人的全部故事，我所知道的一些故事，都在这个时刻从脑际一一划过。回想他那两卷回忆录《诗与真》，还有他与那个年轻人的谈话录（爱克曼《歌德谈话录》），感受着一个长寿老人的全部丰厚。他在魏玛宫廷任过显赫的官职，一度迷过光学研究，七十多岁时还与一位少女热恋，激动得浑身灼热。长篇短篇戏剧样样皆精，一部《浮士德》写了几十年……是的，他像所有人一样，只是一个过客，只是“取一勺饮”。然而他的“勺子”真的比一般人大上十倍二十倍。

那天我坐在书房里，在一个非常精制的小桌前凝视。一排排漆布精装书，岁月已使其变得陈旧；它们有些褪色；为了保护书籍，一排书架一律加上了铁丝网。这些书既不允许触摸，也不允许拍照。但我忍不住心里的渴望，还是说服管理员拍了一张。

怎样评价歌德，有一段话我们是耳熟能详了。恩格斯曾这样说歌德的“两面性”：“在他心中经常进行着天才诗人和法兰克福市议员的谨慎的儿子、可敬的魏玛的枢密顾问之间的斗争；前者厌恶周围环境的鄙俗气，而后者却不得不对这种鄙俗气妥协，迁就。因此，歌德有时非常伟大，有时极为渺小；有时是叛逆的、爱嘲笑的、鄙视世界的天才，有时则是谨小慎微、事事知足、胸襟狭隘的庸人。”

在法兰克福的歌德之家，我们能够很具体地理解恩格斯的这段话吗？

我却更多地站在诗人钟情的那个少女素描像前。她的眼睛一直望过来，既专注又茫然，好像随时都要与人展开一场永无终了的诉说和辩解。

在他的故居中，徘徊于诗人的物品之间。突然，上个世纪的特异气息浓烈地涌来……

爱默生礼帽

爱默生在我们眼里够古旧的了。他是一位绅士，是在美国波士顿来来往往的大文人。由于他的作品离现在的潮流颇为遥远，所以人们一度把他视为很古典的作家。我们不太注意他的特立独行。他的确是美国的一位经典作家，那一茬一列几位，很让历史短浅的美利坚人自豪。他是当时“超验主义”的代表人物。至于什么是“超验主义”，现在讲起来已经颇费口舌了。

爱默生是一位极有名的演说家，常常去国外搞巡回演讲。那时的作家都是非常重视演讲的，他们的许多时间都花费在讲台上，花费在面对听众的这种方式上了。由于这样做的不是一位两位，所以我们必得考虑其中的原因。可能是视听技术没有像现在一样大面积普及，这样那些作家要将声音和形象直接送到大众面前，也只得以这种方式。再说当时的听众远比现在要多得多，他们的兴趣更容易集中，这就给了作家演讲的群众基础。

爱默生的一生基本上没有间断演讲，他的许多重要作品直接就是演讲稿。他常常举办“春季系列演讲”“冬季系列演讲”。

演讲而成“系列”，这在我们今天的作家看来大概是不可理解的。他的由于常常直接面对听众，而且又是个性情中人，所以免不了要得罪人。那时就有人坚决反对自己的孩子去听他演讲，并连续发动有力的抵制。但爱默生从不畏惧。这使我们想到，十九世纪的演讲者，不是或不完全是因为传播工具的不发达才大批涌现的。这也是时代风尚、个人勇气等诸种因素的综合结果。

无论如何，作家的品质在退化或改变。现代主义的一个重要特征，就是作家们更多地、纷纷地走向所谓的“自我”，同时写作活动越来越走向职业化。他们再不屑或不敢像上一茬作家那样直接面向广大读者。大声疾呼者越来越少了；并且，一个“岗位”论者可以把退却和各种怯懦行为说得冠冕堂皇。

爱默生有太多的话要对人说。他是个多么不愿隐藏自己观点的人。当然，他觉得自己有这样的责任。这大概不错。一个优秀的作家当然不能太职业化，他如果说有自己的“岗位”的话，那就是永远站在牢记自己的责任并始终要为这责任勇敢向前的“岗位”之上。非职业化的作家才是真正意义上的作家，才会融入精神的历史，他的思想才会织入时代的经纬之中。作家的最大行为就是写作，这样讲不错；可是一个作家的全部行为，他的一生，又会是一部大书：这样讲非但不错，而且还更为完整。

到了波士顿，立刻想到的就是爱默生。爱默生后来定居于一个美丽的小城，叫康科德。于是又去康科德。它离波士顿不远了。我很少见过有比康科德更漂亮的小城了，我相信像爱默生这样崇尚自然的人，才会毅然决然地定居在这样的静谧之地。

他的故居在小城西边一点，已经离那片有名的林子不远了。那片林子中有个极有名的湖，叫“瓦尔登”，湖边上曾有个怪人、作家、爱默生的朋友——梭罗。故居是一座带阁楼的两层小楼，白色。同样是白色的木栅门围起的小院里，绿草茵茵。等了许久，从中午直等到下午四点，才是开馆时间。

门口已经有了三四个人，后来又是十几个。有人从远远的加拿大赶来；当然更远的还是我，从东方，从孔子的那个省来到这儿。美国人大多都知道孔子。他们很自豪地介绍着他们的爱默生。

我注意到这座小楼在作家生前得到了多么好的利用。楼梯的拐角、其他一些角落，都放了一些书架。与以前看到的作家和其他人物的故居不同的是，爱默生的书虽然也是精装的，但都是小开本的。这与我前几天刚刚看到的美国铁路大王故居的藏书就形成了鲜明的对比。那些书一律大开本，豪华，彤光闪闪。

屋角有一个衣架，上面放了一顶小小的礼帽；在不远处，就是他的那根手杖了。仿佛主人刚刚从外面回来，摘下礼帽放下手杖，就上楼歇息去了。于是我踩着吱扭作响的楼梯往上。一张简朴的床，床旁仍旧是小小的书架。墙上有夫人的照片。他一生有两个夫人，第一个夫人叫爱伦，与他成婚后一年左右就病逝了，年仅十九岁。他第一次结婚时二十七岁。到了三十二岁，他才与一个叫莉迪亚的女子结婚。墙上悬挂了两个夫人的画像，一个端庄，一个美丽。

一种爱默生特有的气息阵阵袭来。我打了个冷战。四处寻找，不知这气息从何而来。我看着楼上沉默的床，后来又从另一侧的楼梯回到一楼。我一眼又看到了那个斜放在衣架顶端的礼帽。是的，是它在这儿重现一个栩栩如生的爱默生。

一八六六年他获得了哈佛大学荣誉博士学位。就是这一年，六十三岁的作家给儿子爱德华读了刚写成的一首诗（《终点》），其中写道：

“衰老的时刻来临了，/ 应该收帆减速……”

佐藤春夫馆

这位日本作家在中国虽然影响不大，但也算个知名人物。他最有名的书，那本晚年写成的《晶子曼陀罗》，我们一直看不到汉译本。他那些用梦幻般的笔触写成的短篇小说我们也看得不多。只有《田园的忧郁》和《都市的忧郁》，被收进一些散文选本中。

极少看到有一个人像他那么厌烦都市，像他那样感知着走向现代化前夕的都市之病。作家已经深中了都市之魅。他深刻地反省自己，在一个角落抒发着特异的情怀。

作为一个小说家、诗人和评论家，他一生的创作可谓丰富多彩。在如上三个领域，他都留下了自己的代表性作品，并产生了广泛的影响。

和歌山县的新宫市是他的出生地。而他的主要活动和生活的地方是东京。我于十月份到了东京，由于匆忙，竟没能到他的纪念馆去。为此，心中一直存有不少的遗憾。而在新宫市，我的这一心愿却得到了满足。到一个作家的出生地来看一看，这会是非常之重要的。新宫市十分看重自己的作家，不惜花费巨大代价，将作家在东京的一座楼房原样不差地移建到了他的出生地来。屋内一切面貌摆设，一切皆依作家生前的样子；就连房子周围的景致，也尽可能一丝不差地“完全照搬”。

佐藤春夫与今天的日本作家差异何等巨大。走进他的居所，立刻会感受到一种强烈的“上一茬人”的特有情调。这是一处故居，更是一处纪念馆；以我的感觉看，没有哪一个人物的故居比这儿更像一个“馆”的了。什么才是“馆”，这要具体地感受才回答得出。馆里的小桌、小椅子、小榻、小扇、小屏风、小画、小橱、小茶几，一律精细而规矩，圆润润油滋滋，一下就让人想起中国二十世纪二三十年代的一些文人居所；还让人想起城里老人的一些“公馆”。

在这儿喝茶最好。

我觉得作为一个居所，这楼房的光线好，透气通风的窗子设计也合理。只是楼梯太窄太陡了，主人一上年纪就有危险。馆里陈列的几幅照片中就有一幅主人站在陡陡的楼梯上。那是主人六十岁左右的样子。而我现在扶着楼梯上上下下都感到困难，脚下的吱呀声太大了。像许多老式日本建筑一样，它的板壁很薄，一律木结构，一碰咚咚，共鸣性很强。

与以前看到的西方作家居所不同，这儿透着一位东方老人的另一种情怀。比如西方一些作家的居所，给人更多的是一种舒适和随意感；这里则让人觉得闲适，多有情趣，是对生活的玩味，爽而不腻，清淡。住在这样的地方，穿和服好，穿西装不好；穿中式服装也好。我说过，喝茶更好。

佐藤喜欢抽烟，墙壁上挂的好几幅照片上，他都手持一根长烟嘴，上面插了一支香烟。

那一茬的日本作家汉文往往很好，书法也好。佐藤春夫的书法作品就悬在墙上；他的手稿镶在镜框里，也是毛笔竖写，所用的纸也是红条竹纸。他的砚和笔都放在一个显要的位置展出，在那儿静静的，散发着汉文化的气息。

佐藤六十八岁那年获得了政府的一枚文化勋章。老作家高兴地在自己的寓所前摄影留念。大勋章垂在胸前，衬着作家肃穆的面容。

四年之后，作家去世了。好像当时他正在自己居所里搞什么录音，突然就逝去了。

两年后，新宫市民会馆前面，建起了作家的一座“笔冢”。

艾略特之杯

美国有这样一个去处：它不算现代，没有当代都会最摩登的建筑，看上去好像也不那么令人眼花缭乱的奢华繁荣，但确是一个极有名堂的地方。它有故事，有传统，有自己独特的历史。这就是纽约西区的格林威治村。

一些老文人都在这里留下了他们的踪迹，这儿的一些著名街道上，至今还能隐隐听到他们脚步的回响。

比如说“费加罗咖啡馆”。这真是一个美国人怀旧的好去处。它的有名，主要是因为当年的一些艺术家经常光顾。最有名的是大诗人艾略特，他在这间咖啡馆品味、写诗或获取灵感，总是流连忘返。

艾略特的代表作《荒原》中出现过这样的句子：“喝咖啡，闲谈了一个小时。”他有多少时候是在这间咖啡馆里度过的？我们不得而知。当年一个大脑袋、梳理着非常整齐的分头的人坐在桌旁，使者走过来，面对这位老熟人微笑，为他端来一杯热腾腾的黑色饮料。他像是在这儿消磨并不太好消磨的时光，构思着他那奇妙的、不能预知的未来。

如今这间咖啡馆极力想挽留过去的时光，而拒绝走进二十世纪末。为了这个愿望，它已经用尽了办法。比如当年的旧报纸、图片，一张张都贴到了墙上；这里有非常多的老照片；当年墙上贴的老猫画，现在有增无减；当年使用的粗糙的老杯，现在依然在用。这是一种沉重的粗白瓷杯，样子极笨拙。这儿的咖啡又太浓，一般人都不加糖，所以成了真正的苦杯。

只有这种杯子才是正宗的艾略特之杯，我这样想。成功，极大的成功之前的杯子，都是这样的苦杯。这样的苦杯最耐品味。

不仅是杯子，就是桌子椅子，也都老旧。侍者穿了黑色圆领衫，朴素非常。他们都一律随和，微笑，看东方人的眼神让人觉得有趣。

整个格林威治村罩在夕阳温和的光线下，等着黄昏。这里的生活节奏仿佛突然变得缓慢了。在纽约，唯有这儿显得懒洋洋的。这就与纽约的百老汇、洛克菲勒中心、华尔街等地方形成了鲜明的对比。这儿没有什么高大逼人的建筑物，让人活得亲切、安适。在纽约，这样的地方就等于北京城里的“四合院区”了。看着街头的建筑，各种装饰，色调，即便是一个对此地毫无了解的人，也会有一种怀旧感从心头滋生出来。每个人怀的都是不同的旧，并不一定是格林威治村的往昔。比如艾略特，他当年走在这里的街道上，想的就是自己的心事。

这儿是老文人区，老艺术家流连之地，气氛特异，风俗不古。如今这儿有一些奇奇怪怪的角落，什么同性恋酒吧“查理叔叔”，著名的无政府主义者的定期聚会地，巨幅女性生殖器彩绘，所谓的前卫艺术；当然，这儿更有一些不错的画廊，有大大小小的书店，有东方才有的那种老古玩店。

这儿被称为“作家艺术家的圣地”。

圣地必有圣迹，费加罗咖啡馆算是一处。有人还会向你指指点点，讲述海明威、惠特曼、菲茨杰拉德……一串流光溢彩的名字。一个地方让一批，而不是一两位艺术家钟情，其中必有缘故。艺术家内心的向往在这里表达得多么清晰，这就是：他们可以远离奢华，但却不能没有为人的一份宁静、自由，以及蕴含了内在张力的那种创作的激情和欲望。

格林威治是一只满溢的杯，它盛了怀念、安怡、温情、激动，还有黄昏的光色。

梭罗木屋

多少人向我推荐梭罗的《瓦尔登湖》。几年前我看了。我得承认这是一本不会消失的书。不是因为它有什么惊心动魄的主题和思想，也不是耸人听闻的事件和故事，更不是令人沉迷炫目的才华。它的不可磨灭，是因为作者透过文字所表现出的那种怪倔异常的思路，那种执拗的不愿苟同性，那种认真而非矫情的实验精神。

他在林中生活了一年左右，而且那片林子离人烟稠密的康科德镇很近，在当年步行也不过三十分钟；现在步行大概二十分钟即可。据许多人回忆，那一阵的梭罗时不时地到爱默生家饱餐一顿，并在回去时带走大量食物。那里有一个美丽的湖泊，湖里有鱼，梭罗常常垂钓。

总之，在那里住一年两载不是想象的那么困难。瓦尔登湖边也绝非蛮荒老林。这些我在去瓦尔登之前就已经知道了一些，并有了如上的判断。我还不是那么容易就在书本面前冲动起来的人。我没有那么天真，天真到顺着梭罗的指示去想象，一路越想越远，最后感动得热泪盈眶。我有我的经历和经验，我知道什么才叫难和苦。我见过真正的苦难。瓦尔登湖边的苦太不算什么了。这是一个书生之苦，多少有点“为赋新词强说愁”的意味。

他的动人，在于精神。一个没有出路的大学生，一个被人嘲讽的年轻人，采取了近乎极端的方式，给眼前的文明世界来了一家伙。这需要勇气、勇敢，需要敢为人先的那么一种倔气和拗气。这才不容易。在一个文明世界敢于放弃，自我流放，敢于自愿地走向所谓的落魄，这绝没有什么好事在等着他。谁如果不信，就破罐子破摔地来一次试试。生命的实验不是闹着玩的，它形成的缺损，破洞，大多数时候不可修补。

梭罗一去不回头。不是不从林子中回头，他很快就返回了，而是他在已经选择的人生道路上再不回头了。从林中，从瓦尔登湖边回来的人，已经不能再像过去一样的做个好孩子了。结果他也从不打算去做。他因不纳税而遭逮捕，还在里面写了《论公民的不服从》，准备在放他的那一刻宣读，对抗他认为的坏政府。人的自由，包括对坏政府的不服从，在他看来是一个人的基本尊严。这儿值得注意的两个字有“公民”。“公民”长期以来被赋予了一种奇怪的逻辑，这就是“服从”，而且是无条件的“服从”。公民的真正权利是什么，包括哪一些，从梭罗的这篇文章可以了解。此文应该成为当代公民的必修读物。他的这篇文章现在已成经典。

其实一篇《论公民的不服从》，即可概括梭罗的全部精神。不服从，就是不服从，不服从既成的一切陈规旧习与偏见。人生需要许许多多的探索和实验，勇于投身进去的，就一定是真正的人，大写的人，堂堂正正的人。

梭罗去瓦尔登一场，其实不过是一次行动的宣言，这宣言不是写在纸上，而是写在大地上，写在了瓦尔登湖上。

人们都愿意用诗人式的偏激来原谅梭罗式的言行。这其实是一种对探索者的侮辱。原谅者摆出一副宽容的样子，只是不知道自己的平庸与恶劣。请听听梭罗在文章中是怎样说的吧：

> 现实地以一个公民的身份来说，我不像那些自称是无政府主义的人，我要求的不是立即取消政府，而是立即要有一个好一些的政府。
>
> 我认为，我们必须首先做人，其后才是臣民。
>
> 我有权承担的唯一任务，是不论何时都从事我认为是正义的事业。

说得多么好。我们是不是自问过，我们曾经要求过这样的权利吗？这种要求现在看是那么合情合理。

我来到了瓦尔登湖。

我不想夸张，而是实实在在地说，我极少看到过这么美丽的湖。它看上去既不过大又不过小，而是正好。在视野里，它正好。碧绿碧绿，无一丝污染，四周都是高山，山上被绿色全部覆盖。关于湖的大小、形状，以及它的水产和春夏秋冬四时的不同景致，它的一些基本情况，尽可以去看著名的《瓦尔登湖》，它把一切都记述得详而又详。

湖的南面就是那片有名的林子了，梭罗就在那里亲自动手盖了一幢小木屋。这座小屋吸引了多少人的注意，引出多少意趣，已经是人人皆知了。它必有其特别之处，这是肯定无疑的。当年梭罗费尽心思搭起的屋子早已坍塌。而且我还怀疑是被好事之人给拆毁了的。中国外国在这点上差不多，那就是都很愿意破坏了，而不太愿意建设。不过这个世界上的多情者，懂得事物价值者，也大有人在。所以后来林子里又建起了一幢小木屋，并且与当年的一丝不差。不仅如此，而且里面的陈设也一一依照原样。

现在与过去的不同处，除了人去屋空之外，再就是小屋前面添了一尊梭罗雕像。他在那儿伸着手，好像在继续向人们诉说倔犟的理由，不服从的理由。棕黑色的木屋和雕像，简朴得就像梭罗自己。从小窗上可以清楚地看到屋内的摆设：一床，一椅，一桌。这些都在他的书中写得明白。

这屋子太小了，屋里的设备也过于简单了。这是因为一切都服从了主人回归自然、一切从简的理念。他反复阐述道：一个人的生活其实所需甚少，而按照所需来向这个世界索取，不仅对我们置身的大自然有好处，而且对我们的心灵有最大的好处。一切的症结都出在人类自身的愚蠢和贪婪上。人的一切最美好的创造，无不来自简单和淳朴。

他的理念是美的，因为饱受现代病摧残的当代人，越来越明白过分地消耗资源所造成的不可挽回的恶果，明白我们自身与大自然和谐相处的重要性。

因此我得说，我在瓦尔登湖畔看到的小木屋，是人世间最美的建筑之一。它非常真实，就像梭罗那么真实。而我们知道，时下的世界上，有诸多东西都是谎言堆积起来的。

作为一个作家和诗人，梭罗并没有留下很多的创作；但是他却可以比那些写下了“皇皇巨著”的人更能够不朽。因为他整个的人都是一部作品，这才显其大，这才是不朽的根源。

一个用行动在大地上写诗的人，我们要评价他，也就必得展读大地。

他是一个如此放松的人，亲近自然，与周围的一切和善相处。他在当年出门时几乎从不锁门。他发现来光顾这间小屋的人也大致友好，他们既不破坏也不拿走这里的东西。他觉得一切既是大地所赐，那么他也就没有理由将这些东西据为己有。他把木屋向着世界开放。

而今我看到的却是一个锁闭的小屋。

他离我们远去了，于是后人就把他的小屋禁锢起来。

蒲松龄之道

我看过蒲松龄的画像，彩色的，坐在大圈椅子上，穿了官服，一绺胡须。他希望留下一个官的形象，尽管一辈子求官不得。据说他的代表作《聊斋志异》就是刺向官府的，寓意极多。求官不得，又发现官坏，就刺官。

他离我们很近，所以关于他的行迹考证起来并不难。山东一带是他生活的地方，所以去的地方也比较多。他还曾到南方短期生活过。崂山上，太清宫面南大殿，左边的厢房就被指定为蒲先生当年写书的地方。这个厢房阴气甚重，方砖铺地，小桌卷边，很有些特色。

我已经去了崂山许多次，每一次都小心地探头看那个小厢房。里面有浓烈的香味和烧纸味。这气味传达的是一种说不清的感觉，但非常熟悉。我并不觉得有多么浓烈的宗教气息；相反，一种世俗的、底层的感觉，一种迷信状态，总是在烟火里环绕着。真正的宗教并不完全依靠迷信支撑，相反，它总是由求知的主体来确立。宗教离开了科学与思辨，也就开始变质。

蒲松龄的书总由极多的矛盾所交织，并不像一些研究者说的那么简单和纯粹。他们说他是借说鬼道妖来刺贪刺腐。其实他的兴趣分散得多，思想也芜杂得多。比如对待官场，他的态度就有羡与嫉，有恨与鄙，更有些不可割舍的情结在。他是一个迷信的人；而迷信，与我们现在讲的“宿命感”又有不同。迷信是一种更简单的、更浅直的思维。总之，他是一个非常民间化、底层化，非常世俗化的文人。他是个文章高手，但又仅仅是个乡下秀才。他的境界还停留在乡间秀才的水平上，这又与他极高的文字技巧与修养不太相符。

其实这种现象古今皆同。当今文场也是这样的。不少人在走“大俗大雅”的文路。这样做不是深得文章之道的结果，而是囿于各种条件走不出自身屏障的缘故。这样的道路也只能“大俗”，并由此获得自身的生命力。但这样做到了极致，往往也只是第二流境界。因为这样做其实只是“民族唱法”与“通俗唱法”的混合物。而第一境界常常由“美声唱法”或“民族唱法”才能到达。因为手法本身也需要一种纯粹性。

蒲松龄之道，是松弛就便之道。

我从浓浓的烟火气中，真实地感到了这位说狐的高手。小桌冷清，冬天会格外艰苦。想一想这里的寒夜，烛光跳跃，老先生勉强握住一支毛笔，写出自娱的文字。一个失意的秀才如果没有自娱，简直就是要了他的命。

从崂山的写作厢房再回头看淄博故居。那里的陈设也像一个庙。那里面供的是蒲先生。

有这样的屋与人，才有那样的文字。这样的文字有别一种色彩。乡间隐秘都从他的笔底透露，各等传闻也都由他转述。他是一个民间故事的搜集者，也是一位整理者。他在记录和整理的时候并不那么忠实。因为他总顺着自己的心愿改写一二或大部。好在那些传说的精神仍然完好地保留了，这又构成了他的文章之魂。他的全部文字，其实正是以这样的民间魂魄来传世，来不灭。

中国民间喜欢迷信。如果想在民间畅通，一个文人就要装神弄鬼。蒲松龄的可贵处是他并不太装，而是真信鬼神。这又有了一份纯洁和简单。他的故事的魅力，自此也就滋生出来。这样，他既有了不平凡的一面，同时又有了民众喜欢的一面，二者得到了相当好的统一。

《崂山道士》一篇流传甚广，也是他的作品中较易诠释的一篇。故事生动，新鲜，而且发生在一个道教圣地，人们可以具体地指点言说，进一步地生动。还有一篇《香玉》，就是写太清宫的白牡丹和耐冬——它们变化的仙女。

我在崂山上看到了仙风道骨的人。他们就是道士。蓝衣，黑冠，白袜，裹腿。走路时双手轻甩，灵动生风，有些爽气。看着看着想起了蒲松龄笔下那个又荒唐又不走运的年轻道士，心中一笑。当年蒲翁真的在此写下了这个奇妙的传说吗？不敢轻信。不过他来过崂山，并多有流连，这大概是可以肯定的。

惠特曼的摇床

美国长岛出生了一位伟大的诗人，他就是写《草叶集》的惠特曼。以前觉得他非常遥远，远在天边。然而今天读他火热的诗章，随他一起歌唱“带电的肉体”，于感动之中又多了一份亲近。他是一个脉搏怦怦跳动的、远在天边近在眼前的人。他的一生最重要的创作叫作《草叶集》，他永远难忘的正是长岛的蓬蓬绿草。“骑马围绕旧地，/观察沉思停留，/五十年前的景象，/我的童年……在我诞生的房子，/在一片丰腴的草地中。”

多么渴望看一眼他所独有的那片“丰腴的草地”。

这一年十月，一个最好的季节，我来到了长岛。从纽约乘火车到长岛不到半天时间。这儿风景如画，是美国人，特别是纽约人最为向往之地。然而在当年，在惠特曼出生时节，亨廷顿小镇还到处是林密草深的野地，据记载当时不过是一条街，两排木房。他出生的屋子就在这样一个地方，在一片草地上。

这是一幢十分简朴的二层木楼，外墙皮披满了木板，已被时光之手漆成了棕黑色；这样的墙上几个乳白色的门窗，倒显得特别白亮出眼。楼的四周都是草，浓绿浓绿的草。

一推门进去就是一条窄窄的过道，过道一旁是厨房，一旁是一间稍大一点的客厅。这儿陈列了当年家里的日常用具，如切肉的刀，烤肉的架子。客厅连接着卧室，里面一个不大的壁炉，炉边就是一个触目的大床。这个大床上铺了蓝白相间的布幔，极像中国的蜡染布。床的四角立着木杆，支起了幔帐。诗人就诞生在这张大床上。而床的一边，又放了一个独木舟似的小床——摇篮床，极小极小。这就是他一两岁时使用的卧床，一个可爱的人生之舟。

谁在当年想得到，这个平凡的娃娃将由此启程，驶向整个的世界。

踩着吱吱响的木楼梯登上二楼。这儿主要是两间：一间出售他的书籍和纪念品，一间悬挂了许多诗人的照片。有一幅黑白放大照片我以前从未见过，是诗人头戴礼帽、留着雪白大胡子、进入庄重的老境的一帧。这张照片特别令人感动，我在照片前默视了十几分钟。一旁有放大的诗人的手迹，这就是有名的诗句：“船长，哦，船长 / 可怕的航程已经结束……”

当年林肯总统被刺，消息传到惠特曼家中，诗人立即写出了这首著名的诗篇。他在诗中称这位总统“脸极丑又极美丽”，说这位总统崛起于“木屋，林间的空地和树木”。这使我们想起诗人自己也是崛起在同一种地方。也正因为这种出身，这一类人才往往具有极强盛的生命力，这是其他人所无法比拟的。他们都是极普通的草叶，然而却永远不会消失。它们从天涯海角长到高山之巅，在天地之间燃烧。草，野性的草，织成无垠之海的草，在风中扬着波涌的草，永远都可以作为人民的象征。

而诗人从来都属于底层，是他们的一个不会屈服的、鸣叫的器官。

惠特曼曾在长岛当了一年左右的小学教师。有一幢红色的小房而今改成了私宅，它就是当时的小学校舍。从学校离开后，他又投身于报界，亲手创办了一份《长岛人报》。但这份报纸不过办了十个月，就被他出让了。他认为报纸的生命实在太短暂了，“报纸来得快，去得也快，生命和死亡几乎同时”。

这份报纸至今还在办着，并在上面印着创办人的头像，表达着它的非同一般的出身和渊源，也表达着后来人的永久的纪念。

办报结束后，他就只身一人去了纽约最繁华的曼哈顿。他在这个世界上最热闹的角落整整度过了十五个年头，据说至少在十家报纸做过，在印刷所当学徒，干过木匠，甚至做过房地产生意。这时候的诗人多半在为生计挣扎。他这一只航船在水面上徘徊，等待着一泻千里的机遇和时刻。

他从纽约曼哈顿出发，又去了布鲁伦。就在这儿，在朋友开设的一间印刷所里，他自己排字，印出了第一版《草叶集》。

我们仿佛看到诗人的小船正在起航，加速，船头顶起了微微的波浪。

然而这本书印出七年多了，诗人仍在为解决自己的生存问题而不停地劳碌。他一边补充这本心爱的书，不断地填进新的诗篇。接着第二版第三版出版了。它开始走向自己的完美。它的粗倔的声音响彻美国，英国，最后传遍了全世界。

我把长岛亨廷顿的草当成了绿色的海洋，我把诗人最初的摇床看作了一只航船。他从那里驶向四面八方，驶向我们。

北美洲的风雨日夜不停地冲洗着这间棕黑色的小屋。它默默不语。不，它在吟哦。

我们屏息静气倾听，听到了如海潮一般的呼啸。是的，这正是《草叶集》引来的咆哮，它已势不可当。

1998年4月10日

筑万松浦记

我一直想找一个很好的地方，在那里做一点极有意义的事情。是什么事情还不知道，但我想它要能足以引起自己的长久兴趣。当然，它对许多人来说都应该是极有意义的。它的整个过程应该是朴素的、积极的。它要具有相当长的生命力，并且在未来让人高兴。它还需要由许多人以各种方式去参与，而不是被许多的人索取一空。它从一开始就将拒绝那些只想到索取的人。

小岛对面

在龙口市的北部，渤海湾里有两个小岛：桑岛和依岛。桑岛上有八百多户，有松树林和槐树林，有灯塔和礁石。这是个很美的岛，关于它的传说很多。其中有一个传说与它的命名有关，说的是秦代的智慧人物徐市被秦始皇遣去东瀛寻找长生不老药，行前曾在岛上种植桑树，养蚕织造。徐市后来带走了很多人，包括史书上记载的三千童男童女、五谷百工，当然也少不了各类智慧人物。他这一去发现了日本列岛，高高兴兴过起了独立王国的日子，再也不回来了。这就是所谓的“止王不归”，整个的事件记录在中国的信史《史记》中，可见已不是传说了。

桑岛之名的由来倒是个传说。不过如今岛上已没有大片桑树，也没有纺织业，只有其他林木，有发达的渔业。从南岸去岛上有十几分钟的水路，这是指现代客轮的速度。我在中学时坐了木制机动船去过一次海岛，大约花了二十分钟。那一次我在岛上待了一个多星期，住在同学家里，尽享岛上新奇。进岛前站在南岸看一片海雾中的葱绿，如同仙境；进了岛，则不停地往南边的大陆遥望，望到的是一片无边的林木，林木前镶了一道金边，那就是海滩了。

当年桑岛上的房子都是一种黑色岛石垒起的，屋顶覆以海草。岛的四周永远有鸥鸟环绕，正像岛的四周永远有噗噗的水浪和细细的沙岸一样。它的西北方，仅仅两三里远的地方就是那个依岛了。如果把我们脚下踏的这个岛比作地球，那么依岛就是月亮，不过它不会绕桑岛运行罢了。我们当年极想去依岛上看看，可是没有船。因为小小的依岛上面没有人烟，而且与桑岛之间隔开了一道湍急的暗流，据说除非有一流的驾船技术才能渡过。渔民介绍说，依岛上过去只有一幢小小的茅屋，那是为躲避风浪的渔人准备的。一旦来了大风不能及时赶回，捕鱼的人可以就近靠岸，并在小屋中歇息下来，里面总是有常备的水米。如今岛上空空荡荡的，一派灌木白沙，风景秀丽。一大群野猫成了这里的主人，据见过的人说它们靠吃水浪涨上来的小鱼小虾之类，个个强壮而干净。

今天，这两个岛对于城市人来说已是旅游观光的最好去处。但要在岛上长期生活下去，要做一点想做的事情，似乎还缺少点什么。我去了岛上，像过去那样遥望对岸的陆地，再次惊讶地盯视那片无边的葱绿，我的心头涌起了一阵感动。正对着这个小鸟的是绵长的沙滩，茂密的树林。

那里与人口繁密的小城相距二十分钟的车程。

港滦河

有许多天，我一直在小岛对面的那片海滩上徘徊。这是一片真正迷人的沙岸，洁白到了无一丝粗粝和污迹；碧蓝的海水，退潮时露出五十多米的浅滩。这里没有鲨鱼出没，是天然的优良海水浴场。更为可贵的是它背靠了一大片松林，大得足可以藏禽隐兽，一眼望不到边，只听到鸟声不断，与近海翩飞的海鸥遥相呼应。与海岸交成直角的是一条古河道，叫港滦河。河的上游源自南部山区，很早以前与曲折密集的山下水网相连，接受丰富的山落水，水流量终年很大，这由古河道的宽大壮观可以看出。河的入海口有古港遗址，而今的小旅游码头就建在遗址右侧。

像许多古河道一样，如今的港滦河也在时间里萎缩了，充其量只能算是一条中小河流。但好在它还有辉煌的历史可以留恋。它的下游建有不止一个村庄，可以说它们都拥有得天独厚的地理条件。河中有鱼蟹，它有别于海鱼海蟹。入海口有洄游产卵的鱼类，所以每到了四月春阳照耀时，浅海里到处都是捕捞鲈鱼苗的男男女女，他们将把一个春季的收获卖给淡水养殖场。河道里有茂密的蒲苇，河堤上有高大的槐柳。由于古河道淤积土深厚肥沃，所以河两岸的树木比其他处茁壮得多，夏秋里看去真是冠盖相连，如雾如峦。槐柳与成片的松树相依衬，形成了另一种风韵。槐柳的碧嫩与松树的墨绿相间，层次错落；冬天和秋末松树浓绿依旧，槐柳则剩下了裸枝。槐的苍枝和柳的红条在绿色中闪烁，是画家们的向往之地。

走在河岸上，就会把海浪的噗噗声遗忘，耳郭与视野全是淙淙水流。青蛙和鲫鱼在水中窥视，它们以漂亮的翻跃引人注目。有咕咕声响在密集的荻草中，不是水鸟就是穴中动物。这条河的珍贵在于它在许多时候为林中的鸟兽提供足够的淡水，如今堤岸下到处可见一溜溜小兽蹄印，可以分辨的有兔子、刺猬和獾之类。也仅仅是十几年前，河两岸还有狐狸出没。

人们的传统居住理想，就是尽可能在河边筑屋，做所谓的“河畔人家”。而眼前的情与境何等诱人：海岸林中河边，三位一体。

更为难能可贵的是，这里离那个去海岛的小码头仅有一里之遥，安静便利，却没有喧闹。除此之外，这里还有历史掌故，有传奇，有静下来即可听到的古河的哗哗之声。

万亩松林

最为诱人的还是这片无边的松林。准确讲它有两万六千亩，主要是黑松。据说这种松不易见到一万亩以上的面积，所以说眼下的规模实在可叹。它的形成是漫长的，除了原生树木，再就是依靠了人工种植。大约四十年前有一场浩大的造林活动，出动了万人营造沿海防风林，是这样的日积月累才产生了如此伟大的成就。苍茫海滩上的原生树种有小量黑松，其余就是一些灌木；乔木类有白杨、槐树、榆树、小叶杨、橡树和柳树。当人工松林于四十年后蔚然壮观之时，原有的大树就显得苍老豪迈了。它们间杂在一片林海中，是树木的尊长，是自然的智星。

有了不同的树种，有了偌大的面积，也就有了丰富的大自然的内容。我们今天的人对于大自然的蕴含越来越陌生了，简直是十分隔膜。关于一些动物的故事，我们仅仅是从书中，特别是从动画片上获得的。我们还不习惯于发生在眼前的、身边的动物故事。我们知道动物的故事通常主要是发生在大面积的林子中，它们和家里与动物园中的动物，会是完全不同的。

我走进这片松林，愈走愈深，竟有两次迷失了方向。从河的左岸向西向南，会走向它不测的纵深。林深处一片呜呜响起，这就是无时不在的松涛了。只要稍有一点风，就有这低沉浑厚的声音；但是如果有大风吹起，林中又是最好的避风之地。

随着往前，林中空地上出现了小动物的劫痕：散羽和断蹄，凌乱的兽毛。这里有隐下的猛禽，也有食肉四蹄动物。抬头寻觅，最常见的是红足隼和雀鹰。我马上想到的是厮杀，是弱肉强食。在无声的嘶嚎中，在一时安静得出奇的林莽间，一低头就是零散的羽毛；再就是黄色的小花，是小蓟与荠菜，还有草丛树下探出的蘑菇圆顶。在林中行走，随手采下蘑菇是一件快事，那是毫不费力的收获。这里最多的当然是松蘑，还有杨树蘑和柳树蘑，都是最受人们青睐的美味。如果在春天，林中的松脂气味正浓得化不开；更有槐花的清香、满林满地杂花野草的熏蒸，人走在里面真像一场特别的沐浴。我与朋友在林中仅仅走了半个小时，鞋子就被花粉全部染成了黄绿色。那时各种不知名的飞禽成群掠过，云雀在高空欢唱，野鸡在深处鸣叫。我们惊扰最多的是野兔，它们有许多次被我们同时惊跑了三两只。鸟窝藏在深草中、树丫上，有时一不小心就会惊起正在孵蛋的鸟儿。

无论是雨天还是雪天，进入这片林海都是一种享受。林雨淅淅好，大雨怒吼也好——它别有一种气势，让你在稍稍惊异中领略许多。你会看到各种动物在雨中的姿态，树与草在洗涤中的欢快。脚下是刚刚润湿的沙土，是一簇簇顶着满身珍珠的绿叶。当然最好还是淅淅小雨，那时会有一种绵绵不绝的低语伴随着你的行走和深思。不过大雨滂沱是骤然而至的，这时我们就再也不会忘记闪电的颜色，记住在万木丛中急速穿行的风雨之声。在冬天，当踏着雪后的林地，会惊讶这里奇特的安静和干净。只要走动，脚下就响起无法形容的雪的声音，此时围拢在四周的全是清冽的脂香。林子在冬天变得幽深和优雅，树隙的天空闪烁新的瓦蓝。积雪在这里会存留一个冬天，或者再加上一个初春。雪后只需多半天，地上就叠起一个个兽蹄留下的一些巧妙的图案。走在林中雪地辨认兽蹄是一种乐趣，有经验的林中老人能一口气认出二十多种。

走在林中，难免想象做一个林中人的幸福。可是这种打算太奢侈了。这种奢侈不可以留给自己，而应该留给更多的人。

人 缘

一个情境在心中渐渐完成，这就是在滦河边、万亩松林的空地上盖一处书院。是“书院”而不是别的什么，是因为这两个字所包含的“内美”。

中国古代有著名的三大书院，如今除了岳麓，其余学术不兴。书院是高级形态的私学，起于宋，盛于唐，是中国大学的源头。现代书院该是怎样的姿容，倒也颇费猜想。静下思之，她起码应该是收敛了的热烈，是喧闹一侧的安谧和肃穆。热闹易，安稳难。在记忆里我们从来都是热闹的，不同的时期有不同的热闹。

可是一些深邃的思想和悠远的情怀，自古以来都成就在有所回避之地。它的确需要退开一些，退回到一个角落里。

于是就想到找一处角落、一个地方。龙口地处半岛上的一个小小犄角，深入渤海，像是茫茫中的倾听或等待，更像是沉思。更好在它还是那个秦代大传奇的主角——徐市的原籍，是他传奇人生的起航之地。港滦河入海口处的古港也曾被认为是他远涉日本的船队泊地，当然更多的人认为是离它不远的黄河营古港：东去三里，二者遥相呼应。一个更迷人的故事就发生在脚下：战国末期，强秦凌弱，只有最东方的齐国接收了海内最著名的流亡学士，创立了名噪天下的稷下学派。“百花齐放，百家争鸣”就源于稷下。随着暴秦东进，焚书坑儒和齐的最后灭亡，这批伟大的思想家就不得不继续向东跋涉，来到地处边陲的半岛犄角“徐乡县”。这里由是成为新的“百花齐放之城”。而今天的港滦河入海口离徐乡县古城遗址仅有十里，正是她当年的出海口。

可以想见，秦代一统海内最初几年，徐乡城称得上天下的文心。

十余年来龙口人越来越多地迷于“徐市研究”，而且声动南北，呼应京津，几十位教授发起成立了“徐市国际文化交流协会”。不说它的学术，只说这种追忆和缅怀所蕴含的一种地方自豪感，也许还有他们未及领会的另一些东西的珍贵。思想需要一种连绵性，传统也可以在追溯中慢慢建立。这个艰苦的过程已经开始，并且不能停止，于是就给了我许多启发。多少年来，当地有多少热衷于文事、具有文化眼光的境界高远之士，在此不再一一列举。那将是令人感动的一长串名字。没有他们的热烈倡议和实实在在的支持，书院择址海滨河畔的意念就不会生成，更不可能坚定。

在那些令人难忘的日子里，不止一位朋友与我一起实地勘察，迈步丈量穿林过河。往往是多半天过去，面无倦容手持野花而归，谈吐间全是书院遐想。朋友即便身负重任，日理万机，也未曾把一件浪漫的设想掷于脑后；那种于俗务操劳中顽强存留的超拔的精神，实在令人钦佩和铭记。好像从来如此，一种信念和决意必须在人缘里生成，没有帮衬就不可能成功。

后来又有远城友人、海外文士抵达这个犄角。我们仿佛一起倾听了当年的琅琅书声和稷下辩论，激动不已。至此，对我来说，书院还未破土心中先自有了梁木。它是众手举力搭建的。

读书处

十余年来，我一直寻找和迷恋这样一个读书处：沉着安静、风清树绿；一片自然生机，会助长人的思维，增加心灵的蕴含；这里没有纠缠的纷争，没有轰轰市声，也没有热心于全球化的现代先生。在这里，可以赏图阅画，可以清诵古典，也可以打开崭新的书简。可惜这在以前仅仅是耽于幻想，而在我徘徊林中河畔之时，这样的机会总算实现了。只要带上书，携一个水瓶来到林间空地，坐上干艾草或一段朽木，背倚大树即可有一日好读。来时天气晴好，心情自然。若风雨袭来时则可奔海边渔铺，太阳热烈时会有枝丫遮护。远近是鸟鸣兽语，海浪噗噗；仰向高空，或可见一只盘旋的苍鹰。

我相信有一些好书必需自然的润释，不然字迹就会模糊不清。记得以前苦读中尚不能明了之处，一旦坐上林中空地则一概清明，进而着迷。特别是中国的典籍，那简直是由花草林木汇成的芬芳精华，除非远离现代装饰的房间而不能弥散。我与三两好友入林读书，一天下来不觉得疲累，也不感到漫长，而是于陶醉中享用了宝贵的时间，有一种最大的休憩和充实的快乐。

我不知道古代的稷下先生们踏上这里是怎样的情景，此地又做了什么用场。但我相信这里绝不会是林荒。因为它离一个繁荣的古港只有短短一里，想必会有不薄的文明。时越两千余年，它的斯文不灭，仅仅是沉淀到土层而已，化为一片繁茂的绿色生长出来。我甚至想象那些稷下先生就站在此地辩理说难，手掌翻飞，一个个美目修眉，仙风道骨。总之沧桑巨变，隔海听音，从林守护的大半是永恒的精神。

林中阅读的间隙少不了神飞天外，幻想起浪漫的远古。我想象那些远涉大洋的探访，琢磨《史记》上记载的那段惊心动魄的大迁徙，心中怦然。这段史实比哥伦布发现新大陆还要遥远和惊险。不知有多少次了，我与朋友在这里流连，时有讨论。有一次当我们安静下来，甚至发现了一只专注倾听的大鸟，它隐在枝叶间一动不动。这或许是两千年前的一个灵魂，是他们飞越时空的化身。我记得朋友先是一怔，接着响起喃喃诗声，连接了草木的一片窸窣。

在这样的时刻，我们不能不又一次意识到，这种情与境在全球化的喧嚣中已近梦幻，它真的是太奢侈了。这种奢侈实在不可以独有。一种分享和转告的念头滋长起来，并在心底发出催促。我们知道，应该脚踏实地做点什么了。那种长期以来的理想和期盼正与此时心境暗合如一，让人把一个深长的激动悄悄隐藏下来。

多么静谧的林子，海浪都不忍打扰它了。

开筑了

修筑一座现代书院的心愿渐渐化为一张蓝图。书院不是研究所，也不是一般的学校。“书院”这两个字所包孕的精神和内容，或许只可意会。它在今天将是什么形象和气质，真得一个独自守持的人才能把握。当然，它不能奢华也不得张扬，只应安卧一角倾听天籁，与周边天色融为一体。静下时不由得问一句：自宋代风行的书院体制缘何由兴到衰，它宝贵的流脉直到今天不绝，其缘由又在哪里？

我知道，在一个角逐急遽同时又是极尽虚荣的时光，筹集巨资团结商贾筑起皇皇楼堂已不是难事。难的是始终敛住精神，收住心性。今天做事未必秘而不宣，却难得坦然自为。一切不仅是为了结自己的梦想，而是接续那个千年的梦想。一条滦河波浪不宽，如何载得起这么多沉重，可见须得一点一点经营，一抔一抔堆积。首先学会拒绝，然后才有接纳。砖石事小，人脉为大，有一些质朴的精神，有一点求实的作为，这样才能有一个起码的开端。

我让善绘者一遍遍描叙轮廓，让专门家细心制定结构，又经历三番改动五次争论，终于有了个主意。我甚至想象，它该是顺河而下的船夫登岸歇息处，是造访林莽的远足借宿地，是深处的幽藏和远方的消息，是沉寂无言者的一方居所。朴素是不必说了，但要坚固得像个堡垒。古代书院并不高大，今天的书院也不应太隆。它要隐在林中空地上，伏下来静听河水和海声；每天到了午夜，它会有一个深长的呼吸与林海河流相通。不言而喻，它的身边还应有古树老藤，就是说它连系着原野上的一草一木。我对施工的人说：在这儿人是第一宝贵，树是第二宝贵。

开筑了，最初的日子颇为顺利，但地基深挖下去就遇到了古河淤泥，这就需要清泥填沙，需要打进粗长的水泥桩。还有尽力躲避空地林木的问题，因为一不小心就会碰折一棵树木。事至半截，有野夫纠集一起，有零零散散的阻拦，这些当不出预料。有人出面化解鼎力相助，更是感激在心。总之同志们未敢懈怠，只盼早日成就起来才好。整个过程都有赖地方，他们守土有责，爱惜文物，拳拳之心令人铭记。七月大雨，冬月霜冻，施工者辛苦劳作，操持者多有勉励。

一砖一瓦都取舍再三，权衡难定。最后采用了京西山地层石做了瓦顶，南国粗砖做了围墙。一时见仁见智，褒贬纷纷。

筑起了

不管怎么说，石瓦砖墙在绿树下闪闪烁烁，再加上地场开阔，真是令人目光一亮。它绝不似拟古之物，又不像摩登馆所，只与林河海野两相厮守。砖石事毕，剩下的事就是把周边整饬一番，把内里稍加装修。这一切当然还是力求朴素，以功能为先，要让人既安居又心定，于是尽可能放弃炫目扰神的饰物。现代的时髦累赘务必去掉，一味仿古的不伦不类也当力戒。总而言之，有适当之形式，有合理之心情，能居能为，可迎可送，如此这般也就可以了。它绝不该是声名远播的辉煌庙堂之类，也不会有高僧在这里日夜诵经。这只是当今的人和事，是现代的一处藏书访学和研修之地。

古书院素有三大要务：一是讲学，二是积书，三是接待游学。今天三大要务需一一承续，但又不可强为，不可一味拘泥；一切或可量力而行，所谓的随缘成事；既有所发挥，又能够坚守根本。现代书院既未有先例，也就多了许多尝试的工夫。这一点我和朋友认识同一，只想从头做起。凡事不求广大，不追虚名，不恋热闹，不借威焰。有三四同道即可，有远方讯息则安。爱书籍爱思想爱自然，勤奋劳动，不打扰乡邻不增添俗腻，始终如一地做下去就好。

我和朋友一起制定了个公约：书院选址在此，就要爱惜此地自然，绝不能损伤一点动物林草；所有在书院做事营生者，都要做个体力劳动与脑力劳动相结合者，不得终日室内攻读或消闲懒散，而要每天于野外做工，所有劳务凡能自己动手绝不找别人帮助；最好每人学一份手艺，农事，木工，园林，装裱，陶艺，所学必得应用，并在应用中日见精密；无论做学问做日常功夫，都不必受时尚驱使；要心安勿躁，勤勉认真，崇尚真理。

书院建于此，不仅因为自然之诱惑，还借助人事之祥和。所以要人人自珍。书院大门上左书“和蔼”，右书“安静”；进入大厅右折进入接待室，则可见内悬匾额：“这里人人皆诗人”——由最初的平静温煦入门，待登堂入室，再感受一种热烈和浪漫。书院的最终、她的本质，仍还是一种执着求索的情怀。能够保护和持守这一情怀的，当然首先还是一种自主自为的精神环境，一种与喧嚣稍有隔离的自然环境。这也许是现代生活中最为宝贵的。

终于说到她的命名了：“万松浦书院”，其中的“万松”

不难理解，因为地处两万亩松林；“浦”，是河的入海口。

中国历史上有许多书院。其中成名并流传的有三大书院，至今仍然运行的仅余一二。书院废弃的原因各种各样，比如人们马上会想到的兵火战乱之类。但细究起来还是人们面对野蛮，特别是面对庸常时渐渐失去了坚持力。因为直接被大火烧掉或失于兵匪的，毕竟还是少数，而在绝望的岁月中慢慢坍塌冷落拆毁的，恐怕要占十之八九。

万松浦书院立起易，千百年后仍立则大不易。

2002 年 12 月

求学今昔谈

《贝壳》的由来

谈到过去，谈我们当年做学生的一些事情，好像就有了许多话要说。那是三十多年前的事了，学校内外的情况与今天差别很大，特别是文化环境的变化就更大了。说起三十年前我们校园的文学生活，跟今天对比一下可以看出许多不同。

当年求学的情景还在眼前。当时恢复高考制度不久，每一级的入学间隔时间还没有调整好，三个年级的学生在学校交汇的时间很长。这就有了更多相互交流和学习的机会，不同年龄不同地区的人在一起，说话南腔北调，特别有意思。

当时热爱文学的同学比现在多，中文系差不多是百分之九十以上。上课谈文学谈语言，下课更是如此，大家常常就新读过的作品讨论争论起来。二十世纪七十年代末，国内各大学都成立文学社团，据说与“文化大革命”前的传统是一样的。我们学校中文系有两个文学社，后来合办了一个文学刊物，那就是《贝壳》了。

一开始由我们文学社的几个人拟了好几个名字，找系主任肖平老师决定，他看了看说，就叫这个吧，我们在大海边上，等于是拣回了一些美丽的贝壳。

第一期是手刻蜡版印出来的，这在我们眼里漂亮得不得了。后来才是打印的，那已经是更高级的东西了。

我们刻蜡版的同学有一手好仿宋体，设计封面和插图的人能写能画，总之人才很多。那时学生当中不完全是稚气的小脸，还有三四十岁的人，他们具有丰富的社会阅历。

那会儿即便是刚刚二十多岁的人，也觉得自己经历了很多事情，什么都懂，一副成竹在胸的样子。所以现在一看到青年人的那份骄傲，总是十分熟悉和理解。人应该有这股劲头，这是冲劲。当年认为自己什么都懂了，天文地理无所不晓，而且能够迅速地阅读，牢牢地记忆，顽强地消化。在这种情形下进步肯定是很快的。

除了上课，再就是尝试写作。有的写诗，有的写小说和散文。小说一般被认为是最难的，篇幅长，还需要有人物和情节。过去说的“写书”，就是指写小说。怎样塑造出一个有血有肉的鲜活的人物形象，对我们大家都是一个诱惑。要写出丰满动人的人物，教写作的老师不停地举例子、强调，所以反而让人有了神秘感。

初学写作，最难的就是写出一个鲜明的人物形象。当时处心积虑地想个不停，主要是围绕“人物”。

我们有了刊物，就分别写稿，分开栏目，各自完成“主打作品”。那时好胜心极强，一心要超过其他院校寄来的社团刊物。当年铅印的院校刊物还不多，在今天看来都是很简陋的。不过当时并不这样看，只觉得寄来的所有刊物都香气逼人。这仿佛是一场较劲的比赛，既有趣又费力，四周吸引了很多的人。

同学们飞快传递彼此的一些阅读信息，总是非常兴奋。比如说一个人在阅览室里读了一篇刚刚发表的作品，就赶快告诉大家。什么刊物出了一个新的作者，哪一篇作品产生了影响，大家心里清楚极了。那时候没有网络，基本上也没有电视，就靠阅览室来满足我们。问一下，可能大家印象最深的地方就是那间大阅览室了。我们在那里度过了多少欢乐的时光、产生过多少激动。

还记得第一次看二十多英寸的彩色电视，是在中文系合堂教室里。看的第一个话剧是曹禺的《雷雨》，不久又看了德国作家席勒的《阴谋与爱情》。那种激动如在眼前：回到宿舍里已经很晚了，还要讨论剧情，多半夜都不愿睡觉。看文学作品也是这样，当年任何一个有影响的短篇小说或散文都不会被我们忽略。

由此来看，我们热衷于办文学社和编刊物，也就容易理解了。

现在的标准

那时每年都有全国小说评奖，一次评出二十篇小说。我们谈论最多的话题就是哪一个作品能够得奖。就像打赌似的，每个人列出一个二十篇作品的单子，只等“新闻联播”公布结果。可见那时的文学公信力之强。一连几年，大家猜中的都在十几篇以上。这与今天完全不同。如今不要说在校的大学生了，就是著名的专家也猜不出。原因就是现在的文学标准改变了，变得空前复杂了。

有人可能说现在的作品多了，出其不意的情况也就多了；还有一个重要的原因，就是我们现在的文学写作已经是五花八门，这就不好掌握统一的标准了。其实文学怎么会有其他的古怪标准？它只能是一个文学的标准，只能是坚持这个标准的问题。如果社会变得混乱无序了，没有是非了，文学的标准当然也不会有。

有人固执地说现在是一个没有标准的时代，因为随处什么东西都给“解构”了，说不清了，无论什么事物，说好说坏都可以。还有人认为“真理”也是不存在的，世上没有永恒的真理，只有相对的真理——这样的时代难道不是很可怕吗？因为到处都是这种“相对”，人们也就不再需要去追求真理了，因为凡事此一时彼一时，可以得过且过。生活在这样的人群里还能再谈文学、还值得再谈文学吗？不可能也不必要了。因为在这个世界上，不追求真理的族群不可能拥有真正意义上的文学。

关于写作，没有文学的标准，那就一定会有其他的标准来代替，比如商业的标准、对某种利益集团有用的一些标准。这都与文学无关——不，这只会对文学产生极其严重的伤害和扭曲。文学是人的心灵之业，对文学扭曲了，对人也就扭曲了，这个社会也就变得畸形了。

过去我们大致都知道什么作品是好的或比较好的，什么是不好的，现在则不知道了。那时候我们还幼稚，只二十来岁，没有写出更多的书，也没有读到今天这么多高论，可是我们还算清楚地知道自己向往什么、什么能感动我们，怎样的作品能够引领我们的心灵走向更美更善。现在反而犹豫不决了，我们有可能变得更高深了，文化的文学的视野也比过去变得开阔了不知多少倍，结果也就变成这样的无所适从。降临到我们身上的是真正的噩运：丧失了判断的标准。也就是说，我们已经没法弄得清哪些是好的作品，哪些又是不太好甚至是很坏的作品了。

有时候我们刚刚被一部作品深深地感动过，比如说被它的语言、被它的故事和人物、被它蕴藏的某种东西给激发起来——可是我们一直信赖或比较信赖的专业朋友看了却很生气，说这分明是一部很坏的作品……类似的例子或正好相反的例子数不胜数。这样时间久了，我们就给弄糊涂了，不断地怀疑自己。最后，我们不得不试着放弃一直秉持的一些标准。

有人会说世上再也没有比艺术这种东西更难掌握的了，它有一万个标准、有千变万化的奇特因素。可是我们也知道，它尽管复杂，仍然还要我们去读、我们去感受吧，仍然还要落在我们的良知里，被我们的知性过滤和筛选一遍吧。也就是说，无论怎样怪异，也并不等于没有标准了。

如今网络上滚动着无数的“文学”，书店和地摊上也摆放了无数的“文学”。各种读物像海洋一样涌过来，这一切在有标准的人那里哪怕稍作停留，也会让人心烦意乱。这种拣选的工作量是巨大的，能把人累得崩溃。所以一个适时而至的办法，就是认同这个时代的无标准说。没有标准是最好的，最省心了，怎样都行。也许现代真的不再需要标准，因为从世界范围来看，我们来到了一个重商主义时代、物质主义时代，人们不需要文学也能活得挺好。

如果这一切是真的，那么这大约也就是非人的时代了。动物不需要精神生活，只要满足了口腹之欲，它们一定是很高兴的、欢欢乐乐的。

访师散记一

因为从很早起就向往写作，并且听信了一个说法，就是干任何事情要想成功就必须寻一个好老师。这个说法今天看也不能说就是错的，只不过文学方面更复杂一些罢了。

记得自己从很早起就在找这样的老师，这里不是指从书本上找，而是从活生生的人群当中找。我曾想象，如果真的遇到了这样的一个人，我一定会按照严格的拜师礼去做。听说有的行当拜师需要一套烦琐的程序，比如磕头上香、穿特别的衣服之类。这一套我是很烦的，但为了有个像样的、令人钦佩的老师，我也会不打折扣地马上去做。

最大的问题是很难找到这样的老师。他们在那个年头里非常稀缺，这与现在是完全不同的。现在文学方面可以做老师的人多得不得了，每一座城市里都有一批，而且经常可以看到挂牌营业的人。那时则不同，文学爱好者很多，能做老师的人很少。有时候我们觉得某个人完全可以做老师了，但你一旦真的要拜他为师，他就会吓得赶紧走开。

我从十几岁到二十几岁这段时间里，游走的地方很多，虽然是为生活所迫，但其中还是少不了文学内容。我把交往文学朋友和寻找老师这二者很好地结合起来，一听说哪里有老师就赶紧跑了去。这种访师寻友的传统可能主要是东方式的，翻翻我们过去的历史，其中有很流派师承这一类的故事，有“一日为师终身为父”这样的说法。我对师傅和老师一直是非常尊敬的，比如说我永远不会对老师辈的人说出不恭之言，只不过为了“一日”而“终身为父”，似乎还做不到。

在东方，做一门艺术或一门手艺，没有师承就很成问题，一个专业人物出门混事，人们总会问起一个最基本的、自然而然的问题：你的老师是谁？这等于问你是不是出于正门、有没有专业上的渊源。没有一个名声很大的老师藏在身后，要从事专业会是格外不顺的。当然，我当年急于寻师绝没有想过这么多，而只是为了快些摸到入门的路径。在许多人眼里，文学写作是很神秘内在的一门学问，它尤其需要高人的指点。

从书本里学习是重要的，我当时所具有的一点写作能力，可能绝大部分还是来自书本。我看了好的作品就模仿，就是这样开始的。可是我还是有点心虚，因为没有老师而忐忑不安，就怕有人猛地问我一句：你是跟谁学的？你的老师是谁？所以，我一方面因为进步和开窍太慢，恨不得一口吃成一个胖子；另一方面也深受中国从师传统的影响，极想投到一位老师门下。

在初中读书时，我不知听谁说到有一个很大的作家，这人就住在南部山区的一个洞里，于是就趁假期和一个同学去找他了。当年我们的学校就在海边，认为这里偏僻得像天涯海角差不多；而南部山区看上去只是深蓝色的一溜影子，完全是遥远的另一个世界。我们真的要闯一闯大山了，并且是去找一位住在山洞里的高人，只一想就激动不已。

记得我们两人骑了自行车，带了水壶，蹬了快一天的车子，这才来到了山里的那个小村——它原来不过是村名里有一个“洞”字，高人本人并不住在山洞里。这使我们多少有点失望。同样让我们失望的还有大山，它也不是从远处看到的那种深蓝色，而是土石相嵌粗粝粝的，树木也不太茂密。

急急地打听那个老师，有人最后把我们带到了一间水气缭绕的粉丝房里，指了一下蹲在炕上抽旱烟的中年男子。他的个子可真高，双眼明亮，手脚很大。我和伙伴吞吞吐吐说出了求师的事情、我们心里的迫切。他一直听着，面容严肃。这样待了一会儿，说那走吧，跟身旁的人打个招呼，就领我们离开了。

原来他要领我们回他的家，那是一间不大的瓦房。进屋后他就脱鞋上了炕，也让我们这样做。大家在炕上盘腿而坐，他这才开始谈文学——从那以后，只要谈文学，我觉得最正规最庄重的，就是脱了鞋子上炕，是盘着腿谈。这可能是第一次拜师养成的习惯。

他仔细询问了我们练习写作的一些情形，然后拿出了自己的稿子：一沓字迹密密、涂了许多红色墨水的方格稿纸。它们装在炕上的一个小柜子里，我们探头看了看，有许多。可是发表在报刊上的并不多，他订成的一个本子里，大致是篇幅极小的剪报。我和伙伴激动得脸色通红。这是一些通讯报道。

老师一个人生活，老婆不孝顺爹娘，被他赶跑了。他与我们交谈中，主要强调了两个问题：一是自己要孝顺，将来找个女人也要孝顺；二是写作要多用方言土语，这才是最重要的。

访师散记二

第一次拜师的经历是永远也不会忘记的。我和伙伴从南山骑车回来，一路上都兴冲冲的，一点都不觉得累。我们最高兴的，是从今以后终于有了一位老师，这不仅是我们文学上能够得以飞快进步的重要的条件，而且还让我们有了一个不会轻易宣称的秘密。我们可能告诉别人在写作这方面已经有了师傅，却不会说出他的名字来。

本来事情是非常顺利的，但最美好的事物往往是格外要费些周折的。大约是从南山回来的第一个学期，我因事出了一趟远门，回来正准备再次去看望老师，就听到了一个噩耗：老师因为脑中风突发去世了！这是伙伴告诉我的，绝对没有错。望着伙伴的两道长泪，我紧张得一时说不出话，一会儿也哭了。

在没有老师的日子里，我们努力实践着他的教导，一方面在家里对长辈顺从，尽可能忍住不顶撞他们；再就是在文章里使用了很多方言土语。后者让学校的语文老师很不耐烦，但我们仍然坚持下来。

不久，我们又听到了邻近一个村子里有一位代课老师，这人也是一位作家，就急急赶了过去。原来这人只有二十多岁，父亲是本村的村头，留了分头，鼻子很尖。尽管看上去有点别扭，我们对他还是诚惶诚恐的。他十分傲慢，根本就不正眼看人，只把我们领到一间屋里。一进屋就吃了一惊：整整一面墙都用红笔描画出光芒四射的图案，而放射光芒的最中间是比巴掌还小的一个红方框，里面粘贴了一小块剪报。那当然是他发表的作品。

因为他极其严肃，我们都不敢开口。可是沉默了一会儿，他开始询问：家庭出身？年龄？所在学校？我们结结巴巴的，他就训斥起来……我和伙伴不知怎么就踉跄着出来了，头也不敢回一下。

这样一直到了半年之后，一个偶然的机会让我们知道城里来了一位真正的作家。这人要为本地一个先进人物写文章，所以就要待上一段时间。我和朋友最终还是设法敲开了他住处的门，恳切地表达了拜师的愿望。这人长得比住在大山里的第一位师傅差多了：矮个子，圆脸，花白的头发很长，多少有点像老太太的模样。他戴了一块表壳发黄的手表，我们以为是传说中的金表，极好奇又不敢多看。他非常慈祥。交谈中，他主要谈了文章中要多多描写景物，并且一定要与人物的心情配合起来，并举例说：文章中的人如果烦恼，就可以描写天上乌云翻滚；反之则是万里无云。

我们回来试了一下，觉得并不难做，而且收效显著。

正在我们为即将拥有一位新的文学师傅而庆幸的时候，巨大的打击来临了。那是第三次去找他的时候——老师已经结束本地写作回到了他的城市，我们就坐长途汽车奔去了。按照地址登上一座楼，惊喜地见到了师母。她说老师正在里屋休息，让我们过两个小时再来。我们按约定时间去时，却发现门上有一把大锁。我们先是在门口等，然后到街上转，回来看还是那把大锁。最后一次大锁没有了，敲门，门却再也没有打开。

为了能弄清原因，我们回到了本地小城，找到当时接待老师的一位干部。想不到他见了我们面孔一直板着，特别是看我的时候，目光里有十分厌恶的样子。这样待了一会儿他总算说话了："你们再不要去缠他了，那样身份的人能收你们做学生？家庭有严重历史问题……"

我觉得头皮有一种悚悚的感觉，什么话也没有说，扯扯伙伴的手就出来了。

这之后就只能从书本上学习了。这当然是最有效最可靠且不会遭到拒绝和呵斥的。但还是有一种投师无门的痛苦，隐隐地鲠在了心底。随着时间的延续，日子长了，我觉得没有老师还是不行，甚至觉得这是很糟糕以至于很不祥的。

那时我多少把文学写作当成了一门手艺，后来才知道，这种认识虽然有些偏颇，但其中纯粹工艺的部分也还是有的。让师傅"传帮带"，这是任何行当手艺传承最基本最有效的途径。

就这样，直到我初中毕业，不得不一个人到南部山区游走的时候，还是没有找到师傅。我在山地走走停停，做过不少活计，生活自由而辛苦，是最难忘的一段日子。这段时间里还是爱着文学，除了不断地找一些同好的朋友互相学习和取暖，还要忍住一个念头时不时地就要从心底萌发：找一个文学师傅。

只要听到了哪个地方有个年纪稍大的、有过一些文学经历的，我就要跑去看一看，以便在适当的时机提出拜师的请求。曾经有过一两次差不多眼看就要成了，只因为两次拜师所遭受的打击，最终还是没有开口提出。除了这个原因，另有一个深层的原因，就是我对他们能否长期当成师傅还多少有点怀疑。首先是长相，我印象中师傅的概念是由第一次求师的经历形成的，即这个人要体体面面像个老师的样子才行。第三次拜师不成的那一位虽然并不高大，像个老太太似的，但样子总算和蔼可亲。而后遇到的都不尽如人意，有的油胖胖的，有的举止粗鲁，反正都不太合乎老师的概念。

有一个很大的机会说来就来了，这一次真是上天对我的恩赐：有一天我正在一个村里的朋友家玩，突然听说这里来了一位百年不遇的人物，他是一户人家的亲戚，以前是在某大出版社工作的，如今因为思想问题而离职了。那户人家正在招待他，这会儿正在炕上喝酒——照理说我应该在人家酒席结束的时候再去拜访，可因为实在等不得，就让人领着进了门。

那人真的是与常人大不一样：穿了灰色中式衣服，戴了黑色宽边眼镜，面庞白细，文雅无比。他吸烟，使用透明的长杆烟嘴。我把一沓稿子捧上去。他放下筷子，耐着性子当场读了几篇，很快对旁边的人、也是对我，说出了一句永远令人难忘的话："有才。不过真要成熟，还要十年。"

他怎么就不说九年？或者再短一点，八年不行吗？十年，这是多么漫长的一段日子啊！

那天我兴奋不安地待在他身边许久，直到他的离去。自然没敢提出"拜师"二字。他走了，后来就再也没有见到他。

一直到上大学之前，我始终没能拜上一位文学师傅。但是上了中文系，也就自然而然地有了老师。这真是我的幸运。

大地上的文友

我上大学之前没能成功地拜师，却得益于形形色色的文友。这是一想起来就要激动的经历。那时我在山区和平原四处乱跑，吃饭大致上是马马虎虎，有时居无定所，但最专心的是找到文学同行。我在初中的文学伙伴离我很远了，并且他渐渐知难而退，常常是有心无力了。一说到写作这回事，无论是山区还是平原的人，他们都叫成“写书”，或者叫成“写家”，说：“你是找写书的人哪，有的，这样的人有的。”接着就会伸手指一下，说哪里有这样的人。

我在县城和乡村都先后遇到过一些“写家”，这些人有的只是当地的通讯报道员，有的是写家谱的人，还有的是一个村子里为数极少的能拿起笔杆的人。真正的文学创作者也有，但大多停留在起步阶段，就是说一般的爱好者。他们年龄最小的十几岁，最大的八十多岁。

不论这样的人住在多么遥远的地方，我只要听说了，就一定会去找他。有一次我知道了一个真正厉害的“写家”，他住在一座大山的另一面，我就起早背上吃的喝的翻山去找了。原来这是一个快八十岁的老人，白发白须，不太愿意说话。他年轻的时候在城里待过，所以算是经多见广的人。村里人都说他“文化太大，不爱说话”。他仔细问了我的前前后后，又翻翻我的“作品”，这才多少接纳了我。

原来他正在写的书已经进行了好几年，是“三部曲”。他将其中的“一曲”给我看了，我发现是半文半白的语言写成的，主要记载了一生的经历，夹叙夹议。他说这叫“自传体”。其中我记得最有趣的是写当学徒的一段：东家女儿看上了他，他至死不从，以至于半夜逃离……“这闺女原是很美的。”他在一边解释说。

我照例坐下来读了自己的作品。他闭着眼睛听下来，像吃东西一样咀嚼着，又吞咽下去。这样半晌他才睁开眼，说：“你好歹毒啊！”

我吓了一跳。后来我才知道，他这是在表达一种极度的赞扬。他伸手抚摸自己摊在炕上的作品，说：“你看，我写得多歹毒啊！”

那些年我发现散布在山区和平原的各种“写家”可真多，他们有的富庶，有的贫穷；有的年纪大，有的年纪小，但一律酷爱自己的文学：写诗、散文和小说；有的还写戏剧，写好之后就在自己的车间或村子里演——看他们自编的戏剧简直有趣极了，那些特别的情节和场景我永远都忘不了。有一次我被一位山村里的黑瘦青年邀请，说今夜村里就上演他编的一部大戏。

那出戏的演出离现在几十年了，记忆中内容大致是与村里坏人斗争，群众取得了胜利之类。记得最清楚的是一个游手好闲的“二流子”，手拿一个大红苹果从台子一侧上来，而另一边是一对青年男女亲热地上场。“二流子”斜眼看着那边的两个人唱道：“我手拿大苹果，她爱他不爱我……”那婉转悲切的唱腔让我一直不忘。我无比同情那个失恋的“二流子”。

还有一次我住在一个小村里，房东的女儿恰巧就是一个“写家”。她刚十七八岁，公社广播站就已经播放了好几篇稿子了。她胖胖的，穿了大花衣服，平时爱说爱笑，只是一写起来就伏在桌上，谁也不理，一边写一边流泪。我们交换作品，她喜不自禁，一边看我抄得整整齐齐的稿子一边红脸掩面，说：“哎呀哎呀，你可真敢写啊！”我知道她看到了什么：那是写青年男女刚刚萌发的、若有若无的情感，是这样一些段落。

我所经历的最大的一个“写家”是在半岛平原地区。记得我知道了有这样一个人就不顾一切地赶了去，最后在一个空荡荡的青砖瓦房中找到了他。他几乎没怎么询问就把我拖到了炕上，幸福无比的样子，让人有一种“天下写家是一家”的感觉。他从炕上的柜子里找出了一捧捧地瓜糖，我们一块儿嚼着，然后进入“文学”。他急着先读，让我听。可惜他的作品实在太多了，一摞摞积起来有一人高，字数可能达到了一千万字以上。这个人多么能写作啊，这个人的创作热情天下第一。为了节省纸张，那些字都写得很小。

天黑了，他还在念。一盏小油灯下，他读到了凌晨，又读到窗户大亮。奇怪的是我们都毫无困意。

那一天我们成了好朋友。我觉得他是真正的“大写家”，是一位必成大事的文学兄长。他大我十多岁，结过婚，只因为对方不支持他的写作，他与之分手了。他曾给我看过她的照片：圆脸，刘海齐眉，大眼睛，豁牙，笑得很甜。

分手的时候我在想，为了文学而损失了那么好看的一位女子，这值不值呢？想了一路，最后肯定地认为：非常值。

书痴今何在

几十年过去了。这个世界变了。与更年轻的人谈那些文学往事，他们会觉得一切都像梦境。那些写书的痴子今天哪里去了？有的存在，有的没了，不知哪里去了。活着的，不一定像过去一样写个不停。死去的，如果活到今天就不知会怎样了。

这些年来我见过几个以前的文友，无论时下的境况如何，谈到过去的情景，无不神情一振。有的无论如何也打听不到下落了，他们不是像当年一样在大山的那一边，而是隔开了一个世纪那么遥远。比如说一个在二十世纪七八十年代渐渐有些作品发表的人，几年后投身商场，如今音信全无。我问他最密切的一个朋友，对方说：“不知道，也许去了海参崴了！”

对半岛人来说，“海参崴”既是确指俄国远东的一个城市，又是闯到关外更远更远的一个缥缈的指代。

那个边写边哭的姑娘嫁了一个远洋船长，船长脾气不好，喝了酒就打她。她在痛苦中写了一些诗，都是爱情诗。原以为她爱上了别人，最后才知道这些诗都是写给自己男人的——他越是打他，她就越是爱他。她认为男人打老婆，是半岛地区不好的习俗，不能全怪男人；另外，她认为男人生活极不顺利，自己又无法帮她，实在亏欠了他。

那个写“三部曲”的老人早就去世了，他的后代不愿提那些往事，当我把话题转到这上边来，对方就把话岔开了。

我一度最思念的就是那个写了一千多万字的人，但几次都没有找到。后来终于见面了，结果让我大吃一惊：整个人虽然年纪很大了，但剃了板寸头，两眼炯炯有神。原来他已经做了一家公司的老板，虽然公司不大。问起他的书怎样了？他说：“书？好办。等我挣足了钱，就把它们印出来，印成全集，精装烫金！”

他伸直两臂比画，那就是全集的规模。

最不愿提及的是初中时候的文学伙伴。他就是与我第一次进山里求师的人。许多年来他一直过着贫困的生活，可是热爱文学之心毫无改变，只是写得不多。我们见面时，他已经因为两次中风卧在了炕上，用最大力气握住我的手，摇动，说话断断续续：“咱老师……咱老师，和我一样的病，他走得更早……”

原来他还在怀念大山里的那个人。是的，尽管我们只见过他一次，但他毕竟是我们的第一个老师啊。

文学让我们更为珍视友情，朋友之间，师生之间，所有的情谊都不能忘记。仅凭这一点，文学也是伟大的。

2011 年 5 月 6 日于华南师范大学

西双版纳笔记

西双版纳就像一个梦幻，自小就在脑海里萦绕。已看过她太多的图片和文字，只不知道真的走近会是怎样的情形。在我们的经验中，许多美丽是经不起就近打量的，那只会让人失望和后悔。可是西双版纳，我们不可违拒地走进了你的秘境。

醉 绿

人如果享受到过多的氧气会发生“醉氧”，而从北方来到西双版纳的人，会有一种“醉绿”。因为这不是一般的绿，而是人间大绿，是置身热带雨林之间。到处都是蓊郁，是浓阴匝地，是让人惶惑的青翠欲滴。百鸟喧腾，异兽长啼，显然来到了另一个世界。这世界对我们有些突兀，得让人好好适应一番才好。

如果长期生活在这里，我们将如何消受这大绿簇拥的日子？

有点难以想象。比起这里，北方的干燥，裸露的石土，还有无法告别的阴霾，几乎已经让人习以为常了。而这里的绿色又太多太盛，空气太过洁净。一切都得从头领略，从头开始，面对一场人生的惊喜。

祖辈在西双版纳山林中过活的傣族、哈尼族、基洛族，他们是怎样认识这满眼绿色的？他们常说的话是："没有森林就没有水，没有水就没有粮食，没有粮食就没有生活。"

原来他们将绿色看成了生活的源头。

这是对林木植被最为深刻的一种认识，也是最为朴素的一种认识。其实远在拉美的古印第安人早就知道森林与水的关系：为了享受充沛的雨水，总是小心翼翼地维护着林木，视毁林者为大仇。

雨水量的分布虽受天然地理板块的制约，但人也并非毫无作为，也就是说只要尽了人事，气候条件仍然可以逆转。比如记忆中的山东半岛北部沿海地区，在二十世纪五六十年代之初就是绿色葱茏的，雨水也大。而在老人们的记忆里，更早的时候林子更密，雨水更盛。

人间没有了绿色，苦难也就离我们不远了；没有了大绿，也就失掉了幸福。生活在苍白的土地上，首先是疾病的来袭，进而是人心的焦枯。在尘土飞扬寸草不生的地方过日子，其实只是一种煎熬。

大 象

在西双版纳可以看到大象。在全世界，除了非洲和东南亚某些地区，这种动物都罕得一见。其实大象比人们珍惜的熊猫更需要爱护和保养才好，因为熊猫食量并不大，它们的食物不过是竹子。大象则不然，一头大象每天不知需要多少植物的茎叶才能填饱肚子。

能够有一群大象自由自在游荡的地方，必有不可想象的密林绿地。所以在云南，在西双版纳这样的大绿之地才能养活得起它们。它们去了北方会是怎样？我们知道，那不过是在动物园里饲喂几头供孩子们看，让他们伸着小手点画：“这是大象。”

如果我们北方游动着一群大象，气候是否适合先不说，仅以吃食论，那么不须太久的时间，本来就少得可怜的一点绿色都得被它们打扫得干干净净。我们真的没有供养它们的本钱，我们的绿色太薄。

西双版纳人当然以大象为傲，在城区，街头路口都有大象的雕塑。而我们知道，通常的城市里一般要给英雄人物才塑起雕像的。这里的大象就是活生生的大英雄。

我曾参加了当地的一次泼水活动。虽然不是泼水节，但总有机会让外地人感受水的恩惠和吉祥。同样是盛装的少男少女，他们手持水盆顷水泼洒，呼号祝福，还牵出了一头大象。

大象通人语，能交流，一根长鼻子擅取物，并不时地高举过顶向人致礼。它体大雄健，步伐沉稳，一双眼睛留意四周，憨态可掬。奇怪的是在它的面前，我们这些自以为聪明的“万物的灵长”，常常会有莫名其妙的羞愧感。

我们平时对那些能做大工、拥有大力的人给予赞美，称他们为“大象”。大动物与小动物在姿态上有一个最大的不同，就是拥有一副特别稳重的外表。小动物如黄鼬之类，总是活泼机灵的。

据专家们研究，大象是动物中唯一能够追思亡故的一类：它们行走在野地里，如果遇到先辈的遗骨，一定要停下来整理归拢，久久地伫立悲悼。

大象是最配享有阔大绿色的生命。

老 茶

人们熟知的有云南普洱茶，一度价昂逼人。人们还知道有一条古老的茶马古道，更早的人以牛马驮茶叶运到西部边陲。这条茶马古道今天还在，已成为当今的一条追怀之路，散发着永久不息的茶香。

西双版纳的老茶树王绝不罕见。古老的茶林留下来，在新的时代吐放新芽，供人们品尝时光之味。好大的叶子，好苦好香，经过了特别的工艺更变得醇厚，可以冲泡出琥珀金色。

在丛丛密林间散着一间间普洱茶作坊，游人喜去，循香而至。

这在外地人看来是多少有些神秘的地方，因为裹在山内，小鸟敛声，真好比古代道家的丹砂之地，不可轻易示人。不过好客的现代普洱人会引游客从路口进入，然后坐在草寮里，聊聊茶事，小口品一下他们的酿制。

我们相信，如果没有原始雨林，没有南国湿气的日夜蒸润，就不会有这种特异的老茶滋味。龙井属于西湖，那是另一片水土的精致。普洱出于大山，正得力于苍苍茫茫。杯茗与浑茫共生，才滋养出一派厚重的气象。这片大林莽中常有高达八九十米的望天树，还有繁衍成一大片的独木林。大鸟衔籽，巨鳗化龙，花腰傣歌声袅袅。

真正的普洱茶是深蜜万物的综合滋味。我们啜饮品茗，须得静下心来，让胸怀与远山一统。

有一位蓝布裹头的老婆婆，她毫不费力地攀上一棵古树，采下一兜乌叶，准备了特别的礼物。她算好了将有一群年过花甲的男人从远城来，这些人最记得当年滋味。原来他们是四十年前的支边青年，曾在此地披星戴月干了十年。这些人后来终得回城，有了儿孙，如今算是旧地重游。

老茶树王，你是深山的见证，雨林的芬芳。

2013 年 11 月 17 日

拉网号子考

屺㟂岛由一个沙坝与龙口城区相连，终成一个半岛。它形成的年代太远了，大概数以千万年计。从此就有了一个美丽的“龙口湾”：从半岛最里端的石崖开始，由沙坝往东南方画出一道弧线，直抵龙口城区，形成了一大片椭圆形的海面。整个龙口湾内外都是优良的渔场。

海岛的西部和北部都是陡峭的海蚀崖，居住了大量海鸥。站在崖上看海，那水清澈无一丝杂质，真正像蓝缎子。如果是阴雨风天，温柔美丽的海又变得黑乌乌的，凝重肃穆。龙口湾东部靠近城区分别有一个客货大港、一个渔港。两个大码头都有几百年的历史了，属于北方老港。

渔船有不同的猎鱼方法：进深海使用拖网等器具；将一面大网抛进一二百米远的海中，由岸上人扯住两端往上拉，即通常说的“拉大网”。在过去，后一种方法才是最重要的，是收获最大、最壮观的捕鱼方式。那时候鱼多，机械捕鱼船还没有，所以“拉大网”的收获常常是十分惊人的，一网就能拉上一座高高的鱼山。

沿长长的沙坝往东，可以一直走到烟台。这一溜海岸线除了有几处被山崖阻断，大半都是可以“拉大网”的开阔沙岸。所以这一段岸线的渔民最多，也最富裕。这种劳动方式已经延续了千百年，直至今日才有了改变：鱼类资源和人力资源同时减少，渔民只好驾小船去深海了。

“拉大网”人多势众，要同心协力就必须倚仗拉网号子。这种半喊半歌竟然演变成重要的劳动艺术，在千百年的号唱中，其形式和内容渐渐固定下来。从屺㟂岛往东几百里，不知要穿过多少渔村，也不知有多少渔场。这沿岸一途下去，拉网号子也多多少少地变化着，从内容到调式都稍有差异。

屺㟂岛的拉网号子比起东部，最大的不同是音调起伏变化大，似乎更具舞台表演性。比如它能从最大声的号叫，一转而成小声的数叨，声音由低到高，由急到缓，再一次掀起高潮，然后放声号唱起来。

整个号子喊唱的内容与东部差不了多少，核心部分仍旧要提到一个“子虚乌有”的人：“二姑娘”。这个“二姑娘”，是一个不会衰老的女子，年龄永远在十八九至三十岁之间，在海边活了千余年，至今风姿绰约。拉网号子中直接描述她的文字少而又少，一直重复的不过就那么几句，可妙就妙在每次重复的音调与口气不同、声高不同，再配以长长的感叹、和声，一个活脱脱的形象就出来了。

这个“二姑娘”在号子中大致是顽皮的、俏丽风骚的，还有点小小的邪恶。她极有可能出身于贫苦人家，是个常来海边玩耍或买卖鱼虾的女子。由于夏天拉网的男子通常不穿衣服，所以绝少有女人靠近海边，一旦有个姑娘出现，那一定会引人起哄的。除非万不得已，女子是不会来拉网现场的。这种情景或偶有发生，或直接就是杜撰，是打鱼人为了解除劳动的辛苦寂寞而幻想和创造出来的。从屺𡶟岛往东至少五十里，沿岸拉大网的人所喊的号子中都有一位“二姑娘”。

“‘二姑娘’这个鸟儿啊，不是个鸟儿啊！嗐哉！嗐哉！”这是他们反复喊出的一声独吼、一片和声和长长的感叹。前边第一个分句由一个嗓门最粗最躁的壮汉喊出，第二个分句则由众人应答；“嗐哉”两字是所有人一起呼叫的，节奏感极强。“鸟儿”在此并非不雅的字眼，而是相当于“这东西”“这家伙”之类，有玩笑调侃的成分。以前有人解为诟语，是不准确的，属于望文生义。后面的齐声“嗐哉”，也有人解为一句脏话的音转，其实也不对。在这里联系全部号子的语境和意涵，可理解为“好家伙”的音转。这是夸张和感叹，是突然看到“二姑娘”出现时，大家不约而同的惊呼。

可以想见，一群身强力壮的光腚男子在拉网，此时此刻出现了一位不速之客、一位光彩照人的女子，他们该是多么惊讶和兴奋。一群人干得更起劲了，完全忘记了劳累。在女性的注视之下，“拉大网”的工作顿生色彩和意趣。

“来一杆呀，又一杆呀！又一杆呀！又一杆呀！”这种一再重复的呼喊，同样是一人领唱，众人应和。对这极有限的内容，统一的解释中仍然未能挣脱淫秽的意思，其实仍旧是以讹传讹。这同样是呼喊中拖腔的音变，真实的字样应为：“拉一绠啊！又一绠啊！”

屺峄岛东部一带，除了号子内容稍有不同之外，再就是调式的区别了。比如第一句领唱者呼号出的关键词“二姑娘”，就比屺峄人喊叫得尖细悠长多了，极具戏谑意味。而屺峄人却粗号猛烈，强悍，一直到后面的和声都是如此。这极有可能因为东部沿岸气候更柔和一些，风势一般不大，拉网人也相对舒服懒散，表演性就增强了。而屺峄岛海风强劲，领喊号子的人除非要大力粗吼，不然就带不起后面的和声。

屺峄号子的“启网”“收网”“卷网”“抬网”，分别有不同的号子。这些号子与东部号子既有相同处，又有很大的区别，除了语句变更，调性也改变了。“抬网”号子加了“往前走哇，到龙口哇！嗜哉！嗜哉”，说明从龙口湾西部收网，抬起渔网行进的方向为东，一抬头看到了龙口城区，那里是打鱼人的念想。

在呼喊的节奏与高低变化方面，屺峄号子比起东部有明显的差异。一般来说屺峄号子节奏更强，起伏更大，竟然可以从极为粗壮响亮的呼吼，一变而为悄悄私语，真是奇妙到不可思议。

这种改变的原因在哪里？由于一代代人都是这样喊唱过来的，所以必有一个漫长的演变过程。观测屺坶沙坝内外，一边是龙口湾，这里是主要渔场，一边直接面对了辽阔的渤海。在春夏秋三个捕鱼季节，不是西南季风就是西北季风，而秋末又是猛烈的东北风。这三个季节的风向因为屺坶崖的影响，在龙口湾内外拉网的人常常要“吃风”，就是一张嘴遇到迎面而来的海风。于是当他们喊“嗐哉”时，就要将口型改变一下，这样形成的一片“和声”也就压低了，久而久之成为例行的“悄语”。这不是由谁规定的，而是自然形成的规矩，谁如果不这样喊，就会被指为“棒槌”了。

拉网号子貌似简单，实则千变万化。它的特点是内容单薄，几乎没有几句实在的、语意分明的叙述，却能在极简中表达相当丰富的意蕴。从屺坶岛往东，号子变化越来越明显；往北，则是渤海湾中的桑岛和长山列岛，那里的拉网号子又是另一番风味了。

2015 年 4 月

文学九节

深入交流总有一定的内向性，一旦涉及诗学和写作学，听起来便显得晦涩，实际上不过是一些很朴素的原理。

“盲从”和“不服从”

看作家作品，要看这些文字中是否有学习的痕迹、追求的方向感和探索性。这也是一种判断的方法。有时即使面对一个写了上百万字的作家，从中仍然看不到学习的痕迹。这种学习不是依赖老旧的经验和手法，也不是对他人的简单模仿，而是保持了与外部世界的紧密联系，一直处于观察和评判的求索之中，是这些在文本中留下的痕迹和气息。

强调学习和交流，是就文学的审美特质而言的。因为作品提供了一个范本，一个客观物，创作者首先要进入审美。作者在作品完成之初，要对作品的语言、场景、意境、人物、细节等，先自有一个审美的把握。这既是一个审美的过程，也是一个创作的过程。许多写作的失败，往往是因为作者急于奔向一个目标，急于向读者提供一个审美的文本，而没有在具体实现的过程中，进入深刻而复杂的审美把握。这是一个慌疏的开始。

创作的过程或有两个特征和倾向：一是“盲从性”，一是“不服从性”。

我们通常要接触许多艺术时尚，就会自觉不自觉地去模仿，这便形成了盲从性。这也许是不可避免的现象，难以有个例外。有时候读某个作家、某个国家的作品多了，自己的文本就会带有与其相似的气息，这既是正常的结果，又是审美“盲从性”的一个表征。

至于“不服从性”，可能不太好理解。其实“不服从性”应该是创作者固有的特征，是阅读中产生的一种反叛心理。无论我们面对的文本是否影响广泛，是否足够有力，自我的生命之中还是会发生一点点排斥、怀疑和犹豫，在不断质疑中尝试自己的道路。“不服从性”表现在许多方面，这里不谈社会与道德层面，只把它收拢在单纯的审美范畴。“不服从性”往往是写作者进入审美、提供审美的强大动能，从这个意义上看，强化“不服从性”就显得非常重要了。

学习也要建立在以上两个特征上，一是不能任由“盲从性”滋长，二是需要不断强化“不服从性”。这种“不服从性”是个体生命中具有决定意义的创造动力，一旦被激活，会直接影响接受效果。从另一方面讲，如果真正能够进入诗学内部，对审美有了深度把握之后，“不服从性”的冲动便会减弱。“盲从性”和“不服从性”都是进入审美时的一种生命本能，最后终将服从更高的理性。这正是进行朴素、平等的文学交流的意义和价值。

每个生命的质地不同，写作的经历和习惯以及训练都不一样，都会顽固地坚持一些东西，所以不能指望提供一个范本、通过一场讲座、一个文学原理的开导便会发生改变。文学的共识最难以达成，也正因为这种不能达成，说明了生命的“不服从性”正在发挥作用，这也是动能，而不完全是负面的。

“气”决定了什么

作品的长与短是由什么决定的，一直有许多争论。写作学上似乎已经解决了这个问题，其实并没有找到令人满意的答案。就创作难度来说，有人认为越是短的文字越是难写，也有人认为长的更难。都有自己的理由，要否定这些理由也不容易。难与易，对于每个人来说可能是不同的。作品的价值并不以长短论，这是一般的认识。但鸿篇巨制总是耗去更多的生命能量。“虽好却小”“虽小却好”，这是看问题的两个角度。

实际上除了结构问题，决定长短的可能主要不是什么情节的繁复，不是内容的多少。传统一点说，它可能是由“气”来决定的。“气”长则长，“气”短则短。文学创作的全过程、所有的文字中，都蕴含了一种“气”。它好像有点神秘，不可名状。曹丕在《典论·论文》里指出：“文以气为主，气之清浊有体，不可力强而致。”中国古典文论说到的这个“气”，今天很难找到一个准确的词汇来替代，也无法找到一个现代写作学或诗学概念与之置换和对应。我们不能用“意象”“意境”“气韵”“神韵”等词语取替它，只是以此来接近它。

“气”是一个非常虚幻的概念，需要实践者慢慢感悟和领会。我们知道，“气”是有的，它一旦丧失，整篇文字便是僵死的，因为没有被赋予这口“气”，文章就不会呼吸，这是区别作品优劣的一个指标。杰出的文学作品每个局部、每个细节、每个词汇都是生动鲜活的。一万多字的优秀短篇，就是由一万多个活泼灵动的汉字构成的生命体，而一般作品只是一些文字的物理组合，因为没有生命的气息。可见这个“气”是多么重要。如果文气涣散，无论手法多么花哨，情节多么激烈，作品都不会出色。有的作品前边写得好，后面就不太好，就因为它已经“有气无力”，气散掉了。前边的“气”粗壮充足满盈，有冲击力，所以就好。

究竟应该怎样理解中国古典文论中的“气”？我们只能近似地说它与意境有关，与作家所把握的诗性有关，与气息、意绪、氛围、韵味有关，甚至包含节奏的快慢、韵律的起伏等等，是一种复杂的综合，一种只可意会难以言传的东西。所以中国古典文论中把它命名为“气”。中国是道教的发源地，鲁迅先生认为道教是中国文化的根底，而不是佛教，更不是基督教。谈到道教，容易使人联想到一种非常腻歪和油滑的习气，其实这并不是道教的精华。古典文论中的“气”，与道教所说的“气”，不能说是没有联系的。

讲一个比较玄妙的事情，它是一个人的写作经历和习惯：每构思一部长篇，都按常规设置事先计算长度，感觉这部长篇需要写二十二万字左右，就会提前在稿纸上郑重地写下这么多字的页码，一页一页标注。奇怪的是当半年或一年劳动下来，写到这么多字数的时候，几乎一句话都写不下去了，正好全篇结束。在写作过程中，他并没有严密地盘算一章写多少、情节怎么流转、到哪个地方结束，没有这些机械的计划，可是写到最后一页就自动结束了。这种习惯和能力是慢慢形成的，可以说是以“气”来决定作品篇幅的一种控制力。由此可见，不仅是一部作品的生命感来自“气”，它的长度也来自“气”。

构思作品的过程，实际上就是给文字躯体注入“气”的过程，而“气”的长短，就决定了这个生命的体量。是短篇还是中长篇，都由“气”之长短来决定。如果不能从“气”上决定作品的篇幅，就不会是一个优秀的作品。

短篇的意义

在一万字左右的篇幅里完成一个短篇，饱满地呈现一个完整的构思，是一件非常困难的事情。小说所呈现出的样态可以各种各样，或结构别具匠心，或意境氛围蕴藉特异，或人物鲜明生动，或其他方面引人注目，总之要在某个方面成立，才有可能是个好短篇。不仅短篇如此，长中篇也莫不如此，若想占满全部的优异元素，可能很难，但是可以突出一些方面。从这个意义上讲，占有其一很难，占有再多一些就更好了。

中外文学创作的差异很大，单就国外创作而言，也有许多不同。比如欧·亨利，被誉为美国短篇小说的圣手，故事性强、结局意外；德莱塞的作品也有这个特点。他们是从西方古典主义脱胎而来的小说家，与中国早期情节化的小说家有点接近，更多地借鉴了民间文学的一些叙事手法。这些特征在当代中西文学创作中已经少见，如果现在写出这样一个短篇，可能不会被视为第一流的，因为它脱离了当代文学所因循的轨道，脱离了所谓的现代文学的“先锋性”。所有优秀的文学作品，无论本身具有多么浓重的地方性和个人色彩，有两种特征常常是不能游离和忽略的，即“当代性”和“先锋性”。讲到先锋性，有人可能会提出疑问：乡土小说也要这样？乡土小说、地方小说本身所包含的强烈地域性，与先锋性和当代性不应该冲突，离开了“先锋”意义，就不可能成为一部杰作。

考察中会发现，十九世纪末二十世纪初的欧·亨利和德莱塞们也是先锋。中国魏晋发端的那些笔记小说是先锋，清初的蒲松龄也是先锋。他们开创一时风气，引领时代风骚，有淋漓尽致的个人表达，当具先锋意义。这些文字领先时代，彰显的个性气质不流俗、不滞后，让读者耳目一新。这种“领先”既包含在地域性里，又包含在当代性中，纵观古今中外，蒲松龄、欧·亨利、德莱塞等人的创作，其叙述方式、文笔调度、语言节奏、作品韵律，不仅是独此一家，而且是开时代风气的。

描写民间、乡土，讲述地域故事的小说，发展到后来出现了一个变化，就是汇入现代主义潮流。现代主义写作中有一些激进者，比如“自动写作”、颠三倒四的“意识流”“潜意识”等，这在西方出现得很早，不像有人以为的那样，秩序井然地向前推进：先是统一的古典主义，然后现代主义萌芽，接踵而至的是现代主义的大胆尝试，再一路突进到后现代、荒诞派、超意识等，而是一个相互影响、犬牙交错、互有镶嵌的过程。本土作家中，大半是从西方学习跟进，最后脱颖而出、与地域性紧密结合，从而取得了成功。

福克纳、海明威和乔伊斯等属于同时代人，年代相隔不远，可以说生活在同一个时空里。但是比较而言，以福克纳、海明威为代表的这部分作家成就更大一些，其作品比同时期的那些现代主义激进者更为稳定，也更容易被接受。就我们的有限视野来说，福克纳和海明威的小说脱离了古典主义规范，融入了现代主义，是转型时期贡献较大的两位杰出人物。他们的作品有地域性和乡土性，却没有同期激进现代主义的那些紊乱、抑郁、生涩和莫名其妙。他们的艺术也不是走了平均主义路线，而是深刻敏锐地把握了时代的先锋性。海明威、福克纳，包括俄罗斯的那些短篇小说家如契诃夫等，与古典主义的欧·亨利、德莱塞们相比，其作品直到现在还是常读常新的。他们的作品继承了古典主义的保守和厚重，少了一些曲折、悬念和传奇，表达上不像古典主义作家那样满和实，也没有后现代主义的那些油彩和尖叫。

古典主义作品无论篇幅长短，叙述上基本上是全知全能型的，是全方位的视角，文字塞得较满。海明威他们做了大量的革新和改良，文字变得浓缩和省略，海明威有个著名的“冰山理论”：冰山浮在水面的部分仅有十分之三，而水下的十分之七才是更大的存在，它决定了水面部分的雄伟无测。把感悟和预期放到实见之上，也就浑不可测了。这种潜在的未知需要想象，于是审美意象就被延伸、扩大和诱发，形成了作品的张力。海明威“冰山理论”的基础源于对古典主义的研究，并经历了个人艰苦的文学实践。今天的本土先锋小说、现代小说实验者，多数都学习过海明威和福克纳这些人，研究他们如何缝合了现代主义和古典主义这两大板块，成为两大文学流派的黏合者。不研究他们的作品，就缺失了重要的一课。

世界现代主义的文学潮流，并不是从福克纳、海明威他们开始的，而是早就有过许多激进的表达。古典主义也可以追溯得更早，它们各具漫长的来路。现代主义潮流走到今天已经跨越了一个多世纪，古典主义就更不用说了，它拥有更为悠久的历史。在人类文明进程中能够黏合历史的人物，我们习惯称之为“承前启后”和“继往开来”。这样的人物都是划时代的，并具有强大的现实意义。

追溯西方现代小说的发展，还要提到拉美文学的一批代表人物，像阿根廷的博尔赫斯、哥伦比亚的马尔克斯、秘鲁的略萨等魔幻现实主义作家。单用一个“魔幻现实”岂能概括，他们的作品姿态各异，丰富繁杂，尤其是那些大胆的现代主义表达，令人诧异。比如马尔克斯的短篇小说《飞机上的睡美人》《雪地上的血迹》《世界上最美的溺水者》等，都是叹为观止的佳作。还有契诃夫的短篇小说，也非常迷人，他属于古典主义后期，是一个最容易被现代主义和当代写作者所接受的完美小说家，填补了那个时代俄罗斯和西方文坛的某种空白，在俄罗斯和欧洲拥有众多的崇拜者。他中后期的每一个短篇都是那么饱满、华丽和完美，可以称之为开现代小说先河的人物。据说契诃夫去拜访托尔斯泰，他走了以后，托尔斯泰望着他的背影说：“多么完美可爱的一个人，可惜这个人没有自己的哲学。”托翁的话滋味复杂，意味深长，却同样强调了契诃夫的迷人。与契诃夫相比，大部分当代作家应该感到羞愧，因为我们太浮躁、仓促、轻率，功利性太强，远未执着地沉入个人的文学世界。

契诃夫是一位带有古典主义色彩的作家，他的短篇小说对现代主义贡献很大，可以说厥功至伟，大概比海明威和福克纳那些人更了不起。只是美国的那两位作家，在气息上离我们更近一些，先锋性和现代性更为显著。福克纳的名作《熊》是一部中篇小说，是他长篇中的一个片段。福克纳很有意思，他有时举棋不定，觉得这个素材是不是写一个中篇更好？有的当中篇发表了，结果获得很大成功。那本书写得棒极了。福克纳不像海明威那样推敲每一个句子，并没有把每一处细节、局部处理得十分精练和讲究，而是依靠总体意绪、气韵、氛围，以浑厚的力量感取胜。这有点类似中国古典文论中的“气”。

福克纳的写作似乎是漫不经心的，像《熊》这部中篇小说，情节简单，讲述一个名叫艾萨克·麦卡斯林的男孩，为了完成自己的“成年礼”，在长辈指导下捕猎一只体型庞大、名字叫“老班”的熊。无论对于读者还是故事主人公，“老班”都是一个神秘莫测、遥不可及的存在，它充满悬念和诱惑。《熊》采用的是第一人称的叙述视角，直到今天，隔了漫长的时光，我们仍然能够被“老班”强烈地吸引。福克纳不是小心翼翼、刻意营造出一种悬念，他像一个美国南方的老头，慢慢悠悠、絮絮叨叨地讲述一个猎熊的故事。用今天的眼光看，它的笔法甚至不太成熟，也不高明，甚至还犯忌：议论太多。不知是翻译问题还是文本本身的问题，有些地方存在文笔啰唆粗糙、意念裸露等瑕疵。但尽管如此，却没有毁掉这部中篇，因为它在某一方面实在太突出了，以至于让我们忽略了一些缺点。海明威的文学语言比福克纳讲究多了，每一句都非常节俭、浓缩，强调简洁明快的“电报”风格。海明威笔下的句子都是干净简洁的，有人说达到了一种极致，这种极致和完美又掩盖了通篇的刻意所带来的拘谨，或说破绽。由于海明威做得太完美了，个人风格太突出了，反过来又掩盖了一些毛病，最后人们原谅了他，并表示了折服。

短篇小说的写作，从欧·亨利、德莱塞到契诃夫、福克纳、海明威，再至博尔赫斯、马尔克斯等，风格变得更加自由、潇洒，更加个人化。他们放到中国来看，就学习和借鉴而言，不仅存在着巨大的中外差异，而且风格迥异。现在的本土作家面对了众多的选择，实践空间更大了，但有一条是不变的，就是必须与个人的生存经验及文化土壤紧密结合。可以不讲究情节，但是必须有其他的东西让读者着迷和叹服，或语言、人物，或意象、氛围，或通篇的华丽感，要在方寸之地展现一种完美和力量。似乎不能贸然写一个短篇。

短篇小说不会因篇幅短小而减轻分量，它意味着一个完整的构思，意味着全面实现一种个人风格，意味着力量，意味着能够控制、驾驭更多文字的可能性。如果能够交出类似马尔克斯《异乡客》中那样的短篇，也就绝无遗憾。那样的短篇集不亚于任何一部长篇。每个作家一生的创作就像构建一座辉煌的教堂，年轻时把基础打牢，中老年以后造出一个金顶。

继承中的雅与正

一个作家不可能斩断民族文化根柢，因为根柢意味着生长，根柢不是底部的“底”，它是大树的根部，整棵树就靠它扎根和生长，没有它就失去了发育的基础。有人全力阅读翻译作品，尽管也能获益，可以在短时间迎合西化潮流，但不可能走远。

历史上中华民族曾经积弱不振，常说的是“弱国无外交”；岂止无外交，实际上也无文化，这不是危言耸听。国家积贫积弱，文化就得不到世界的承认。西方藐视东方文化，尽管也常常表现出崇拜之意，却宁愿寻找更古老的对象，以便保持对今天和现实的藐视。比如孔子和老子，他们尽可以推崇。二十世纪八十年代出访海外，外国人见了中国面孔就讲孔子和老子，说明他们很愿意承认古代的哲人和文化。从这个角度讲，国外的一些人虽然钦佩、尊崇遥远古老的东方文化，却并不等于承认这个民族的文化。所以我们强调文学一定要与时代紧密相连，具有文化的根柢，并因此获得当代性和先锋性，就是寻求真正杰出的文学。

中国的当代文化必定源自古老悠久的历史文化，不只是这里，任何一个民族都是如此，都拥有自己无法割断的文化血缘。西方自觉不自觉、有意或无意地将我们的古代文化和当代文化割裂，只承认遥远的古代，并用来否认当代，用割裂过去和今天来否定当下这个时期的全部文学。如果说这种情形是西方中心主义者所为，还不如说是民族文化的内部分裂、自戕所造成的。迎合是一种不自信和浮浅。自信不是一个姿态，也不是一种策略，而是一种生命品质。从民族文化的土壤上培育个人的精神自由、个人的艺术，才能广纳整个人类的文化精髓。

二十世纪四五十年代的人的一大部分欠缺两样东西，一是古汉语知识和古典文学修养，二是异域文化。在中国古典文化的吸纳方面，这代人实在欠得太多，对于本民族文化精华的学习与汲取，甚至还没有超过对西方文化的接受。作为一个人，这种实践和经历没能在四十多岁之前完成，会是一个极大的缺憾。这个学习过程能给生命注入一种基本的能量，用以涵养和积蓄中气，这个太重要了。

文学的“地方性”容易使人产生误解，认为作品写得越“乡土”越“民间”，就越有可能取得成功，而且可以省却对先锋和现代的追求和探索，甚至省却中国古典文学的功课。他们认为仅凭个体性地方性的本能、经验和继承，就可以走得很远。这是一种深度的误解，是地方机会主义。其实有些小说的“地方性”，顶多追溯到蒲松龄的《聊斋志异》，再就是这几十年的文学传统。这些源流和传统相对偏僻、贫瘠，乡村秀才和文化馆气扑面而来。没有经过中国古典文学和西方现代文学的洗礼，无形中却继承了中国通俗文学的流脉，并缘此一路走来，最后变得粗糙，庸俗，有深深的粗鄙气。

中国的雅文学传统才是当代文学的源头和正宗，它由“民间文学”和“文人写作”构成。有人质疑将“民间文学”和“文人写作”并列和统一起来，认为二者是矛盾的。他们看不到它们在本质上的相似性，看不到最终的合流。众所周知，中国文学的源头是《诗经》，又称“诗三百”，总共有三百零五首，其中《国风》一百六十首，占去《诗经》的半壁江山还多。“风”是什么？是民间文学，而不是通俗文学。厘清“民间文学”和“通俗文学”这两个概念，对今天的文学继承特别重要。“民间文学”是在一个无限或相对广大的时空里，经过无数人的创造，有的被文人整理加工，有的被原汁原味地记录下来的文字。这些集体智慧的结晶，有可能是民族文化艺术的瑰宝和代表，像西方的史诗《贝奥武夫》、印度史诗《罗摩衍那》，还有藏族史诗《格萨尔王传》等。“通俗文学”则是个人所为，突出的是娱乐性，很难成为一个民族的文化艺术代表。

“文人写作”是指这个民族中最有天才和教养的人积累下来的文字，西方有我们耳熟能详的但丁、莎士比亚、歌德、雨果、拜伦、托尔斯泰、屠格涅夫等，中国从屈原开始，到后来的李白杜甫等。这是中国文学史上一个了不起的递进。在《楚辞》之前还没有出现过杰出的个人创作，那时只有民间文学，即《诗经》中的“风”。《楚辞》中的主要作品是文人的独立创作。虽然《楚辞》中的《天问》《九歌》等还有待判断，或是由屈原整理过的民间文学，但《离骚》等一直被看成是确凿无疑的屈原的作品。《楚辞》之后的文学经历了“汉赋”、汉乐府民歌，三国时期以曹氏父子诗歌为代表的“建安风骨”，两晋陶渊明、谢玄、鲍照等的诗歌艺术，南北朝的骈体文、文论，再至唐诗、宋词、元曲、明清小说这样一路下来，直至《红楼梦》的诞生，这样的一个发展过程。《红楼梦》具有划时代的意义和价值，其伟大之处在于中国文学史上第一次出现了个人的、诗性的即纯文学意义上的长篇叙事作品。《红楼梦》之前也有一些文人小说，比方魏晋南北朝的志怪和笔记、唐宋传奇和话本小说、明代的“三言二拍”等，大部分属于通俗文学。

《红楼梦》继承了《楚辞》、诸子百家、汉赋、唐诗、宋词、元曲等文学传统，它的流脉是中国的雅文学。西方艺术在清代已经传入中国，西方的史诗和戏剧对《红楼梦》也许产生过间接的影响。《三国演义》《水浒传》和《西游记》也不属于通俗文学，而是典型的民间文学，无论是三国故事还是唐僧西天取经、八百里水泊梁山好汉，这些故事都在民间流传了很长时间，一代一代口耳相传，最后被文人加工整理出来。民间文学参与者众，疆域辽阔，无可计量，拥有时空的无限性，提供了通向无限高度和深度、接近完美的可能性，这恰恰是个体创作梦寐以求的艺术理想。所以民间文学与文人创作在内部可以打通，而通俗文学和文人写作之间边界清晰，有难以打通的壁垒。

东西方的雅文学是一脉相承的，它们不会因为地域和文化的遥远与不同而变得隔膜，东西方文学很早就紧密地结合在一起了，并非因为后来翻译作品的增多才形成的。

学习是为了对接

审美与创造力的差异，主要由两个方面决定，即先天和后天。有些很神秘的东西决定了一个生命的先天特质。每个人的性格、禀赋、喜好、敏感度等，均属于先天部分，不可以改变。后天的学习、锤炼、努力，可以在个体生命中诱发先天的能力。有人认为后天增多的学识可以改变人的审美力，这样的说法是可疑的。学习是一种诱发，是与先天的对接过程。因为艺术是审美的，所以在很大程度上还不是纯粹的技法层面，后天的学习只能弥补其中的一小部分。既然如此，为何还要不断努力，以至于不舍昼夜？因为学习并不神秘，它是一个可控的过程，而先天的元素是与生俱来，相对神秘，是固有的和不可控的。后天学习的关键在于能否与先天的能力做到良性对接，如果无法对接，那么生命本身所固有的不可思议的潜能，也就无从唤醒和激活。

从这个意义上讲，后天的一切学习都是有意义的，它是为了与个体生命中所蕴藏的那个未知的部分对接，为了把那些部分从沉睡中唤醒，从幽暗隐蔽处牵引到明亮的阳光下，使阴晦、艰涩和费解变得畅晓通达、可知可感。古人说“五十知天命，六十耳顺”，就是说到了五十岁的时候，能够感知先天生命中的那一部分，有所觉悟。天命是不可更改、不能由个人决定的部分，后天的学习就是为了扩大那些部分。反之，如果后天的学习不能够开发先天，而只是独立运行，那么它将是短促的、多变的、跳跃的和无力的。

比如有两位作者生活在同一个“小地方”，其中的一个离开家乡后，短短几年发展得很好，简直如有神助。另一个与他从小在一起的人往往颇不以为然。中国有句俗话叫“撤底怕老乡”，说的就是一个人无论成就多么显赫，在家乡人面前都会老实收敛，因为这里的人从小就知道他，了解其举手投足和神态气息，对他知根知底，可以直呼他的小名，点戳他的软肋，所以也就更不愿承认他。中国人愿意承认外国和古代，道理也在这里，这是人性中的一个弱点或痼疾。一旦熟知了他人的起步和原来，便不愿服气，认为对方没什么了不起的。有人说这是一种嫉妒，但并不完全是，而是一种相当复杂的心理，也是人类很容易犯下的一个相当严重的错误。其严重性，就在于他忽略了一个最重要的东西，就是他们分手的这几十年里，对方的学习与经历。对于真正会学习的人，几十年是多么重要。学习的不同，会直接影响到与先天的对接，会熄灭或引发巨大的生命能量。

旋律感和歌唱性

每个写作者都存在模仿或者不自觉地受到他人影响的情形，如果一度特别喜欢一位作家，写作中多少能嗅到一点对方的气息，实属正常，大概所有作家都有过这种经历。过分地偏向某个作家，固然是创作的一大忌讳，但也不要看得那么可怕。如果对自己产生深刻影响的是一个伟大而杰出的作家，他的许多优点，包括他的部分缺点伴随一段时间，并不是一件坏事情。一个叫伊莎贝尔的拉美女作家，被称为“穿裙子的马尔克斯”，许多人都嘲笑她，但是她本人很坦然和自豪，她说马尔克斯那么伟大，我像他并没有什么不光彩。

最怕的，是模仿了某种漂浮而浅薄的艺术，落进一个时期时尚和潮流的追逐之中。一旦写作中的语调和气息走入概念化，充斥着这个时代最肤浅最俗腻的东西，才是最糟糕的。如果真正伴随一个杰出的文学灵魂行进，字里行间留下来的气息便不会庸俗，不会像现在那些排山倒海的杂志图书一样令人厌恶、拒绝和排斥。因为从伟大的灵魂中获取的某一点，都是非常宝贵的，这种选择也说明了自己的不平凡。这样的过程，更有脱颖而出的可能：变成另一个自己。

文学的遥感力十分重要，这里是指距离感。遥感力是一种不可或缺的能力，因为太切近，总是陷入其中，就会有“只缘身在此山中”的迷惑。冷静和距离，是审美所必需的。风格的雅俗、文笔的粗精、品位的高低，更有气息等，需要去感受。如果只能近感，不能遥感，就会被埋没和包围，产生判断混乱，就会不知“四至”。“四至”是四个方位的边界。遥感，得出的印象是不同的，再加上近观，会更准确和更超越，具有不同凡响的概括高度。

“审美”与“小说”这两个词汇不是源于西方，而是来自中国古典，它与西方学术对接了，具有很强的对应性。许多词汇是在时间里慢慢锤炼形成的，经过淘洗才确立下来。在外国没有“小说”和“审美”这样的成词。“审美”是一个中国古词，它作为一个成词，表达出很好的内涵。“审美”显然不同于一般的文学欣赏，而是大于、高于和包含了文学欣赏。一个“审”字就突出了隆重和庄严的意味，具有壮阔、肃穆的空间感，蕴含了近观遥望、慎重判断、理性追究和感性把握等种种意味，是关于对象的一种注视，是既徘徊又接近、既逡巡又排斥、既背离又进入的这么一个相辅相成、相伴相随、错综复杂的过程。“美”是客观存在，“审”是主观能力和状态，二者相加就是主客观的相互交换，最后达到物我交融、浑然一体的境界。

对于“审美”，我们往往会有一个误解，以为“美”就是引起感官和心理的愉悦，是一种美好的感受和把握。这是一种简单化的理解。“审美”必要包括人类和客观世界的种种元素，不仅有阳光、鲜花、爱情、友谊，还有阴郁、嫉妒、黑暗、肮脏，这些复杂的元素和观感都包含其中，难以形容，只能依靠感觉和逻辑、感性和理性的双重掌控。所以“审美”常常成为一场浩大庄严、复杂而神秘的活动。从“审美”“诗学”和“写作学”的角度谈论写作，便对创作提出了更高的标准，无论是面对一万字左右的短篇，还是二三十万字的长篇，我们是否有至大的决心和志向，让它的每一个句子都是完美的、不可挑剔的？只有确立了这种目标，才有可能诞生杰出的作品。

艺术创造的真正的难度在于，即使有很高的志向也未必能够达到那个目标，更何况粗制滥造。比如一篇万字小说，大概有几千个词汇，这些词汇是否使用得精准妥当、完美无瑕？在语汇调整上，是否由于位序的不同而蕴藏了特别的含义？一万个字里又有多少句子，多少分句和复合句？如果一万字里有几百个分句，平均两个分句组成一个复合句，那么也有上千个复合句，是否做到了每一个分句和复合句都极度完美？它的完美性包含精练、准确、个人化、生动性。除此之外，还有通篇的韵律、节奏、意象、意境等。说到韵律，像海明威、马尔克斯和索尔·贝娄的作品，尽管译者不同，但只要是比较好的，我们都能够从中触摸到它的韵律：如同一曲长歌，婉转起伏，声调华丽饱满。它的韵律是由个人化的词汇和语言，从分句到复合句的完美来完成和抵达的。

也正是因为有了曲折精妙的语言旋律，其局部少许的糙痕和斑点便得到了遮罩。即便是阅读经验丰富的人，在这几位作家的作品中也很难看到一个失败的句子。还有《红楼梦》，可以细看，里边几乎没有一个复合句是糟糕的。杰出作品不可企及的美、思想的高度，是从局部开始完成的，它们首先做到每个词汇都是精确和舒适的，没有一个分句不饱满，没有一个复合句不精妙。这样的作品，哪一部不是一长首歌？哪一篇不拥有一种旋律？失去了旋律感就不会是一部好作品。对于一部杰作来说，最重要的东西不是情节、结构、人物、思想等，而是它在拥有这些的同时，进入自己的旋律。如果是一个敏感的读者，大概绝不会无视文本中所蕴含的或激烈冲荡、或柔婉细腻的旋律。

文学的起源是先有曲调后有文字，或者乐曲和歌词同时产生，古今中外概无例外。无论是国外流传的英雄史诗，还是中国的《诗经》，都是词曲共生，具有一种旋律感：离开了歌唱便没有文学。由于阅读的演变和各种原因，最后导致了词曲分离，但尽管这样，却并不代表文学擦掉了原来的基因。所以直到现在，最好的作品仍然具有音乐的旋律感。这种旋律感需要去品味和体悟，没法说出它的具体曲式，需要慢慢感受。作品有了旋律之后，气脉就会通畅，从起始、发展、高潮到降落，它的声速与声调是完整浑然的，所谓“一唱三叹”，就是在说旋律。不仅散文和诗歌如此，小说和论文也是如此，所有优秀的文字作品都是建立在一种旋律之上。

一些作品开篇就会进入一种旋律，声音的洪流渐次汇成，一点点发展，往上，上升到一定高度便开始“喧叙”，西方歌剧中的“喧叙调”也称为“朗诵调”，边说边唱，最后达到剧情的高峰，主唱段到来。整部歌剧的气氛抬到了最高，这个高度让观众受不了、坐不住。可是最华丽的地方，是与这个峰顶即将脱离的时刻。那个旋律高得不能再高了，它不得不往下滑行，这一瞬间，最奇妙细腻的部分呈现出来了。想象为一种物理现象：好像那个地方有了一个弧度，而不是陡然掉下来，那样就失重了。这时必须保持一个速度，优美地滑翔和降落，这是最有难度、最需要技巧的时段。写作中，每个卓越的创造者都会把握文笔的节奏，慢慢呈现最激动人心的部分。敏感的大读者一定会在这些地方稍稍停留一下，品味到深处。每一部作品都应该形成一部“歌剧”，即使乐曲与文字分离了，字里行间也依然葆有旋律感和歌唱性，而不仅仅是诉诸视觉的焦干的文字。

不同的乡土作家

那些迷人的作家与作品，会与不同的读者相遇。不同的阅读能力会有不同的吸收。比如马尔克斯大量的作品写哥伦比亚，渲染那个大陆的荒诞、无序和孤独，所以经常被视为地域色彩浓郁的乡土作家。但是作为一个他者，现场看到的哥伦比亚，也许是没有长期生活其间的缘故，丝毫也感受不到马尔克斯作品中所描绘的情与境。苏联作家阿斯塔菲耶夫，他的《鱼王》

曾在中国风靡一时，是二十世纪八九十年代对中国作家影响极大的一本书。再一个是危地马拉的阿斯图里亚斯，他的代表作是《玉米人》。这三位作家的作品极具强烈的地域性，都容易被当成乡土和地域作家的范本去理解和模仿。如果东方的本土作家只是这样领会和汲取，或者也会走向偏颇化和简单化。

如果对欧洲文学、俄罗斯文学和拉美文学这三个板块稍稍深入地阅读，就会发觉那些作家与我们经验中的地域和乡土差异巨大。那不是我们传统意义上的“乡土文学”。在我们这里，更多的是从气质、笔法、结构方式，包括作家的文化心理和表述观念，这些方面综合出的一个命名。所以有人认为大多数的本土作家，也包括以城市生活为题材的写作，都应该属于乡土作家的范畴。乡土性表现在顽固的地方视角，民间视角和相对保守的价值观念，以及对于外国近代和现代主义文学潮流的一般化的模仿、依赖和借鉴。

艺术比如服饰，在现实生活中盲目激进地学习时尚，往往是适得其反的。一个气质与教养兼备、视野开阔和走遍世界的人，在现实生活中不会突兀地穿戴起巴黎服装展上的“展品”。文学也是如此，形式上的紧跟与模仿，正是乡土小说家才有的特征。城市题材的写作，特别是乐于表达现代生活的这一部分，都是地道的东方乡土。而索尔·贝娄写了一辈子芝加哥，展现了贫民窟、黑社会、上流社会与知识分子和商业精英，那么顽固、逼真地描写个人所熟知的芝加哥经验，却始终没有堕入一般意义上的“乡土”。

需要尽快摆脱“乡土”固有的惯性、概念和窠臼，离开狭隘的地域性，离开对现代主义文字的浅表仿造，以走入真正的先锋性。它不是简单的并行或跟住，而是自主自为的独唱。没有文学阅读能力的人，会把那些简单的仿制当成真正的先锋，这是一种误解。先锋必须从当代出发、从个人出发，也要从文化传统出发，必须扎根于中西雅文学的交汇点上，然后茁壮生长。离开了这个基础，所谓的“先锋性”和“现代性”，便会类同于生活中穿戴巴黎服装展品的人。

真正自信和笃定的艺术家，世俗得失对他不会产生很大的影响，而始终能够保持一种定力。这种力量来自对人类社会的深刻观察，来自对文字的谨慎和持重、苛求和保守的态度。所谓的成功者生活优越了，日月安定了，也就失去了奋斗期的绷紧、勤奋和压抑，即便仍旧操持文字生涯，也只是依赖语言和情节的惯性往前推进：表面看很像那么回事，内在的生命力却衰弱下来。世俗的荣誉并不能把一个真正的艺术家从压抑者的立场上移开。他仍然会极力地追求完美，释放自己的仁善和愤怒，这种释放力是强大的，是人格，是所谓的宠辱不惊。

文学追求终究还是对个人灵魂的一种安慰和实现，是个体生命的一种支撑。在这个追求、实现和满足的过程中，一定会唤起对于人类和社会的责任感。个体生命实现的完美程度，决定了能否对整个世界和人类文明做出贡献，以及提供了多大的可能性。所以文学写作以什么样的作品为坐标和榜样，非常重要。杰出作品在某个方面必定达到了极度的完美，放射出灼眼的光芒，强光之下，我们甚至无法看到其他的缺失。我们看不到太阳的黑斑，也看不到旁边的星球，因为它的光芒覆盖了一切。沐浴在这种光辉里，是最健康的生活。

懒惰的反面是勤奋

有人经常唠叨，说作家应该少写而不是多写，如此才会有杰作，比如老子的《道德经》只有五千字，却成为不朽；半部《红楼梦》就成为一个伟大的经典。其实这不过是一种懒惰的遁词而已。一般来说作家不是写得太多，而是太少。因为努力劳动而变得粗糙滥制，这不过是一个笑话。只有热爱和恪守才是谐配的，而懒惰和粗疏从来都是一对。杰出的作家能够容忍自己的浮浅和草率，等于说从血管里流出来的是水。写作和阅读也一定是一体两面，没有一个勤奋的作家是一个懒惰的读者，反之第一流的大读者如果写作，也极有可能是出色的作家。大劳动者都具有好奇心和探究不倦的精神，他们的劳动能量常常是巨大和惊人的。海德格尔是位哲学家，主要工作是教学，带出了一些有名的学生，德国出版的海德格尔文集为一百零几卷。海德格尔活了八十七岁，不仅教学任务繁重，一些社会活动也多得不得了，在著作方面却留下了如此巨量。

一位中国哲学家牟宗三，山东栖霞人，一辈子从事教学，为躲避战乱行迹遥远，最后在台湾度过晚年。他写下了一千多万字的哲学著作。歌德的文字，折合汉字接近三千万。索尔·贝娄除了小说之外，还有大量的社会学著作。有人最爱举的例子是曹雪芹，但这是否实有其人、活到多大年纪、到底完成了多少作品，一直存有争议。还有一点不要忘记，即便他真的只有半部“红楼”，我们还要想到这半部文字的背后有多少巨量的劳动，它们在阴影里不为人知。

懒汉最乐于从老子和曹雪芹两人身上寻找借口，井底之蛙永远都不会知晓天空是多么辽阔，永远都触摸不到心灵的富饶疆域。写得少不要紧，但要写得足够好，问题是这几乎无一例外地需要付出巨大的劳动：阅读和写作，还有实际生活中的恪守、勇敢和探究。倾尽全力还写不好，更何况避重就轻，奢谈什么以少胜多的所谓“精品意识”。作家的一个目的和标准，就是要写得好。达到这个标准的唯一途径是什么，当然不言而喻。勤奋和努力，顽强与坚持，告别各种机会主义，绝不能只是说说而已。

我们的创作实践给人一种不满足感，常常是因为生命力不够强悍。或许写作者要有“悍气”，文笔精湛、细腻和优美，并不意味着手下无箸和纤弱无力。“悍气”是生命的一种底气，是从深处冲决而出的一股突破力和坚持力。这种力量会左右笔下的人物、故事、情节、结构，还决定着他的好奇心、探讨问题的深度、文笔的张力、坚持的韧性。这可能也属于先天的禀赋和后天的学识，是其中的一个重要部分。“悍气”不完全等同于“勇气”，但肯定有关。这是一股强大的动能，具有扫荡一切的冲决力，能让人克服一切阻挠破土向上。有人渴望成为拔地而起的天才，无法压抑，但这仍然需要朴实的劳动，需要这个基础之上的成长。一种令人动容的力量，就是那种深藏不露的气概，这里被称为“悍气”。这种质地特异的沉厚顽强常常是以温和的方式出现的，是包容和兼收并蓄，是静与正，是顺从四季的劳动精神和工作态度。勇猛霸道和所向披靡，这可能算不得什么真正的“悍气”，因为不能持久；既遵守规矩又突破羁绊，既善良又“残忍”，一种不管不顾的冲动、强大的事业心和行动力，应该化为平凡的生活细节。它也许不太引人注目。不过只有这样，才有可能写出优美与残酷交织、华丽与粗粝并存、宏阔与细腻相间的文字，产生惊心动魄的效果。如果不是极度的完美、极度的生僻、极度的冷寂，也就不可能是非凡的存在。

在写作上容易出现两种倾向：一是太过任性，稚气未脱就放纵乱涂，不相信起码的规范，不接受基本的训练；二是太过老旧，总是按部就班，认同地方传统和文化馆气，从头至尾暮气四合。做到视野开阔、训练严苛、储备充分，同时又鼓荡着强大的冲决力，这才是理想的状态。常讲的“谦虚使人进步，骄傲使人落后”，如果是一句至理，那么还要看对哪些人谦虚、在哪些方面谦虚。在创造审美的过程中，一个最大的推动力可能是“不服从性”，这是说审美上的“悍气”。这正是一种根本性的学习。生命是非常复杂的，一个特别老实、唯唯诺诺的谦虚者，文章却会悍气十足。原来每个人先天里都有不同的气质，关键是怎样培育出其中的某一部分，让它成长，让它在一个特定的时空里长成参天大树。当它还是一个幼苗时，就没有给它阳光、水分、空气，还怎么指望能适时发育？相反，另一些不好的东西却在任意地滋生蔓延，最后造成了麻烦。

传统与迷人之“兴”

中国新诗百年，取得的成就及今后的走向，是至大的学术问题、诗学问题，当然也是写作学问题。这里需要对中国雅文学，即以《诗经》为起源，以《楚辞》、唐诗宋词为代表的中国诗歌传统做一番梳理。诗的问题是文学的核心问题，诗学问题包括了全部雅文学的问题，所以不能单纯地谈论诗歌，而要涉及整个文学。

新诗的源头是五四时期的白话诗，就是那些勉强称之为诗的短句。它们虽然要在文学史上记一笔，因为是开拓的符号，是这个意义。以前曾在《理想的阅读》中说过一段话：

那些在文学史中特别具有“史的意义”，被反复从“思想”

上加以赞扬和强调的作品，往往是最经不住阅读之物。……我们选择和接受的，是文学的魅力，而不是从活的艺术肌体上割裂出来的一块“进步的排骨”。

文学史大都是一些学者写的，他们常常更多地从社会层面上把握作品，注重这个向度。但一些大学者会进入深层的审美，而大量的文学史，只特别强调史的意义和价值，寻找符号、系统和坐标，从这个意义上讲，一个得到强调的作品往往并不那么迷人。

诗是一个时期的文学核心和制高点，是文学皇冠上的一颗明珠。但是人们普遍认为自由诗、现代诗并不能成为一个时期的文学代表。我们许多人仍然对诗怀有一份崇敬之情，因为它是最难以走向完美的体裁。中国现代诗也许还是要回到《诗经》和《楚辞》、唐诗和宋词的雅文学传统上去，当然不一定是形式上的简单迁就和移植，而是内在的汲取和继承。这个继承不仅对诗，还有其他。

当代雅文学越来越背离传统，这是最严重的问题。《诗经》是雅文学的源头，《诗经》的“三体三用”在诗学研究领域里经常被提及。“三体”是指“风、雅、颂”，“三用”即“赋、比、兴”，是三种表现手法。“赋”是叙述，就是把思想感情及相关事物讲个明白；“比”就是类比、比喻；“兴”不太好理解，古老诗学中对它的解释，仍然视为一种表现手法，实际上有些浅近和偏颇。

这三大创作手法，尤其是鲜活灵动的“兴”，被“手法”这顶大帽子死死地扣住了。什么是“兴”？用朱熹的话说就是“兴者，先言他物而引起所咏之词也”。比如我们要说这个瓷杯，却先说一旁的纸盒。言说的主体是杯子，可是从不太相关的物件开始说起，这就是“兴”。比如《周南·关雎》，“关关雎鸠，在河之洲。窈窕淑女，君子好逑”，鸣叫的水鸟与君子淑女之间似乎并没有什么必然联系。还有像《孔雀东南飞》的起首两句：“孔雀东南飞，五里一徘徊。”也与下面的故事内容没有什么内在的逻辑关系。诗人无论是愉快、兴奋还是哀怨、愤怒，都是从一个漠不关心、距离叙述主体或对象很远的地方开始，这种距离感就是“兴”。

如果说“兴”是一种写作手法，为什么诗歌、散文、小说等体裁发展到今天，只有“赋”和“比”依然被广泛运用？我们的小说、散文、诗歌离开了“赋”和“比”简直寸步难行，到处都是叙述、铺排、比喻。“比”在现代诗歌中更是不可或缺，因为离开了“比喻”，有人就无法写诗，唯独“兴”在现代写作中难觅踪迹。因为现代生活节奏太快、现代人的功利心太强，五分钟的机会主义都不肯放过，在他们看来那些遥远的事情和思绪，简直是浪费时间。大家都在做的，就是直奔目的，直取故事、人物、情节、主题，这时候还要“兴”，实属多此一举。所以对于功利心特别强的现代写作，“兴”几乎被废掉了。

作为一种表现手法被废掉并不要紧，但作为生命的一个本质能力被抽掉，却是非常可怕的。“兴”是什么？它是激活生命的一种力量，人的激发力、感动力、联想力、关照力，其实就是“兴”。“看山则情满青山”，看到一座山就觉得整个山都溢满了情感，被情感笼罩，这就是生命投射万物的时候，自然产生的一种关怀力和感动力。生命失去“兴”的力量，意味着诗的能力、文学的根本表述力被抽掉了，于是也就更容易被物质主义和娱乐主义毁掉。

或许有人认为现代小说与诗歌不同，“兴”对小说这种写作形式的影响不会那么致命。事实上真的如此？“兴”太难了，它需要从生命内部激活感动、感知和好奇，焕发出一种生命能量，去投射自然，这个自然与情节发展、人物情感似乎没有多少关系，是一个独立的审美板块和单元。但这个东西不得了，它会决定作品的成色。即便是一个独立的单元，还必须毫不突兀，并且要足够迷人，这在一个平庸的写作者那里是办不到的。由于它是生命的本质部分，所以当代小说一旦丧失了“兴”的能力，没有“先言他物而引起所咏之事”的本事，整个诗性的核心便要偏移。

现代作者变得漠不关心，几十万字的一部长篇看不到一条河流、一棵树木，听不到一声鸟鸣，为什么？因为人类失去了对于自然界、对于滋生万物的生命背景的敬畏之情，失去了热情洋溢的捕捉力、拥抱力和关切力。“兴”在欲望的时代、物质的时代、娱乐的时代是一个逐步丧失、渐渐退出的过程。只有伟大的心灵中，这种能力才是永远充沛的。“兴”之能力的萎缩和丧失，意味着一个时代文学格局的萎缩和渺小。

优秀作品都是迷人的，迷人和吸引人是统一的。迷人才会构成吸引，才会让人倾倒，才不会让人遗忘。作品的人物、故事、生活环境、细节描绘，都必须迷人才行。写一座房子，无论简陋还是奢华，都让人产生实勘或入住的冲动和拥有的欲望。写一位老人，也让人涌现与之交往的念头。写一个坏人，幽默而古怪，从未见过，让人产生见识一下的想法。写爱情，让人有一种不可遏制的体验冲动。写背叛，彻骨的苍凉感让人唏嘘不已。作品中的自然环境、建筑、人物关系、人物个性，这一切都让读者恨不能亲历一番。无论是黑暗、阴郁、含蓄，还是光明、美好、快乐，所有的元素到了笔下，都必须引起体验和触摸的欲求，既黏眼又迷心，不愿割舍。这是深深的吸引。不让人讨厌，不让人疏远，用真实的情感、描述的准确和兴味盎然，把读者粘住，融入其中，化为己有。这是写作的一个途径、一个条件。

2018年9月4日于山东文学馆

更高一级的文学

关于“儿童不宜”

在写作中，许多东西不但不能回避，还要深入，要表达得生动、充分和饱满，要真实。这些不能回避的东西里有苦难和爱情，还有许多许多。从事儿童文学写作，具体进入的时候，常常会遇到“儿童不宜”的问题。比如说不能过多地写生活中的惨烈。文学固然需要更深地揭示生活真相，能够让读者获得一种强大的力量感。文学无可回避，它必须直面人生。这是没有问题的。但由于我们要写给儿童看，就不得不考虑更多。比如说我们不愿让他们在这么小的年纪里就陷入巨大的悲恸绝望之中。我们是不是有勇气让他们接触那么多的血腥，沉迷在不可解脱的性爱中，这真的是一个问题。我们当然要考虑这样做的后果。听说国外的少年教育里开始有节制地在某个阶段引入一点性的知识，但不知是怎么做的。这些东西在一个保守的东方人看来，也不太好理解。

血腥和暴力肯定是儿童不宜的。我们看到一些很有名的新时代的所谓“经典”儿童小说里，写到孩子，怎样把一个敌人用刀砍死或用矛枪扎死，或用别的办法把他杀死。这种血淋淋的表达大概未必合适。我们培育儿童，虽然不能告诉他们虚假的生活，但是在他们这个年龄段，仍然不应该以各种堂皇的借口或方式引导杀戮。不能让他们在杀戮中获得快感，正像不能在性爱中获得快感一样。无论这些描述含有多么高的思想价值、审美理由、哲学思考，也还是要让步于儿童的成长，要考虑到对其身心健康有益。

类型化的文学

无论怎样，儿童文学还是不能做得过分“类型化”，它其实只是整个文学肌体上的一部分。任何文学题材做成了类型化的东西，至多只会是二三流的。不同的题材都属于文学。时下我们经常看到的现象是，从本土创作到许多翻译过来的作品，有一个共同的倾向，就是过分地行当化、类型化了。于是，就成了低一级的文学。

举个例子，我们经常强调文学表达要有“宗教情怀”和“神性高度”，但如果做得过于直接和简单，比如专门去写某一种宗教故事，会成为第一流的文学吗？它就一定会有宗教感和神圣感吗？当然不是。这更有可能写成一种“类型文学”。尽管它里边有大量关于宗教的术语、宗教的生活，但并不意味着具备了强烈的宗教情怀和神性高度。真正意义上的宗教情怀和神性，更有可能在平凡的日常描述中得以深刻体现。

儿童文学有禁忌，有禁区，有儿童不宜，同时它又应该成为最好的文学，应该具有一切杰出文学才有的高度。所以儿童文学的写作就变得格外困难。没有惨烈的生活，不写浓烈的爱情，没有那种形而上的复杂描述，仍然还要抵达人性与生活的深部，当然是更难的。

正因为困难，才自觉不自觉地从儿童文学的写作中找出一条捷径，比如充分的类型化，将其变成了一个回避的角落。这太可惜了。好的儿童文学完全不必如此，因为谁都明白这里同样没有“文学赦免权”。不能因为写的是“儿童文学”，就一定是浅薄、幼稚和平庸的。我们如果将其做成非个人化、非文学化、非思想化的粗浅幼稚的文字，只能是贬低了它。相反，我们既有能力把儿童不宜的元素过滤掉，又能够抵达杰作的深度和高度、色彩以及阅读的快感和吸引力，那才是真正意义上的儿童文学。

要弥补儿童文学类型化所造成的苍白和孱弱，做出各种各样的商业操作，以致不惜画地为牢圈养起来，这不是一个好办法，也无济于事。将儿童文学视为不可以用文学标准来论断和比较的特殊事物，是荒诞的。文学领域其实是没有“特区”的。在商业时代，类型化的现象繁衍下去并愈演愈烈，是必然的。商业可以绕开文学，直接面对市场，而我们时下的阅读现状就是人口基数大，孩子读书又是一种“刚需”。借助这些基本条件和时代特征，可以顺利而熟练地推销大量类型化的、非文学的读物。它们大致聊胜于无，耗损了孩子的宝贵时间，或直接就是一些垃圾。

儿童文学向往更高的标准，成为纯粹的艺术，要求作家具备更高的文明修养，更好的语言能力，更开阔的诗人情怀。他们的创作者要有化繁为简、化高为低、化深为浅的能力。当然，这里的“简”“低”“浅”都是打引号的。正因为它的难度是如此之大，所以常常令人视为畏途，不断地尝试又不断地退缩，最后一点点退出。

一个写作者从十几岁开始创作儿童文学，写到中老年也不见得会取得很大成绩。作家有了四十多年的文学历练，也不一定具备化繁为简、化深为浅、化高为低的能力。在这种“化”的过程中，绝不能丢掉语言艺术中最根本的东西，比如说语言，思想，比如说那种看不见摸不着的形而上之思。诗心和童心是文学的核心，这些核心部分只要不曾丢弃，就会越来越靠近儿童，也会越来越纯粹，越有意义。作家未来出个人文集的时候，绝不会因为收入自己的幼儿文学、少儿文学，以及所谓的“桥梁书”诸如此类的文字而感到羞愧，相反，它们将成为他全部作品中闪闪发光的珍珠。

经验与常识

今天儿童文学的水准，实际上是和整个时代的文学水准相一致的，存在的优长与问题也大致相似。如果整个时代的文学处于低潮，唯有成人文学或儿童文学独树一帜，也不太可能。假设我们拥有一批杰出的成人文学作家，他们曾经写出了一大批了不起的作品，但唯独忽略了儿童的阅读，放弃了这方面的表达，造成集体的盲区或缺席，也不太可能。因为这不符合事物发展的规律，不属于正常的生命现象。我们从中外文学史上可以发现，真正的文学繁荣时代一定是包括了儿童文学。

将儿童文学画地为牢，使其沦为某一个特殊的局部，形成一个洼地，这样的局面最终不会长久。绚丽迷人的童心会从根本上吸引那些具有雄心的写作者，他们将在这里做出精彩的表达，这在文学史上是一再呈现过的。从创作到出版，一旦形成了某种怪异的隔离现象，就变得极不正常，也只能是暂时的。热衷于类型化的写作者或认为这都是自然而然的，并将其当成一种不可比拟的“特区”。其实这不过是对文学的误解。类似的道理也可以推及其他，什么宗教题材、科幻题材、军旅题材、女性题材、网络文学，还有按类似方法划出的更多“领域”。这样一来文学就给分割成一块一块，像割肉一样，最后整个的文学肌体只剩下了一具剔得光光的骨架。这当然是荒谬的。实际上从来没有那么多古怪的“特区”，文学就是文学，它仅仅是语言艺术，其内在品质都是一样的，同属于诗与思。

写什么题材不要紧，判断中仍然要面对文学的标准：好的或不好的、优异的或拙劣的。这与在哪里发表也关系不大，网络、报纸杂志、书籍，全都一样，哪里都没有赦免的条件，没有其他标准。

如果从其他角度提出问题，一再强调其特殊性，如读者对象变了，笔调及其他必然要有区别等。这种“区别”说白了不过是语言艺术的一部分，而绝不意味着拥有了其他的权利和理由。它有自己的禁忌，有更周全更细致的考虑，写其他任何题材也同样如此，这本来就是语言艺术的“题中应有之义”。儿童文学作品如果句子纠缠烦琐，儿童就读不懂；道理过于深奥晦涩，像对待成人读者一样，他们就很难接受。它一定要求简短明快、相对简单、由浅入深，除了一部分文字需要家长和老师引导阅读，大部分还要让儿童在兴趣中自己理解。书中有一小部分可能他们最终也不太懂，那是需要记住的，留待将来的。所以写给儿童的作品也不必全都一目了然，清澈得像一碗水。我们都有过这样的经历：小时候读不太懂的段落，由于好奇，竟然牢牢地记住了，十几年甚至几十年过去，还想弄懂它。这也是一个回顾童年的过程，很有趣。记住儿童文学阅读中的某些“不懂”，让这个“不懂”贮存在记忆里，就像留下了一个存根簿似的。当然，类似的情形也不可能太多。

这其实就是在讲节制。暴力、性、苦难，都要节制。哪里是一个度？大概很少有人能够具体地一一回答，它只能留在每个写作者心底。他一定是知道的，不知道是不可能的。诸多写作问题还是要靠感觉把握，靠经验把握。在常识方面，在感觉方面得以通过，这不光是衡量儿童文学诸因素的重要标准，也是人们在生活当中用以判断事物的标准。我们不能事事依赖法律和规定，那就太晚了，也将耽搁很多。世界上很多东西本来就是无法量化的，没法全都做出条理化的规定。德国大哲学家康德说了一句话，大意是："在常识和感觉中引起不适的，就是不道德的。"

生活中有许多东西，做还是不做，正确还是错误，都是靠常识靠感觉去把握的。一个东西是不是让人反感，让人厌恶，人们心里自然有数。一定要将某些道德范畴的东西逐一举手表决，那不仅烦琐，而且也不可能。从事儿童文学的人需要恪守的一些东西，大致还是要依靠经验、依靠一些常识性的判断去把握。

只要是心智正常的人、精神健康的人，在这些方面达成一致是很容易的。写作者也常常是一位家长，他跟别的家长在对待孩子的成长方面不会有什么不同，并不需要他人指导和提醒，告诉哪些该写哪些不能染指，哪些是行文中的禁忌，不需要。常识和感觉中的适与不适才是最重要的，它会直接告诉我们该怎样做。

文学与读物

有人认为现在有一些需要厘清的问题，比如“儿童文学”与“儿童读物”混淆一起，这将影响儿童文学的发展。这似乎是一个问题。但由于受众主要是家长和孩子，也不太可能把一般的“读物”和“文学”区分开来。他们往往把这一切当成同一种东西，把所有在市场上流行的“童书”，比如大多数的趣味书故事书，视为“文学”搬回家。这样也没什么太大的坏处，只是粗率了一些。人们现在希望某一类专业人士不要缺席，尽到责任，比如那些专业儿童文学研究者，也包括教师、评论家和出版人，希望他们从专业高度把问题讲得清楚一些。

这就像我们对待雅文学（通常被叫成“纯文学”）和通俗文学的界限常常模糊不清一样。一般读者可以含混一点，专业研究者则应该清晰，因为这本来就属于专业方面的基本认识。从市场看，一部分是“儿童文学”，另有很大的一部分应该算作“儿童读物”，还有一部分介于二者之间。就像“雅文学”和“俗文学”不一定是清清楚楚地截然分开一样，“儿童文学”和“儿童读物”也是如此。文学问题总是异常复杂，思想、审美、道德，诸多元素常常纠缠在一起，需要依赖每个人的经验，依赖修养、常识和感受去做出鉴别。这大致不难。

不能因为是交给少年儿童的文字，就全都搞成一碗凉水那么淡，里面什么东西都没有：没有特别的思想和意境，没有诗性，更谈不上语言艺术的魅力，只是一点噱头和趣味。思想的含量与语言的魅力是文学写作的基本要求，其个人性也是最基本的要求。一部儿童文学作品从语言开始，必须打上独自创造的强烈印记，成为不被重复的唯一，绝不会因为肤浅和简单而取得少儿阅读的资格。就因为是写给幼儿的读物，一定要稀薄无物，当然不是。如果读者具有审美敏感性，即便在最“浅直”的文字中也会辨析出不同的美学品质。透过表层深入内部，发现其特异的想象力，等待家长和幼儿一起领略的另一片风景。在期待挖掘的第二层第三层意思后边，或有隐喻，有无限的空间，可见它们既不简单也不苍白。

我们可以写斗室生活，但视野和牵挂却要辽远无际，想象的触角一定是打开的，能够通向星空，非常高阔。没有议论星空，议论大海的另一边，也没有把复杂的人生阅历如数摊在眼前，但我们却仍然能够感觉它们的存在。一切都沉在文字后面，让人感觉写作者巨大的精神资源和心灵的力量。他有中气，有底气，下笔自然不同。

那些苍白的文字，除了一点小机智小趣味，所包含的一切还不足以称之为“文学”，因为不具有语言艺术的魅力。那常常是、仅仅是机灵的文字组合。诚然，一本儿童读物拥有好的价值观，仍然可以启迪儿童。所以我们不能说“儿童读物”一定是无益的，而是在说它与文学的区别。形式和内容上“简单”

与否，也不能视作二者的区别，比如有的经典儿童文学作品不过是写了一个很简单的故事，一只兔子或青蛙之类，其中也许并没有什么惊心动魄的内容，却能够散发出无穷的魅力，让无数人心向往之。一本几百字的图画书，不仅让孩子着迷，甚至还让年迈者为之动容，一遍又一遍地翻阅。这是为什么？因为它虽然简单，却属于真正意义上的“文学”，而不是一般意义上的“儿童读物”。

一个生活场景，一段人与动物的小小过往，一些对话和记录，令人心醉神迷。它引起了我们如此多的联想，这是一种爱，一种怜悯，它促使我们设问：在这个世界上，我们能不能给予而不是索取更多的爱？面对少年的成长、无限的希望和无可奈何，更有未来的悲剧，我们所经历的悲剧、我们的忧虑、无法倾诉的血缘情谊和牵挂，还有我们对于自然，对于无常，对于高阔的那种神秘的向往，对大自然的爱，都一齐涌来了。

不过是两个小动物的故事，是它们办的一些大大小小的事情，可是我们许多人都办不好。我们作为人，有时自愧不如。它们能在我们这儿激起这么复杂的情绪，而整个故事又多么浅显和简约，甚至有点幼稚。是的，一个小小的生灵，引起我们成年人这么多的联想，甚至有一种震撼感。然而它并没有写悲剧，却让我们心中出现了巨大的悲悯；它没有写爱情，却让我们想起了爱情萌发时的一个又一个楚楚动人的场面和记忆；它没有写死亡，但是我们却从这疼怜和小心翼翼的关切中，感到了生命的脆弱和有限；等等。所有的情愫和意味似乎都不是这则小小的文字和绘画直接描述和传递的，却又真的包含了一切。

原来这就是文学的拥有，文学的功能，文学的魔力。

从表面上看，作者真的没有在文字中投入极复杂的元素，奇怪的是这一切全都拥有了。他在写作的时候可能不自觉地把个人的情怀、经验、人性，把自己精神世界中所能囊括的全部，不露痕迹地留在了其中。这些情愫与感受也许孩子读不到，可是家长能读到；家长读不到，其他人能读到；一个人读不到，更多的人能读到；一年读不到，无数的时间里、从西方到东方，一定会有人慢慢地参透。有人存在心中，说不出来，只一点点感受其永恒和内美。小小的一个文本竟迷倒了那么多人，从西方到东方，大概还到未来。这就是真正杰出的文学。

指向这个方向的，一定是“儿童文学”，而不是“儿童读物”。

我们渴望这样的写作，而且许多作家都有这样的梦想。但是要实现这个目标是十分困难的。几百字上千字，加上绘画，这真的很难吗？是的，很难。有人说这是妙手偶得，也可能；但问一下这“偶然”之中有多少必然，才是一个问题。总是瞅准了“偶然”，也就只能生活在侥幸中，只能走向文学的机会主义，进而走向商业主义，最后写一些廉价的文字。

通向杰作的唯一道路，不过是诚实和努力，是一再重复和追求的劳动与实践。比如，一位儿童文学作家写出的是最“简单”最“浅显”的文字，却要求自己读很多很多书，写许多许多文字。

读多少书？读一般读书人不可预料和设想的巨量的书。写多少文字？写出比自己已经发表的文字还要多出十倍之巨。其实这不过是最基本的功课而已。我们要想到，那些成功者并非幸运儿，对方可能早已付出了成吨的汗水。

最基本的阅读

阅读可能缠住了写作者的一辈子，并且还要继续下去。我们与阅读的纠缠才刚刚开始。十九世纪前后的重要经典是不是读过很多？经典作家的代表作是不是读过更多？民间史诗、戏剧音乐、绘画，都在等待我们。从西方到东方，传统中的艰难文字，古典诗学，都在等待我们。现代主义以来，时髦人士挂在嘴上的那一大串名字，也在等待我们。最后，我们总觉得自己的时间不够用，总是因为阅读上的荒疏而不能原谅自己。

造成我们笔下孱弱的原因，可能只是没有完成最基本的阅读而已。看来必须做好这个“功课”。时下看，现代主义以来国外的那些稀奇古怪的东西，还有像出土文物一样的中国传统典籍，它们烦琐到让人避之唯恐不及。可通常这都被当成基本的、不可或缺的功课，需要我们去面对它们。

这个要求看上去有点严苛，但真的不能忽略。有人一直强调这个，但他们自己做得也不好，不同的是他们明白了之后立刻开始弥补。国内的经典简单一点，因为它是我们的语言。古往今来的那些大诗人大文章家，基本的人生轨迹、代表作，都需要熟悉和读下来。可以记不住，不可以不领略。有人不爱古典文学，缺乏兴趣，也就疏远了阅读。但专业之需、工作之需，最后还是没法绕开它们。中国语言艺术当然是基本功课，这也是没有办法的事。

孟子的语言滔滔如江河，令人沉迷慨叹。孔子的含蓄正气，经得起时间洗磨的对艺术、社会、道德的判断，使人倾心。“克己复礼”是什么意思？回答说就是保守，就是恢复封建政治礼法，反对变革。不求甚解的复述是容易的，深究一下才会发现不一定是那样。“克己复礼”可能跟我们平常的理解正好相反，它有变革的强烈动机，是经过稍稍遮掩的一种理论、一个武器。它原来不是保守的，更不是反对变革的。在礼崩乐坏的当时，新兴阶层的权力已经无限地膨胀，孔子要借恢复周公之礼，削弱和限制他们的特权。这原来是为了进行一场政治变革而制造的口实和舆论。

我们不能仅仅从字面上想当然，会把问题弄反，以为孔子是倒退的、反对变革的。我们常常将法家看作儒家的对立面，认为儒家是保守的，维护特权和等级的，而法家才是革命的进步的，是激进的。这样理解就偏颇了。真实的情形是，法家恰恰是儒家的一个分支，是更激烈的一种表达。最后的法家多少离开了“仁”的底线，已经不再“爱人”，成为行动猛烈的人，他们更直接地为统治者所用。后来的法家干的一些事，许多时候不过是为了控制劳民，让皇权更稳固更强大。法家代表人物如商鞅施行的措施，是大搞愚民政策，不让民众读书，不让他们离开土地。北宋王安石稍微好一点，但主要还是为了北宋王朝的巩固。

举这些例子，说的是读书之难，是追求更个人更真实的理解，而不是从众流俗，人云亦云。我们今天所看到的当代写作的一些问题，许多时候只是阅读的问题。在这方面，一边做基本的功课，一边寻找我们个人最喜欢的部分，把它们像工具书一样摆在自己的书架上。有的书会读多少次？可能是几十次。可以通读，也可以挑出某些篇章读，进入局部的欣赏。

阅读的问题没有解决，写作的问题就不会解决。可以说有什么样的阅读就有什么样的写作。有人说自己的先天能力很差，所以努力也无济于事。这种谦虚其实也是一种自大，因为要判断先天能力远没有那么简单。一个人要通过阅读发生联想，被引导，被培植，以接通和打通先天的能力，然后才能论断其他。才能不是别人说了算，也不是自己说了算，而是在学习和实践过程中自然而然地呈现。

简单地推脱和推诿是容易的，但既然选择了这条道路，就需要往前走。现在需要我们阅读。整天写，只偶尔读一点喜欢的文字，好像还远远不够。当我们感到功课不足的时候，也常常是因懒惰而招致的报复逼近自己的时候。在传统古典、外国文学、社科经典诸方面，只要缺少功课就会留下痕迹。残缺、遗憾、幼稚，我们回头总要抚摸这些痕迹。

陶醉于赞誉是容易的，也是虚幻的。关键还是怎样学习、怎样劳动。

最基本的实践

有人认为写得多了不好，只有“少”才能“精”。这样说似乎有道理，但是把数量和品质作对立观，也有点说不通。相信写得少就能写得精，容易成为懒汉懦夫思想的托词。二十世纪七八十年代，出版社有个革命化的举措，就是“掺沙子”，找一部分“工农兵”进来当编辑。其中一个新来的编辑听到“懒汉懦（诺）夫”这个词，就以为是一个俄国人，但又不敢肯定，于是悄悄问资深老编辑他是哪国人？老编辑开玩笑说：“懒汉懦（诺）夫”是俄国人，它的妻子叫“懒汉懦夫（诺夫）娃”。写作者不能当“懒汉懦夫”，心里不能掺一点这样的沙子。

有人写到了几十万字的时候，还有人劝其放弃，认为他并不适宜从事写作。只由于创作欲望无法遏止，多方尝试之后，仍然还是回到了写作。当他写了三四百万字的时候，这才觉得手下的一支笔稍微听一点话了：无论怎样曲折婉转的部分，都能准确抵达，奔向那个目标。那个目标不是“意思”，不只是把话说明白，也不是写得生动一点，而是包含了复杂的意蕴。能够捕捉到一个合适的词，笔端轻轻一转，那个意蕴就出来了。

这就像打乒乓球，执拍者在一瞬间，它不是一秒，只是几十分之一秒间，就处理了全部的问题。过来一个球，怎样旋转，速度及方向，将诸多元素计算完毕再打，大概什么都晚了。这需要长期的职业训练，要交给感性和直觉。一个球的回击，包含着最了不起的计算机都分解不出来的精妙性与复杂性。

这是一种综合把握力。笔如球拍，文字即球。写多了，用这个字不用那个字，句子怎么断开，还有段落之间的处理，一些难以逻辑化量化的东西尽在其中了。它很神秘，有过长期写作经历的人都能体悟。

只有写得少才能写出精品，那是过于乐观了。不，要多写，认真地写很多。只写了几十万字，还太少。从二十岁写到四五十岁，再写到六十多岁，文字的成色会一直变下去。这是一种缓慢的变。漫长的训练，再加上长长的人生经验，一切将有所不同。

一个人往前走也会丢掉一些东西，比如说一个六七十岁的人，不可能再像二十多岁的人对爱那么敏感：那种情感催促下的颤颤抖抖，一般到了五六十岁就抖不起来了。生命向前，肯定要损失一些青春的东西。那些幼稚而生动，那种敏感和饱满，都在流失。可是人生的苍凉感、它的厚度，对人性的理解、对一些大问题的关怀，也许要超越过去。作家在写作技术和人生阅历同时达到两个高点的时候，在这个交叉地带所产生的文字，年轻时是断然写不出来的。

有的作家后期作品虽然好，却不像早期影响那么大。这里面有各种原因。衡量一部作品首先是文学的标准，这是很特别的；但除了这个，有时候还要超越这个标准。这里的意思是说，一部作品首先应该是真正意义上的“文学”，只有在这个基础上，再寻找“杰出”和“伟大”。如果连“文学”都不是，也就不再可能进入第二个阶段的判断了。第二个阶段的标准是要超越文学的。我们今天遇到的问题是，往往有许多作品并没有进入“文学”的标准。“狭义的文学”与“广义的文学”是有区别的，必须是“狭义的”，然后才有可能是“杰出的”。

比如小说，用语言表述故事塑造人物，这就是广义的文学了。狭义的，在理解上一定是突破了一般的社会的层面和意义，进入了诗学的范畴。

那些所谓的由生活“提炼”“组合”而形成的文字，仍然还不是真正意义上的文学。人们经常谈到的“社会冲击力”和“勇气”等，也往往与文学无关。说到作家作品在读者中的影响，还要看到另一种情况：大多数时候读者不可能与作家同步成长。所以，作家不必要让读者跟上自己的脚步。一方面作家要自信于自己的努力，另一方面也要谦逊地等待时间：一切艺术最终都需要它的鉴定和判断。

由此看，无论是阅读还是写作，都有一个基本的量的要求，它不可或缺。翻看一些作家年表，特别是一些业余作家，他们一生动荡，好像没有多少时间坐下来读书和写作，最终却留下了一大排著作，读过的文字更是不计其数。所以有人认为，天才怎么使用时间，永远都会是一个谜。

我们知道，每人每天只拥有二十四小时，有的人却留下了巨量的事业。这真的是一个谜。所以不要把质量和数量对立起来，只有傻子才会那样想问题。

也说价值观

对于文学的价值判断是一个大问题。我们偶尔出于面子或各种考虑，不愿把狭义和广义的文学区分开来，也没有把“儿童读物”和“儿童文学”区分开来。有一部分是介于这二者之间的，并不清晰。但这种鉴别的工作仍然要有，这个意识要有。文学的核心是写作者，如果写作者自己都没有这样的文学自觉，其他也就谈不上了。

这里谈的当然是“狭义的文学”，而不是中间地带的模糊之物。这种鉴别最终还是要靠常识，靠阅读感受。有一次在大学里讨论类似问题，有人立刻说：“通俗文学有什么不好？中国的四大名著，通俗文学就占了四分之三。”他们在这里犯了一个常识性的错误，就是把“民间文学”当成了“通俗文学”。这二者当然不是一个东西。民间文学是很特殊的一个门类，它在很长很大的时空中经过了无数的创造，趋向了自己的完美，无论是西方的《贝奥武甫》《伊利亚特》，还是中国的几大名著，包括蒲松龄的短篇，都是“民间文学”。

“民间文学”不参与竞赛，因为它如有神助。前些年有一个文化工程叫“三大集成”，出版各地区搜集的民间传说之类，有些小地方的内部出版物印得很差，但值得保留，可以和名著一样放在书架上。几乎每一本里都能挑出两三个绝妙的故事，那是专业作家冥思苦想也写不出来的。如其中的一本写到两个小狐狸按时去找一个小伙子玩，它们变成少女在月光下行走，最终引起了小伙子的怀疑。有一次他与她们分手时暗中跟上，最后发现林中空地上藏了两张小狐狸皮，两个小女在月光下打一个滚，她们就穿上了，又成为两只小狐狸跑掉了。太妙了，谁也编不出来。

即便是“四大名著”，也不是完美无缺的，也会有审美和价值观的问题。笼统地谈“名著”是有问题的，会误认为只要是大名著就一定至高无上，无形中当成了模仿崇拜的书：不光接受它的技法，还连同价值观模模糊糊地一揽子接受下来。仔细想一下，这种接受是可怕的。

我们的民族气质和儒家思想有很大的关系，但对族群精神影响和塑造最大的，还包括“四大名著”。如男女相爱的情感模型，哼哼呀呀的腻气，贾宝玉式的幻想，就来自《红楼梦》；动辄两肋插刀，讲义气，造反，杀人越货，只讲目的不讲手段，可怕的计谋，等等，这是《水浒传》和《三国演义》所宣扬的。人们在获得巨大的审美快感的同时，有时候连糟糕的价值观一块儿接受下来。桃园结义，结拜兄弟，帮派文化，全出来了。只讲义气不讲真理，“义”一旦和“正”分开，就是最坏的东西，它藏污纳垢。这种“义”毁坏了我们的生活。总是讲一个人多么“义气”，却不问所为何来。这种不分青红皂白的作风毫无理性可言，常常蕴含了最大的野蛮和黑暗。讲义气，拉竿子，战争年代出了那么多土匪司令，他们杀人越货，无恶不作。《水浒传》中的梁山英雄为了把人逼到自己一伙，多么卑鄙和残忍，把人家一家老少全杀了。就是这样的一些人，却成为人们崇拜的英雄。岂不知“手段”许多时候比“目的”更重要，一路干坏事，最后达成一个伟大的目标，那是骗人的。

《水浒传》《三国演义》都是民间文学，有很高的艺术魅力，倾倒了一代又一代人，它表达的生动、人物的绝妙，都没有问题。但恰恰愈是这样，所包含的低劣的价值观，愈是能够熏陶和影响、塑造一个民族。对于它们的重新判断，是必须要做的。

我们看现代作家，还有古典时期的作家和作品，都存在一个价值观重估的问题。我们谈“经典重估”，其中最重要的还是价值观的判断。在接受上有好多个层面，最终我们要选择清晰而健康的价值观，做出理性的判断。比如说同为民间文学的《西游记》，也可以当儿童文学去读。《西游记》和《红楼梦》可能是最让人喜欢的两部名著。《西游记》中一个个故事都在重复，这可能是它的叙事推动力不足；但又起到修辞学上“强调”的意义，重复中不断有新的元素产生出来，就像看《堂·吉诃德》一样：前后故事多有相似，最终却不让人烦腻，却有魅力。我们会在这重复中，存有许多期待。

《西游记》中的孙悟空是追求自由的一个形象，尽管书中也有皇权的想象，开头结尾都有皇帝，这是它的局限；但它整个还是一部造反书、自由书。孙悟空很善良，没有那些糊糊涂涂的义气，没有江湖习气，而是一直追求自由。他在天庭造反乱砸一气，并不是嫌自己的官小，猴子对职级其实并没有多少概念，只因为察觉到“弼马温”是一种侮辱，这才大恼。可见他是为了尊严而战。他的理性、仁慈和幽默，在书中表达得都很充分。整部书很幽默，沙和尚，猪八戒，连同每一个妖怪，都很幽默。有人甚至特别喜欢里面的妖怪，它们要吃人时还那么幽默。其实读者大多数时候并不相信它们真的会吃人。古怪、幽默、偏僻，全书的思维好极了。所以它不停地重复，我们也不觉得有多么讨厌。书中的想象、行为、思想取向，都趋向自由，真的是一部自由书。

入口和推动力

关于构思作品的方式，怎样开始，每个人会有不同的习惯。进入篇章创作时必然有一个“入口”，而且是多种多样的。由于每人训练上的不同，包括阅读的影响，学习当中形成的一些方法，在谋篇布局时一定会左右他。从写下第一行文字开始，讲述也就开始了。这里既是故事的入口，又是其他的入口。看起来只是进入方式的不一样，实际上还可能包括了推动力的不同。用什么作为一篇作品的推动力，这里值得研究。

最多的可能是以“故事”作为入口。先想好一个故事，把这个故事写出来。讲一个奇特的好故事很重要，所以我们说得最多的一句话是“讲好中国故事”。故事作为写作的入口，是最初步的，也是最常用的，或许也是最基本的。但它兼有利弊。它的优点是吸引人、好读、好进入：写作者好进入，阅读者也好进入。有人甚至认为，写作无非就是跟读者讲一个故事，讲得好，波澜起伏，即大功告成。将故事当成入口，这是初级的，也是有效的。写作者不需经历严格的职业训练，几乎不必选择，一上来就会琢磨怎么讲故事。但让这个写作习惯伴随一生，可能也成问题。因为越写越成熟，越写越多，一直是一个讲故事的能手，就会被故事牵着鼻子走。这是通俗作品的特征。

仅以故事见长，从文学写作的角度看，还处在一个比较低的品级里。选择这个入口不要紧，但随着经验的增长、视野的开阔、整个文学技能的提高，最终就会发现“故事”的局限，然后争取用更多的东西把“故事”包裹起来。意境的、诗性的、思想的、人物的，这诸多元素完成和运用得好，就会在很大程度上超越故事，产生神来之笔，抵达另一个高度。

第二个入口，可能是“思想”。从这儿进入也不错，也容易成为一个习惯动作。我们从小作文就是“通过什么说明什么”，可见主题思想总要有的。这种从小养成的作文习惯，就是在寻找一个“思想”的入口。如果作者想到一个很深刻很别致的思想，就会围绕它去编织故事、组织文字，这个入口也不错，而且很朴素。但是从这儿进入可以，一直围绕它工作，把它作为自始至终的推动力，就有问题了。随着写作经验的丰富和成熟，就会知道文学作品，特别是叙事作品，是没有显见的“主题思想”的，它尤其不能是一篇概念化的、主题先行的、思想裸露的文字。它需要化思想于无形，变成浑然一体的生命。如果是思想大于形象，那就有问题了。所以“思想”作为入口虽然也未尝不可，但仍然有危险性，这比“故事”做入口也好不了多少。

如果再超越一些，大概会以“人物”作为入口。心中有一个或几个有意思的“人物”，他们活灵活现，作者就会把他们写出来。以此做入口，就比“思想”和“故事”高了一级。因为真的把人物写活了，那么“思想”有了，“故事”也有了。只要书中的人物有意思，他一定是干了有意思的事，那就有了故事。这个人物也一定不会浅薄，他的所思所想所行，都体现和表达了独特的思想。这个人物一定是极有趣的，整个作品也就是有趣的。看来把“人物”当作入口真的很好。

想一想，作家为文学画廊中留下几个人物，这真的是极宝贵的。但是我们回顾自己的阅读经历，又会发现让人念念不忘的除了人物，还有更多难以言喻的东西，它们极为复杂地存在于文字之中。不仅仅是人物，围绕着人物，还有更多的元素氤氤于篇章之间，好像这就是生活本身，生活包含了一切。

以展现和呈现“生活”为入口，写出“生活”的真实，并化为叙述的推动力，这显然是很好的选择。作者将记忆中的生活表现出来，既需要情节，需要人物，也需要诸多的思考。把生活写得生动，也就囊括了所有。

但这四种方法之外，或许还有其他的入口，有更加内在的推动力。比如我们可以用一个词汇来表达，叫它“意境”。王国维的“境界说”与此有关。这里边有滋味、颜色、气息，有说不清的诗性的蕴含。为了达到一种“境界”，写作者将付出全部的技能。思想的元素、故事的元素、人物和生活，什么都集中和调动起来，化为一体指引和吸引写作者，变成一种强大的叙述推动力。

写作者要捕捉、感受以至于形成一个“意境”，然后努力抵达那种“境界”。作为一个目标，它是难以表述的，甚至非常复杂；它的色彩是阴郁苍凉还光明灿烂，它的气息与质地，也许很难一言以蔽之。它只存于心中，需要写作者使用千言万语、竭尽全力地接近和呈现。这是一场空前复杂的调度和努力。

首先要有一个题目，这很重要，相当于正在创造出来的这个文学世界里的太阳。没有太阳，就一片灰暗，怎么生活？要先有太阳，它的强度、亮度和热度，足够照亮这个生命的世界，让这里变得人欢马叫生气勃勃，提供能量，让植物进行强大的光合作用，让它们成长。没有题目，就没有意境的形成。从这个入口进去，而且作为最大的推动力，整个写作过程也就获得了更大的自由。

从故事、思想、人物和生活进入，就会丧失了“意境”的推动力？也不一定。因为无论从哪个入口进入，只要抵达了某种深度和高度，都会有超出预料的神来之笔，那是进入意境的瞬间。说不出为什么，只好称其为“神来之笔”。所谓的“神”，就是一种奇怪的引导力和感悟力。

我们现在概括了五种“入口”或“推动力”，也许每个都有其局限。即便以“意境”作为推动力，也会出现其他的问题，比如淡化理性和思辨、减弱故事性、人物单薄等。那会比较空洞和飘忽。造成这种状况的，可能是拙劣地理解了“诗性”。一般人说“诗情画意”，其实并不见得理解它。诗不是一般意义上的漂亮、巧妙、智性和光滑，不是这个。诗是难以捕捉的微妙瞬间，是极致状态，它抵达各个方向，导向真正的深度和强度，是沿着所有方向发射的一种精神能量、神秘的能量。诗不光是美的、光明的，也可能是阴暗的、幽深的，是无所不达的。所以强调“诗性”，不可停留于表层的理解，不能将其庸俗化。

第三种语言

我们的阅读和写作会涉及很多外国文学。在课堂上，长时间做外国文学的文本分析，包括语言分析，这是危险的。因为语言艺术只有读原著才能体味，就算读懂了原著的故事，它的语言层面没有进入，同样不行。语言艺术是生长和变化的，必须在那种语言环境中发生共鸣，才能理解。这需要民间文学的知识，需要熟知口语和方言，还有书面语和口语之间的转换关系，以及它演进的历史和文化，比如说基督教背景等。一个东方人除非在那里生活很久，不然即便懂得那种语言，也不可能顺着语言的门进入它的建筑内部。通过翻译是无法进入的。文本分析意味着什么？意味着评价一座艺术建筑的室内结构和装修、物品摆设等，所以需要进入。

读翻译文学，也许要依靠“第三种语言”。

第一种语言是作家自己的语言，这不是通过译本去欣赏，而是直接阅读原文。这里不是指它写出的故事，而直接就是语言本身，是赏析其语言艺术。这需要具备苛刻的条件，如果读者不是与作家一起成长，不是生长在同一片土地上，对语言的理解就会大打折扣。语言是土地的产物，艺术语言尤其微妙，它传达的不是一般的“语意”，而是更复杂的东西，包含了隐喻和虚指、旁敲侧击、一语多义之类的繁复难测的元素。弄通了基本意思，只等于把一只脚迈进这个建筑里去，整个身体还在外面。大多数情况是连探头都做不到。

第二种语言是翻译家的语言。翻译家国学好，这实在太重要了。一个真正的翻译家，本国语言的技能与修养甚至比外语水准还重要。因为弄明白了对方的意思，剩下的巨量工作就是转化为本民族的语言。如果缺乏这种语言能力，就没法完成转化。可以说这是一种基本的能力。有人误认为某人外语水平高即可翻译得好，这是大不对榫的。译者需要面对的不是电器说明书，而是语言艺术。弄懂了意思，还要传达诗性，这就需要进入原作的语言特质，将它逼真且对等地转化为另一种语言。这是一个极复杂的过程，需要解决的问题多到数不胜数。如果翻译者本人不是一个语言艺术家，转化的工作就不能指望。有人算是语言艺术家，汉语修养好极了，只要弄懂对方的意思，就能有一次很好的转换，但是否忠实地传达了对方的神韵，还要另说。这里是说，翻译家相对脱离了国外作家的语言，只独立创造了个人的语言。意思是对方的，语言是自己的。

最理想的是第三种语言。这需要最高的条件。翻译家语言能力好，感悟力还要更好。他对正在译出的国外作家非常了解，熟悉其语言风格，能够感受字里行间的气息和节奏。如此一来，就可以在本民族语言中寻觅一种对应物，尽可能逼真地再现对方：不仅语意，还有口气、节奏、幽默感等，有不可以为外人道的那些微妙的表达习惯等。这所有的一切都需要翻译。这样的译作，可见不仅是原著的语言，而是中国化的、贴近对方艺术特质的语言艺术。这部译作，等于他与另一个异域作家共同孕育的产物，一个最好的混血儿，漂亮。这就是第三种语言。我们现在的阅读就指望它了。寻到这样的版本，当然是我们的福分。

由此可知，一个作家的创作，越是没有进入语言艺术层面，翻译起来就越是便捷，因为只把意思翻译过去就行了。作家本身不是一个语言艺术家，也就不需要他人做出艺术的体味。写到一个东西死了，只要不翻译成活的就可以了。写到一只猫，不翻译成一条狗就可以了。只要把意思译出就好，这个任务相对轻松。所以故事化的、简单的、没有进入语言艺术层面的文本，比较容易得到翻译。文学的引进与输出都是同样的道理。

一切都在语言中

这里讲的是语言艺术，它意味着一切。追求语言的极度完美，作家责无旁贷。他唯一依赖的就是语言。故事、思想、人物，任何时候都不能跟语言剥离。举个例子，雅文学作品做成评书演播，通常会是很困难的，如《红楼梦》，做成评书损失会很大，因为它必须贴着文字走。它难言的滋味都在特殊的词汇调度当中，在语言当中，是交给视觉的，一旦交给耳朵，意思就大打折扣了。所以评书演播通常都是采用民间文学或通俗文学，它们的内容可以和语言剥离，诉诸听觉并不会有太大的损失。

雅文学主要是用来阅读的，而通俗文学是听的，识字与否并不重要。一些文学作品读起来太棒了，那种快感无法对人转述。书面语所表现的那些意味，那些奇妙的想法，都渗透在微妙的词语转弯处，在词汇的缝隙里。这些是无法化为声音去传达的。

所以只要听起来特别有意思，能够转述得特别生动的作品，往往不是雅文学。语言里面囊括了一切，一切都在细部、在局部，离开了它们，就一定会成色减半，甚至苍白无趣。所以只要是讲述起来绘声绘色、能够相对脱离安静阅读的文本，一般来讲都不是最好的雅文学作品。

有的作品“语言很好”，讲究而且细致，但是传达的观念让人不好接受，许多观点令人无法苟同。这里说的是价值观的问题。有人认为价值观通常是概括与总结出来的，需要通篇观之，起码要从有关的段落里认定才行。这种看法好像是对的，但仔细分析起来却并非如此。价值观其实是渗透在字里行间的，要等到一个段落甚至通篇之后再做考察，已经有点来不及了。

价值观并不是某个观点得到完整表述才得以凸现，而是一直存在于文字之中、语言之中，早就分解在词汇之中了。在语言的这个最小单元里，它一直潜藏和隐蔽着。是的，我们要敏感地认识到这一点。这并不需要等到段落完成、等到一页页翻完才可以发现。价值观从词汇开始，从标点开始。它们如数地溶解在字里行间，从这里发生变化。如果不注意词语的细部，不从这些皱褶处入手，还是粗疏的。

我们细读文本，会发现有洁癖的人某些词是不会用的。起码在有些语境中，一些词是不会出现的。有洁癖者脏词不用，要用，也在极特殊的语境里。脏词，暴力，只会出现在属于它的语境里。有人看到大师对它们也偶有使用，也就不再拘谨，还以为正在经历一次“惊艳”。这不过是盲目和无知。大师确有“粗俗”“暴力”和“血腥”，但最好让我们通读之后再做评价。它们通常在常识和经验中不会引起不适。原来使用一个“黄色”的词汇和句子，须得巨大的文明修养垫底。

可见价值观是从词汇开始的，到了句子已经有些晚了，到了一段话，那就更晚了。每个句子里都有一些歪词，邪气横生，到了最后喊几句概念化的高音，已经无济于事了，来不及了。邪恶不会因为喊几句震耳欲聋的漂亮口号而得到掩盖，不健康的灵魂，或者浅薄廉价气，都是从词汇开始的。

以索尔·贝娄的《洪堡的礼物》为例，这是一部完全放开的自由而放肆的小说，是天才的一场精神和语言的狂欢。如果说他最初的名作《赫索格》还相对拘谨地给我们开了一场中规中矩的文学之宴的话，那么到了这一部，整个创造的灵魂处于最激活的状态。其中写了一些“黄色”的场面，译过来就是“粗俗”的东西，比如一句令人震惊的粗话、一个场景。但是我们读的时候，却没有一点猥亵、邪恶和不洁感。相反感觉写得那样干净，充满了人文关怀力，有一种引人向上的精神能量。这部现代主义杰作对美国式的荒诞的展示、对畸形的生存状态的表达，简直是淋漓尽致。

可见大师怎样拥有了这一切，获得了某种可能与自由。这通常不是一般人能够做的事情。所以我们要从一开始就非常谨慎地使用语言，对待语言：不是从一个句子、一个段落开始，也不是从整页开始，更不是用全书去证明和完成什么，而是从一个词、一个标点开始。价值观要在这里解决，它体现在平日蓄养的习惯和素质中。这种要求不过是最基本的。写作者把自己的生命能量分解在每一个词汇里、每一个标点里。说到标点，它跟词汇的概念一样，比如一个冲动的性急的人，满篇里叹号很多，他太容易激动了。一个人含蓄了，叹号也就少了。这不是有意为之，而是随着年龄的增长见怪不怪，外在的激动就少了。

有人讲现在的人很粗心也很忙，一目十行翻翻就完了，何必从词汇开始。其实真正的读书人很多，即便真是粗粗地看，效果和印象也源于词汇。要极度地追求语言的完美，尽力减少失败的句子，这样努力的结果也只能差强人意。当然，不要狭隘地理解“语言的完美”，不做“语言中心主义”者，不能因为只要语言“漂亮”，“完美无缺”，整部书就一定是杰作了。这里所说的语言，与花拳绣腿没有多少关系。要持重、严谨、准确，寻找一个词，将其放到最适合的位置上。

“高兴”，放在自己的地方；“痛苦”也是同样。“语言中心主义”者，会把语言表面的修葺当成最终的完美。这不仅无济于事，而且还会起相反的效果。它出现在那里，是因为唯有它才能表达那个瞬间那个意义。缺乏这种能力，谈到语言的完美就是一句空话。思想、故事、人物、境界，它们都在语言里，很少有什么能够超越语言。

更高一级的文学

有人谈到某些通俗作品，说读后多么愉快过瘾。但也有人读不下去。因为文学审美只能上不能下。长期享受更高的东西，回头再读通俗小说，会觉得稀薄无趣。大读者需要于方寸之间接受刺激和挑战，领略不可言传之妙。这种快感要在心里不停地积累。一部书必须从句子开始就让人折服，必须在局部体现其卓异和不凡，智慧、怪异、幽默，以至于刁钻和不可企及，是这些。

读书就是寻找一些怪才和绝才。读大师的代表作，再回头读一些庸常文字，会极不耐烦。的确，我们现在读了许多现代主义的绝妙文字，一度佩服得五体投地，回头再读《卡拉马佐夫兄弟》《复活》等，又觉得以前的“绝妙”文字顿失光芒。十九世纪前后的这些杰作有些笨重，却让人久久不能忘怀。它们给人的不仅是赞叹和喜悦，还有深深的感动和震颤。我们被那种崇高，或称之为伟大也好，被那种宗教情怀、神性、自我批判的力量、朴素和真诚，那种追求无限完美的意志，罪感和英雄主义，强烈地打动了。这些元素更多地存在于古典主义时期。

现代和后现代，它们拥有全部的复杂综合而成的征服力。他们绝妙而不伟大。审美是各种各样的，作家也是，不能简单地以一种代替另一种。但是打开我们漫长的阅读史，总会总结出一些东西。无论现代主义多么超绝，多么让人自愧不如，但是一回到《卡拉马佐夫兄弟》它们，回到但丁，回到《贝奥武夫》的品质与气度，就觉得它们立刻低下来。古典主义所追求的崇高和英雄主义，那种自我追究、神性与原罪感，仍旧有高不可攀之感。是的，那是不朽的，是更高一级的文学。

正因为古典主义长时间占据了文学艺术的高地，几乎没有留下闲置的角落，现代主义也就只好另觅他途。它们在一个变异的时代里演绎着自己的偏僻与独绝，并把我们征服。它们属于自己的时代。在今天，我们如果打开眼界稍稍地回望一下，就会再次发现那些高耸的存在。不能简单地理解现代主义，认为它们仅仅是追求激情、地方性和耸人听闻，还有荒诞、滑稽和异化。西方的现代主义经过了整个工业化时期一步步走来，经过了高度发达的物质主义时代，才进入了现代。东方与西方是不同的“现代”，所以我们不能仅仅从形式上去移植和模仿。

从古典主义一路流过来的现代之河里有什么？有古典的元素，它没有流失，而是沉淀在下部。古典主义的悲悯、自我牺牲、英雄主义，仍然在流淌。我们这里的现代主义和先锋之河中，如果不能化验出伟大的元素，也就只能是低一等的文学。

2019 年 6 月 14 日于鲁东大学文学博物馆

我们的时代
Our time

张　炜　《夜思》

海　男　《我与世态的亲密》

季栋梁　《苦下到哪达哪达亲》

曹海英　《黑色版图》

羌人六　《1997，南瓜消失在风里》

陈锦丞　《庙会散场后，我们去游泳》